Cecelia Ahern

Ein Herz aus Papier und Sternen

Cecelia Ahern

Ein Herz aus Papier und Sternen

Roman

Aus dem Englischen
von Ute Brammertz und Carola Fischer

PIPER

Mehr über unsere Autorinnen, Autoren und Bücher:
www.piper.de

Wenn Ihnen dieser Roman gefallen hat, schreiben Sie uns unter Nennung des Titels »Ein Herz aus Papier und Sternen« an *empfehlungen@piper.de*, und wir empfehlen Ihnen gerne vergleichbare Bücher.

Von Cecelia Ahern liegen im Piper Verlag vor:

Dem Sturm entgegen
Alle Farben meines Lebens
Zeit deines Lebens
Ich hab dich im Gefühl
Ein Moment fürs Leben
Ich schreib dir morgen wieder
Hundert Namen
Funken in der Dunkelheit
Die Liebe deines Lebens
P.S. Ich liebe dich
Für immer vielleicht
Das Jahr, in dem ich dich traf

MIX
Papier | Fördert gute Waldnutzung
FSC® C014496

VERANTWORTUNG • PRODUZIERT MIT

ISBN 978-3-492-07366-0

Titel der englischen Originalausgabe: »Paper Heart«,
Harper Collins Publishers, London 2025

Piper Verlag GmbH, Georgenstraße 4, 80799 München, *www.piper.de*
Für einen direkten Kontakt und Fragen zum Produkt
wenden Sie sich bitte an: *info@piper.de*
Redaktion: Hanna Bauer
Satz: psb, Berlin
Gesetzt aus der Adobe Devanagari
Druck und Bindung: GGP Media GmbH, Pößneck
Printed in Germany

Für Sarah-Jayne Tobin

Origami-Mädchen
verkriecht sich in ihrem Innern
sie versteckt und faltet
einen Kern in ihrer Schale
sie spricht durch Formen
    tastet mit spitzen Ecken
    fühlt mit einem verborgenen Herz aus Papier
sie flüstert in Tinte

1

Normalerweise tröpfelt das Leben so gleichmäßig dahin wie Wasser aus einem undichten Hahn, aber heute ist es anders.

Der Verkehr durch die Ballybeg Main Street ist zum Stehen gekommen. Wie immer sitzt Pip auf dem Rücksitz, ihre Mutter Josephine am Steuer, und Pips Tochter Bella hockt vorn auf dem Beifahrersitz.

Josephine drückt auf die Hupe, und Bella lacht über die Ungeduld ihrer Großmutter. Peinlich berührt sinkt Pip tiefer in den Rücksitz. Das Hupen ihrer Mutter nützt nichts. Es gibt eindeutig ein Problem, denn eine lange Autokolonne bewegt sich aus dem Ort raus, aber niemand fährt hinein. Ein Engpass im Verkehrsfluss.

Da die Situation nicht zu ändern ist, lehnt Pip sich zurück, sieht aus dem Fenster und verliert sich in Träumereien. In ihrer Fantasie kann sie die verschiedensten Menschen mit unterschiedlichen Leben und einer je eigenen Liebesgeschichte sein. Unzählige Versionen ihrer selbst, die ihr im echten Leben verwehrt bleiben. Ihre Tagträume sind von wahrer romantischer Liebe überschwemmt, die sie von Grund auf verwandelt. Trotz aller Tiefschläge glaubt sie immer noch an die große Liebe, eine Art Zauber, dem täglich aufs Neue Menschen verfallen. Nur um sie scheint diese Kraft einen großen Bogen zu machen, was tiefe Verwirrung in Pip hervorruft. Sie wünscht sich den Himmel auf Erden.

Sie weiß, dass es die große Liebe gibt, denn sie hat sie einmal besessen, bevor man sie – ihn – ihr wegnahm.

»Hup noch mal, Nan«, sagt Bella fröhlich, und ihre laute Stimme holt Pip aus ihren Gedanken zurück in den Verkehrsstau.

Bella beugt sich hinüber und versucht, die Hupe zu betätigen.

»Hör auf, du«, fährt Josephine sie an. Nach einem Moment der Stille hupt sie selbst wieder.

Der Fahrer des Wagens vor ihnen steigt aus.

»Oh, oh«, sagt Bella. »Jetzt hast du ihn verärgert.«

Doch der Mann kommt nicht zu ihnen, er läuft quer über die Straße zu einem Laden, dessen Besitzer vor der Tür steht, um nachzusehen, was los ist. Informationen werden ausgetauscht, die Josephine neugierig machen. Sie muss immer über alles Bescheid wissen.

»Bleibt im Wagen«, weist sie Bella und Pip an und stellt den Motor ab.

Vom Rücksitz aus beobachtet Pip, wie Josephine, die kleine, neunundfünfzigjährige Frau in Jeans, Fleecejacke und Nike-Turnschuhen, mit geschäftsmäßiger Miene aus dem Auto steigt.

Den Kopf gesenkt.

Schneller Gang.

Trippelschritte.

Knallhart.

Ohne ein Wort der Entschuldigung oder eine Begrüßung mischt sich Josephine in das Gespräch der Männer ein. Kurz sind sie verstimmt, machen der Dazugekommenen aber Platz. Dann sprechen die Männer lange. Josephine hört zu, das kann sie gut, bei ihr fangen die Menschen an zu reden. Sie entlockt jedem ein Geständnis. Pips Vater Philip ist aus dem gleichen Holz geschnitzt wie seine Frau. Die beiden arbeiten zusammen wie das örtliche Ballybeg-Ermittlungsteam. Er schweigt, während sie nachbohrt, aber sie hat seine volle Unterstützung.

Bella öffnet die Beifahrertür.

»Sie hat gesagt, wir sollen drinnen ...«

Bella steigt aus und knallt die Tür zu. Pip sieht, wie ihre sechzehnjährige Tochter selbstbewusst die Straße überquert.

Schwarze Leggings.

Bauchfreies Top.

Schwingende Hüften.

Forsch.

Bellas Stringtanga zeichnet sich unter ihren Leggings ab. Das Selbstvertrauen ihrer Tochter erstaunt Pip. Mit sechzehn wäre es ihr unangenehm gewesen, allein an einer Wagenkolonne vorbeizulaufen. Sie war damals befangen und hatte das Gefühl, die Augen der ganzen Welt wären auf sie gerichtet und würden sie beurteilen. Reumütig hielt sie den Kopf gesenkt, ein langes Shirt oder einen Pulli über den Po gezogen, für den Fall, dass jemand hinsah. Pip wollte so schnell wie möglich ans Ziel gelangen, wohingegen Bella ihren Weg genießt. Sie macht lange Schritte, und die Arme schwingen locker an ihrer Seite.

In dem Alter hat Pip ihren Körper unter sackartigen Kapuzenpullis und schlabbrigen T-Shirts versteckt, weil sie mit Bella schwanger war. Sie schämte sich, eine Frau zu sein, es war ihr peinlich, wie ihr Körper sich veränderte. Anscheinend war sie in ganz Ballybeg die Erste, die mit sechzehn ein Kind bekam. Sie spürte die brennende Schande, litt unter Schuldgefühlen, empfand Reue. Mit dem kaschierten Babybauch und den hochgezogenen Schultern war sie ein wandelndes schlechtes Gewissen.

Pip lehnt den Kopf gegen das Seitenfenster und versucht, zu ihrem Tagtraum zurückzukehren, aber der Anblick von Josephine und Bella, die nach Informationen graben, lenkt sie ab. In Ballybeg, einem Ort in den Midlands von Irland, im Herzen der Moorlandschaft, sind die Menschen immerzu am Graben.

Die Bauern graben Torf, im Steinbruch brechen die Arbeiter Gestein, und in der hiesigen Forschungssternwarte fördern die Astronomen neue Erkenntnisse über das Universum zutage.

Überall bringt ihre Arbeit Verborgenes ans Licht.

In den Mooren ist das Graben ein Ritual, es wird von Generation zu Generation weitergereicht, und ihm wohnt ein Rhythmus inne, der dieser Gegend Identität verleiht. Torfstechen sei ihr gottgegebenes Recht, würde man hier sagen. Das Land gehört den Menschen, die natürlichen Ressourcen versorgen sie mit reichlich Energie.

Im Steinbruch, wo Pips Vater arbeitet, schuften sie, was das Zeug hält. Das Graben ist hungrig und gierig, es verschlingt die Erde und labt sich. Es zieht die Haut ab und steuert direkt auf die Knochen zu. Es nährt einen anderen fürchterlichen Hunger, füllt Taschen, die niemals bis oben hin vollgestopft sein können.

Mit der gleichen Gier wird im Observatorium Neues aus der Tiefe des Alls hervorgebracht. Es ist ein intellektueller Hunger, ein tiefes Bedürfnis, zu forschen und zu lernen, die Beschaffenheit des Universums kennenzulernen und den Ursprung des Lebens zu entdecken.

Im Moor benutzen sie einen zweiseitigen Spaten, der *sleán* genannt wird.

Im Steinbruch arbeiten sie mit Baggern, Radladern, Planierraupen, Sprengstoff.

Für die Himmelsforschung stehen Radioteleskope und Satelliten bereit.

Stein aus Felswänden, Torf aus der Erde, Objekte am Himmel.

Tief im Herzen Verborgenes. Es ist Zeit für Pip, sich zu ihren eigenen Herzensangelegenheiten vorzugraben. Erneut verliert sie sich in ihren Fantasien und träumt von prickelnden Begegnungen.

Josephine dreht sich von den Männern weg und hastet mit gesenktem Kopf zurück zum Auto, Bella im Schlepptau. Die Männer betrachten Bellas Hintern. Pip wendet den Blick ab.

Der Verkehr fließt wieder.

»Was war los?«, will Pip wissen.

Als Antwort startet Josephine den Motor, und Bella schließt den Sicherheitsgurt.

Während sie aus dem Zentrum von Ballybeg hinausfahren, sieht Pip eine Reihe parkender Autos, die die Gegenfahrbahn blockieren. Ein Polizist von der Garda regelt den Verkehr, während sich eine Menschentraube vor einem Haus versammelt hat, das Pip allzu vertraut ist. Mitten im Garten entdeckt sie Lorcan Murphy, Bellas Großvater väterlicherseits.

Mehrere Gardaí umringen ihn.

Roter Kopf.

Geballte Fäuste.

Verzerrter Mund.

Wutentbrannt.

Er brüllt und reckt wiederholt die Faust in die Luft. Pip drückt den Knopf, um das Seitenfenster herunterzulassen, aber es ist verriegelt.

»Starr da nicht hin«, verlangt Josephine barsch und schaltet das Radio ein, als würden sie dadurch alle weniger sehen.

Bella reißt die Augen auf, dreht dann abrupt den Kopf zurück nach vorn und begutachtet ihre Fingernägel, als wäre nichts passiert.

Pip prellt sich beinahe die Stirn, die sie gegen die Scheibe presst, während sie den Kopf im Vorbeifahren hin- und herwendet, um Jamie, Bellas Vater, in der Menge zu erspähen.

»Philippa«, ruft Josephine.

Ihr bellender Tonfall duldet keinen Widerspruch. Selbst mit zweiunddreißig Jahren gehorcht Pip noch ihrer zornigen Mutter und wendet den Blick nach vorn.

Ihr Herz pocht vor Aufregung über das, was sie dort im Garten gesehen hat, und sie weiß, dass Josephine nie mit ihr über diesen Vorfall sprechen wird. Also lehnt sie sich zurück und versucht, wieder in einen Tagtraum zu entfliehen.

Doch sie kann nicht länger die Mitfahrerin auf der Rückbank sein, die tut, wie ihr geheißen.

Heute ist es anders.

2

Pip wird an ihrer Arbeitsstelle, der Ballybeg Service Station, abgesetzt, aber so heißt das nur bei den Zugezogenen der Gegend. Die Einheimischen nennen die Tankstelle Crossroads Station. Sie liegt an einer Straßenkreuzung, an der es schon vor Ewigkeiten, gefühlt schon seit vor Christi Geburt, eine Baracke mit einer einzelnen Benzinsäule und der Möglichkeit zu tanken gab. Pip hat kaum genug Zeit, aus dem Wagen zu steigen, als Josephine bereits in Richtung des Observatoriums losbraust. Großmutter und Enkelin sind dort in der Kantine tätig. Bis vor Kurzem war das auch Pips Arbeitsstelle, doch vor einigen Wochen hat sie die aufgegeben, damit Bella den Sommer über dort jobben kann.

Pip sieht ihnen hinterher, dann blickt sie zurück in Richtung Ballybeg, als wäre dort immer noch Lorcan Murphy zu sehen. Sie ist geschockt. Wurde er verhaftet? Sie kommt zehn Minuten zu spät zur Arbeit, aber das ist egal, denn ihr Kollege Ronnie trifft erst nach ihr auf seinem E-Scooter ein.

Rothaariger Irokese.

Eingebildeter Typ.

Stadtbekannter Blödmann.

Aggro.

Als er seinen Helm absetzt, kommen seine platt gedrückten Haare zum Vorschein, die er sofort mit einer verklemmten

Bewegung wieder aufrichtet. Die kahlen Seiten seines Kopfs sind mit Tattoos bedeckt. Er erinnert Pip an einen Gockel.

»Deine Verbrecherfamilie sorgt für ordentlich Chaos«, poltert er im Vorbeilaufen und streckt ihr die gepiercte Zunge heraus.

Ronnie danach zu fragen, was er im Ort gesehen hat, scheidet leider aus, auch wenn die bloße Überlegung verrät, wie verzweifelt Pip in Erfahrung bringen möchte, was passiert ist. Doch im Umgang mit Ronnie empfiehlt es sich, so wenig wie möglich auf ihn einzugehen.

»Tut mir leid, dass ich zu spät bin«, sagt sie zu Krish, ihrem Chef, und geht dann in den Personalraum, um ihre Jacke und ihre Tasche zu verstauen.

»Kein Problem, Philippa. Lass dir Zeit.«

Sie kann die Angespanntheit in seiner Stimme hören. Mehrere Lkw-Fahrer warten in einer Schlange vor der Sandwichtheke und möchten bei Krish ihre Frühstücksbrötchen bestellen.

Sikh-Gläubiger.

Familienmensch.

Vertrauenswürdiger Chef.

Solide.

»Was hat Farmer Murphy verbrochen? Hat er jemanden umgebracht und ihn dann in seinem Moor vergraben?«, fragt Ronnie und zieht sich sein T-Shirt über den Kopf, um in das rote Poloshirt mit dem Logo der Tankstelle zu schlüpfen. Er ist am ganzen Oberkörper tätowiert und hat zahllose Piercings. Pip sieht weg. »Gar keine dumme Idee«, fährt Ronnie fort, »ich fand schon immer, dass das ein guter Ort ist, um eine Leiche verschwinden zu lassen. Die Besuche im Gefängnis werden dir Spaß machen. Sicher lieben die Knastbrüder deinen Geruch.«

Er schnuppert in die Luft und lässt die gepiercte Zunge vor- und zurückschnellen.

Angewidert legt Pip Jacke und Tasche in ihren Spind und verdeckt mit einer Hand den Code, als sie das Vorhängeschloss anbringt. Dann verlässt sie schnell den Raum. Das Schloss soll sie vor Ronnie schützen, seit sie eine Reihe Dick-pics auf ihrem Telefon gefunden hat, Aufnahmen von seinen Genitalien, als er sich ihr Handy einmal in die Hose gesteckt hat. Sie hat so viel Desinfektionsmittel auf den Bildschirm gesprüht, dass das Gerät eine Woche lang nicht funktionierte.

Sie geht zu Krish an die Sandwichtheke, reinigt ihre Hände, bevor sie viel zu große Plastikhandschuhe überzieht, die ihre Finger winzig aussehen lassen.

»Entschuldige«, sagt sie noch einmal.

»Keine Ursache, heute ist ein Wahnsinnsverkehr im Ort. Ein Full-Irish-Breakfast-Sandwich für den Herren«, erwidert Krish in seinem indisch-irischen Akzent und reicht ihr das mit Butter verschmierte Messer. »Weiß man denn, was da draußen los ist?«

»Nein«, antwortet Pip leise und nimmt das Messer entgegen. Da zu viel Butter daran klebt, wischt sie es an einem Küchentuch ab. Inzwischen kann sie beim Anblick einer Brotscheibe sagen, welche Menge sie benötigt. Nur ungern streicht sie den Rest vom Messer wieder in den Behälter, denn dann kommen immer Krumen in die Butter.

»Irgendein Bauer beschwert sich lauthals übers Torfstechen«, erklärt ein Kunde. »Die Gardaí haben sich eingeschaltet.«

»War das Lorcan Murphy? Ich weiß, dass er seine Anhörung vor Gericht verpasst hat«, sagt der dritte Mann in der Schlange und zieht sich schniefend die Jeans hoch. »Wenn man nicht erscheint, kommen sie einen holen.«

Der erste Mann schnaubt. »Die Gardaí kommen nicht,

wenn man den Termin ein- oder zweimal versäumt. Wenn sie ihn in Gewahrsam nehmen, dann, weil er sich dem Gericht entzieht.«

»Es ist richtig, dass er sich zur Wehr setzt«, sagt nun der zweite Mann und nimmt eine straffe Haltung an. »Das ist sein gutes Recht, schließlich ist es sein Land.«

Seit das Torfstechen aus Umweltschutzgründen verboten wurde, musste Ballybeg sich neu erfinden. Einige können die Vergangenheit loslassen, andere klammern sich daran fest. Die Emotionen der Menschen schlagen hoch, auf der einen Seite wird das Recht, Torf als Brennstoff für die Häuser zu stechen, verfochten, auf der anderen hält man mahnend den hohen Preis des Ausgrabens für die Umwelt dagegen

Einige aus dem Ort haben die neuen Regeln voll und ganz akzeptiert. Sie erhalten ihre Moore, damit diese wieder als Kohlenstoffsenke zur Verbesserung des Klimas fungieren können und als Habitate fortbestehen. Lorcan Murphys Familie besitzt ein Stück Moorland, wo seit Generationen Torf gestochen wird. Nun wurde es zum Naturschutzgebiet erklärt, aber er weigert sich, auf sein Recht als Torfbauer zu verzichten.

»Das ist ihre Lebensgrundlage«, sagt Krish respektvoll.

Krish wechselt einen wissenden Blick mit Pip, als er ihr den Platz hinter der Theke überlässt.

Das Gerede über Lorcan Murphy geht Pip nicht aus dem Kopf. Der Gedanke, dass Bellas Großvater ins Gefängnis wandern könnte, ist schrecklich, dennoch pocht Pips Herz, und sie fühlt eine Aufregung und eine Hoffnung, für die sie sich schämt.

Jamie wird nach Hause kommen müssen.

Sie hat Jamie seit Jahren nicht gesehen. Das war so beabsichtigt, die beiden sollten keine Gelegenheit haben, noch mehr Babys zu machen, als wären sie wilde Tiere. Mit sechzehn Jahren haben ihre Eltern ihnen eine alles beherrschende Furcht davor eingeflößt, sich im selben Raum aufzuhalten. Tief verängstigt erfüllten sie die Forderungen ihrer Familien und gingen bereitwillig auf großen Abstand zueinander. Eine mickrige Stunde pro Woche durften sie sich sehen, damit Jamie etwas Zeit mit Bella verbringen konnte. Dann hockte er mit dem Baby auf dem Boden, während ihrer beider Eltern und Pip ringsherum auf Stühlen saßen und ihn beobachteten, als wäre diese Zusammenkunft vom Gericht angeordnet worden. Für Pip war es qualvoll, nicht wie eine richtige Familie, nicht an Jamies Seite mit Bella spielen zu können.

Vor allem Josephine schürte absichtlich Pips Angst. »Wenn du es auch nur wagst, ihn anzusehen …«, drohte sie häufig zornig mit zusammengebissenen Zähnen. Doch auch das minderte nie Pips Sehnsucht, mit Jamie zusammen sein zu wollen.

Und dann, sobald Jamie die Schule beendet hatte, schickte seine Familie ihn nach Liverpool.

Er kam so oft wie möglich nach Hause, aber während der Pandemie blieb er häufiger lange fort, was schließlich die Norm wurde. Inzwischen ist er nur noch an Weihnachten und Ostern ein paar Tage in Ballybeg, und seine Beziehung zu Bella beschränkt sich auf eine festgelegte Zeit am Telefon jeden Sonntag. Doch eine gerichtliche Anhörung und ein Prozess für Lorcan Murphy könnten sich über Wochen hinziehen, und sicher würde Jamie seiner Familie in dieser Zeit beistehen wollen. Pip muss ihre Nervosität bezwingen, während sie mit zitternden Fingern Würstchen für das Frühstücksbrötchen schneidet.

Die Tankstelle verfügt über einen größeren Gastronomiebereich. Das Angebot bleibt immer gleich: warme Speisen, eine Auswahl an Sandwichbelägen und Salate. Verschiedene Soßen in Plastikflaschen. Das Frühstücksbrötchen wird den ganzen Tag serviert, es ist der Verkaufsschlager, mit dem sie auf einem doppelseitigen Aufsteller an der Straße werben, ein Allheilmittel gegen jedes Übel.

Manche Kunden wollen sich gern ein wenig unterhalten, andere hingegen bleiben während ihrer Pause für sich, sind froh, nicht reden zu müssen, und verlieren sich in den digitalen Welten ihrer Handys. Die meisten Kunden sind Männer aus dem Steinbruch, in dem auch Pips Vater arbeitet, und Bauarbeiter von der Neubausiedlung kurz hinter der Ortsgrenze. Auf der Rückseite der Ballybeg Service Station gibt es eine schicke Parkbucht, ebenso eine Autowaschanlage, moderne Toiletten und Duschräume sowie Waschmaschinen, was Fernfahrer anlockt. Manchmal haben diese Männer die Kunst der Unterhaltung verlernt und überfallen Pip mit allen Gedanken, die ihnen während ihrer stundenlangen Fahrten in den Sinn gekommen sind. Es ist erstaunlich, was Menschen in wenigen kurzen Momenten offenbaren können. Vielleicht fühlen sie sich bei Pip sicher; einer Fremden mitten im Nirgendwo, die sie nie wiedersehen werden, können sie ihr Herz ausschütten. Das gilt nicht nur für Friseure, Kosmetikerinnen und Barkeeper, sondern auch für Tankstellenmitarbeiterinnen.

Die kulinarischen Entscheidungen eines Kunden vermitteln ihr eine Vorstellung von seinem Charakter. Die Geschmäcker sind so verschiedenartig wie die Menschen selbst. Pip stellt sich vor, dass die Sandwichwahl ein persönliches Geheimnis verrät. Obwohl nichts Wahres dahintersteckt, ist es doch ein netter Zeitvertreib.

»Was bekommen Sie?«, fragt sie den nächsten Kunden in der Schlange.

»Hühnchen mit allem, bitte.«

Pip hat gerade das Brötchen in der einen und das Messer in der anderen Hand, als der Mann sich verschwörerisch umsieht, sich dann über die Theke beugt und nuschelnd sagt: »Mach auch ein paar von diesen Gewürzgurken drauf, ja?«

Während sie sorgfältig die Gewürzgurke aufschneidet, malt sie sich das Spitzenhöschen aus, das er unter seiner Jeans trägt.

»Kann ich mit dir reden?«, fragt Krish, der kurze Zeit später plötzlich neben ihr am Zeitungsständer auftaucht und ihr einen Schreck einjagt.

Obwohl Pip weiß, dass über den Vorfall noch nichts in den Lokalzeitungen stehen kann, wollte sie nachschauen, ob sie etwas über Lorcan Murphy herausfinden kann, vielleicht wird eine gerichtliche Anhörung erwähnt.

Krish sieht sich um, wahrscheinlich nach Ronnie, dann spricht er mit leiser Stimme: »Philippa, in ein paar Wochen höre ich hier auf.«

»Warum hörst du auf?«, fragt sie im Flüsterton.

»Ich habe einen neuen Job als Nachtwächter im Wolverson-Steinbruch«, sagt er mit stolzgeschwellter Brust. »Mary kehrt in ihren Job zurück, also arbeite ich nachts und sie tagsüber. Das passt uns beiden perfekt in den Kram. Ronnie habe ich noch nichts davon erzählt, verstehst du?«

So richtig versteht sie es nicht. Ronnie ist eine Nervensäge, aber sie weiß nicht, was er zu Krishs Neuigkeit sagen wird. Besonders traurig wird er sicher nicht sein.

»Sie werden eine neue Leitung für den Laden benötigen«, hilft Krish ihr auf die Sprünge.

»Oh, richtig.«

»Und Ronnie wird sich darum bewerben wollen.«

»Ohhh.«

»Du arbeitest zwar noch nicht lange hier, aber du bist perfekt geeignet für den Job. Du bist die engagierteste Mitarbeiterin, die ich je hatte, Philippa, absolut zuverlässig, gewissenhaft und wunderbar im Umgang mit der Kundschaft. Du zeigst ein ehrliches Interesse an den Menschen – andere muss ich ermahnen, ihnen ins Gesicht zu sehen.«

»Vielen Dank, aber ich glaube kaum, dass ich den Posten als Filialleiterin übernehmen kann. Ich wüsste gar nicht, was zu tun ist.«

»Du sorgst einfach dafür, dass alle anderen ihren Job machen.«

Mit den Jobs der anderen kennt sich Pip gar nicht aus. Sie konzentriert sich nur auf ihre eigenen Aufgaben. Es läuft gut. Ronnie sitzt an der Kasse und macht unpassende Kommentare, wenn nötig, kümmert er sich auch um die Zapfsäulen draußen, während Krish überall in Aktion tritt, wo es nötig ist. Pip belegt Sandwiches.

Nicht einmal das Kassieren ist ihre Sache. Nachdem sie die Sandwiches und Brötchen eingewickelt und gewogen hat, klebt sie ein Preisschild aufs Päckchen und reicht es dem Kunden, der dann an der Kasse bezahlt.

»Du willst doch nicht für immer und ewig nur Brötchen belegen«, sagt er. »Ganz besonders nicht mit einem Ekel als Chef, und sicher hast du Pläne für dich und Isabella. Mir wäre es lieber, wenn du den Job bekommst, und das werde ich der Geschäftsführung auch sagen.«

In dem Moment erlischt ihr Lächeln, nicht, weil Ronnie ihr Chef werden könnte, obwohl die Vorstellung schrecklich ist, aber sie belegt nicht nur Sandwiches, sondern hat noch sehr viel mehr zu bieten. Und vor allem bedrückt sie, dass Krish angenommen hat, dieser Job wäre nur eine Stufe auf der Leiter nach oben für sie und ihre »Pläne für Isabella«. Welche Pläne hat sie überhaupt?

Pip denkt an das Ende des Sommers, wenn Bella wieder zur Schule gehen und Pip wahrscheinlich wieder in ihren alten Job in der Kantine des Observatoriums zusammen mit Josephine zurückkehren wird. In ihren Tagträumen haben ihre Gedanken Flügel, im echten Leben sind diese gestutzt, und ihren Gedanken bleibt kaum Bewegungsfreiheit.

An der Sandwichtheke stellt sie jedem Menschen, der offen für eine kurze Unterhaltung scheint, zwei Fragen: »Wohin fahren Sie?« und »Woher kommen Sie?«.

Alle, die an der Tankstelle vorbeikommen, ausgenommen die Einheimischen, die Pip bereits kennt, haben ein bestimmtes Ziel. Das hier ist ein Zwischenstopp, niemals der Endpunkt. Hier herrscht eine flüchtige Atmosphäre, wie auf einem Flughafen oder einem Bahnhof. Manchmal werden die Menschen gesprächiger, sie erklären den Grund ihrer Reise oder erzählen Pip mehr über ihr Ziel. Pip liebt es, ihren Worten zu lauschen, von fremden Orten zu hören.

Denn Pip fährt nie irgendwohin.

3

Nach der Arbeit wartet Philip, Pips Vater, draußen im Wagen auf sie. Er trägt noch seine Arbeitsjacke aus dem Steinbruch. Deren leuchtend orange Farbe umhüllt ihn wie eine zweite Hautschicht und springt Pip ins Auge, bevor sie Philips Gesicht erkennt. Er hat das Fenster heruntergelassen, sein breiter Unterarm ruht auf der Fahrertür, das Hemd bis zum Ellbogen aufgekrempelt.

Gewaltige Pranken.

Schweigsamer Geselle.

Steinbrucharbeiter.

Enttäuscht.

Die Enttäuschung ist stumm, aber kein Geheimnis, und sie gilt Pip. Seit Philip mit siebzehn die Schule verlassen hat, arbeitet er im Wolverson-Steinbruch, der auf Schotter, Zement und Steinblöcke spezialisiert ist. Die meisten Männer aus Ballybeg sind dort angestellt. Der Steinbruch befindet sich seit Generationen im Besitz der Familie Wolverson. Mit den Politikern und der Gemeinde stehen die Wolversons auf gutem Fuß, daher sind sie so etwas wie lokale Prominenz und spielen hier in der Gegend eine wichtige Rolle. Philip verehrt die Wolversons, ist ihnen ewiglich dankbar für das, was sie ihm, seiner Familie, dem Ort geben. Er lässt nichts auf sie kommen.

Seit er als junger Mann im Steinbruch anfing, hat er so ziemlich jeden Job gemacht, den es dort gibt, vom Hilfsarbeiter beim Brecher über Gabelstaplerfahrer, Baggerführer bis hin zum Sprenger. Inzwischen ist er Sprengmeister. Sein Körper hat unter den Strapazen seiner Arbeit gelitten. Philip hat Rückenprobleme, Belastungsschmerzen vom schweren Heben. Pip erinnert sich, dass er bereits rücklings auf dem Fußboden geschlafen hat, als sie noch ein kleines Kind war. Kein Wunder, dass sie Einzelkind geblieben ist.

Philip ist groß und stark und selbst wie ein Fels gebaut, mit ledriger Haut voller Schwielen, einem faltigen Gesicht, Furchen um den Mund beim Lächeln, Furchen auf der Stirn beim Runzeln, als wäre er halb Mensch, halb Steinbruch. Ein Kalksteinriese.

»Was ist das?«, fragt er mit einem Blick auf das Paket in ihren Händen, als sie neben ihn in den Wagen steigt.

»Ich habe mir etwas in die Arbeit liefern lassen. Zu Hause würde ich die Sendung verpassen. Sie legen das Paket nicht vor der Haustür ab.«

»Was ist das?«

»Papier.«

Genauer gesagt handelt es sich um Origami-Papier. Ein Packen von fünfhundert festen, hellweißen Blättern. Leer, sie müssen erst noch gefüllt werden. Vor ihr liegt eine Welt von Möglichkeiten. Es ist aufregend. Sie drückt das Paket an ihre Brust.

»Wofür brauchst du das?«

»Das ist Fotopapier. Für den Drucker«, lügt sie.

Philip hat kein Interesse an Fotos, weder daran, Aufnahmen mit seinem Handy zu machen, noch sie auszudrucken. Das wird die letzte Frage gewesen sein, die er Pip zu dem Paket Papier stellt. Aber er will stets alles wissen, darin ist er Josephine sehr ähnlich. Wenn Bella oder Pip das Zimmer verlassen, sagen sie immer, wohin sie gehen. Wenn nicht, werden sie danach gefragt. Keine von beiden kommt und geht einfach so. Man nimmt auch nicht einfach so ein Paket an der Tür entgegen, ohne zu sagen, was sich darin befindet. Man geht nicht einfach für ein paar Stunden aus dem Haus, ohne Bescheid zu sagen. So war es schon immer, und es ist der natürliche Umgang von Eltern mit ihrem Kind, aber nicht mit einer Zweiunddreißigjährigen.

Pip ist sich der ständigen Überwachung bewusst, doch wenn sie es ansprechen würde, gäbe es nur Ärger. Es würde ihr das Leben schwer machen, und sie ist definitiv ein Mensch, der Konfrontationen meidet.

Pip reckt den Hals, um im Vorbeifahren einen Blick auf Jamies Haus zu erhaschen, doch in dem hübschen, ordentlichen Eigenheim mit dem perfekt gepflegten Garten ist wieder die übliche Ruhe eingekehrt. An der Haustür hängen Blumenampeln in leuchtenden Farben, und unter dem vorderen Fenster steht eine Gartenbank. Früher stieg Pip auf die Banklehne und stützte sich dann auf dem Fenstersims ab, um auf der Halterung der Blumenampel stehen zu können. Von dort kletterte sie auf das Dach der Veranda und konnte unbemerkt in Jamies Zimmer gelangen. Was sie häufig getan hat, als sie beide noch Teenager waren.

Pip beißt sich auf die Lippe, als sie sich daran erinnert, wie ihr Fuß einmal nicht die Halterung fand und sie beinahe böse gestürzt wäre. Und sie kann immer noch Jamies unterdrücktes Lachen hören, als sie beim Hinausklettern ausrutschte und auf dem Hintern das schräge Verandadach hinunterglitt. Noch mehr, als sich den Hals zu brechen, fürchtete sie, erwischt zu werden, daher entfuhren ihr nur erstickte Schreie. Sie hatte ihn noch nie so sehr lachen gesehen. Die Erinnerung daran, wie sie auf dem kalten, feuchten Rasen lag und in den nächtlichen Sternenhimmel schaute, als er den Kopf aus dem Fenster seines Zimmers steckte und seine weißen Zähne in der Dunkelheit strahlten, während er hysterisch japsend lachte, zaubert ein Lächeln in ihr Gesicht.

Jamie haben sie ihr weggenommen, aber ihre Erinnerungen an ihn können sie Pip nicht entreißen.

Josephine und Bella sind zu Hause, als Pip zurückkehrt. Josephines Wagen steht in der Einfahrt vor dem Eigenheim in der Nurney Road, das Philip selbst gebaut hat. Vier Jahre hat er dafür gebraucht. Nach der anstrengenden körperlichen Tätigkeit im Steinbruch hat er, trotz aller Erschöpfung, seine gesamte Freizeit mit der Arbeit am Bau verbracht, unterstützt von sämtlichen Freunden und Handwerkern, die abends oder am Wochenende dazu bereit waren.

Es ist sein Traumhaus. Sein eigenes Stück Land, fernab des Trubels im Ort, wo sie bis dahin ihr ganzes Leben lang gewohnt haben. Von hier kann man nicht ins Zentrum laufen, die Straße ist zu gefährlich, es gibt keine Fußgängerwege, und da Pip nicht Auto fahren kann, ist sie darauf angewiesen, dass ihre Eltern sie überall hinbringen und wieder abholen. Sie vermisst die Freiheit, ihre Ziele zu Fuß erreichen zu können.

Auf der anderen Straßenseite stehen fünf weitere Häuser, jeweils knapp fünfzig Meter voneinander entfernt. Das Grundstück direkt gegenüber gehört Tom und Mary Fitzgerald. Sie haben es in einzelne Parzellen unterteilt und für jedes ihrer drei Kinder ein eigenes Heim gebaut. Eine Tochter ist fortgezogen und hat ihren Teil an die Brennans verkauft. Daneben befindet sich noch ein Haus, wo die Slatterys wohnen, ein älteres Ehepaar mit erwachsenen Kindern und einer großen Enkelschar.

Als Pip und Philip zu ihrem Eingang gehen, steigt ihr Nachbar Aleksy aus seinem Auto und humpelt auf Krücken zu seiner Tür. Pip will schon den Arm heben und winken, aber Aleksy sieht nicht in ihre Richtung. Nie schenken die Nachbarn ihr einen freundlichen Blick, und sie grüßen auch nicht, sondern weichen ihr stets mit gesenktem Kopf aus. Womöglich sind die Nachbarn sauer, dass gegenüber von ihnen ein Neubau entstanden ist, der die Aussicht über die freie Landschaft versperrt. Oder sie ist einfach paranoid. So genau weiß Pip das nicht.

Philip geht zur Garage neben dem Haus und holt fröhlich pfeifend den Hausschlüssel aus dem Hängekorb, um die Tür aufzuschließen. Die Garage ist mit Auto- und Maschinenteilen sowie Unmengen Kleinzeug vollgestopft. Die Arbeit geht ihm nie aus. Philip hat das Haus noch nicht fertiggestellt, sobald der Zustand so war, dass die Familie einziehen konnte, wurde seine Arbeit langsamer. Die Außenwände sind noch nicht gestrichen, an verschiedenen Stellen ragen Leitungen aus den Mauern. Einige würden es als unfertigen grauen Betonklotz bezeichnen, aber für Philip und Josephine ist mit diesem Haus ein Traum in Erfüllung gegangen, sie sehen darin ihre Zukunft.

Pip sieht das Gleiche: den Traum und die Zukunft ihrer Eltern.

»Also«, sagt Philip und rollt die Grundrisspläne aus, ohne davor den Küchentisch abzuräumen. Josephine wirft ihrer Tochter einen scharfen Blick zu, woraufhin Pip sofort aufsteht und die Milchtüte in den Kühlschrank stellt, ebenso die Marmelade und die Butter, die bereits Fettflecken auf dem Papier hinterlassen hat. Als Pip zum Tisch zurückkehrt, haben die drei anderen schon Platz genommen und beugen sich über den Grundriss.

Pip stellt sich hinter Bella. Die Pläne interessieren sie nicht. Sie ist einfach glücklich, ihrer Tochter nahe zu sein, die mit ihren zwölf Jahren körperliche Berührungen vollkommen ablehnt. Pip riecht das Apfelshampoo in den Haaren, die Bella nun selbst wäscht.

In dem Wunsch, diesen seltenen Moment zu bewahren, versucht Pip, nicht zu schwer zu atmen und sich nicht zu rühren. Doch Bella schaudert theatralisch angesichts der Nähe ihrer Mutter und schiebt sie mit dem Ellbogen fort. Pip rückt ein Stück von ihrer Tochter ab.

Den Grundriss begreift Pip auf den ersten Blick, während Philip Josephine quälend lange erklären muss, welche der Zeichnungen das Obergeschoss und welche das Erdgeschoss darstellt und wo sich die Haustür befindet. Sie lassen sich Zeit und besprechen jede Einzelheit. Pip hört nicht mehr hin, es ist ihr gleich, wo der Trockner stehen wird, doch der Grundriss des Obergeschosses weckt ihr Interesse.

Zwei große Schlafzimmer mit eigenem Bad, dann noch ein kleines Schlafzimmer und ein extra Badezimmer. Ein Blick genügt Pip, um zu wissen, wo Philip und Josephine schlafen werden, ihr Bad ist mit einer Wanne ausgestattet. Philip badet häufig und gern, denn das hilft ihm gegen seine Schmerzen.

Das zweite große Schlafzimmer wird ihres sein, schlussfolgert Pip. In ihrer Fantasie malt sie sich das Zimmer aus, die Farben der Wände und der Einrichtung und das Bett. Sie hatte noch nie ein Doppelbett in ihrem Zimmer. Das ist wie in einer Hotelsuite, richtig erwachsen. Mit einer Dusche, die Pip ganz für sich allein haben wird und nicht mehr mit den anderen teilen muss, so wie jetzt in dem Reihenhäuschen aus den 1940er-Jahren im Zentrum.

Sie muss so tun, als würde sie dem Gespräch über Steckdosen und Deckenbeleuchtung folgen, während sie in Gedanken schon ihr neues Zimmer einrichtet, mit so vielen Kissen auf ihrem großen Bett, dass kaum Platz für sie selbst bleibt. Ihr eigenes Reich.

Endlich wendet sich das Gespräch der anderen dem Obergeschoss zu.

»Das hier ist unser Zimmer«, sagt Philip und drückt seinen baumstammdicken Finger, breiter als das eingezeichnete Doppelbett, auf das hintere Schlafzimmer mit der Wanne im eigenen Bad.

Pip stellt sich vor, wie ein riesiger Finger aus der Decke herauskommt, Putz in alle Richtungen versprengt und dann auf dem Bett landet, wo er das saubere Bettzeug zerwühlt und Kissen auf den Boden wirft.

»Kann ich dieses Zimmer haben?«, fragt Bella aufgeregt, während ihr Fingernagel mit dem abgeplatzten Lack auf dem zweiten Doppelzimmer herumkratzt, in das Pip schon eingezogen ist.

Pip lächelt über Bellas Aufregung, über ihren Wunsch, so ein Erwachsenenzimmer zu haben.

»Sicher kannst du das haben«, erwidert Josephine, streckt den Arm aus und fährt mit der Hand durch Bellas Haar.

»Deins hat allerdings keine eigene Badewanne so wie unseres, aber immerhin eine Dusche.«

Pips Lächeln ist erstarrt, ihre Familie soll nicht wissen, dass sie sich in ihrer Fantasie bereits in diesem Zimmer niedergelassen und dort die vergangenen zehn Minuten gewohnt hat. Dass sie ihre sämtliche Kleidung in die Schubladen geräumt und ihre neuen Kleider in den Schrank gehängt hat. Auch ihre Bettwäsche hatte sie schon ausgewählt und ihre Kissen aufgeschüttelt. Ihre Augen brennen, während sie den Blick weiter auf die Pläne auf dem Tisch heftet und sich wünscht, die drohenden Tränen zurückhalten zu können.

Während die anderen darüber diskutieren, wo sie die Möbel aufstellen wollen und welche Nachttische die besten seien, ver-

sucht Pip, etwas Enthusiasmus aufzubringen. Sie sollte das hier für ihre Tochter wollen. Sie sollte das Beste für Bella wollen. Sie möchte ihr alles geben.

Doch das Brennen in ihren Augen wird stärker, und ihre Gedanken schlagen ins Gegenteil um.

Sie hat ihrer Tochter bereits alles gegeben. Sie hat Bella ihr ganzes Leben gewidmet, ihre Teenagerjahre, ihre Zwanziger, ihre gesamte Zukunft.

Dieses Doppelzimmer war ihr einziger Wunsch.

Pip trägt das Papierpaket nach oben, um es in ihrem Schreibtisch zu verstauen. Durch Bellas geschlossene Tür dringt Musik. Wenn sie könnte, würde Bella absperren, aber Josephine besteht auf der Einhaltung ihrer Regeln. Zögernd bleibt Pip stehen und überlegt, was sie Wichtiges sagen könnte, das eine Störung rechtfertigt. Ihr fällt nichts ein.

Sie geht in ihr Zimmer. An einer Wand stehen ein Einzelbett und ein zweitüriger Schrank. Dann gibt es noch einen kleinen Schreibtisch mit Stuhl, das ist Pips Lieblingsplatz. Alles ist weiß.

Das Fenster geht nach vorn hinaus, man blickt auf die wenigen Häuser gegenüber und dahinter die Torflandschaft. Über den Moorwiesen nichts als Himmel, so weit sie blickt, und obwohl sich die Aussicht nie grundlegend verändert, ist sie doch niemals die gleiche. An manchen Tagen leuchtet die mosaikartige Landschaft farbenprächtig, die Wolken in der Höhe werfen Schatten und Licht auf den Boden, und in anderen Momenten lässt der verhangene Himmel das ganze Land grau aussehen. Aschgraue Wolken, graublaues Grasland, schiefergraue Moore.

Es ist jedes Mal wunderschön.

Der Torfgeruch, der aus jedem Schornstein im Ort aufsteigt,

vermittelt ein Gefühl von Heimat. Die Moore sind die Lebensgrundlage der Menschen hier, sie liefern Heizmaterial für die Häuser, Brennstoff zum Handeltreiben, und sie wärmen die Seele. Die Moore nehmen, und die Moore geben.

Pips Schreibtisch ist tadellos aufgeräumt, alles steht an seinem Platz. Es macht ihr Freude, die Dinge ordentlich zu arrangieren. Für die Schreibtischschubladen hat sie durchsichtige Plastikboxen besorgt, in denen sie Stifte, Spitzer und Radiergummi aufbewahrt.

Pip nimmt das neue Papier aus der Verpackung und verstaut es in der Schublade unter der Tischplatte. Dann legt sie einen frischen Bogen auf den Tisch.

Mehrmals streicht sie mit konzentriertem Blick darüber. Unbeschriebenes Papier auf einem weißen Schreibtisch. Es ist ihr Moment, und sie kann ihn nach ihren Wünschen gestalten. Durchs Fenster strahlt die Sonne auf ihr Blatt, als würde sie ein Schlaglicht werfen, die Helligkeit macht Pip Mut, hilft ihren Worten zu blühen und zu gedeihen.

Es war ein turbulenter Tag. Die Verhaftung von Lorcan Murphy hat ihr vor allem Jamie wieder in Erinnerung gebracht. Über den genauen Hergang der Ereignisse wurde Pip in der Tankstelle von einem Kunden auf der Durchfahrt nach Rosslare Harbour aufgeklärt, der mit seiner Familie und vollgepacktem Wagen in den Campingurlaub nach Frankreich unterwegs war. Lorcan war mehrmals verwarnt worden, er solle aufhören, auf seinem Land Torf zu stechen. Da er zwei gerichtlichen Anhörungen fernblieb, stellte der zuständige Richter einen Haftbefehl aus. Allerdings durfte Lorcan bald nach seiner Festnahme unter der strikten Auflage, zur dritten Anhörung zu erscheinen, wieder nach Hause.

Sicher wird Jamie kommen, um seiner Familie in dieser schwierigen Zeit beizustehen.

Auch wenn Jamie physisch nicht mehr Teil ihres Lebens ist, hat er ihr Herz nicht eine Sekunde lang verlassen.

Sie dreht das Blatt vor sich schräg zur Seite, sodass es sich in Übereinstimmung mit der Haltung des Füllers in ihrer Hand befindet. Dann schreibt sie in sehr kleiner Schrift:

Origami-Mädchen
Hat ein Origami-Herz
Sie faltet es
Und faltet es erneut
Maskiert es
Als Dreieck
Macht es so klein
Niemand kann es sehen
Oder finden
Sie versteckt es
Zur sicheren Verwahrung

Sorgfältig faltet Pip das Blatt in einer Abfolge von Bewegungen, die beruhigend auf sie wirken. Sie weiß nie im Voraus, welche Form das Papier annehmen wird, aber wenn sie mit dem Falten beginnt, entsteht unversehens eine neue Figur oder Form. Sie lässt sich Zeit, und während sie die hypnotischen Handgriffe vollführt, werden ihre Gedanken klarer. Sie hat ein Origami-Herz geschaffen, ihre Zeilen sind im Inneren verborgen, zusammen mit dem winzigen Dreieck, das sie in eine der Falten im Papier steckt.

Dann holt sie eine Schachtel aus der Schublade, legt das Origami-Herz zu den Dutzenden anderen Origami-Formen und räumt alles wieder weg.

An einen sicheren Ort. Damit niemand sie finden kann.

4

Um sechs Uhr ruft Josephine Bella und Pip zum Abendessen. Pip wartet, bis Bellas Tür aufgeht, dann tritt sie sofort aus ihrem Zimmer, sodass sie nebeneinander auf dem Flur stehen. Pip tut erstaunt, ihre Tochter zu sehen, was für ein Zufall. Für einen Moment sickert Bellas sechzehnjährige Welt nach draußen. Rasch schließt sie die Tür hinter sich.

»Hallo«, sagt Pip und lächelt Bella an. »Wie war dein Tag?«

Pip genießt diese Zeit, den kurzen Augenblick, den sie mit Bella allein hat, während sie die Treppe zum Abendessen hinuntergehen. Es erinnert Pip an früher, als sie Bella von der Schule abholte, die den ganzen Nachhauseweg, vom Schultor bis zu ihrer Haustür, über ihre Erlebnisse plauderte. Wenn Pip nur mehr solcher Momente ungestörter Zweisamkeit mit ihrer Tochter verbringen könnte.

Sie setzen sich an den Küchentisch.

»Gibt es irgendwas Neues?«, fragt Josephine.

Die Sensation des Tages ist natürlich Lorcan Murphys Verhaftung, aber darüber wird niemand sprechen. Die bloße Erwähnung seines Namens ruft Josephine und Philip Pips schreckliche Verfehlung ins Gedächtnis zurück, durch die sie alle leiden mussten: die Tatsache, dass sie mit sechzehn schwanger geworden ist. Bellas Verbindung mit der Familie ihres Vaters besteht aus einem verkrampften Sonntagsessen einmal im Monat, in Begleitung von Josephine. Bella würde alles tun, um nicht dorthin gehen zu müssen.

Philip berichtet als Erster. Im Steinbruch wurde ein Arbeiter verletzt und musste eilig ins Krankenhaus gebracht werden.

»Er hat seine Fingerkuppe verloren«, sagt Philip, während er auf einer Zuckerschote kaut. Er beißt die Spitze ab und schiebt sich den Rest in den Mund.

Meist isst er mit den Fingern und vergisst, dass er mit seinem Besteck ein Werkzeug zur Hand hat.

»Schon wieder ein Unfall?«, fragt Bella mit vollem Mund. Immer ist sie bereit, genau die Fragen zu stellen, die Pip hinunterschluckt.

»Sprich nicht mit vollem Mund«, erwidert Josephine, und eine andere Antwort erhält Bella nicht.

»Krish hört in ein paar Wochen in der Tankstelle auf«, bricht Pip das entstandene Schweigen.

Zwar hat Krish sie gebeten, es nicht weiterzutragen, aber Pip erzählt ihren Eltern solche Dinge eigentlich immer. Sie möchte noch sagen, dass Krish sie für eine Beförderung vorschlagen wird, aber dann unterlässt sie es doch. Denn ihre Eltern sollen nicht schon jetzt ihre Hoffnungen zerstören, Pip möchte noch eine Weile mit diesem Traum leben.

»Wohin geht er?«, will Philip wissen.

»Er wird Nachtwächter im Steinbruch.«

Sofort drückt Philip seine volle Anerkennung aus. »Dort werden sie sich gut um ihn kümmern«, sagt er. »Und wir brauchen ihn.«

»Seine Frau Mary fängt wieder an zu arbeiten«, berichtet Pip. Ihr persönlich sind diese Informationen gleichgültig, aber ihre Eltern lieben Klatsch und Tratsch.

»Fünf Kinder und ein Job als Krankenschwester, sie ist eine tolle Frau«, sagt Josephine und nimmt eine kleine Gabel voll Kartoffelbrei. Sie isst wie ein Spatz und scheint allein von Adrenalin zu leben.

Ihre Bemerkung versetzt Pip einen Stich, als wäre sie nur eine Mutter, keine »tolle Frau«. Und nicht einmal eine richtige Mutter.

»Warum habt ihr beide eigentlich nur ein Kind bekommen?«, will Bella plötzlich wissen. Erneut stellt ihre Tochter eine Frage, zu der Pip stets der Mut gefehlt hat.

Bella ist wagemutig, sie überschreitet die Grenzen, ohne die Schranken zu sehen. Drückendes Schweigen spürt sie meist nicht, und wenn doch, hat sie nicht das Gefühl, ein Teil davon zu sein. Wenn es lärmig ist, schreit sie noch lauter. Pips angespannte und kleingehaltene Existenz ist für die Außenwelt unsichtbar, und sie hat fälschlicherweise angenommen, dass Bella mit ihr darin leben würde. Nun sieht Pip mit tiefer Ehrfurcht und großer Freude, dass ihre heranwachsende Tochter wie selbstverständlich immer mehr Raum einnimmt und ihr lautes Rufen das Schweigen ausfüllt.

»Wir hätten mehr Kinder haben sollen?«, fragt Josephine. »Wo Philippa doch so viel Arbeit wie fünf Balgen gemacht hat? Und wir haben doch auch noch dich, oder?«

Mit einem Mal vergeht Pip der Appetit.

Am Telefon klingt Josephines Stimme angestrengt und förmlich. So spricht sie, wenn sie das Gefühl hat, kein falsches Wort sagen zu dürfen. Als würde sie auf der Polizeiwache verhört oder im Zeugenstand vor Gericht befragt. Jedes Wort ist genau durchdacht, bedeutungsschwer. Pip weiß sofort, dass Josephine mit Maureen Murphy, Jamies Mutter, telefoniert.

Pip bleibt auf der Treppe stehen, um zu lauschen. Sie bemüht sich, kein Geräusch zu machen, sonst wird Josephine das Gespräch unterbrechen.

»Das verstehe ich, aber trotzdem denke ich, es wäre das Beste, wenn sie euch dieses Wochenende nicht besucht. Ihr habt heute Morgen für einiges Aufsehen gesorgt. Besser, wir warten, bis sich die Aufregung wieder gelegt hat.«

Josephine wäre jedes Ereignis als Ausrede recht, um Bella bei sich zu behalten, selbst wenn es sich um einen Besuch bei ihren anderen Großeltern handelt. Seit Bellas Geburt hat Josephine die Kontrolle über ihre Enkelin nicht aus der Hand gegeben, im Gegenteil, ihr Griff ist noch fester geworden.

Ein Stuhlbein kratzt über den Boden, und Pip sieht ihre Mutter vor sich, wie sie kerzengerade am Küchentisch sitzt und mittels emotionaler Manipulation blitzschnell versucht, in dieser Diskussion die Nase vorn zu haben.

Pip kann sich nur denken, wie Maureens Antwort lautet: *Wir möchten Isabella sehen. Warum darf Isabella uns nicht öfter besuchen?*

Sie heißt Bella.

Pip hatte den Namen ausgesucht, und Jamie war einverstanden gewesen. Beide waren glücklich mit der Namenswahl für ihre Tochter.

Bella. Auf diesen Namen haben sich Jamie und Pip geeinigt, und drei Wochen nachdem ihre Tochter zur Welt gekommen ist, sind sie auf dem Standesamt, um die Geburt registrieren zu lassen. Josephine und Maureen sitzen zwischen Pip und Jamie. Seit ihre Eltern von der Schwangerschaft erfahren haben, wurde ihnen kaum erlaubt, sich auch nur anzusehen. Es ist zwei Wochen her, dass sie sich zuletzt im selben Raum aufgehalten haben. Bei der Geburt war Jamie nicht dabei und durfte sein Kind seitdem nur für wenige Minuten sehen. Im Krankenhaus konnten sie nicht richtig miteinander sprechen. Jamie saß mit Bella auf dem Arm in dem Sessel neben dem Bett, hinter ihm der blaue Vorhang. Pip wollte so tun, als würde kein Anstandswauwau sie beide überwachen. Anscheinend befürchtete Josephine, Jamie würde direkt zu Pip ins Bett springen, um gleich nach der Geburt wieder Sex mit ihr zu haben.

Jamie machte sich große Sorgen um Pip, fragte immer wieder, ob es ihr gut ging. Und in seine kleine Tochter war er völlig vernarrt. Sie hatte seine langen Wimpern. Er spielte mit ihren kleinen Zehen, strich zählend über ihre Fingerchen und staunte über dieses Wunder. Gelegentlich blickte er zu Pip und lächelte. Und obwohl ihre Situation ausweglos schien und sie beide auf schreckliche Weise auseinandergerissen worden waren, erfüllte sein Strahlen sie mit Hoffnung. Er war so voller Liebe für Bella.

Pip spürt, wie peinlich es Josephine ist, zusammen mit ihrer jungen Tochter auf dem Standesamt zu warten. Wenn Bella weint, nimmt Josephine sie sofort auf den Arm.

Das Anmeldeformular hat Josephine ausgefüllt, und Maureen hat es überprüft. Jamie und Pip haben nur ihre Unterschrift daruntergesetzt. Pip hat sich gar nicht weiter damit beschäftigt, und Jamie wurde von seiner Mutter unsanft zur Seite gedrängt, als er es sich genau durchlesen wollte.

Dann wird Jamie eine Kopie der Geburtsurkunde gereicht.

»Bella«, sagt er plötzlich, das erste Wort, das an diesem Tag aus seinem Mund zu hören ist. »Sie sollte Bella heißen.«

Alarmiert versucht Pip, einen Blick auf das Dokument zu werfen, aber Josephine zieht es fort.

»Das kann man nicht auf eine Geburtsurkunde schreiben«, entgegnet Josephine zornbebend. »Es ist kein richtiger Name. Offiziell wird sie Isabella heißen müssen.«

»Aber das ist nicht der Name, den wir ausgesucht haben«, erwidert Jamie niedergeschlagen und scheint den Tränen nahe. Er sieht zu Pip, sie soll ihm den Rücken stärken, aber sie hat den Blick unverwandt auf den Boden geheftet, unfähig, ihn

zu unterstützen. Pip ist nicht in der Lage, in die Auseinandersetzung einzugreifen, nicht hier in der Öffentlichkeit und auch nirgendwo sonst. Sie ist erschöpft und fühlt sich körperlich und emotional ausgelaugt. Ihr fehlt die Energie für einen weiteren Kampf mit Josephine, eine erneute Niederlage kann sie nicht verkraften. Jeder Augenblick eines jeden Tages ist furchtbar anstrengend. Aber in diesem Moment, als sie nach einem Versteck für sich sucht, im Moment der Kapitulation, hat sie das Gefühl, ihn verraten zu haben.

Auf dem Heimweg schläft sie vor Müdigkeit im Auto ein. Als Josephine ungeduldig einige Knöpfe ihrer Bluse öffnet, wacht Pip auf.

»Isabella muss trinken«, sagt Josephine und legt Pip ihr winziges Baby in den Arm.

Pip lauscht immer noch still auf der Treppe dem Telefongespräch. Josephine sagt ein paar abschließende Worte.

»Kommt er nach Hause, was denkst du?«, fragt Josephine, und ihre Stimme klingt eine verräterische Oktave höher. »Nun, lass es mich bitte wissen, wenn du etwas erfährst. Es ist wichtig, dass ich darüber Bescheid weiß.«

Die beiden sprechen über Jamie. Bei dem Gedanken daran, dass er heimkommen könnte, schlägt Pips Herz schneller.

»Maureen, wir werden gemeinsam überlegen, was das Beste für Isabella ist.«

So ist es schon immer gewesen.

Leise steigt Pip die Stufen wieder nach oben. Sie ist zittrig und fühlt sich vollkommen machtlos, deshalb wendet sie sich der einzigen Betätigung zu, die sie innerlich beruhigt und ihre Selbstbeherrschung stärkt – die Kunst der Origami-Gedichte. Sie setzt sich an ihren Schreibtisch.

Origami-Mädchen
Hat ein Origami-Baby
Bei der Geburt
Reißt ihr zartes Papier
Sie faltet ihr Baby
Einmal
Dann zweimal
Und steckt es nach innen
Eine eigene Faltung
Niemand kann es
Mitnehmen
Niemand bringt es
Fort

5

Pip liegt auf ihrem Bett, den Blick auf den Kunstdruck von Monets *Brücke über einen Seerosenteich* gerichtet, der über dem Schreibtisch an der Wand hängt. Dieses Bild kann sie stundenlang betrachten – und hat das auch schon oft getan.

In der Schule war Kunst ihr Lieblingsfach. Sie fand es toll, den normalen Unterricht hinter sich zu lassen und in eine andere Welt einzutauchen. Sie mochte es, dass Farbe an ihren Fingern klebte und ihre Uniform Flecken hatte, wenn die verschiedenen Gruppen für die nächste Stunde wieder im Klassenzimmer zusammenkamen. Die Jungen hatten vom Holzarbeiten Sägespäne auf ihren Pullis und Schnittwunden an den Händen, diejenigen, die Technisches Zeichnen gewählt hatten, trugen ihre Reißschienen über der Schulter, als wären sie alle Bergarbeiter, und die Kunstschülerinnen und -schüler kehrten zurück, als hätten sie ein Abenteuer erlebt oder einen Ausflug in die freie Natur unternommen, um Licht und Schatten zu studieren und unzählige verschiedene Töne ein und derselben Farbe zu finden. Anschließend schlüpften diese Kunstwildlinge, diese Seelentröster wieder zurück in das gewohnte Schulleben.

Pip war schwanger, als sie anfing, die Origami-Mädchen-Gedichte zu schreiben. Sie hatte den Wunsch, sich kleiner zu machen, aber sie wurde immer größer. Daher begann sie, sich auf andere Art zusammenzufalten und alles unter vielen Schichten zu verbergen, und das Origami ergab sich auf ganz natürliche Weise. Ihr Stift findet Worte, die sie nicht laut aussprechen kann, ihre Finger finden die Formen, die Formen geben Gefühlen eine Gestalt, die sie anders nicht ausdrücken kann.

Sie muss die Schachtel nicht öffnen, um sich an das erste Origami-Mädchen-Gedicht zu erinnern, das sie je geschrieben hat, denn sie kann es auswendig:

Origami-Mädchen
Ist ein papierdünnes Mädchen
So fein
Und zierlich
Die Faltung macht sie stärker
Doch darunter ist sie
Immer noch verletzt

Zu Schulzeiten war Claude Monet ihr Lieblingskünstler, und obwohl sie keinen Schulabschluss machen und auch ihr Interesse an der Kunst nicht vertiefen konnte, blieb er der Künstler, der sie am meisten inspirierte. Das lag möglicherweise daran, dass sein Werk sie an eine Zeit in ihrem Leben erinnerte, als sie sich jung und unbeschwert gefühlt hatte, frei von der Scham und der Enttäuschung, die später auf ihr lasteten. Bella hatte ihr Leben um viele schöne Momente bereichert. Jeden Tag gab es etwas Neues zu feiern, jedes Kichern, jedes Lied, jedes neue Wort, jeder Zahn und die ersten Schritte ihrer Tochter waren unschlagbare Momente der Freude – nie hätte sie sich wünschen können, dieses Kind und dieses pure Glück nicht zu erleben –, und dennoch hatte das alles sie verändert. Vorher war sie ein Teenager gewesen, unbesorgt, verliebt, naiv und zuversichtlich, neun Monate später hatte sie ein gebrochenes Herz, Angst und Reue beherrschten sie, und es mangelte ihr an Selbstbewusstsein.

Ein gerahmter Druck der Seerosen hängt über Pips weißem Schreibtisch. Es ist der einzige Farbtupfer in ihrem ansonsten blassen Schlafzimmer. Pip mag das beruhigende Gefühl, das ihr kleines Zimmer ihr gibt – es ist das Einzige im ganzen Haus, was sie für sich allein hat. Ihre Mutter neigt zu Unordnung, jede Oberfläche und jedes Regal wird vollgestellt, und in den Ecken und Schubladen stapelt sie Zeug, auch in diesem neuen Haus.

Josephine findet, dass Pips Zimmer noch nicht fertig eingerichtet ist. Eine weiße, leere Leinwand.

Vielleicht hat Josephine in diesem Punkt recht – Pips Zimmer ist eine Leinwand für ihre Fantasie, ihre Gedanken, ihre Träume, ihre Wünsche. Fast nichts davon ist mit dem bloßen Auge sichtbar, denn die Bilder sind in ihrem Kopf.

Pip betrachtet das Gemälde von Monet so lange und intensiv, dass es sich zu bewegen scheint. Das Wasser im Seerosenteich kräuselt sich und breitet sich über die gesamte Wand aus. Pip betrachtet den Rahmen des Bildes und stellt sich vor, dass die Wand Risse bekommt, weil der Druck des Wassers aus dem überlaufenden Gemälde steigt und droht die Mauer zu durchbrechen.

Sie runzelt die Stirn und setzt sich auf. Tatsächlich ist dort ein Sprung in der Wand. Sie geht hinüber und legt den Finger darauf, fährt ihn bis zum Rahmen nach.

Hat sie das mit ihren Gedanken bewirkt?

Pip hebt den Rahmen ein wenig an, dann folgt ihr Blick der Linie des Risses, die sich bis zu dem Nagel hinaufzieht, den sie für ihr Bild in die Wand geschlagen hat.

Philip darf nichts von dem Schaden erfahren. Sie kann niemandem in ihrer Familie davon erzählen. Es hatte Pip solche Anstrengungen gekostet, unter dem Radar zu bleiben, vor sechzehn Jahren hatte ihr Verhalten ihre Familie, und auch sie selbst, im tiefsten Inneren erschüttert, und anschließend hatten sie so lange Zeit zu kämpfen gehabt. Der Umzug in das selbst gebaute Traumhaus war ein Neuanfang gewesen. Pip kann unmöglich dafür verantwortlich sein, dass wieder Risse zum Vorschein kommen.

Sie zieht die oberste Schublade ihres Schreibtischs auf und tastet nach einem Skizzenblock.

»Mädchen! Essen!«, tönt Josephines Stimme herauf.

Bella hat laute Musik an und wird daher nichts hören, deshalb ist es Pips Aufgabe, sie zum Essen zu rufen.

»In Ordnung!«, antwortet Pip ihrer Mutter.

Mit zitternden Händen sieht sie sämtliche losen Blätter mit Skizzen und Gedichtversuchen durch. Sie ist stolz darauf, deshalb befinden sie sich in der Schublade und sind nicht im Papierkorb gelandet. Dennoch möchte sie ihre Kunst für sich behalten, auf keinen Fall soll sie eine weitere Sache in ihrem Leben sein, die Josephine kritisieren, auseinandernehmen und in der Luft zerreißen kann.

»Mädchen!«, ist Josephine erneut zu hören.

Pip öffnet einen Spaltbreit ihre Tür. »Ich hole Bella!«, ruft sie nach unten, dann schließt sie die Tür wieder.

Blumenskizzen, mit wenigen groben Strichen gezeichnet. Rudimentäre Entwürfe gefallen ihr, ihr eigener Stil steht im krassen Gegensatz zu dem von Claude Monet. Ihre Bilder sind stets scharf konturierte Bleistiftzeichnungen. Blumen mit Ecken und Kanten, deshalb gefällt ihr auch das Origami so sehr.

Zufällig findet sie eine Skizze von Bellas Babyfüßchen in ihrer eigenen Hand, die sie zum Lächeln bringt.

Dann hört sie wütende Schritte. Der Boden wackelt, als Josephine die Treppe heraufstampft.

Rasch schiebt Pip die Schublade zu und klemmt die Skizze von dem Babyfuß unter den Rahmen, wo sie gerade eben den Riss in der Wand verdeckt.

Ihre Zimmertür wird aufgerissen und trifft sie an der Schulter, als sie zur Seite springt.

»Aua!«

»Was machst du hier drinnen?«, fährt Josephine sie an, denn sie hat einen Schreck bekommen und wird wie immer sofort zornig. Sie kann jederzeit Paroli bieten, außerdem hat sie immer recht.

»Ich bin gleich fertig.«

»Womit fertig?«, fragt Josephine und späht zu Pips Schreibtisch, als erwarte sie einen Hinterhalt. Das Unbekannte mag sie nicht.

Sie macht die Tür weit auf und blickt argwöhnisch ins Zimmer, als wäre Pip noch ein Teenager, der heimlich raucht. Pip ist sich des Risses in der Wand bewusst, denn sie glaubt, ein Pochen zu vernehmen.

»Ich hole Bella«, sagt Pip schnell.

Dieser Moment, wenn sie Bella ruft und sie beide zusammen die Treppe hinuntergehen, ist Pip heilig. Dann erfährt sie ein wenig aus Bellas Leben und besitzt die Freiheit, möglicherweise Einfluss auf ihre Tochter zu nehmen. Es ist die Gelegenheit, Bella positive Gedanken zu vermitteln, ihr einen Weg im Leben zu weisen. Pip kann von sich erzählen und von Bella lernen, einen Witz reißen und sich an dem Lachen ihrer Tochter erfreuen. Sie ist mit allem zufrieden. Es sind zwei Minuten.

»Komm sofort runter, Isabella!« Josephine klopft an Bellas Zimmertür und wartet.

Pip steigt allein die Treppe nach unten, verärgert darüber, dass ihr nun, zusätzlich zu all den anderen Minuten, auch noch diese zwei gestohlen wurden.

6

Um die Mittagszeit arbeitet Pip an der Sandwichtheke. Vor ihr steht ein Mann, der mit verschränkten Armen die Auslage begutachtet. Er hat blonde, stufig geschnittene Haare, trägt ein weißes Hemd, dessen Ärmel bis zum Ellbogen aufgerollt sind, und eine schwarze Hose. Er ist groß und schlank. Seine Augen sind eisblau.

»Kann ich Ihnen behilflich sein?«, fragt Pip.

»Das hoffe ich sehr«, erwidert er und sieht so verloren aus, dass sie lachen muss.

»Lassen Sie mich raten, Sie sind Waage«, sagt sie, und auf seinen verdutzten Blick hin ergänzt sie: »Waage? Das Sternzeichen? Diese Menschen können sehr schlecht Entscheidungen treffen.«

»Mein Sternzeichen?«

Er kommt nicht aus Irland, sie hört einen leichten Akzent, als wäre Englisch nicht seine Muttersprache.

»Oder Tierkreiszeichen. Auf ihrer Bahn durchläuft die Sonne einmal im Jahr den Tierkreis, und der Abschnitt, in dem die Sonne bei der Geburt eines Menschen stand, ist sein Tierkreiszeichen. Astrologen glauben, dass sich anhand des Tierkreiszeichens der Charakter eines Menschen vorhersagen lässt.«

»Faszinierend«, sagt er, und seine Augen strahlen. »Sie sind also Astrologin.«

Lachend schiebt sie das Haarnetz, das ihr in die Stirn gerutscht war, wieder nach oben. »Offensichtlich nicht.«

Er lächelt. »Aber die Sterne interessieren Sie?«

»Mich interessiert, welches Sandwich Sie gerne hätten.«

Er seufzt, die Unentschiedenheit lastet schwer auf ihm. Eindringlich mustert er die Salate und den Aufschnitt, wirkt aber nach wie vor unentschlossen.

»Wenn Sie nicht wissen, was Sie wollen, bestelle ich als Erster«, verkündet der Kunde neben dem Mann und überholt ihn in der Schlange. »Hallo, Philippa.«

Selbst mit zweiunddreißig Jahren verspürt Pip noch den Drang, einen Knicks vor Sammy Wolverson zu machen, der jetzt auf der anderen Seite ihrer bescheidenen Sandwichtheke steht.

Pip wirft dem anderen Kunden einen entschuldigenden Blick zu. Einem Mitglied der Familie Wolverson kann sie keine Absage erteilen.

Immer wenn Pip, von klein auf, einmal mit jemandem aus der Familie Wolverson zusammengetroffen ist, hat sie sich wie in der Gegenwart eines Gottes gefühlt – so uneingeschränkt war Philips Ehrerbietung für diese Leute.

»Ein Wolverson hat es schwer«, sagte er oft, als wäre die Zugehörigkeit zu dieser Familie ein großes Geschenk, aber auch eine Bürde, wie der königlichen Familie zu entstammen. Große Verpflichtungen bringen große Verantwortung mit sich.

»Hallo, Mr Wolverson.« Pip erinnert sich an Philips Ermahnung, aufrecht zu stehen und klar und deutlich zu sprechen.

Sammy lächelt sie an. »Bitte nenn mich Sammy.«

Pip ist sich nicht sicher, ob das Philip gefallen würde, andererseits sähe ihr Vater es nicht gern, dass sie einem Wolverson widerspricht.

Seine Zähne sind absolut gerade und strahlend weiß. Sie konzentriert sich auf diese klaren Formen und überlegt, ob das wohl Veneers sind. Sammy sieht aus wie einer dieser Menschen, die auf Instagram Filter für ihr Gesicht benutzen. So, wie er jetzt vor ihr steht, wirkt er wie Desperate Dan ohne Bartstoppeln, aber sehr echt. Unter den vielen nutzlosen Fakten und Theorien, die Pip auf Social Media gelesen hat, stand auch einmal, dass man das körperliche Erscheinungsbild von Männern auf vier tierbasierte Kategorien runterbrechen könne: Entweder besitzt ein Mann die Attraktivität eines Adlers, die eines Bären, die eines Hundes oder die eines Reptils. Ein rundliches Gesicht und breite Schultern entsprechen der Bärenattraktivität, Reptilmänner haben eine gerade Nase und scharfe Augen, in der Hundekategorie punkten sie mit großen Augen und einem frechen Grinsen, und die Adlermänner haben kleine Augen und eine lange Nase. Sammy Wolverson besitzt sowohl die Attraktivität eines Bären als auch die eines Hundes: Er ist groß, breitschultrig, rundlich und ein wenig frech.

Selbstsicher.

Total geschniegelt.

Gezupfte Augenbrauen?

Glatt.

»Was darf es sein, Sammy?«

»Oh. Äh.« Er stellt sich gerade hin und sieht über ihren Kopf auf das Speisenangebot. »Gib mir ein Brötchen mit warmem Hühnchen.«

»Hell oder dunkel?«

Er legt seine Hand auf die Glasscheibe der Theke. Seine Fingernägel sind perfekt gepflegt, keine Spur von Schmutz, keine Schrammen oder Schnitte, ganz anders als bei ihrem Vater nach einem Tag im Steinbruch. Sammys Hände sind so riesig wie alles an seinem Körper. Er ist breit gebaut, nicht muskulös, aber stattlich. Eine robuste Statur mit einem großen Kopf und bronzefarbenem Teint.

»Dunkles Fleisch, bitte. Ich mag Schenkel.«

Der unentschlossene Kunde zieht amüsiert einen Mundwinkel hoch. Sie weicht seinem Blick aus.

»Ich meinte, soll es ein helles oder ein dunkles Brötchen sein?«

»Oh. Ein dunkles. Völlig egal.« Sammy denkt, sie hätte die Anspielung nicht verstanden, aber das hat sie sehr wohl. Pip ist nicht dumm, nur zu höflich, um darauf einzugehen. »Wie geht es deiner Tochter Isabella?«

Das ist eine der wenigen Gelegenheiten, bei denen sie die Verwendung des falschen Namens für ihre Tochter nicht korrigiert.

»Es geht ihr sehr gut, danke.«

»Inzwischen ist sie doch bestimmt schon … zwölf?«

»Sie ist sechzehn.«

»Meine Güte. Ich wette, du lässt sie nicht aus den Augen.«

Wegen Pips Verfehlung in dem Alter. Sie wird rot.

»Sie ist ein braves Mädchen«, erwidert sie.

»Sicher ist sie das. Und das neue Haus, habt ihr euch schon eingelebt?«

»Es ist großartig, danke. Dad hat wundervolle Arbeit geleistet.«

»Daran zweifle ich nicht. Ein Pfundskerl wie er?«

Pip lacht. »Butter oder Mayonnaise?«

»Was du für richtig hältst.«

Einen Moment lang zögert sie. Sie hat keine Meinung dazu, ob Butter oder Mayonnaise besser passt, es ist eine Frage des persönlichen Geschmacks. Sie isst immer einen Salat, aber Sammy ist ein Wolverson, und in dieser Familie mit ihrem Landsitz und dem Hauspersonal sind sie nur das Beste gewohnt, also bestreicht Pip eine Brötchenhälfte mit Butter und die andere mit Mayonnaise.

»Dein Dad hat mir angeboten, mal vorbeizukommen und mir das Haus anzusehen.«

Überrascht hebt sie den Kopf.

»Wann ist denn die beste Zeit für einen Besuch?«

Pip ist sich bewusst, dass ihr unentschlossener Freund in der Schlange hinter Sammy steht und alles mitanhört. Der heißen Theke entnimmt sie ein Stück Hühnchen, schneidet es ordentlich auf und belegt das Brötchen damit. Für ein Mitglied der Familie Wolverson gibt sie sich besondere Mühe, das wird ein Gourmetbrötchen.

»Das überlasse ich lieber den Männern«, erwidert sie freundlich. »Mein Vater kann einen Zeitpunkt für einen Besuch vorschlagen. Noch etwas auf das Brötchen drauf?«

»Nein … äh …« Er blickt in die Vitrine, als sähe er das Essensangebot dort zum ersten Mal. »Tomate.«

Mit ihren viel zu großen Handschuhen greift sie nach den Tomaten und versucht, sich nicht mit dem überschüssigen Plastik an ihren Fingern in den saftigen Scheiben zu verheddern, als sie das Brötchen mit dem warmen Hühnchen damit belegt.

»Ich würde gern vorbeikommen, wenn du zu Hause bist.«

Er ist ein Mann, der Schenkel mag, und er will sich ihr neues Heim ansehen, wenn sie da ist. Ein Wolverson. Sie muss das Bedürfnis unterdrücken, den hinter ihm wartenden Kunden anzusehen, der sie spürbar mit seinem Blick durchbohrt.

»Darf es sonst noch was sein? Auf dem Brötchen?«

Er lächelt. Seine Augen sind sehr sanft.

»Ja, Käse wäre toll.« Er sieht nicht in die Auslage, sondern hat die Augen unverwandt auf sie gerichtet. »Und Paprika, Ei und rote Zwiebeln.«

Er zählt nur willkürlich auf, was ihm gerade in den Sinn kommt, um länger an der Theke zu verweilen.

»Und Weintrauben, bitte.«

Pip spürt, wie ihr die Röte in die Wangen steigt. Mit einem höflichen Lächeln erwidert sie: »Wir haben leider keine Weintrauben.«

Sammy grinst und beobachtet sie aufmerksam, während sie alle diese Beläge auf seinem Brötchen arrangiert. Plötzlich ist sie sich jeder ihrer Bewegungen allzu bewusst. Sie kommt sich wie unter einem Mikroskop vor. Ihre langen braunen Haare sind unter dem Haarnetz zusammengenommen, und sie trägt Uniform, das rote T-Shirt der Tankstelle mit dem Eichhörnchen als Logo auf der linken Brust. In dem Moment fühlen sich die Regeln ihres Vaters dumm an, wie soll sie in dieser Situation aufrecht stehen und deutlich sprechen?

Dann legt Pip das eingewickelte Brötchen auf die Waage. Das enorm große Sandwich ist enorm teuer. Sie druckt das Preisetikett aus, klebt es auf die Verpackung und reicht Sammy sein Mittagessen über die Theke.

»Wie wäre es heute Abend?«, fragt Sammy. »Wann bist du hier fertig?«

Pip zögert und blickt nach rechts zu dem anderen Kunden.

Er schüttelt den Kopf.

»Um vier.« *Mr Wolverson, Sir,* fügt sie in Gedanken hinzu. »Aber mein Dad nimmt mich im Auto mit.«

»Ich hole dich hier ab, und dann fahren wir direkt zu euch. Philip kann ich auf der Arbeit Bescheid sagen.«

Pip ist hin- und hergerissen, welche Entscheidung sie treffen soll. Ihr ist klar, dass Philip es nicht gutheißen würde, wenn sie bei der Arbeit in der Tankstelle mit einem Mann eine Verabredung trifft, um sich von ihm nach Hause fahren zu lassen.

Aber Sammy ist ein Wolverson. Es wäre nicht in Philips Sinn, wenn sie einen Sprössling dieser Familie beleidigte.

»In Ordnung«, willigt sie mit leiser Stimme ein.

Pip hält den Kopf gesenkt, als Mr Unentschieden vortritt. Nach dem, was er mitbekommen haben muss, kann sie ihm kaum in die Augen schauen.

»Was wünschen Sie?«

»Sehr viel weniger als der andere Kunde. Außerdem müssen Sie mit mir nicht ausgehen.«

Pip lächelt, blickt auf und betrachtet den Mann.

Groß gewachsen.

Schlanke Figur.

Reptilien-Attraktivität.

Freundlich.

»Der Kunde ist der Chef meines Vaters«, sagt sie, denn sie hat das Gefühl, den Wortwechsel mit Sammy erklären zu müssen.

»Man sollte Ihnen kleinere Handschuhe besorgen.« Er beobachtet, wie sie ein frisches Paar überzieht und die Plastikenden an ihren kurzen Fingern herunterhängen.

Pip hat nie daran gedacht, um eine andere Größe zu bitten. Sie arrangiert sich mit dem, was vorhanden ist. Obwohl sie in ihrer ersten Arbeitswoche beim Brötchenaufschneiden die Spitze eines Handschuhs abgehackt hat und das Stück Plastik beinahe zum Belag getan hätte.

»Ist hier alles in Ordnung?«, fragt Krish. Wahrscheinlich ist er aufgeregt, dass er soeben seinen zukünftigen Chef an der Kasse bedient hat.

»Ihre Kollegin benötigt kleinere Handschuhe.«

Der Kunde sagt diese Worte locker und freundlich, dazu hat er ein charmantes Lächeln aufgesetzt, nichts an ihm wirkt unhöflich oder gar angriffslustig.

Krish sieht auf Pips Hände und scheint das Dilemma zum ersten Mal zu bemerken.

»Meine Güte, Philippa, das ist die falsche Größe. Haben wir eine neue Packung aufgemacht?«

»Nein, wir hatten immer nur diese Größe, seit ich hier angefangen habe.«

»Warum hast du nie etwas gesagt?«

Er stöbert in den Schränken unter der Theke herum. »Katarzyna, die vor dir hier gearbeitet hat, war sogar noch größer als ich. Die Handschuhe haben wir für sie bestellt und, aha, wer sagt es denn.« Mit diesen Worten stellt er eine Packung auf den Tresen. »Die kleinste Größe. Die passen dir sicher besser.«

»Vielen Dank«, erwidert Pip voller Erstaunen.

»Zapfsäule Nummer drei muss freigeschaltet werden«, ruft Ronnie quer durch den Laden, in einem Ton, der ihnen eigentlich untersagt ist.

»Genießen Sie Ihr Essen, Sir«, sagt Krish zu dem Kunden und macht sich daran, das nächste Problem zu lösen.

Pip streift die zu großen Handschuhe ab und wirft sie in den Mülleimer. Dann probiert sie die neue Größe an. Ihre Fingerspitzen reichen bis an die Plastikenden, sodass ihre Hände nicht mehr im Inneren herumschwimmen und jeder Griff nach einem Löffel oder einem Messer zusätzliche Anstrengung für sie bedeutet. So neu ausgestattet wird sie sehr viel effizienter in ihrer Arbeit sein.

»Na also, war gar nicht so schwierig, oder?«, fragt der Mann.

»Vielen Dank.«

»Ich bin nicht auf Dank aus. Es ist leicht, Dinge zu ändern. Kleine Dinge, Schritt für Schritt«, sagt er und studiert eingehend das Angebot. Jede Speise erhält seine höchste Aufmerksamkeit.

Manchmal sind Menschen unentschlossen, aber dieser Mann wirkt schon fast sonderbar, und Pip findet ihn sofort sympathisch.

»Ich bleibe einige Wochen hier«, sagt er. »Und würde mich gern etwas eingewöhnen. Was sollte ich wohl als Erstes probieren?«

Die beiden einigen sich auf ein Käsesandwich mit dunklem Brot ohne Butter oder Mayonnaise. Der Anblick von matschigem Essen behagt ihm nicht.

»Woher kommen Sie?«, fragt Pip.

»Wollen Sie denn nicht wissen, wohin ich in die Ferien fahre?«

Sie grinst. Er hatte den Fragen gelauscht, die sie den Bauarbeitern vor ihm in der Warteschlange gestellt hat.

»Die anderen Kunden stammen alle aus der Gegend. Ich würde gern etwas über einen fremden Ort hören, denn die Antwort auf die Frage, wohin Sie fahren, kenne ich bereits.«

»Und die lautet?«

»Sie wollen zum Observatorium.«

»Gut observiert.«

Pip kann sehen, dass er seine Identifikationskarte um den Hals hängen hat. Das Schildchen selbst hat er in die Brusttasche seines Hemds gesteckt, aber sie erkennt die schwarze Kordel wieder, denn die gleiche hatten auch die Angestellten, die sie in der Kantine bedient hat. »Hier in der Gegend gibt es nicht viele Optionen.«

»Da bin ich anderer Meinung«, sagt er und deutet mit einer Handbewegung zu der Speisenauswahl.

Pip lacht.

»Bei der Sternwarte gibt es eine Kantine«, erklärt sie ihm und fragt sich, warum er sich sein Mittagessen an der Tankstelle besorgt. »Dort bereiten sie warme Speisen zu, und jeden

Tag stehen zwei zur Auswahl. Und es gibt auch noch ein vegetarisches Angebot.«

»Dann kann man also zwischen drei Speisen wählen.«

»Na ja, als Vegetarier bleibt einem nur eine Wahl.«

»Aber man kann wählen, ob man Vegetarier sein will oder nicht.«

Wieder lacht sie, und es entgeht ihr nicht, dass er der Antwort auf ihre Frage, woher er kommt, ausgewichen ist. Jetzt ist ihre Neugier geweckt. Sie ist fasziniert von diesem Mann, und es hat sie in gute Laune versetzt, dass er ihr die eng anliegenden Handschuhe besorgt hat.

»Ich habe mit meiner Mutter in der Kantine des Observatoriums gearbeitet. Sie ist die Kleine«, und dann fügt sie verschwörerisch hinzu, »mit dem hitzigen Temperament.«

Er grinst. »Sagen Sie ihr nicht, dass ich hierherkomme.«

Pip würde es niemals wagen, ihrer Mutter gegenüber zu erwähnen, dass ein Angestellter der Sternwarte ihre Sandwichtheke der Kantine vorgezogen hat. »Morgen werden Sie es selbst sehen. Ich kann Ihnen nur raten: Wenn Ihnen etwas nicht schmeckt, schlucken Sie es trotzdem runter.«

»Nein, ich werde *Sie* morgen sehen«, erwidert er und hält stolz sein Sandwich in die Höhe. »Ich bin schon gespannt, was Sie über Ihr Date mit Sammy, dem Chef, zu erzählen haben.«

»Das ist kein Date«, entgegnet sie mit gespielter Empörung.

»Ich heiße Io. Und Sie sind Philippa?«, fragt er, denn er hat gehört, wie Sammy ihren Namen genannt hat.

»Pip, genau genommen.«

Mit manchen Menschen versucht man sein ganzes Leben lang warm zu werden, und andere fühlen sich bereits bei der ersten Begegnung wie alte Freunde an.

7

Genau in dem Moment, als Sammy Wolversons Range Rover in der Einfahrt anhält, geht die Haustür auf. Philip füllt die gesamte Breite des Eingangs aus, und die zierliche Josephine späht hinter ihm hervor.

»Für diesen riesigen Kerl hätte man wohl eine größere Tür bauen sollen«, sagt Sammy als Erstes, während er mit ausgestreckter Hand auf Pips Eltern zugeht.

Philip berichtet von technischen Problemen mit dem Türrahmen, was weder lustig ist noch so gemeint war, und damit ist die scherzhafte Frotzelei beendet.

Nachdem der Letzte eingetreten ist, will Pip die Tür schließen und sieht Caroline, die Nachbarin von gegenüber, beim Autowaschen in ihrer Einfahrt. Pip hebt eine Hand und winkt, aber Caroline sieht weg und dreht ihr den Rücken zu. Langsam drückt Pip die Tür zu.

Dann folgt sie den anderen in die Küche, wo Bella, in Leggings und Croptop, die Arme vor der Brust verschränkt, wartet. Mit ihrer strahlenden Haut und den glänzenden langen Haaren ist ihre Tochter wirklich wunderschön, denkt Pip.

Philip hält sich sehr aufrecht in Gegenwart eines Mitglieds der Familie Wolverson – noch dazu in seinem Haus. Die Atmosphäre ist energiegeladen, und Pip spürt den Stolz und die Aufregung ihres Vaters. Josephine kommt herein.

»Das ist Isabella. Isabella, das ist Mr Wolverson.«

»Bitte nenn mich Sammy.«

»Hi«, grüßt Bella selbstbewusst und winkt einmal kurz.

»Schön, dich kennenzulernen«, erwidert er und mustert die Sechzehnjährige.

»Alles gut?«, will Bella etwas vorlaut wissen.

»Isabella«, weist Josephine sie zurecht. Offensichtlich ist ihr das Verhalten ihrer Enkelin peinlich.

»Schon in Ordnung. Ich versuche gerade, ihre Mutter in Isabella zu sehen.«

»Okay«, erwidert Bella und verdreht die Augen, als wäre Sammy ein Spinner.

»Ich kann Ähnlichkeiten feststellen«, sagt er. »Im Bereich von Augen und Nase.«

Er hat recht. Pip und Bella sind nicht das Mutter-Tochter-Gespann, das sich aufs Haar gleicht, aber wer sie kennt, sieht die Gemeinsamkeiten. Pip ist positiv überrascht, dass Sammy etwas von ihr in Bella wiedererkannt hat. Vermutlich hat diese Feststellung Josephine geärgert. Eins zu null für Sammy.

»Isabella ist meiner Schwester Helen wie aus dem Gesicht geschnitten«, sagt Josephine. Sie kann es einfach nicht lassen.

Sammys Blick schweift durch die Küche und bleibt dann am Tisch in der Mitte hängen, auf dem eine Platte mit aufgeschnittenen Gourmet-Wraps und ein frisch gebackener Apfelkuchen stehen.

»Was für ein fürstliches Mahl«, kommentiert er.

Bella schneidet eine Grimasse.

Sammy zieht einen Stuhl hervor, und als er sich setzt, wirkt dieser winzig unter seinem riesigen Körper. Dann greift er nach einem Wrap.

»Ich frage mich, ob das wohl so lecker schmeckt wie die Sandwichs Ihrer Tochter.«

Bella macht ein angewidertes Gesicht.

Pip fühlt ihre Mundwinkel zucken.

»Heute zum Mittagessen hatte ich das köstlichste Brötchen überhaupt«, sagt er an Josephine und Philip gewandt, bevor er sich den ganzen Wrap in den Mund schiebt.

Amüsiert hebt Josephine eine Augenbraue, als würde sie seine Worte anzweifeln.

Philip und Josephine sprechen mit Sammy über den Ruhestand seines Vaters, den der frühere Chef zu genießen scheint, über ehemalige Angestellte und Philips Kollegen. Philip ist kein Freund langer Geschichten, er spricht allgemein nicht viel, aber wenn er erst einmal anfängt, vom Steinbruch zu berichten, kann ihn kaum jemand aufhalten. Sammy bildet da eine Ausnahme, er kann Philips Redefluss stoppen. Bevor er auch nur die Hälfte erzählt hat oder zu dem Punkt gelangt ist, auf den er hinauswollte, schaltet sich Sammy ein und fährt mit der Erzählung fort, oder er wechselt einfach das Thema. Sollte Philip sich dadurch gestört fühlen, zeigt er es nicht.

Pip hört zu, ganz das gehorsame Kind, wohingegen Bella immer wieder ihr Handy checkt und über den Bildschirm scrollt, bis Josephine ihr gegen das Schienbein tritt, damit sie es weglegt.

»Gibt es Neuigkeiten von den Murphys, Isabellas anderen Großeltern?«, fragt Sammy und trinkt hastig seinen Tee. Josephine hat das gute Porzellangeschirr gedeckt, das normalerweise in einer Vitrine verschlossen ist und nur an Weihnachten und für besondere Gäste herausgeholt wird. In Sammys großer Hand sieht die zierliche Tasse komisch aus. Er trinkt sie in einem Zug leer.

Pip spürt, wie ihre Familie bei seiner Frage einen kurzen Moment erstarrt.

Langsam setzt Sammy die Tasse ab und blickt von einem zum anderen. In seinem Gesicht spiegelt sich Belustigung, ihre Verlegenheit amüsiert ihn. Offensichtlich bereitet ihm das Familiendrama Freude.

»Kommt dein Dad für den Prozess zurück nach Ballybeg?«, fragt er Bella.

Bella zuckt die Achseln.

Sein Blick wandert zu Pip.

Sie sieht zu ihren Eltern.

»Es ist eine schwierige Situation«, sagt Josephine. »Lorcan Murphy ist sehr störrisch.«

»Es ist sein Land«, erwidert Philip, »man kann ihn verstehen.« Das ist eine typische Haltung von Mann zu Mann, Grundbesitzer unter sich.

»Jetzt ist es nicht mehr sein Land, sondern ein Deckenmoor unter Naturschutz. Dort sollen doch wieder mehr Schmetterlinge und Bienen leben, das war doch die Idee, oder?«, sagt Sammy mit einem Grinsen.

Josephine nutzt die Gelegenheit, einen Keil zwischen Bella und die Familie ihres Vaters zu treiben. »Hat er nicht ein anderes Stück Land bekommen, wo er Torf für den Privatgebrauch stechen darf?«

»Das ist nicht das Gleiche«, sagt Pip zur Überraschung aller in der Runde. »Wenn man gesagt bekommt, was man mit seinem Eigentum machen oder nicht machen darf.«

Es herrscht Schweigen.

»Nun«, sagt Sammy und schlägt sich mit den Händen auf die dicken Oberschenkel. »Wer zeigt mir das Haus?«

»Pip übernimmt die Führung«, erwidert Josephine.

Erschrocken horcht Pip auf und räuspert sich. »Sicher, gern. Also.« Dann erhebt sie sich. »Das hier ist die Küche.«

Bella schnaubt.

Nachdem sie sich die Zimmer im Erdgeschoss angesehen haben, folgt Sammy Pip die Treppe hinauf ins Obergeschoss.

»Wo das Wunder geschieht«, sagt Sammy verschmitzt, als er einen Blick in Philips und Josephines Schlafzimmer wirft. »Als Kind bin ich einmal bei meinen Eltern reingeplatzt. Das hat mich fürs Leben gezeichnet.«

Pip quittiert seinen Kommentar mit einem höflichen Lächeln. Philip wäre nicht begeistert davon, wie wenig Beachtung Sammy dem Haus schenkt. Sein Blick ist die ganze Zeit nur auf sie gerichtet.

»Noch ein großes Schlafzimmer mit Doppelbett«, sagt sie, und während sie Bellas Tür aufmacht, rechnet sie beinahe damit, dass ihre Tochter mit schrillem Protest die Treppe heraufstürmt, weil sie in ihre Privatsphäre eingedrungen sind.

»Nach dir«, sagt Sammy und macht eine galante Handbewegung.

Zum ersten Mal seit vielen Monaten betritt Pip das Zimmer ihrer Tochter und ist froh, sich einen Moment umsehen zu können. Überall steht oder liegt Zeug rum, das ist typisch Bella. Nagellackfläschchen, Hautcremes, Haarpflegemittel, Klamotten, Make-up, lauter Krimskrams. Das Bett ist ordentlich gemacht, darauf liegen mehrere Kissen mit Satinhüllen, damit ihre Haare sich nicht kräuseln.

Pip sieht zu der Wand, die sie mit Bella teilt, und entdeckt den Riss an der gleichen Stelle wie in ihrem Zimmer.

Sammy folgt ihrem Blick und bekundet dann: »Das ist schlecht verputzt.«

»Dad hat die Arbeit gemacht.«

»Jaaa«, erwidert er mit leicht geringschätziger Miene.

Pip ist in Philips Namen gekränkt.

Sammy nimmt einen Parfümflakon in die Hand und riecht daran. In diesem Zimmer verhält er sich anders, hier nimmt er alles bis ins Detail wahr. Er reibt über die Oberfläche von Bellas Schminktisch und interessiert sich für die Dinge in den Regalen, die Poster und Drucke an den Wänden. Dann geht er in das angeschlossene Bad und dreht sich einmal um die eigene Achse, bevor er wieder heraustritt. Er braucht zu lange, seine Augen saugen zu viel auf. Aber dann, als er auf das Doppelbett starrt, fühlt Pip sich unbehaglich. Schließlich ist das hier das Schlafzimmer ihrer sechzehnjährigen Tochter.

»Gehen wir weiter«, sagt sie und will den Raum verlassen.

Als sie die Tür schon fast erreicht hat, macht er schnell einen Schritt zur Seite und versperrt ihr den Weg. Sammys unbehaarte, muskulöse Brust ist nur wenige Zentimeter von ihrem Gesicht entfernt. Sie sieht zu ihm auf. Auch in der Nase hat er keine Haare. Wie kann es sein, dass dieser Mann nach einem Tag im Steinbruch wie Marmor glänzt, während ihr Vater voller Staub und Schmutz von der Arbeit zurückkehrt?

Äußerlich betrachtet ist er ein schöner Mann. Er hat ein sehr gepflegtes Aussehen, sein Auftreten ist makellos, dennoch wird sie in seiner Gegenwart nervös. Denn so glatt und geschmeidig er nach außen hin wirkt, ist er innerlich doch sehr unruhig.

»Ich schlafe nebenan«, sagt Pip. Sie würde ihn lieber nicht mit in ihr Zimmer nehmen, aber sie will auch nicht länger in dieser Situation mit ihm stecken.

Er sieht verwirrt aus.

»Das hier ist Bellas Zimmer«, erklärt sie.

Rasch stellt er den Parfümflakon ab, als wäre dieser irgendwie giftig.

Er runzelt die Stirn. »Ich habe den Grundriss gesehen. Das dritte Schlafzimmer ist ein Kabuff.«

Pip zuckt die Achseln, dann geht sie an ihm vorbei auf den

Flur und macht die Tür zu ihrem Zimmer auf. Sie lässt sich nicht ganz öffnen, weil sie ans Bettende stößt. »Da drin hat nur eine Person Platz, daher bleibe ich draußen, wenn du es dir ansehen willst.«

Sammy muss seitlich eintreten, dann steht er in dem schmalen Durchgang zwischen dem Einzelbett, dem Schrank und dem Fenster. An der Ordnung in diesem Zimmer hätte auch Josephine nichts auszusetzen, es ist perfekt aufgeräumt, alles befindet sich an seinem Platz. Die Bettwäsche ist weiß, ebenso wie die Wände, vor ihrem Bett liegt ein kleiner runder Läufer auf dem Holzfußboden. Neben dem Bett steht ein weißes Nachtschränkchen mit einer Lampe darauf, auch in Weiß. Der Kleiderschrank und der Schreibtisch sind ebenfalls weiß. Gleiches gilt für die Decke, auch sie ist weiß – eine leere, weiße Leinwand.

Jetzt ärgert es Pip, dass sie ihre Skizze unter den Rahmen des Monet-Drucks geklemmt hat.

»Du magst Monet?«

»Ja«, antwortet sie und fügt in Gedanken wieder *Mr Wolverson, Sir* hinzu.

»Hast du das gezeichnet?«

Er tritt näher an ihren Schreibtisch. Wenn sie bedenkt, wie er sich in Bellas Zimmer benommen hat, hofft sie, dass er nicht anfängt, in ihre Schubladen zu schauen, in denen sich ihre ganzen kostbaren Besitztümer befinden – ihre Schachtel mit den Origami-Figuren und den Gedichten –, denn dann würde ihr Herz in den verschiedensten Formen außerhalb ihres Körpers offen daliegen.

»Ja.«

Er geht mit dem Gesicht ganz nah an die Skizze von Bellas Babyfüßchen in Pips Hand.

»Was ist hier los, Aschenputtel? Warum hat eine Sechzehnjährige ein großes Schlafzimmer mit Doppelbett und du haust hier?«

»Eigentlich sollte dieser Raum größer werden, aber dann gab es ein Problem mit dem Tank auf dem Dachboden, und …« Sie verstummt. Sammy hört ihr nicht richtig zu.

»Du solltest in einem Himmelbett schlafen, ein schönes Bad ganz für dich allein haben und auch einen Fernseher an der Wand. Dazu einen begehbaren Kleiderschrank mit sämtlichen Anziehsachen, die du dir wünschst. So würde ich dich behandeln.«

Sie hat das Gefühl, als hätte er in ihre Fantasie hineingelangt und das Zimmer herausgepflückt, von dem sie schon ihr Leben lang geträumt hat. Das Zimmer, das ihr weggenommen wurde, um es Bella zu geben.

Tränen treten ihr in die Augen, so sehr schmerzt sie diese Demütigung.

»Meine Tochter ist wichtiger als ich«, sagt Pip und versucht, das Beben in ihrer Stimme zu verbergen. Die Worte sollten so klingen, als ob sie die Entscheidung getroffen hätte, dass ihre Tochter an erster Stelle kommt. Ihre Äußerung war nett gemeint, so wie es zu einer guten Mutter passt, sicher nicht so, wie Sammy es auffasst.

»Du solltest dir das nicht von ihnen bieten lassen«, sagt er. »Du verdienst etwas Besseres.«

Das Mitleid in seiner Stimme schockiert sie, denn es bestätigt die herrschende Ungerechtigkeit.

»Komm, wir gehen wieder nach unten«, sagt er und legt sanft eine Hand auf ihren Ellenbogen.

Nachdem Sammy gegangen ist, sagen Philip und Josephine lauter Nettigkeiten über ihn, denn seine Anwesenheit in ihrem Heim hat beide in Hochstimmung versetzt. Es ist, als hätte er dieses Haus gesegnet und ihr Leben hier könnte jetzt offiziell beginnen.

»Trägt er diese feinen Schuhe auch im Steinbruch?«, fragt Bella in sarkastischem Tonfall und setzt ein gekünsteltes Lächeln auf.

Sammy hatte Lederslipper an den Füßen und die Hosenbeine bis über die Knöchel hochgekrempelt, sodass seine glatte, unbehaarte Haut zum Vorschein kam.

»Liegt draußen seine Jacht vor Anker? Warum ist er so orange?«, will Bella wissen und bringt damit alle auf die Palme.

»Isabella«, faucht Josephine verärgert.

»Was denn? Seine Gesichtsfarbe ist vollkommen unnatürlich. Ich kenne mich da aus. Sicher geht er ins Solarium oder benutzt Sprühbräune. Spray-Tan-Sammy.«

»Hör auf«, sagt Pip leise. Sie ist zwiegespalten, schließlich war Sammy ihr gegenüber sehr freundlich.

Bella sieht überrascht aus, normalerweise würde Pip über solche Bemerkungen von ihr lachen.

Philip nimmt eine Teetasse hoch, und wie bei Sammy passt auch bei ihm nur ein Finger durch den Henkel.

»Er ist ein rechtschaffener Mann, und er stammt aus einer angesehenen Familie. Die Wolversons sind sehr anständige Menschen. Sammy wäre eine gute Partie für Pip«, verkündet er stolz, und es ist das erste Mal, dass er irgendeinen Mann für seine Tochter gutheißt.

Rechtschaffen, anständige Menschen, gute Partie, kreist es in ihrem Kopf. Philip sieht Sammy in einem positiven Licht, im Gegensatz zu Pips bisherigen Entscheidungen im Leben, die allesamt schlecht waren. Sofort ist sie wieder in die Vergangenheit zurückversetzt.

Das schlechte Gewissen drückt sie nieder. Was ihre Familie

ihretwegen durchgemacht hat, all die Opfer, die sie aufgrund von Pips Verfehlung bringen mussten.

Solange Pip zurückdenken kann, hat sie jeden Sonntag mit ihrer Familie um zehn Uhr morgens die Messe in der Mary Immaculate Church besucht. Während des einstündigen Gottesdiensts und der anschließenden halben Stunde Geplauder mit den Gemeindemitgliedern vor der Pfarrkirche lebten Josephine und Philip stets auf. Jede Woche trug Josephine die Lesungen und den Psalm vor, und Philip übernahm die Rolle des Kommunionhelfers während der Eucharistiefeier. Doch als Pip schwanger war, gaben Josephine und Philip ihre Aufgaben im Gottesdienst vorübergehend auf. Die Sünde ihrer Tochter versetzte ihre Gefühlswelt in Aufruhr, und in langen Gesprächen mit dem Priester suchten sie nach Heilung und Vergebung. Josephine und Philip zwangen ihre Tochter dazu, die gesamten neun Monate lang jeden Sonntagmorgen den Mittelgang hinunterzugehen, um die Kommunion zu empfangen, während Pip versuchte, ihren ständig wachsenden Bauch in immer größeren Pullovern zu verstecken, was dazu führte, dass sie vor Hitze und unter dem strengen Blick der anwesenden Gemeinde am liebsten in ein Nichts zerflossen wäre.

Angesichts der Scham, der Angst, der völligen Hilflosigkeit.

Konnte sie nicht dieses eine Mal eine anständige – die richtige – Entscheidung treffen?

8

Pip kann nicht schlafen.

Sie hat ein Engegefühl in der Brust, also steht sie auf und öffnet die Vorhänge und das Fenster, um etwas von der Weite des Alls hereinzulassen. Die Sterne stehen am klaren Nachthimmel, und der Mond scheint hell.

Pip geht zurück ins Bett, nun kann sie wieder leichter atmen.

Mondlicht fällt durch ihr Fenster auf die Wand über dem Schreibtisch. Es beleuchtet Monets Seerosen und ihre Skizze.

Sammys Bemerkung über den Riss in der Wand fällt ihr wieder ein. Es war unhöflich von ihm, Philips Arbeit zu kritisieren, wo er doch weiß, wie schwer ihr Vater an dem Haus gearbeitet hat und wie stolz er war, es Sammy zu zeigen. Andererseits, denkt Pip, ist er endlich mal ein Mann, der es wagt, an ihrem Vater Kritik zu üben. So jemanden gibt es bis jetzt nicht in ihrem Leben. Vielleicht ist Sammy ein Mann, der ihr den Rücken stärkt.

Der Riss, der hinter der Skizze verborgen war, lugt nun unter dem Papierrand hervor – er ist wieder sichtbar.

Vielleicht hat die nächtliche Brise das Blatt zur Seite geweht. Oder der Riss ist noch länger geworden.

Pip betrachtet ihre Skizze von Bellas Babyfüßchen. Es sind die Striche von jemandem, der versucht, im Durcheinander eine Form auszumachen.

Pip hört ein Baby weinen. Das Wimmern dringt in ihren Traum, wird ein Teil davon. Es verwandelt sich in einen Wecker, in eine Seemöwe, oder beides, und auch noch in verschiedene andere Dinge.

Dann erstirbt das Kreischen, und sie spürt ein heftiges Stechen auf der Brust.

Als sie die Augen öffnet, bemerkt sie, dass die Finger ihrer Mutter in ihre Brustwarze zwicken. Josephine legt ihr das Baby an. Sie sitzt auf Pips Bettkante und hält Bella in der richtigen Lage zum Trinken.

Pip wird richtig wach und versucht sich aufzusetzen, aber sie ist in ihrer Position gefangen, denn ihre Mutter drückt das Baby gegen ihren Körper. Bella saugt gierig an ihrer Brust und macht leise Schmatzgeräusche, während sie ihren Durst stillt. Ihre Augen sind weit aufgerissen und feucht von den Tränen. Ihre Blicke begegnen sich, und Pip lächelt. Trotz ihrer Erschöpfung liebt sie diese Momente.

Als Bella eingeschlafen ist und aufgehört hat zu trinken, möchte Pip ihren kleinen Körper weiter sanft, wie eine wohltuende Wärmflasche, an sich drücken. Doch Josephine hebt das Baby sofort aus Pips Armen.

»Nein, nein …«, jammert Pip und will die Kleine festhalten.

»In drei Stunden komme ich wieder. Versuch, etwas zu schlafen«, sagt Josephine. Dann geht sie mit dem Baby in ihr und Philips Schlafzimmer und schließt die Tür hinter sich.

Pip, die nun hellwach ist, weint sich lange zurück in den Schlaf.

Manchmal liegt Pip nachts wach und fühlt sich so machtlos wie damals mit siebzehn. Immer quälen sie dieselben Fragen: Wie kann sie ihr Verhältnis zu Bella vertiefen, und wie kann sie ihr Kind aus Josephines fester Umklammerung lösen? Wie kann Pip mit jemandem eine Beziehung oder Freundschaft eingehen und gleichzeitig als Mutter für ihre Tochter da sein?

Pip hat schon einmal versucht fortzugehen. Damals war Bella zwei Jahre alt, und nachdem ihre Eltern erneut Kritik an ihren mütterlichen Fähigkeiten geübt hatten, packte Pip ihre Taschen, während Josephine und Philip bei der Arbeit waren, und verließ mit Bella das Haus.

Inzwischen bezeichnet Josephine das als »die Zeit, in der sie weggelaufen war«, obwohl Pip damals schon erwachsen und Mutter einer Tochter war.

Drei Tage lang blieb sie fort, aber es war ein spontan gefasster und daher schlecht durchdachter Plan. Pip hatte ihren Weggang nicht gründlich vorbereitet, sie verfügte weder über Geld noch hatte sie sich um eine Bleibe gekümmert, und sie hatte sich auch nicht die nötige Unterstützung gesucht. Sie schlief in einer billigen Pension, ging nicht zur Arbeit und brachte Bella nicht in die Krippe, um Zeit mit ihrer Tochter allein verbringen zu können. Doch diese Situation konnte nicht lange andauern, denn die Realität sollte Pip bald einholen.

Schließlich meldete sich Pip bei ihrer Cousine und besten Freundin Jennifer, die sagte, dass ihre Mutter, Pips Tante Helen, einverstanden sei, wenn Pip und Bella zu ihnen kämen. Helen war bereit, Pip Geld zu leihen, ihr bei der Job- und Wohnungssuche zu helfen und zusammen mit ihr Pläne für die Zukunft zu schmieden.

Daraufhin war Pip zum Haus ihrer Tante und ihrer Cousine gegangen, voller Dankbarkeit, dass sich jemand ihrer annahm und ihr zuhörte. Sie hatte Helen und Jennifer ihr Herz ausgeschüttet und ihnen berichtet, wie stark Josephine sie zu Hause kontrollierte, und sie hatte ihnen auch gestanden, dass sie es kaum ertrug, mitanzusehen, wie Josephine

Bella, die doch Pips Kind war, bemutterte. An diesem Abend kam alles heraus, was sich über viele Monate in Pip aufgestaut hatte, und es tat ihr gut, die Dinge laut auszusprechen, während sie gleichzeitig getröstet wurde, man ihr starken Tee und unzählige Taschentücher brachte.

Als ihr Gespräch am Küchentisch spätnachts vorüber war und Bella tief und fest neben ihnen auf dem Sofa vor dem Kamin schlief, bemerkte Pip, wie die Haustür aufging. Schritte hallten in der Diele, und gedämpfte Stimmen waren zu hören. Josephine war gekommen – sie war wieder in Pips Leben. Pip fühlte sich, als hätte man sie in die Fänge ihres Häschers zurückgeworfen. Ihre Verwandten hatten sie betrogen, die Freundschaft mit ihrer Tante und ihrer Cousine hatte einen Riss bekommen und war nie wieder wie vorher. Pip erkannte, dass Blut dicker war als Wasser, dass ihre Tante und ihre Cousine Josephine gegenüber immer loyal sein und glauben würden, dass Josephine mit ihrem Verhalten nur das Beste für Pip im Sinn hatte.

Pip hatte versagt, und vielleicht hatte Josephine recht, sie schaffte es allein nicht. Sie weiß nicht, warum sie nicht zu Jamie gegangen war und ihn um Hilfe gebeten hatte.

In ihren Tagträumen ist Pip häufig mit Bella auf der Fähre nach Liverpool, ihr ganzes Leben steckt in einem einzigen Koffer. Wenn das Schiff in den Hafen einfährt, steht eine Menschentraube auf dem Kai, ähnlich wie in dem Film *Titanic,* und dort wartet auch Jamie auf sie beide. Nie stellt sie sich ein Flugzeug vor, bestimmt hat er Irland auf einer Fähre verlassen, und das ist ihr im Bewusstsein geblieben. Stets ist Jamie begeistert, sie und Bella zu sehen. Vom Kai aus winkt er ihnen aufgeregt zu, dabei verschwindet er immer wieder für einen Moment in der Menge und taucht dann erneut auf. Alles ist sehr dramatisch. Pip geht nie von der Fähre, der Traum kreist immer um seine Freude bei der Begrüßung und ihre tiefe Hoffnung, dass er immer noch den Wunsch hat, ihre Familie wiederzuvereinen.

Aufgewühlt steigt Pip aus dem Bett und setzt sich an den Schreibtisch. Durch die Wand hört sie Philip husten. Pip sucht in ihrer Schachtel mit Origami-Figuren und findet den Origami-Jungen, Jamie. Auch dieses Gedicht kennt sie auswendig. Es in den Händen haltend sagt sie es im Flüsterton auf:

Origami-Junge
Hat ein Origami-Herz
Zu groß für seine Brust
Er zerknüllt es
        Voller Wut
So fest
Es wird niemals mehr
Aufgehen
Während es schlägt
Öffnet sich das Papier
Er zerknüllt es
Es schlägt
Er zerknüllt es
Es schlägt
Öffnet und schließt sich
Bis es weit entfaltet ist
Wie eine Mondblume

Pip legt ein leeres Blatt vor sich und fängt an zu schreiben.

Origami-Mädchen
Wird mitgerissen von einem
Sausenden

Brausenden
Schwindelnden
Sturm
Sie fühlt noch etwas anderes
Dreht sich in der Luft
Mit ihr
Sie wirbeln
Wie Herbstblätter
»Bist du's?«, wispert sie
Der Wirbelwind
stiehlt ihre Worte
Allein zu fallen
Macht Angst
Aber
Es liegt etwas
So Beruhigendes
So Tröstliches
Im F
a
l
l
e
n
mit jemand anderem

Pip faltet den Bogen zu einem Origami-Mädchen und verstaut es zusammen mit dem Origami-Jungen in ihrer Schachtel. Nur an diesem Ort können die beiden zusammen sein. Jamie war gestern. Sie muss den Blick auf das Morgen richten. In ihrem ganzen Durcheinander zeichnet sich ein Umriss ab, ein Umriss in Gestalt von Sammy.

9

Hast du über die Beförderung nachgedacht?«, erkundigt Krish sich bei Pip, als Ronnie gerade nicht in der Nähe ist.

Sehr häufig schon hat sie von sich selbst als der absolut fähigen Filialleiterin fantasiert. »Nein, ich glaube, das ist nichts für mich.«

»Warum nicht?«, fragt Krish überrascht. »Du wärst eine tolle Filialleiterin, Philippa. Viel besser als Ronnie, er ist nicht einmal eine Option. Sonst muss die Geschäftsführung jemand Neues von außen hier reinbringen, denn von den Teilzeitkräften hat keiner Interesse, mehr Stunden zu arbeiten.«

»Es ist nur … die Arbeitszeiten wären länger.«

»Nicht sehr viel länger, und du wärst der Verantwortung definitiv gewachsen. Ich finde dich sehr gewissenhaft.«

»Mein Job passt mir, weil Mam mich morgens auf der Fahrt zur Sternwarte absetzt, und abends holt mich Dad auf dem Heimweg vom Steinbruch ab.« Zwischen ihrem neuen Haus und dem Ortszentrum gibt es keine öffentlichen Verkehrsmittel.

Pip fährt mit ihrer Arbeit fort und räumt die vertrockneten Eireste von der Wärmeplatte, die niemand an diesem Morgen für sein Frühstücksbrötchen wollte.

»Du könntest selbst zur Arbeit fahren.«

»Ich kann nicht Auto fahren.«

»Dann könntet du es lernen und den Führerschein machen.«

»Aber ich besitze kein Auto, und ich kann mir auch keines leisten.«

»Für den neuen Job würdest du eine Gehaltserhöhung bekommen.«

Lächelnd schüttelt Pip den Kopf. »Danke, Krish, aber das klingt alles viel zu kompliziert.«

Ratlos schüttelt er den Kopf.

Als Pip aufschaut, sieht sie den unentschlossenen Wissenschaftler eintreten. »Io, schön, dass du wieder da bist.«

»Hallo, Philippa. Dein Käsesandwich hat mir sehr gut geschmeckt.«

»Möchtest du das Gleiche noch einmal?«

»Nein, heute möchte ich etwas anderes bestellen. Es ist Zeit, etwas Neues ausprobieren. Aber ich werde auf dem Belag von gestern aufbauen. Was passt gut zu Käse?«

»Schinken passt gut zu Käse. Oder Tomate. Manche mögen auch Coleslaw dazu, oder sogar alles zusammen auf einem Sandwich.«

»Nur zwei Beläge, bitte«, sagt er und verhindert damit, dass sie sich noch weiter verzettelt. »Morgen nehme ich dann drei.«

»Sicher gibt es Schinken-Käse-Sandwichs auch dort, wo du herkommst. Wo war das gleich noch mal?«

»Ja, das ist deine Lieblingsfrage. Hat dir die fehlende Antwort letzte Nacht sehr zu schaffen gemacht?«

Also war ihm bewusst, dass er ihr eine Auskunft schuldig geblieben war. »Ja, es hat mir so sehr auf der Seele gebrannt, dass ich nicht schlafen konnte.« Sie sehnt sich danach, an andere Orte gebracht zu werden, ganz besonders von Io, denn sie hat das Gefühl, dass es bei ihm nichts Durchschnittliches und Langweiliges sein würde.

»Ich bin aus den Niederlanden hierhergekommen. Dort sitzt die Zentrale, sie ist Teil desselben Projekts wie das Observatorium hier. Aber darüber weißt du bereits Bescheid, denn du hast dort gearbeitet.«

»Mein Platz war in der Kantine, in das Observatorium habe ich nicht einmal einen Fuß gesetzt«, gibt Pip zu.

Ihm bleibt der Mund offen stehen, in gespieltem Entsetzen. »Du musst es dir unbedingt ansehen. Ich führe dich gern herum.«

Was würde ihre Mutter denken, wenn Pip zusammen mit Io in die Kantine kommen würde, während Josephine sich schwitzend über einen dampfend heißen Shepherd's Pie beugt? Der Gedanke ist auf etwas bösartige Weise verlockend.

»Ich würde lieber die Niederlande besuchen. Wie ist es dort?«

»Sehr flach. Mit vielen Tulpenfeldern und Windmühlen.«

»Und die Menschen tragen Clogs?«, fragt sie amüsiert.

»Ja«, erwidert er. »Clogs sind sehr beliebt. Ehrlich gesagt habe ich nicht viel vom Land gesehen. Nur das Büro und eine Menge Arbeit.«

Das ist eine Enttäuschung. »Und den Himmel.«

»Und den Himmel«, stimmt er mit einem Lächeln zu.

»Und was macht ihr genau im Observatorium, abgesehen von der Beobachtung der Planeten?«

»Wir beobachten keine Planeten. Das LOFAR-Teleskop erkennt niederfrequente Radiowellen aus dem Universum. Das laufende Projekt zählt zu den größten astrophysikalischen Forschungsprojekten in Europa, seine Aufgabe ist es, ein Signal von einem fernen Stern aufzuspüren.«

»Ein *Signal* von einem Stern?«, fragt sie fasziniert, während sie den Schinken weniger sorgfältig als üblich auf das Brot legt, denn ihre Gedanken sind abgelenkt. »Was für Signale senden diese Sterne denn?«

»Ferne Galaxien strahlen Radiosignale aus«, erklärt Io. »Aber wenn du mehr darüber erfahren willst, musst du ins Observatorium kommen. Ich kann dir alles zeigen. Hast du eine Mittagspause?«

»Nur dreißig Minuten.«

»Kannst du mal länger fortbleiben?«

Wahrscheinlich wäre das möglich. Krish würde ihr den Gefallen sicher tun, und Pip hat noch nie einen Tag freigenommen, seit sie hier angefangen hat, aber bei Lichte betrachtet würde sie nie zum Observatorium gehen, denn wenn Josephine sie mit Io zusammen sähe, würde sie nur fragen, für wen sie sich eigentlich halte. Ihre Mutter würde sie bloßstellen und allem ein Ende bereiten.

»Warum kommt man dafür nach Irland?«, fragt sie. »Ich hätte nicht gedacht, dass wir das Herzstück der Sternenforschung sind.«

»So ist es auch nicht. Die Kernstation befindet sich in den Niederlanden. Das hiesige Radioteleskop ist Teil eines Netzwerks von ähnlich arbeitenden Teleskopen an zwölf internationalen Stationen, die über ganz Europa verteilt sind: von Deutschland über Polen, Frankreich, das Vereinigte Königreich und Schweden bis hin zu Irland.«

»Und du reist an all diese Orte?«

»Genau.«

»Welche ist deine Lieblingsstation?«

»Bis jetzt ist diese Tankstation hier mein Lieblingsort.«

Pip lacht. »Wie lange reist du schon so herum?«, will sie wissen.

Er rechnet die Zeit im Kopf nach. »Ein Jahr.«

»Wie bitte?« Sie legt das Messer aus der Hand und sieht ihn verblüfft an. »Bist du zwischendurch einmal zu Hause gewesen?«

»Nein.«

»Ein ganzes Jahr?«

»Die Zeit, die die Erde benötigt, um einmal die Sonne zu umrunden.«

Pip hat so viele Fragen. »Habt ihr schon irgendwelche Signale empfangen?«

»Wenn das der Fall wäre, hättest du davon in den Nachrichten gehört.«

»Oh, dann kommen Signale von fernen Sternen also nicht regelmäßig vor.«

»Nein, sie sind nicht die Regel.« Er legt die Stirn in Falten. »Bevor ich nicht ein Signal empfange, kann ich nicht nach Hause.«

Pip fühlt mit ihm. »Ich hoffe, du empfängst bald dein Signal, Io.«

»Danke. Das hoffe ich auch. Aber jetzt muss ich wirklich zurück zur Arbeit«, sagt er und blickt auf das unfertige Sandwich.

»Entschuldige.« Sie legt die Brotscheibe obendrauf, wiegt das eingewickelte Sandwich und reicht es ihm dann.

»Bis morgen, Philippa.«

Philip holt sie von der Arbeit ab. Er trägt seine leuchtende Warnschutzjacke.

»Sammy Wolverson hat mich heute angesprochen«, sagt er gut gelaunt.

Pip fühlt, wie sich ihr Magen zusammenzieht.

»Er hat mich gefragt, ob er mit dir ausgehen darf.«

Augenblicklich steigt eine Wut in ihr auf, die sie normalerweise gut bezwingen kann. »Nett von ihm, dass er dich zuerst fragt.«

Angesichts ihrer Reaktion verdüstert sich seine Stimmung

sofort. »Er ist ein Wolverson, Philippa, das ist eine angesehene Familie. Die einflussreichste im County. Sie werden von allen respektiert. Besser kannst du es nicht treffen. Es wäre gut für dich, für deine Situation.«

Wie immer dreht sich alles um ihre Situation.

»Die Menschen hätten eine bessere Meinung von mir«, erwidert sie langsam.

»Vielleicht kann Sammy dir einen Job im Steinbruch besorgen.«

»Als was denn, als Sprengerin etwa?« Bevor er sich über ihren Ton beschweren kann, fährt sie fort: »Ich mag meinen Job.«

»Den vorherigen mochtest du auch und hast dennoch aufgehört.«

Die Stelle in der Kantine des Observatoriums war überhaupt nicht nach ihrem Geschmack, denn so musste Pip Josephine nicht nur zu Hause ertragen, sondern auch noch täglich in einer heißen Küche, wo enorm viel Stress herrschte und sie vor anderen Mitarbeiterinnen angebrüllt wurde. Es gab nur einen einzigen Grund, weshalb ihre Mutter nicht viel mit Pip über ihren Weggang gestritten hatte, denn nun konnte Josephine noch mehr Zeit in Bellas Nähe verbringen. Pip war nicht stolz darauf, dass sie ihre Tochter opferte, um selbst einen Moment lang Freiheit zu genießen. Es war das erste Mal in sechzehn Jahren, dass sie so gehandelt hat.

Pip ist wie vor den Kopf geschlagen. Ihre Eltern waren schon immer dominant, sie haben ihr Dates ausgeredet, sie haben sie von dem Plan einer eigenen Wohnung abgebracht, indem sie sich mit ihr zusammengesetzt und ihr sämtliche Ausgaben vorgerechnet haben: die Miete, die Nebenkosten, Nahrung und Kleidung für Bella – das alles könne Pip nie bezahlen, nicht von ihrem Gehalt. Doch Josephine und Philip haben ihr noch nie vorgeschrieben, mit wem sie sich treffen soll.

»Ich habe ihm gesagt, dass ich einverstanden bin, daher wird er dich am Samstagabend um sieben Uhr bei uns abholen.«

Pip hat das Gefühl, dass ihr gleich die Augen rausfallen, so empört ist sie. Dennoch hält sie den Mund. Wenn sie es wagt, jetzt auch nur ein einziges Wort zu sagen, würde alles aus ihr herausplatzen, und diese Vorstellung macht ihr Angst.

Als sie zu Hause ankommen, würde Pip am liebsten die Treppe hinaufstürmen und mehrmals so heftig ihre Zimmertür zuknallen, dass alle Fenster zerschmettern. Sie fühlt sich unterdrückt. Doch in dem Moment, als sie einen Fuß über die Schwelle gesetzt hat, ruft Josephine nach ihr.

Pip schließt die Augen und atmet tief durch.

»Wo willst du denn hin? Heute bist du mit Kochen dran.«

Pip hat hämmernde Kopfschmerzen. Gern würde sie eine Konterattacke starten und stellt sich vor, wie sie sich mit Bratspießen zum Abendessen dafür wappnet.

»Ja!«, ruft Bella von oben an der Treppe und vollführt einen kleinen Freudentanz, der Pip an eine jüngere Bella erinnert. »Kannst du Fajitas machen?«

»Wenn du das möchtest.« Pip lächelt.

»Juhu! Pips Fajitas sind die besten.«

Wenn Pip kocht, bereitet sie zwei verschiedene Mahlzeiten zu, eine für Bella und sie selbst, die ist gut gewürzt und mit netten Extras garniert, und dann noch eine zweite, fade Version des Gerichts, die sie ihren Eltern serviert. Es ist eine der wenigen Gelegenheiten, an denen es ihr gelingt, Bella und ihr ein Gefühl von Familienzusammengehörigkeit zu geben und ihre übliche Viererkonstellation in der Mitte zu spalten.

Pip geht dort als Siegerin hervor, wo sie die Möglichkeit dazu hat. So hat sie es schon immer gehalten.

Während sie Paprika für die Fajitas klein schneidet, kommen Erinnerungen in ihr hoch.

Pip und die fünf Monate alte Bella liegen in Pips Zimmer auf dem Fußboden. Bella, ein echter kleiner Wonneproppen, hat gerade anfangen, feste Nahrung zu essen, und schlingt jeden Löffel Brei in Windeseile runter, wobei sie wie eine Süßkartoffel aussieht und auch so riecht. Pip kann gar nicht aufhören, an Bellas Haut zu schnuppern und ihre prallen Wangen zu küssen.

Bella liegt freudig auf dem Bauch und sieht in den Spiegel auf dem Spielteppich, der eine süße Stupsnase und volle Lippen reflektiert. Sie sabbert auf den Spiegel, und ein Finger bewegt sich zu dem Sabber und verteilt ihn auf der Fläche. Dann versucht sie unbeholfen, einen Reißverschluss in den Mund zu bekommen, ihr knubbeliger Zeigefinger schiebt ihn vor und zurück, und sie versucht, ihn aus den Nähten herauszuziehen.

Josephine würde missfällig »Nein, nein« murmeln und Bellas Händchen wegnehmen, was wiederum Pip verärgern würde. Nur wenn sie allein mit Bella in ihrem Zimmer ist, hat Pip die Freiheit, ihre Tochter ungehindert experimentieren zu lassen. Bella wird begreifen, dass sie den Reißverschluss allein nicht zu fassen bekommt, oder besser noch, Pip wird ihre Tochter dabei beobachten, wie sie sich eine Möglichkeit überlegt, es allein zu schaffen. Nur, wenn es nicht klappen sollte, wird Pip eingreifen.

Eine Kluft klafft zwischen Josephines Erziehungsstil und Pips Herangehensweise, aber Josephine möchte nicht korrigiert werden, schließlich besitzt sie Erfahrung auf dem Gebiet. Daher hat Josephine die Führung übernommen. Anfangs war Pip damit auch einverstanden, denn die Vorstellung eines Neugeborenen machte ihr große Angst, aber jetzt fühlt sie sich sicherer als Mutter, sie findet in ihre Rolle hinein, Josephine tritt jedoch nicht beiseite, um ihr Platz zu machen. Wenn sie Pip nur erlauben würde, ihren eigenen Weg zu gehen.

Pip liegt auf dem Rücken neben Bella, ganz dicht bei ihr. Sabber tropft von dem wunden Babyzahnfleisch. Diese gemeinsamen Momente sind wunderschön.

»Mama«, wispert Pip zu Bella. Dann drückt Pip ihre Lippen auf Bellas kleines Doppelkinn und küsst ihre Tochter. »Mama«, wiederholt Pip, und ihre Lippen bewegen sich auf Bellas Haut, damit die Kleine das Vibrieren des Worts spüren kann.

Inbrünstig sehnt sich Pip danach, dieses Wort zu hören. Mit Josephine hatte sie ein verstörendes Gespräch, in dem herauskam, dass es Josephine lieber wäre, wenn Bella Pip nicht Mama nennen würde. Pip ist gerade siebzehn geworden, sieht aber aus wie fünfzehn, und Josephine ist der Ansicht, dass es in der Öffentlichkeit unpassend wäre.

Die Tür geht auf.

»Was machst du hier drinnen?«, fährt Josephine sie an, einen Korb voller schmutziger Wäsche auf die Hüfte gestützt.

»Wir spielen ein wenig.«

»Du hast keine Zeit zum Spielen. Bella braucht jetzt ihr Mittagessen.«

»Das dauert nicht lange. Ich habe es in kleinen Portionen eingefroren. Und heute gibt's leckere Karotten.«

Bella sieht zu Pip auf und lächelt.

»Oh, du weißt, was das ist, ja? Mmm, leckerschmecker.«

Bella dreht sich auf den Rücken. Zuerst ist sie schockiert über ihre gerade erlernte Fähigkeit, dann lächelt sie erneut. Sanft drückt Pip ihren Kopf auf Bellas Bäuchlein und schüttelt ihn hin und her. Als sie wieder hochblickt, ist Josephine bereits verschwunden.

Natürlich hatte Josephine ihr eigenes Babyflüstern betrieben, denn letztlich überwog »Pip«. Philippa war für Bella Pip geworden. Peu à peu waren Pip ihr Titel und vor allem ihre Mutterrolle fortgenommen worden.

»Allmächtiger«, entfährt es Josephine, nachdem sie einen Bissen von ihrer Fajita genommen hat. Sie hält sich die Hand vor den Mund, als hätte man sie geschlagen.

Alle sitzen abends am Küchentisch und essen Fajitas.

»Was ist los?«, fragt Philip voller Panik.

Josephine greift nach ihrem Wasserglas und trinkt es in einem Zug leer, als würde ihr Mund brennen.

»Sag schon, was ist das Problem?«, bellt Philip, von der Situation überfordert.

»Es ist scharf«, sagt Bella mit einem Grinsen.

»Oh, entschuldige«, sagt Pip unschuldig, dann hebt sie Josephines Teller hoch und tauscht ihn mit ihrem eigenen aus. »Das war mein Fehler.«

10

Am Samstagmorgen ist Pip aufgeregt wie schon lange nicht mehr. So eine kribbelige Freude hat sie zuletzt als Jugendliche verspürt, wenn sie sich heimlich mit Jamie traf. Der Grund für ihr wildes Herzklopfen ist aber nicht ihr Date mit Sammy am Abend. Pip ist aufgedreht wie ein verliebter Teenager, weil sie Zeit mit ihrer Tochter verbringt, und es ist ein himmlisches Gefühl.

Am Vorabend hat Bella Pip überraschend gefragt, ob sie nicht Lust hätte, bei einer Pilatesstunde im GAA-Club mitzumachen. Seit Längerem schon hat Pip sich vorgenommen, in ihrer Freizeit etwas für sich zu tun, aber bisher war das nie möglich, denn die Wochenenden gehörten Bella. Seit ihrer Geburt hat Pip stets darum gekämpft, Zeit mit Bella zurückzugewinnen, auf keinen Fall wollte sie diese herschenken. Zusammen mit Bella etwas zu unternehmen, ist einfach wunderbar.

Ihr einziges Problem ist Josephine, eine Straßensperre, die sie – so hat es Bella Pip versichert – umfahren werden. Es mag fraglich erscheinen, ob man eine so wichtige Angelegenheit einer Sechzehnjährigen überlassen sollte, aber beim Erreichen ihrer Ziele geht Bella sehr viel strategischer vor als ihre Mutter, und solange Pip mit den Absichten ihrer Tochter einverstanden ist, schaut sie ihr fasziniert zu.

Philip ist in der Garage und werkelt herum. Sein ständiges Husten verrät, wo er sich aufhält.

»Guten Morgen, Granddad«, sagt Bella mit zuckersüßer Stimme.

Pip späht aus dem Fenster. Wenn ihr Vater sie entdeckt, wird sie alles ruinieren. Bella weiß, wie sie sich bei jedem Einzelnen von ihnen einschmeicheln kann.

»Du bist früh auf«, erwidert er. Seine Hände sind mit Öl verschmiert, das sicherlich noch mindestens eine Woche lang in den Rissen seiner trockenen Haut kleben bleiben wird, egal, wie häufig Philip ein Bad nimmt.

»Ich muss ins Zentrum, für eine Stunde oder so. Kannst du mich fahren?«

Bella sagt weder bitte noch danke, sie liefert auch keine Erklärung, denn sie braucht sich nicht sehr anzustrengen, um das Vertrauen oder den Respekt ihrer Großeltern zu erlangen.

Sofort willigt Philip ein und streckt den Rücken mit einem reflexartigen Stöhnen durch. Pip geht durch den Sinn, wie alt Philip aussieht, wie mitgenommen und abgekämpft sein Körper ist. Nachts hört sie ihn husten. Inzwischen ist sie so sehr daran gewöhnt – seit wann fällt es niemandem in der Familie mehr auf? Er wird Bella ins Zentrum fahren, er muss dort sowieso noch etwas besorgen, einen Spezialaufsatz für eines seiner weiteren öligen Werkzeuge.

Philip und Bella steigen ins Auto. Bella hat wie immer auf dem Beifahrersitz Platz genommen, und als Philip den Motor anlässt, nutzt Pip den Moment, um hinten auf die Rückbank zu schlüpfen.

Philip, der sich gerade den Sicherheitsgurt anlegt, hält abrupt in der Bewegung inne.

»Wohin willst du?«

»Pip kommt auch mit«, sagt Bella. »Wir werden etwa eine Stunde brauchen. Kannst du uns anschließend abholen?«

»Was hattest du gesagt? Wohin wollt ihr?«

Pip sollte sich nicht wundern, dass ihr Ziel nun, da sie mitkommen möchte, ein Thema ist, dennoch erstaunt es sie aufs Neue, wie schamlos dieser Wechsel passiert. Sollten ihre Eltern es nicht befürworten, wenn Pip als Bellas Mutter ihre Tochter in die Stadt begleitet, anstatt dass es Anlass zu Kritik gibt? Oder haben Philip und Josephine immer noch Angst, ihre zweiunddreißigjährige Tochter könnte mit Bella von zu Hause weglaufen?

»Zum Pilates«, erwidert Bella. »Im GAA-Club.«

Philip wirft Pip im Rückspiegel einen Blick zu. »Ist deine Mutter damit einverstanden?«

»Was sollte sie dagegen haben?«, wirft Bella ein, bevor Pip antworten kann. »Das ist Sport. Ihr sagt mir doch immer, ich solle mich mehr bewegen. Jetzt mach ich das.«

Diese Erwiderung hätte Pip geben sollen. Sie ist nicht sicher, was genau sie gesagt hätte, aber als sie in Bellas Alter war, hätte sie andere Worte gewählt. Sie hätte ihre Meinung kundtun sollen, damals, als sie auf Schritt und Tritt überwacht wurde, als Bella aufhörte, ihr Baby zu sein, und stattdessen das Kind ihrer Eltern wurde.

Damals hat sie sich nie gewehrt, denn sie schämte sich, fühlte sich wertlos und abstoßend. Anfangs hatte sie keine Ahnung, wie sie ihre Mutterrolle ausfüllen sollte. Mit den Jahren war sie allerdings nicht länger die Lernende, sie zog ein Kind groß und folgte dabei mehr und mehr ihrer eigenen Intuition und Erfahrung. Doch da verhallte ihre Stimme bereits ungehört, sie hatte sich die Fäden aus der Hand nehmen lassen, und ihre Eltern behandelten sie auch mit zweiunddreißig Jahren noch wie eine ungezogene Sechzehnjährige –

das Verhältnis zu Pip und der Umgang mit ihr wurden nicht hinterfragt, und erst recht änderte sich nichts daran.

Sie fahren an Caroline vorbei, die ihren Wagen wäscht. Ihr Kind steht in der offenen Haustür mit einer Maske über dem Gesicht.

»Sie ist vom Autowaschen besessen«, bemerkt Bella. »Und warum trägt dieses Kind immer eine Maske? Sie sind seltsam. Eine echt strange Familie.«

»Reden sie manchmal mit dir?«, fragt Pip neugierig, während sie die Nachbarn im Vorbeifahren beobachtet.

»Ich habe wirklich keinen Bock, mich mit denen zu unterhalten«, erwidert Bella und schaltet das Radio an.

Philip setzt Pip und Bella vor der Sportanlage der Gaelic-Athletic-Association mit der Ermahnung ab, in einer Stunde fertig zu sein. Aufgeregt sieht Pip zu dem Sportcenter, in das gerade einige Frauen hineingehen. Sie hat das Gefühl, dass das hier ein Neuanfang für sie ist. Das Leben verändert sich. Sie hat einen neuen Freund gefunden, und heute Abend hat sie ein Date. Bella wächst heran, sie wird zu einer jungen Frau, und ihrer beider Beziehung kann sich weiterentwickeln. Pip und Bella können ihre Mutter-Tochter-Verbindung stärken und ein richtig gutes Team werden. Pips Geduld hat sich gelohnt. Sie hat nicht zugelassen, dass Bitterkeit und Groll alles vergiften, sondern auf lange Sicht gespielt. *Jetzt* ist der Moment gekommen.

»Lass uns das machen«, sagt Pip. »Ich zahle für dich. Du solltest das Geld aus dem Ferienjob für etwas Schönes ausgeben. Hast du schon etwas für diesen Sommer geplant? Etwas anderes als eine Maniküre?«

»Eigentlich nicht«, erwidert Bella zerstreut, was Pip beunruhigt aufhorchen lässt. Sie hört auf, in ihrer Geldbörse herumzukramen, und sieht zu ihrer Tochter. Bella schaut auf ihre Armbanduhr.

»Okay, ich gehe jetzt. Ich treffe dich hier in exakt einer Stunde wieder. Der Kurs dauert fünfzig Minuten, aber verrat das nicht Granddad.«

»Was? Wohin gehst du?«

»Ich treffe jemanden. Werd nicht wütend, es ist vollkommen harmlos, aber du weißt ja, wie sie immer reagieren. Auf diese Weise kann ich mich treffen, und du kannst Sport machen, das wolltest du doch schon seit einer Ewigkeit. Ich hab dich angemeldet.«

Pip kann es nicht fassen. Bella hat sie ausgetrickst, so wie sie es auch mit allen anderen macht.

»Mit wem triffst du dich? Und wo?«

»Mit einem Freund. Ganz in der Nähe. Mach dir keine Sorgen, ich werde kein Baby machen, ich werde keine Drogen nehmen und auch keinen Alkohol trinken. In einer Stunde bin ich wieder zurück.«

Mit diesen Worten geht Bella weg und lässt Pip allein vor dem Sportclub stehen.

Sie kommt sich wie eine Idiotin vor, aber noch schwerer wiegt, dass sie auch tief gekränkt ist. Fassungslos sieht Pip Bella entschwinden und weiß nicht, ob sie ihr nachspüren oder – wie Bella es ihr geraten hat – an der Pilatesstunde teilnehmen soll. Völlig durcheinander geht sie in den Kursraum und muss in den ersten fünf Minuten heftig mit den Tränen kämpfen.

Zwanzig Minuten später hat Pip bereits vergessen, dass Bella nicht mit ihr mitgekommen ist. Sie gibt sich dem Kurs vollkommen hin, den Bewegungen und dem Stretching, sie fordert ihren Körper und kontrolliert ihre Atmung. Pip ist so gebannt von den Anweisungen der Trainerin, dass sie ihre

Enttäuschung verbergen muss, als die Abkühlphase zu Ende und die Stunde vorbei ist.

In dem Moment kehrt die Welt zu ihr zurück, und sie ist wieder traurig. Die von ihr herbeigesehnte Veränderung ist nicht eingetreten, sondern sie hat nur einem weiteren Menschen als Fußabtreter gedient. Pip rollt ihre Yogamatte zusammen und stellt sich vor, wie sie sich selbst aufrollt.

Um sie herum sprühen Frauen ihre Matten mit Desinfektionsspray ein und räumen sie dann fort. Sie erzählen einander, welche Muskeln nach der Stunde schmerzen.

»Sind Sie Philippa Sheridan?«, fragt eine Frau, und Pip, die sich gerade die Schuhe gebunden hat, sieht in ein ihr bekanntes Gesicht.

»Ja.« Sie steht auf und versucht, das Gesicht zuzuordnen.

»Ich bin Kim, Kim Banks.«

Sobald der Name ausgesprochen wurde, verwandelt sich die Fremde vor Pip, und an ihrer Stelle erscheint die jugendliche Kim, die Pip zuletzt mit fünfzehn gesehen hat.

»O mein Gott, Kim«, sagt sie und umarmt sie herzlich.

Auch Kim drückt Pip fest und lacht dabei.

Pip wird von den Gefühlen überwältigt, die sie als Teenagerin gehabt hat. Kim und sie waren sehr enge Freundinnen und besuchten in der Schule die gleiche Klasse, bis Kims Familie wegen der Arbeit ihres Vaters nach Toronto zog. Pip war tieftraurig über den Verlust ihrer Freundin. Zwar hatte sie noch andere Freundinnen, doch mit denen stand sie sich nicht so nahe. Einige Monate lang blieben Kim und sie in Kontakt und tauschten Briefe aus, bis ihr Drang zu schreiben allmählich erlosch. Kim lebte sich in ihre neue Umgebung ein, und Pip traf Jamie, was ihr Leben für immer veränderte. Alles und jeder wurde unwichtig, nachdem sie mit Jamie zusammengekommen war, daher beantwortete sie Kims letzten und ungewöhnlich kurzen Brief nicht, und ihre Freundschaft endete.

Kim grinst übers ganze Gesicht. »Es ist so schön, dich zu sehen. Während der Stunde habe ich immer wieder zu dir geschaut und mich gefragt, ob das wirklich du bist. Du siehst toll aus!«

»Vielen Dank«, erwidert Pip, die Lob nicht gewohnt ist. »Was machst du wieder hier? Bist du nach Ballybeg zurückgezogen?«

»Für absehbare Zeit.«

Die beiden packen ihre Sachen zusammen und bringen sich gegenseitig auf den neuesten Stand, dann folgen sie den anderen Frauen nach draußen. Während der Großteil der Pilatesgruppe zu ihrem restlichen Leben zurückeilt, setzen Pip und Kim ihre Unterhaltung vor dem Sportclub fort.

»Nachdem sie in Rente waren, sind meine Eltern hierher zurückgezogen. Anna und ich wollten beide in Kanada bleiben, wir waren an der Uni und haben uns dort heimisch gefühlt. Vor Kurzem hat mein Vater eine neue Hüfte bekommen, und meine Mutter ist mit der Situation überfordert, deshalb bin ich eine Weile hier, um sie zu unterstützen. Aber was ist mir dir? Du hast ein Baby bekommen!«

»Inzwischen ist sie kein Baby mehr, meine Tochter ist sechzehn. Und sie heißt Bella.«

»Sechzehn! Meine Güte, Philippa. Ich kann mich kaum um mich selbst kümmern, wie machst du das bloß? Meinem Gefühl nach bin ich selbst immer noch sechzehn.«

Beide reden ohne Punkt und Komma, um alles Wichtige auszutauschen, und dabei kichern sie wie in ihrer Teenagerzeit.

»Hast du Lust, einen Kaffee zu trinken?«

Das würde Pip liebend gern tun. Auf der anderen Straßenseite gibt es ein Café, und draußen davor sitzen Menschen und genießen ihren Brunch. Doch dann kommt die Welt mit aller Wucht zu ihr zurück. Ihr Dad. Ihre Tochter. Die tickende Uhr. Wo bleibt Bella nur?

Philips Wagen fährt vor. Rasch sieht sich Pip nach Bella um, kann aber keine Spur von ihr entdecken. Pips Herz schlägt schneller.

»Ist alles in Ordnung?«, fragt Kim und legt beruhigend eine Hand auf Pips Arm.

Philip lässt das Seitenfenster herunter. »Wo ist Isabella?«

»Hallo, Mr Sheridan«, sagt Kim, beugt sich vor und blickt ins Auto. »Ich bin Kim Banks. Eine Schulfreundin von Philippa. Freut mich sehr, Sie wiederzusehen.«

Kim ist eine Lebensretterin, denn sie lenkt Philip mit einem Gespräch über ihren Vater und seine Gesundheit einen entscheidenden Moment lang ab, bis Bella mit einem Lächeln im Gesicht auftaucht. Sie ist die Ruhe selbst, wenn auch leicht außer Atem.

Pip wirft ihr einen wütenden Blick zu.

Kim richtet sich auf, ihre kurze Unterhaltung mit Philip ist vorüber. Nun, da die Krise abgewendet ist, schlägt Pips Herz wieder langsamer. Ihre Eltern haben nie gewollt, dass sie die Verantwortung als Mutter für Bella übernimmt, zumindest nicht allein, denn Josephine und Philip trauen ihr das nicht zu.

Vielleicht haben sie recht, vielleicht kann sie keine Mutter sein. Als sie einen Moment lang auf ihre Tochter aufpassen soll, ist diese sofort für eine Stunde weggelaufen, ohne dass Pip wusste, wohin.

»Bella, das ist Kim, eine Freundin aus Schulzeiten. Kim, das ist Bella, meine Tochter.« Die letzten Worte sind nur mehr ein ersticktes Glucksen.

»Schön, dich kennenzulernen«, sagt Kim und umarmt

Bella spontan. »Du bist wunderhübsch. Ich kann kaum glauben, dass du Philippas Kind bist. Als ich deine Mutter zuletzt gesehen habe, war sie so alt wie du. Unglaublich, dass sie jetzt selbst eine sechzehnjährige Tochter hat.«

Die Befangenheit zwischen Pip und Bella ist unangenehm. Sie sprechen nicht darüber, dass Pip Bella in so jungem Alter bekommen hat, mit niemandem. Es ist das schreckliche Ereignis in ihrer Familie. Darüber wird nicht gelacht oder ungläubig-freudig gestaunt, so wie Kim es jetzt tut. Pip und Bella wünschen sich von anderen, dass man sie beide für Schwestern hält. Bella ist in dem Geist erzogen worden, dass eine so junge Mutter peinlich ist und sie darüber besser nicht mit Freunden spricht.

»Es war so schön, dich zu sehen«, sagt Pip und umarmt Kim noch einmal. »Und danke für deine Hilfe«, fügt sie leise hinzu, denn sie ist sich ziemlich sicher, dass Kim sich eingeschaltet und mit Philip geplaudert hat, als sie Pips Panik spürte.

»Dafür sind Freundinnen doch da. Lass uns noch mal in Ruhe reden, wenn's besser passt«, sagt Kim freundlich. »Hier ist meine Nummer.« Sie reicht Pip ihre Visitenkarte.

Philip hupt, und Kim fährt erschrocken zusammen.

»Wow. Also, da möchte jemand los.«

»Ja, tut mir leid. Nett, dass wir uns getroffen haben.«

»Fand ich auch.«

Die beiden umarmen sich wieder. Pip hat das Gefühl, als klammere sie sich an ihr fünfzehnjähriges Ich.

Am liebsten würde sie gar nicht mehr loslassen.

»Also, dann haben wir das hier gemacht«, sagt Bella und nimmt, wenig anmutig, die Haltung des herabschauenden Hunds genau vor Josephines Gesicht ein, die sofort den Kopf abwendet. »Und anschließend so.«

Sie vollführt eine ausgedachte Bewegung und streckt ein Bein in die Luft. Jetzt sieht sie aus wie ein pinkelnder Hund.

Obwohl Pip wütend auf Bella ist, muss sie doch lächeln.

»Und wie bist du zurechtgekommen?«, will Josephine von Pip wissen.

»Pip war großartig«, sagt Bella und springt auf die Füße. »Sie war die Beste im ganzen Kurs, und das hat die Trainerin auch gesagt.«

»Du musst nicht gleich übertreiben.«

Pip folgt Bella die Treppe hinauf und wartet, bis sie beide außer Hörweite von Josephine sind. Erst dann beginnt sie zu sprechen:

»Wohin bist du gegangen? Du hättest es mir sagen oder mich vorher fragen sollen, anstatt mich einfach so auszutricksen.«

»Hättest du denn Ja gesagt?«

Pip ist sich nicht sicher, denn sie hätte Angst vor der Entscheidung gehabt. Sie war noch nie in der Position, dass sie die Verantwortung übernehmen musste.

»Siehst du?«, sagt Bella und verdreht die Augen. »Wahrscheinlich wären wir gar nicht hingegangen. Du hattest Spaß, und du hast eine Freundin getroffen. Das ist doch schön, oder nicht? Dann ist alles für nächste Woche abgemacht«, sagt Bella mit einem Zwinkern und schließt ihre Zimmertür hinter sich.

Langsam lässt Pip sich auf ihren Schreibtischstuhl sinken, sie ist erschöpft. Vielleicht ist ein gemeinsames Geheimnis besser als gar nichts.

Pip freut sich, dass sie Kim wiederbegegnet ist, die Freundin und die Pilatesstunde waren der leuchtende Stern am Himmel in ihrem ansonsten langweiligen und enttäuschenden Alltag, doch sie weiß auch, dass jedes Mal, wenn sie etwas für sich gefunden hat, es unweigerlich auf das Gleiche hinausläuft.

Unzählige Male ist es schon passiert – auf irgendeine Weise werden Dinge und Menschen von ihr fortgenommen.

Pip mustert Kims Visitenkarte. *Leitende Finanzberaterin* steht darauf. Sie sollte die Freundin von früher anrufen, denn ihre professionelle Hilfe kann sie zweifellos gebrauchen, ganz zu schweigen von einer verständnisvollen Zuhörerin. Ihre Finger schweben über der Zahlentastatur ihres Handys, doch anstatt die Nummer einzutippen, zieht sie die oberste Schublade des Schreibtischs auf und legt die Visitenkarte zu ihren Skizzen.

Dann rückt sie näher an den Tisch, denn nach diesem Morgen fühlt sie sich randvoll mit den unterschiedlichsten Gefühlen. Sie ist eine übergelaufene Teetasse, und das Papier ist ihre Untertasse, die alles auffängt.

Origami-Mädchen
Bekommt eine Origami-Freundin
Sie faltet sie selbst
Formt sie, will die
Perfekte Freundin erschaffen
Die sie sich immer gewünscht hat
Dann glättet sie die Freundin
Und streicht über die Falze
Denn sie hat Angst
Sie könnten ihr auch
Diese Freundin wegnehmen

11

Nach dem katastrophalen Vormittag mit Bella ist Pip niedergeschlagen und hat Mühe, die Energie für ihr Date mit Sammy aufzubringen. Sie hat keine Ahnung, wohin sie gehen werden, denn die gesamte Kommunikation lief über ihren Dad.

Pip zieht eine schwarze Skinny Jeans und ein schwarzes Neckholdertop an, dann beginnt der innere Zwiespalt zwischen hochhackigen Schuhen oder niedrigen Absätzen. Die High Heels lassen ihre ohnehin schon langen Beine noch länger wirken, sind aber zweifellos supersexy. Hoch, runter, hoch, runter, sie steigt in die Schuhe mit den hohen Absätzen und dann in die mit den flachen, während sie sich im Ganzkörperspiegel an ihrer Zimmertür betrachtet. Sexy oder lieber nicht.

Pip entscheidet sich für die niedrigen Absätze.

Draußen knirschen Autoreifen über die Kiesauffahrt, und als sie zum Fenster geht, sieht sie eine glänzende schwarze Limousine mit Chauffeur und Sammy auf dem Beifahrersitz. Rasch schleudert Pip die flachen Schuhe fort und wechselt in die High Heels.

Sie hat keine Chance, sich ungesehen aus dem Haus zu schleichen, denn Bella wartet vor ihrer Zimmertür, um Pips Look zu kontrollieren. Selbst Bella kann ihre überraschte

Miene nicht verheimlichen. Das Neckholdertop bringt Pips straffe Schultern und Arme zur Geltung. Nach der Sportstunde am Morgen fühlt sie sich besonders durchtrainiert. Und während sie ihre Haare wochentags zum Knoten zusammengenommen unter einem Haarnetz versteckt, fällt es ihr nun leicht gewellt auf die Schultern.

»Sag nichts«, murmelt Pip, die wegen des Vormittags immer noch sauer auf Bella ist.

»Pass auf, dass seine Sprühbräune nicht auf dich abfärbt«, entgegnet Bella, die nicht die geringsten Gewissensbisse wegen ihrer Heimlichtuerei gegenüber Pip hat.

Sammy steht mit Philip an der Eingangstür. Er trägt ein eng anliegendes schwarzes Hemd mit kurzen Ärmeln und Skinny Jeans, die seine kräftige Statur erkennen lassen. Josephine erscheint in der Küchentür, um einen Blick auf ihre Tochter zu werfen, als sie die Treppe herunterkommt, und sogar der Gesichtsausdruck ihrer Mutter verrät Pip, dass sie schön aussieht.

»Ihr werdet wohl sowieso nicht zu Fuß gehen«, sagt Philip zu Sammy, als er Pips Schuhe sieht.

»Gehen wir denn zu Fuß?«, fragt Pip besorgt und verlegen.

»Nein«, erwidert Sammy und betrachtet sie eingehend, als Philip gerade nicht hinsieht. »Um Mitternacht bringe ich sie spätestens nach Hause, Sir«, sagt er scherzhaft zu Philip. Die beiden Männer schütteln sich die Hand, was Pip unpassend und beinahe grotesk vorkommt.

Sammy öffnet die hintere Wagentür für Pip und steigt dann selbst auf der anderen Seite ein. Er riecht sehr sauber, und so viel Aftershave kitzelt Pip hinten im Hals.

»Du siehst hübsch aus«, sagt Sammy und sieht sie nun auf eine Weise an, wie er es in Philips Gegenwart nicht gewagt hätte.

Für ihren Geschmack hat er zwei Knöpfe zu viel an seinem Hemd aufgemacht, so kommt ein Kettenanhänger in Form eines Haifischzahns auf seiner haarlosen Brust zum Vorschein. Seine Hauttönung wurde noch intensiviert, jetzt ist er mehr orangerot als sonnengebräunt.

»Wohin fahren wir?«, will Pip wissen.

»Du wirst abwarten müssen.« Er zwinkert und öffnet die Armablage zwischen ihnen, in der sich kleine Champagnerflaschen und Gläser befinden.

Die Fahrt dauert vierzig Minuten, und die Unterhaltung ist locker und entspannt. Sammy redet gern, vor allem über sich selbst, und Pip stellt ihm Fragen, denn sie verbringt die Zeit lieber auf diese Weise, sonst müsste sie nachdenken und von ihrem eigenen Leben erzählen.

Dann erreichen sie ein Industriegelände. Lagerhäuser mit Fliesengeschäften, Kaminen und Küchen-Showrooms. Pip ist alles andere als begeistert und auch verwirrt, dennoch spürt sie seine Aufregung, weil er wohl noch ein Ass im Ärmel hat. Nachdem sie ausgestiegen sind, klopft Sammy an die Metalltür eines roten Lagergebäudes. Eine junge Frau öffnet, hinter ihr ein schwarzer Samtvorhang.

»Willkommen«, sagt sie und sieht Pip an, die zu Sammy blickt.

Er scrollt über seinen Handybildschirm. Pip sieht einen QR-Code, den er der jungen Frau hinhält.

Pip denkt, dass sie in einem Nachtclub sind, aber sie hört keine laute Musik.

»Hier entlang«, sagt die junge Frau, nachdem sie den QR-Code gescannt hat, und macht den Vorhang auf.

Pip stockt der Atem.

Monet: Das immersive Erlebnis. Eine 360-Grad digitale Kunstausstellung.

Benommen geht Pip einen gewundenen Korridor entlang, wo Monets Werke auf Bildschirmen präsentiert und auch direkt auf die Wände und Fußböden projiziert werden, so als malte man sie direkt vor Pips Augen. Pinselstriche tauchen auf, Schicht um Schicht, und Monets Garten in Giverny, die Heuschober und Mohnblumen erwachen zum Leben. Es ist, als wandelte sie in einem ihrer Tagträume. Nur dass das hier wirklich passiert.

»Ist das gut? Du sagst ja gar nichts?« Sammys weiße Zähne leuchten in der Dunkelheit.

»Sammy«, sagt sie und ergreift seinen Arm. Sofort spürt sie, wie er unter ihrer Berührung seinen Bizeps anspannt. »Das ist die schönste Überraschung, die mir je jemand bereitet hat.«

»Ich habe den Monet-Druck an der Wand in deinem Zimmer gesehen, und dann bin ich auf diese Ausstellung gestoßen.«

Er ist stolz wie ein Pfau.

Während sie weitergehen, versucht er mit ihr zu plaudern, aber sie ist wie verzaubert, wie in Trance, vollkommen gebannt von dem Geschehen um sie herum.

»Es ist ein wenig psychedelisch«, bemerkt er unsicher.

Es ist ein Traum, und sie ist überwältigt.

»Manchmal denke ich«, sagt sie mit leiser Stimme, eine Hand ans Herz gelegt, während sie eine Projektion von Monets schönster Winterlandschaft *Die Elster* betrachtet und künstlicher Schnee auf sie herunterrieselt, »dass das Betrachten von Kunst dem Anblick des schlagenden Herzens eines Menschen außerhalb seines Körpers gleicht.« Pip denkt an die Papierherzen, die sie faltet und ins Innere der Origami-Mädchen steckt, dann begreift sie, dass ihre gesamte Origami-Sammlung *ihr* Herz aus Papier ist. Das sind ihre Gefühle und Geheimnisse außerhalb ihres Körpers.

»Da muss ich an Serienkiller denken, Philippa«, befindet Sammy und sieht sich um, ob irgendjemand das mitbekommen hat.

Pip lacht kurz, seine Reaktion macht sie verlegen, und sie nimmt sich vor, ihm keinen ihrer tiefen Gedanken mehr anzuvertrauen.

Sie treten durch einen Türrahmen in eine zweite Raumebene und stehen vor der japanischen Brücke, die als Druck auch in ihrem Zimmer hängt.

»O mein Gott!«

Pip begibt sich in eine andere Welt, tritt über die Schwelle, wo ihre Fantasie zur Realität wird. Sie betritt die Brücke, was ihr eine erstklassige Sicht auf den auf den Boden projizierten Seerosenteich ermöglicht.

»Das ist ein wunderbares Geschenk«, sagt sie, während sie dort steht und sich umschaut. Sammy lehnt mit verschränkten Armen an der Wand und beobachtet sie.

»Nenn mich einfach Jesus.« Dann läuft er quer über den Teich und zerstört die Illusion. »Was gibt's hier drin?«

Anschließend kommen sie in einen riesigen Raum, wo eine spektakuläre Licht-und-Ton-Ausstellung Projektionen der faszinierendsten Werke des Künstlers zeigt. Hier nehmen die Besucherinnen und Besucher für das immersive Erlebnis in den dafür bereitstehenden Liegestühlen Platz und sehen in aller Ruhe zu, wie die vier Wände um sie herum als Leinwand für ein sich andauernd wandelndes Gemälde fungieren. Pip betrachtet eines von Monets ersten Werken, *Impression, Sonnenaufgang*, das langsam, Pinselstrich für Pinselstrich, zum Leben erwacht. Um sie herum erscheint der Hafen von Le Havre, auch auf dem Fußboden und an der Decke. Sie streckt die Hand aus, um die sich kräuselnden Wellen zu berühren, und sieht, wie das Bild auf ihre Hand geworfen wird.

Monets Bilder waren eine Meditation über die Beziehung zwischen Mensch und Natur, und hier an diesem Ort ist Pip vollkommen mit diesen Gedanken verbunden. Sie ist im Inneren dieser Gemälde und wird ein Teil von ihnen. Die Reise führt sie vom Sonnenaufgang mitten hinein in Monets japanisch angelegten Garten in Giverny, wo sie beobachtet, wie die Grashalme auf ihren Fußknöcheln auftauchen. Pip durchlebt die Bewegung und den Lichtwechsel in Monets Werken und hat das Gefühl, als wäre dies eine spirituelle Erfahrung. Sie ist so tief bewegt und mitgerissen, dass sie sogar ein paar Freudentränen vergießt. Sammy scheint sich unbehaglich zu fühlen. So wie er vor der Tür hin- und herläuft, kann Pip sehen, dass er gern woandershin möchte. Zusammen schauen sie sich die Projektionen von Monets bedeutendsten Werken von Anfang bis Ende an, und als es vorüber ist, würde sie es gern noch einmal von vorn sehen.

Den Abschluss des Rundgangs bildet ein Virtual-Reality-Erlebnis. Sammy und Pip lassen sich einander gegenüber nieder und setzen die VR-Brillen auf. Noch einmal wird Pip in eine andere Welt entführt. Wenn sie so eine VR-Brille zu Hause hätte, würde sie ihr Zimmer nie mehr verlassen.

Pip spaziert durch die Landschaft auf dem Gemälde *Heuschober* in Giverny, das Licht und die Umgebung wandeln sich im Laufe der Tages- und Jahreszeiten. Sie wandelt durch *Brücke über einen Seerosenteich* und überquert auf der kleinen Bogenbrücke ein Gewässer mit treibenden Seerosen, umgeben von saftigem Grün. Wenn sie ihren Blick weit genug in die Ferne schweifen lässt, wird sie vielleicht sich selbst in ihrem weißen Schlafzimmer sehen, wie sie auf dem Bett liegt und ihren Blick erwidert.

Licht und Farbe, so wie Monet sie verwendete, und deren Reflexion erschaffen eine friedvolle, traumhafte Atmosphäre.

Sein Mohnblumenfeld ist voller Magie. Am liebsten würde Pip sich ins Gras legen und die kitzelnden Halme auf der Haut spüren.

Die Ausstellung ist ein unvergessliches Erlebnis. Wahrscheinlich wird dieser Besuch ihr Leben verändern, denn Pip spielt mit dem Gedanken, das Malen für sich selbst neu zu entdecken. Vielleicht schaut sie sich nach einem Kurs um, oder sie fängt wieder an, zu Hause zu malen. Die Szenerie, die sie in der Ausstellung umgibt, ist inspirierend.

Kurz schiebt sie die VR-Brille nach oben und wischt sich die Tränen aus den Augen, dann späht sie zu Sammy hinüber, um zu sehen, wie es ihm mit diesem Erlebnis ergeht. Seine VR-Brille liegt in seinem Schoß, und in der Hand hält er sein Handy und schreibt eine Nachricht.

Behutsam zieht sie wieder die Brille über ihre Augen.

»Sammy? Bist du noch hier?«

»Ich bin noch hier«, erwidert er.

»Ich glaube, meine Tour ist beinahe zu Ende.«

»Ja, meine auch. Es ist unglaublich, nicht wahr?«

Pip setzt das Gerät ab. Sammy hat seine VR-Brille wieder im Gesicht.

Unmerklich seufzt sie. »Jetzt bin ich fertig.«

»Ich auch.« Er kann die VR-Brille gar nicht schnell genug abnehmen. Dann reibt er sich demonstrativ die Augen und blinzelt, als müsste er sich nach der langen Weile in der virtuellen Realität erst wieder an die Umgebung gewöhnen.

»Möchtest du noch einen Rundgang machen?«, fragt Pip.

Es dauert einen Moment, bis Sammy begreift, dass sie das im Scherz gesagt hat. Er setzt ein breites Grinsen auf. »Lass uns gehen. Noch nie war eine Frau so begeistert über meine Wahl für ein Date wie du.«

Anschließend dreht sich die Unterhaltung nur noch darum,

wie er diesen Ort entdeckt hat, und gar nicht mehr um das eigentliche Erlebnis. Es geht ausschließlich um ihn. Pip hätte gern jemanden, mit dem sie über die Eindrücke, die sie in der Ausstellung gewonnen hat, diskutieren könnte, aber dafür ist Sammy nicht der Typ. Er hat das alles bereits hinter sich gelassen. Dennoch freut sie sich enorm, dass sie in dieses Date eingewilligt hat. Io hat recht. Man sollte jeden Tag etwas Neues ausprobieren, auch wenn es nur eine Kleinigkeit ist.

»Das war das Beste, was du für mich tun konntest«, sagt sie aufrichtig. »Vielen Dank, Sammy.«

»Kann's kaum abwarten zu sehen, wie du dich dafür bei mir revanchierst«, sagt er mit einem Zwinkern und geht vor ihr durch den schwarzen Samtvorhang zu der draußen wartenden Limousine.

12

Auf der Rückfahrt gibt es noch mehr Champagner.

»Ich kann jetzt nichts trinken«, sagt Pip und lehnt das Glas ab. »Nach diesem Erlebnis bin ich auf natürliche Weise berauscht.«

Er schenkt das Glas trotzdem bis oben hin ein, und als er es ihr hinschiebt, verschüttet er etwas von dem Champagner. Die Flüssigkeit schwappt auf ihre Hand und läuft auch ihren Arm hinunter. Pip leckt ihn ab, und Sammy beobachtet sie mit Schlafzimmerblick.

Den Rest wischt sich Pip an der Jeans ab.

Das Date war ein Erfolg. Allmählich beruhigt sie sich, und ihre Anspannung lässt mit dem Bewusstsein, es gemeistert zu haben, endlich nach, als der Wagen im Ortszentrum anhält. Der Chauffeur fährt eine enge Gasse hinunter, wo Pip und Sammy aussteigen, anschließend wendet der Wagen und verschwindet.

Das Restaurant heißt *The Suckling Pig.* Es ist ein Feinschmeckerrestaurant mit Sterneküche, eines der wenigen in der Umgebung, und sie hat es noch nie betreten. Philip und Josephine interessieren sich nicht für kulinarische Genüsse, obwohl ihre Mutter in der Betriebsgastronomie arbeitet. Josephine kann Lasagne für dreihundert Menschen zubereiten, aber mit einer Gewürzkiste wüsste sie wenig anzufangen und käme auch nicht auf die Idee, etwas am Rezept zu ändern oder sich dem Geschmack der anderen anzupassen. Außerdem fehlt ihren Eltern das Geld für solche kostspieligen Vergnügungen. Bella würde es hier gefallen. Pip würde sie gern hierher ausführen. Das *sollte* sie unbedingt tun.

»Bevor wir hineingehen«, sagt Sammy und zieht sie weg von der Eingangstür, fort von den Fenstern.

Er lässt ihr keine Sekunde Zeit, um sich auf die Situation einzustellen, und sagt auch nicht, was nun kommt.

Ehe sie sichs versieht, presst er seine Lippen auf ihre.

Seine Zunge ist in ihren Mund eingedrungen und kundschaftet ihn hart und fordernd aus. Pip versucht sich zu entziehen, aber er hält sie am Hinterkopf fest, sodass er ihr Gesicht direkt vor sich hat. Sein Arm umgreift ihren Körper und erdrückt sie beinahe. Sie ist gefangen.

Pip gibt sich Mühe, dass der Kuss schöner wird. Wenn dies schon geschieht – und das tut es –, dann will sie, dass es sich wenigstens sanft anfühlt. Zumindest kann sie diesen Moment angenehmer machen. Aber es ist schwer, sich unter seinem kräftigen Griff zu bewegen.

Pip ist fassungslos und erschüttert, als Sammy sich schließlich von ihr löst und ihre Hand packt. Sie hat das dringende Bedürfnis, sich den Mund abzuwischen, als er sie mit sich in das Restaurant zieht.

Ihre Lippen pochen, was ihr ein gewisses Unbehagen bereitet. Ihre Arme tun weh. Pip hat das Gefühl, als wäre sie von einer menschlichen Maschine zerquetscht worden, und jetzt sitzen Sammy und sie an einem weiß gedeckten Tisch mit einer Kerze in der Mitte, und es ist furchtbar still im Raum. Sammy studiert die Weinkarte und sieht dann den Kellner an, als er an ihren Tisch tritt.

Der Kellner blickt zu Pip und rasch wieder fort, und seiner

Miene nach zu schließen ist etwas mit ihrem Gesicht nicht in Ordnung. Ihre Lippen pochen immer noch, und sie hat den Eindruck, als hätte Sammy versucht, sie zu fressen, statt zu küssen. Pip trinkt einen Schluck Wasser, und anschließend ist der Rand des Glases rot. Bis jetzt hat sie sich an diesem Abend nicht die Lippen nachgezogen. Sanft drückt sie die Stoffserviette an den Mund, und auch sie ist rot verfärbt.

Hat Sammy sie gebissen?

Als der Kellner weggeht, schiebt sie den Stuhl nach hinten, ein Stück weg vom Tisch. Rasch greift Sammy nach ihrem Handgelenk, aber seine Finger packen es nicht grob, sondern umschließen es sanft.

»Lass es gut ein. Es ist in Ordnung. Jetzt ist nichts mehr zu sehen.«

Er wendet sich wieder der Speisekarte in seinen Händen zu.

»Im Kamasutra steht, dass es die Durchblutung fördert und die Person dann erregter ist.« Er zwinkert. »Ich tendiere zum Steak, und was meinst du? Monet sorgt zweifellos für großen Appetit.«

In ihrem Kopf ist alles durcheinandergegangen, und Pip ist verwirrt. Der Lippenbiss soll sie erregen, oder doch das Steak? Seine Stimme fühlt sich sehr weit entfernt an, klingt sanft und vollkommen normal. Doch sie selbst fühlt sich überhaupt nicht so.

In diesem Moment wünscht Pip sich, sie wäre dieser Typ superselbstbewusste Frau, die für sich selbst eintreten kann. Sie sollte aufstehen und dieses Lokal verlassen, denn sie weiß: Was geschehen ist, war falsch. Doch Pip ist nicht dieser Typ Frau. Leise Zweifel steigen in ihr auf und werden immer stärker. Sie weiß nicht, was sie von Sammys Annäherungsversuch vor dem Restaurant halten soll. War sein Verhalten Absicht?

Vielleicht ist sie eine schlechte Küsserin und selbst schuld an ihrer Verletzung.

Pip hat das Gefühl, als würde sich die Umgebung gegen sie verschwören, um sie von einer angemessenen Reaktion abzubringen. Das viel zu stille Restaurant, der Kellner, der ihren Blick meidet, Sammy, der sanft, beinahe zärtlich mit ihr umgeht. Von anderen Tischen dringt Besteckklappern an Pips Ohr und das leise Gemurmel von ernsten Unterhaltungen. Dann sieht sie ihre Nachbarn, Tom und Mary Fitzgerald, die mit Freunden in einer Ecke sitzen. Es ist wie ein Albtraum, als öffnete sie den Mund, um zu schreien, aber es käme kein Laut heraus. Um sie herum sind Menschen, die ihr helfen könnten, aber es ist, als wäre Pip durch eine Glasscheibe von ihnen getrennt.

Pip erkennt schnell, dass es sich bei den anderen Gästen am Tisch von Tom und Mary sämtlich um ihre Nachbarn handelt. Es sind die beiden Töchter der Fitzgeralds, die Slatterys und die Brennans. Zehn Menschen, die auf der anderen Straßenseite von ihrem Elternhaus wohnen, sitzen hier zusammen.

Pip versucht, die Aufmerksamkeit dieser Gäste auf sich zu ziehen, obwohl sie nicht weiß, was sie dann tun sollte. Wenn einer von ihnen sie entdecken und sie grüßen würde, wäre das ein guter Anfang.

Pip ist der Appetit vergangen, daher bestellt sie eine Vorspeise als Hauptgang. Sie muss wieder nüchtern werden, und zwar schnell, obwohl die letzten Minuten auf höchst unangenehme Weise bereits ernüchternd waren. Sie nimmt sich eine Scheibe Brot und ist dankbar, dass Sammy nur ein Hauptgericht bestellt.

»Erzähl mir etwas von Bellas Vater«, fordert er sie beiläufig auf. »Siehst du ihn häufig?«

»Nein, im Gegenteil, ich sehe ihn gar nicht. Er lebt in Liverpool.«

»Und warum ausgerechnet dort?«

»Dort hat er Verwandte. Er wurde dorthin geschickt …« Sie zwingt sich innezuhalten. »Er ist nach der Schule dorthin gezogen.«

»Das war nicht sehr nett von ihm, oder? Einfach abzuhauen und dich allein mit dem Kind sitzen zu lassen?«

»Das hat er nicht. Er ist ein guter Vater, der für seine Tochter sorgt. Die beiden telefonieren jede Woche.«

»Was macht er beruflich?«

So genau weiß sie es nicht. »Er arbeitet im Bauwesen.«

»Ist er verheiratet?«

»Nein.«

»Hat er noch mehr Kinder?«

»Nein.«

Nicht, soweit sie weiß. Sicherlich wüsste sie es, wenn es so wäre. Oder etwa nicht?

»Also seid ihr beiden nicht …«

»Nein, bei Gott, nein, das war schon vorbei, bevor Bella auf die Welt gekommen ist.«

Jetzt klingt Pip genau wie ihre Mutter. Sie wurde so lange einer Gehirnwäsche unterzogen, dass sie so tut, als würde Jamie gar nicht existieren. Dabei ist er die große Liebe ihres Lebens und der Vater ihres Kindes. Ein Nichts. In der Religion ist die Familie heilig, warum gilt das nicht auch für Jamie, Pip und Bella? Sie bildeten eine Gemeinschaft, die man unbedingt voneinander trennen musste, anstatt sie zu feiern.

»Es geht das Gerücht um, dass er für die Anhörung zurückkommt.«

Pip zuckt die Achseln. »Wenn das so ist, dann hat es mir niemand erzählt.«

»Nicht einmal Isabella?«

»Nein, nicht einmal Bella.«

»Ist das nicht etwas eigenartig?«

In dem Punkt hat Sammy recht, die ganze Angelegenheit ist höchst eigenartig. Pip fällt nichts ein, was sie Sammy fragen könnte. Sie hat nicht mehr das geringste Interesse an seiner Person. Den Rotwein, den der Kellner ihr einschenken möchte, lehnt sie ab und stochert nur in ihrem Caesar-Salat.

Sammy isst eins nach dem anderen, erst das Gemüse, dann die Kartoffeln und anschließend das Steak, das stark blutet, als er hineinschneidet. Der Anblick erinnert sie an ihre Lippe, und Schwindel überkommt sie, aber sicher ist das keine sexuelle Erregung. Erleichterung steigt in ihr auf, als Sammy sich den letzten Fleischbissen in den Mund schiebt. Aber Pip ist auch ein wenig verängstigt, denn sie weiß nicht, was als Nächstes kommt. Sie möchte gern nach Hause. Sammy hat ihrem Vater versprochen, sie spätestens um Mitternacht zurückzubringen, und obwohl ihr bewusst ist, dass Sammy das als Scherz gemeint hat, klammert sie sich an dieses Versprechen.

Noch einmal schaut Pip zu den Nachbarn und versucht, auf sich aufmerksam zu machen. Auch an dem Tisch in der Ecke sind sie schon fast fertig mit der Mahlzeit. Wenn sie anschließend nach Hause fahren, könnte Pip einen von ihnen bitten, sie im Auto mitzunehmen. Das wäre nicht total abwegig, oder doch?

Genau in dem Moment wirft Caroline einen Blick über die Schulter und sieht Pip direkt in die Augen. Sofort wird Pip wieder munter und winkt ihr lächelnd zu. Carolines Miene verrät mehr Abscheu, als Pip jemals zuvor begegnet ist, dann wendet sich die Nachbarin wieder ihrer Familie zu. Jetzt weiß Pip, dass die zahlreichen anderen Gelegenheiten, als Caroline ihr Winken oder ihr Lächeln ignoriert hat, kein Versehen und auch kein Zufall waren. Als Caroline etwas zu den anderen an ihrem Tisch sagt, drehen sich diese unverfroren um und starren zu Sammy und ihr herüber.

»Was ist los?«, will Sammy wissen, folgt Pips Blick und entdeckt dann die Gäste in der Ecke. Sobald er sich ihnen zugewendet hat, senken sie den Kopf und konzentrieren sich wieder auf ihr Essen.

Er schaut etwas zu lange zu ihnen hinüber. Als er Pip wieder ansieht, ist sein Gesichtsausdruck bitterböse.

»Das sind meine Nachbarn«, sagt sie zur Erklärung. »Seit wir in das neue Haus gezogen sind, haben sie sich sehr kühl mir gegenüber benommen. Dabei habe ich keine Ahnung, was los ist.«

Sammy mustert sie, nimmt dann einen Zahnstocher und pult die Fleischfetzen zwischen seinen Zähnen heraus.

»Tom Fitzgerald hat jahrelang an seinen kleinen Töchtern herumgefummelt. Das war der Grund, warum eine von ihnen fortgegangen ist. Meine Kinder würde ich nicht in seine Nähe lassen. Und das Fußballtraining für die Kleinen sollte man ihm auch verbieten.«

Pip erstarrt, das kann sie nicht glauben. Kurz blickt sie noch zu ihren Nachbarn hinüber, ob sie Sammys Worte gehört haben. Anscheinend nicht, denn sie sitzen alle noch weit über den Tisch gebeugt da und unterhalten sich leise.

»Ich glaube, wir lassen Dessert und Kaffee aus, einverstanden?«, sagt Sammy.

Pip fällt ein Stein vom Herzen, von diesem Ort fortkommen zu können. Sie erlaubt Sammy, die Rechnung zu übernehmen, dann gehen sie hinaus. Pips Gesicht brennt vor Scham über das, was Sammy über Tom Fitzgerald gesagt hat, und sie ist froh, dass ihre Nachbarn ihn nicht gehört haben. Ihr fehlt der

Mut, sich noch einmal zu ihnen umzudrehen. Draußen blickt sie sich suchend nach dem Chauffeur um. Er ist verschwunden, stattdessen drückt Sammy eine Taste auf seinem Schlüssel, und ein Stück die Straße hinunter leuchten die Scheinwerfer seines Range Rovers auf.

»Du willst Auto fahren?«

»Sicher. Ich bringe dich nach Hause. Ich will ja nicht, dass Mr Sheridan wütend auf mich wird, oder?«

»Aber du hast getrunken.«

Er hat sogar eine Menge getrunken.

Anstatt verärgert zu reagieren, sieht er sie liebevoll an. Dann legt er den Arm um ihre Schultern und drückt sie leicht. »Philippa Sheridan, du bist wie eine Figur aus einem altmodischen Kinofilm. Einem Schwarz-Weiß-Film. Das finde ich absolut hinreißend.«

Er öffnet die Beifahrertür, damit sie einsteigen kann.

Pip sieht in den nobel ausgestatteten Wagen, blaue Leuchtstreifen laufen innen an den Türen entlang. Sie könnte immer noch vorschlagen, mit ihren Nachbarn nach Hause zu fahren, schließlich müssen sie alle in dieselbe Richtung. Doch nach dem, was Sammy über diese Menschen gesagt hat, ist das nicht mehr möglich. Ganz abgesehen von der eisigen Atmosphäre, die zwischen Pip und den Nachbarn herrscht. Wieder überkommt sie das Gefühl, von unzähligen Augen beobachtet zu werden. Sie steigt in den Range Rover und versteckt ihr Gesicht unter ihren Haaren.

Die Fahrt zu ihr nach Hause verläuft undramatisch, aber sie späht in jede Straßenkurve und wartet darauf, dass ein Lkw oder ein Auto auf sie zukommt. Schließlich bleibt Sammy mit laufendem Motor vor dem Haus stehen, und erst, als er die Autotüren entriegelt, wird Pip bewusst, welche Angst und Anspannung sie ausgestanden hat. Nun ist sie erlöst.

»Vielen Dank für den schönen Abend«, sagt sie höflich und setzt in Gedanken *Mr Wolverson, Sir* hinzu.

Dann macht sie rasch die Autotür auf, bevor er versuchen kann, sich ihr noch einmal zu nähern.

Durch die vorgezogenen Vorhänge im Wohnzimmer dringt Licht, daher weiß Pip, dass sie nicht den Ersatzschlüssel holen muss, sie kann sich selbst ins Haus lassen. Erleichtert atmet sie auf, denn sie möchte nicht, dass Sammy das Schlüsselversteck sieht. Aus Sicherheitsgründen überlegt sich Philip alle paar Monate einen neuen Aufbewahrungsort. Es ist erst halb zwölf, Josephine, Philip und Bella sind noch wach und schauen Fernsehen. Pip ist sich ihrer geschwollenen Lippe bewusst, sie hat sie immer wieder mit den Schneidezähnen berührt.

»Hallo«, sagt Pip, als sie in der Wohnzimmertür steht. »Ich bin wieder zu Hause.«

Alle sehen sie an. Pip ist befangen, ihre Unterlippe fühlt sich dick und wulstig an.

»Hattest du einen netten Abend?«, fragt Josephine.

Pip setzt ein Lächeln auf und nickt.

»Wohin hat er dich ausgeführt?«

»Ein immersives Ausstellungserlebnis mit Werken von Monet.«

»Was ist das?«, will Philip wissen.

»Kunst«, erwidert Josephine und zieht beeindruckt eine Augenbraue hoch. »Sieh mal einer an.«

»Ich gehe schlafen, ich bin müde. Gute Nacht.«

»Gute Nacht«, rufen die drei ihr hinterher.

Es klopft an ihrer Tür. Pip hat sich auf dem Bett niedergelassen, die High Heels noch an ihren Füßen. Sie weiß nicht, wie lange sie schon so dasitzt, sie steht unter Schock, fühlt sich wie betäubt.

»Herein«, sagt sie mit zitternder Stimme.

Bella tritt ein. Pip hält sich die Hand vor den Mund und versucht, die Bewegung so natürlich wie möglich aussehen zu lassen.

»Hallo. Geht's dir gut? Du scheinst ... Ich wollte nur nachsehen, ob alles okay ist.«

Selbst wenn Pip gern jemandem von den Ereignissen des Abends erzählen würde, Bella ist immer noch ihre Tochter, nicht ihre Freundin, Pip kann sie nicht mit ihren Problemen belasten.

»Mir geht's gut«, sagt Pip.

»Es tut mir leid, dass ich dich heute Morgen angelogen habe«, sagt Bella betreten. »Es ist nur so, dass ich ihn wirklich mag.«

Pip sieht ihre Tochter an, und in dem Moment überwältigt sie die Müdigkeit, sodass ihr keine andere Antwort als »Okay« einfällt.

»Na, dann schlaf gut.«

»Gute Nacht, Bella«, erwidert Pip steif und kommt sich wie ein Roboter vor. Ihre Gefühle hält sie tief in sich verschlossen und hat nur das Ziel, Handlungen und Bewegungen auszuführen, wie eine Maschine zu laufen und reibungslos zu funktionieren. Auf keinen Fall nachdenken.

Pip hat pochende Kopfschmerzen, als sie sich an ihren Schreibtisch setzt. Obwohl es im Haus warm ist, fröstelt sie und behält während des Schreibens ihre Jacke an. Und der Füller fliegt über das Papier, die Worte sprudeln aus ihr heraus, als müsste sie alles aufschreiben, bevor sie es vergisst.

Origami-Mädchen
Trifft ein Krokodil
Mit weißen Zähnen
Die knirschen

Es schnappt nach ihr
Sie faltet sich
Es schnappt nach ihr
Sie faltet sich wieder
Es schnappt nach ihr
Sie faltet sich noch einmal
»Da hängt Fleisch
Zwischen deinen Zähnen«
Sagt das Origami-Mädchen
Zu dem Krokodil
Vom Nil
Sie ist so winzig
Ihre Stimme spirrig
Sein Schnappen ist laut
Ein Knock-out
Es zieht sie an sich
Und pult in seinen Zähnen
Dabei benutzt es
die spitzen Ecken
des Origami-Mädchens

In Gedanken sieht Pip die Form vor sich, die sie gestalten will, und ihre Finger arbeiten mit dem Papier, um sie zum Leben zu erwecken. Während sie sich höchst konzentriert nur dieser Tätigkeit widmet, hat sie dennoch das Gefühl, es wäre ein Tanz, dessen Schritte sich intuitiv ergeben. Sobald ihre Finger das Papier berühren, wissen sie, was zu tun ist. Eine Weile lang schweifen ihre Gedanken ab, und als Pip wieder in die Realität zurückkehrt, hält sie die fertige Figur in den Händen. Ein Origami-Krokodil.

Pip legt das Krokodil in die Schachtel zu dem Rest ihrer Sammlung. Sie stellt sich vor, wie es die ganzen Formen und

Figuren in der Schachtel, all die Charaktere, die sie erschaffen hat, zwischen seinen spitzen Zähnen zermalmt, und bei nochmaliger Überlegung nimmt sie das Krokodil wieder heraus und gibt ihm eine eigene Schachtel, damit es nichts und niemanden verletzen kann.

13

Am Sonntagmorgen kommt Pip sich vor, als hätte man sie wie eine Stoffpuppe umhergeworfen. Nach der erdrückenden Umarmung fühlt sie sich fragil und mitgenommen, doch als sie ihren Körper untersucht, kann sie keine Anzeichen von Prellungen oder Blutergüssen finden. Es ist alles in ihrem Inneren. Sie erinnert sich an Sammys festen Griff, ihr Kopf wie eingeklemmt und ihre Glieder zu keiner Bewegung fähig. Gleich einem Albtraum, als versuchte sie fortzulaufen, käme aber keinen Schritt weiter.

Vielleicht reagiert sie auch nur völlig übertrieben, und was sie spürt, ist nur ein Ziehen in den Muskeln von den Pilatesübungen.

Pip wartet neben dem Wagen, bevor sie mit ihrer Familie zur Sonntagsmesse fährt. Sie hört, wie die anderen im Haus hin und her laufen, Stühle kratzen über den Boden, die Teller klirren, als Josephine sie unachtsam in die Spülmaschine einsortiert und das Sonntagsfrühstück abräumt, das Pip nicht angerührt hat. Als Grund hat sie zu viel Alkohol beim Ausgehen genannt, was auch wahr ist. Vier Gläser Champagner sind vier Gläser mehr, als sie gewohnt ist.

Pip sieht zu den Nachbarhäusern und schämt sich bei dem Gedanken an die Ereignisse des vergangenen Abends. War Sammy ein totales Monster, dass er so etwas Hässliches gesagt hat, oder steckte in den Anspielungen auf Missbrauch ein Funken Wahrheit? So oder so liegt etwas im Argen, und Pip möchte gern herausfinden, was das ist. Philip kommt als Erster aus dem Haus und spielt mit dem Autoschlüssel in seiner Hand.

»Dad, gibt es ein Problem mit den Nachbarn, oder ist alles in Ordnung?«, will Pip wissen.

»Soweit ich weiß, alles okay.«

»Vielleicht gehe ich später rüber und spreche mit ihnen«, sagt sie, obwohl sie nicht die Absicht hat.

»Das ist nicht nötig«, sagt ihr Vater jetzt gereizt, und in dem Moment erkennt Pip, dass er ihr etwas verheimlicht. »Warum hast du das vor?«

»Gestern Abend war ich mit Sammy in dem Restaurant *The Suckling Pig*, und alle unsere Nachbarn haben sich dort getroffen. Warum, glaubst du, haben sie uns nicht gefragt?«

»Weil wir neu hergezogen sind. Die anderen Nachbarn wohnen hier schon seit Urzeiten. Nimm dir das nicht zu Herzen.«

»Sammy hat wie aus heiterem Himmel erzählt, dass Tom ... seine Kinder missbraucht hätte und dass eine seiner Töchter deshalb fortgezogen sei.«

»Deirdre«, nennt Philip den Namen der Tochter. »Davon habe ich nichts gehört. Sie hat einen Job in New York und lebt mit einer Frau zusammen. Und was ist dann passiert?«

»Wir sind gegangen. Zum Glück hat die Runde nicht mitbekommen, was Sammy gesagt hat.«

Philip denkt über Pips Worte nach.

»Ziemlich fies, findest du nicht?«, fährt sie fort. »Ich habe sie für anständige Leute gehalten, selbst wenn sie mich immerzu ignorieren.«

Jetzt bauscht Pip die Geschichte auf, denn sie sieht eine

Möglichkeit, weiteren Dates mit Sammy aus dem Weg zu gehen. Philip mag es nicht, wenn jemand Gemeinheiten über gute Menschen sagt.

»Ein Mann kann nur ein gewisses Maß ertragen.«

»Was meinst du damit?«

Philip wirft den Kopf zurück, so wie ein Pferd es täte. Im Irischen bedeutet diese Geste: *Sicher weißt du das selbst*, was gar nicht weiterhilft, wenn man es nicht weiß und erst herausfinden muss.

»Ich will nicht behaupten, dass er unbedingt die Wahrheit gesagt hat, aber ein Mann wie Sammy Wolverson äußert sich nicht so, wenn er nicht provoziert wurde.«

»Sie haben ihn nicht provoziert. Wenn überhaupt, schien Caroline sauer auf *mich* zu sein, denn sie hat *mich* böse angesehen.«

»Dann hat er dich wohl verteidigt«, bemerkt Philip ein wenig zufriedener.

»So habe ich es eigentlich nicht aufgefasst.« Pip verschränkt die Arme vor der Brust. Kann Sammy Wolverson denn tun und lassen, was er will, ohne dass ihr Vater merkt, wie er in Wirklichkeit ist?

»Nun hör mir mal gut zu, die Wolversons sind eine respektable Familie. Seit Generationen sind wir bei ihnen angestellt – dein Granddad John und auch dein Urgroßvater, er hieß Darragh, deine Onkel und heute deine Cousinen. Wir verdanken den Wolversons so viel, genauso wie die ganze Gemeinde. Sie sind die Sponsoren des GAA-Clubs und haben diesen neuen Allwetterplatz bauen lassen. Wenn sie nicht wären, hätten wir keine Tribüne. Mr Wolverson hat Geld für das Pflegeheim in Kilmackin gestiftet, in dem auch deine Großmutter untergebracht war. Diese Familie kümmert sich um ihre Leute. Sie haben uns wie ihresgleichen behandelt. Mein ganzes Leben lang bin ich ihnen gegenüber loyal gewesen, und sie haben mir die gleiche Loyalität erwiesen. Aber in diesem Ort wissen nicht alle diese guten Taten zu schätzen. Eine Familie wie die Wolversons ist eine leichte Zielscheibe für Lügen. Es gibt Leute, die es auf ihr Geld abgesehen haben, Faulenzer, die lieber jemanden verklagen, anstatt einen Tag in ihrem Leben zu arbeiten. Das habe ich bei Kollegen im Steinbruch mitbekommen, die hecken üble Pläne aus. Ein blutiger Zeh, und schon zeigen sie ihren Arbeitgeber an. Und denk nur daran, was die Wolversons mit diesem Haus für uns getan haben. Sie haben uns das Grundstück verkauft, früher war es das Land ihrer Familie, das ist wie Goldstaub, Philippa. Und bei den Steinen haben sie uns eine ganze Menge nachgelassen. Ich sag dir, die anderen sollen sich vorsehen, denn was sie austeilen, werden sie auch einstecken müssen. Ich weiß, auf welcher Seite ich stehe.«

Philip hat sich in Rage geredet. Wenn jemand seine Mutter beleidigen würde, könnte er nicht aufgewühlter sein. Mit diesem Gefühlsausbruch hat Pip nicht gerechnet.

»Du willst also sagen, dass unsere sämtlichen Nachbarn es alle auf das Geld der Wolversons abgesehen haben? Das ergibt keinen Sinn.«

»Carolines Mann Aleksy hatte einen Arbeitsunfall. Er hat sich am Bein verletzt, und jetzt wollen sie jeden Cent, den sie bekommen können.«

Pip erinnert sich, dass sie Aleksy in seinem Garten herumhumpeln gesehen hat. »Vielleicht haben sie ein Recht auf Entschädigung.«

»Das reicht«, erwidert Philip, für den die Unterhaltung damit beendet ist.

Doch Pip ist noch nicht fertig. »Carolines Wut hat sich gegen mich gerichtet, nicht gegen Sammy. Was hat das mit mir zu tun? Warum schauen sie weg, wenn ich ihnen zuwinke?«

»Du bist Sammy Wolversons Freundin, nicht wahr?«, sagt Philip stolz. »Und wenn sie es bisher nicht kapiert hatten, dann wissen sie jetzt endgültig, auf wessen Seite wir sind.«

Pips Versuch, Sammys wahren Charakter ans Licht zu bringen, ist nach hinten losgegangen. Nun setzt sich ihr Vater ins Auto und hält noch mehr von Sammy Wolverson als vor diesem Gespräch mit seiner Tochter.

14

Über die Sandwichtheke hinweg betrachtet Io ihre geschwollene Lippe und sieht ihr dann tief in die Augen. Sein mitleidiger Blick gibt ihr das Gefühl, dass er Bescheid weiß. Am liebsten würde sie weinen, doch sie blinzelt die Tränen weg. Aus irgendeinem Grund durchschaut er sie auf eine Art, wie es sonst niemand tut.

»Kannst du bald Pause machen?«

Sie nickt. »Ich bin in zwanzig Minuten dran.«

»Gut. Sag deinem Chef, dass es länger dauern wird. Ich möchte dir was zeigen.«

Erstaunt sieht Pip sich in Ios Büro um.

»Entspricht es nicht deinen Erwartungen?«, fragt er mit einem spöttischen Grinsen.

»Nein. Gar nicht.«

»Ist es besser oder schlechter?«

»Sehr viel schlechter.«

Er lacht, ohne gekränkt zu sein.

Das Observatorium befindet sich in Birr Castle Demesne, auf achtundvierzig Hektar voller Naturwissenschaft, Pflanzenkunde, Geschichte, Astronomie und Ingenieurskunst. Das Schloss lockt unzählige Touristen und Spaziergänger, Naturfreunde und Historiker an. Pip kennt lediglich die Kantine, die in einem separaten, etwas abseits gelegenen Nebengebäude untergebracht ist. Sie hat sich vorgestellt, Io würde in einer Sternwarte mit Kuppel und runden Fenstern arbeiten, ein Astronom, der auf einer Leiter hockt und in das Okular eines riesigen Teleskops späht. Doch sein Büro ist das genaue Gegenteil: Es ist ein fensterloses kleines Kabuff.

»Waren alle anderen Schränke schon voll?«

»Nur weiter so«, sagt er unbekümmert.

»Hatte Harry Potter keine Verwendung mehr dafür?«

»Noch einen.«

Lächelnd überlegt sie, weil sie den letzten Versuch klug nutzen will. »Hast du hier wenigstens noch alle Tassen drin?«

»Wunderbar.«

Unordnung herrscht in dem Zimmer eigentlich nicht, es gibt bloß kein freies Fleckchen, überall türmen sich akkurat aufgeschichtete Stapel. In dem kleinen, engen Raum sind Unmengen an Dingen untergebracht. Alles ist vollgestopft mit Informationen – es gibt prall gefüllte Ablageboxen, einen Computer, einen Laptop und viele Bücher. Himmelskarten an den Wänden, Bilder von Sternen, Grafiken und Instrumente.

»Wo du doch jemand bist, der den Himmel erforscht, hätte ich gedacht, dass du ihn zumindest sehen könntest.«

»Ich sehe ihn hier drinnen, und zwar hiermit.« Er tippt auf seinen Computer. »Und hiermit.« Er stupst Papiere und Ausdrucke an. »Außerdem kommuniziere ich mit den Assistenten und den Mitarbeiterinnen an den Instrumenten, die es uns Astronomen und Astronominnen ermöglichen, Daten von diesem ganzen Planeten zu erhalten.«

»Von diesem Planeten.« Seine Formulierung bringt sie zum Lachen. In seiner Vision der Welt ist die Erde bloß ein Staubkorn. Für Pip hingegen fühlt sich Ballybeg manchmal zu groß an. »Warum bist du dann überhaupt nach Irland gekommen, wenn du alles von deinem Computer aus sehen kannst? Dann musst du doch gar nicht so viel Zeit fern von zu Hause verbringen.«

»Mein Zuhause ist zu weit weg, um remote zu arbeiten. Aber du hast recht. Astronomen und Astronominnen sind nicht routinemäßig in Observatorien anwesend, die meiste Zeit verbringen wir mit der computergestützten Datenanalyse. Manchmal besuchen wir ein Observatorium nur beim Einsatz neuer Instrumente, um ein besseres Verständnis für ihre Messungen zu entwickeln. Und manchmal schaue ich bloß vorbei, um herauszufinden, was andere Leute wissen.«

Sie zieht die Augen zu Schlitzen zusammen. »Machst du das gerade? Bist du am Spionieren?«

»Das hier«, sagt er und macht eine ausholende Bewegung, »gleicht bis aufs Haar jedem anderen Zimmer in jedem anderen Land, in dem ich bisher war. Die gleiche Art Raum, die gleiche Art Daten. 16-Stunden-Arbeitstage. Aber ich habe beschlossen, dass sich hier etwas ändern wird.«

»Warum?«, fragt sie. Ihr ist aufgefallen, dass er ihre Frage nicht beantwortet hat.

Er setzt sich auf die Kante seines Schreibtischs, was beinahe einen Aktenstapel zum Einsturz bringt.

»Eigentlich wollte ich mich schon im nächsten fensterlosen Kabuff vergraben. Als ich zum ersten Mal nach Ballybeg gefahren bin, wieder einmal in ein fremdes Land, wieder einmal in eine neue Stadt, musste ich anhalten, um den Wagen aufzuladen. Während ich wartete, habe ich dich an der Essenstheke belauscht.«

»Oje.«

»Du hast die Kundschaft gefragt, wohin sie fährt und wo sie herkommt. Jeden einzelnen Menschen. Und du warst an Einzelheiten interessiert.«

Leicht verlegen stößt sie ein Lachen aus. »Hast du dich angestellt, um mir deine Geschichte erzählen zu können?«

»Vielleicht. Immerhin sind wir jetzt hier, oder?«

Pip beschließt, sich ein wenig mehr zu öffnen. »Ich arbeite an einem Ort, an dem alle unterwegs sind, sie kommen irgendwoher und fahren irgendwohin. Bloß ich rühre mich nicht vom Fleck.«

Bewegungslos. In der Falle, hätte sie gern hinzugefügt. Sie schluckt die aufsteigenden Gefühle rasch hinunter.

»Aber unter dieser Reglosigkeit herrscht eine gewaltige Unruhe«, sagt er, als könnte er ihre Gedanken lesen. Sie ist fasziniert von seinen eisblauen Augen. »Wohingegen ich immer von irgendwoher komme und irgendwohin fahre. Ich lasse mich nirgends nieder oder baue eine richtige Verbindung zu anderen auf. Es heißt, wenn man an Reisekrankheit leidet, soll man sich am besten auf etwas fokussieren, das sich nicht bewegt. Das tue ich wohl gerade.«

Sie will sich bewegen, er möchte zur Ruhe kommen, sie werden voneinander angezogen, weil jeder das hat, was dem anderen fehlt.

Er lächelt. »Du bist geerdet. Deine Bodenständigkeit gefällt mir.«

»Aus deinem Mund klingt das, als wäre ich eine Kartoffel, Io, und du solltest dich hüten, mit Iren über Kartoffeln zu diskutieren«, scherzt sie, um nicht weiter von ihm analysiert zu werden. »Und mir gefällt deine Weltferne. Vielleicht kannst du dieser Knolle dabei helfen, in Richtung deines Lichts zu wachsen. Wo ist denn nun dieses I-LOFAR-Ding?«, fragt sie und sieht sich um. »In diese Rumpelkammer konnte man es wohl nicht auch noch reinquetschen.«

Mit einem Grinsen erhebt er sich von der Tischkante. »Hier entlang.«

Auch das I-LOFAR entspricht überhaupt nicht ihren Erwartungen. Es ist kein herkömmliches Teleskop, wie Pip es kennt, sondern eine Reihe von Solarmodulen mit Funkantennen am Boden auf einem Feld.

»Was genau machen die gerade?«, will sie wissen.

»Sie beobachten Radioquellen. Jedes Mal, wenn etwas im Universum passiert, wie beispielsweise die Explosion eines Sterns, werden Riesenmengen Energie in die Umgebung freigesetzt. Fast immer werden Radiowellen ausgesendet, und so können wir durch die Beobachtung des Frequenzbereichs verstehen, wie und wann diese Ereignisse auftreten.«

Sie nickt. »Und warum machen wir das?«

»Es ist wichtig für die Erforschung von Exoplaneten.«

»Was sind denn Exoplaneten? Mit Echsen hat das ja wohl nichts zu tun?«

Es dauert einen Moment, ehe er begreift. »Exoplaneten sind Planeten, die Sterne umkreisen.«

»Wie die Erde?«

»Ja. Wir suchen nach Planeten, die nahe an ihren Sternen sind und ein Magnetfeld besitzen, denn durch die Wechselwirkungen zwischen dem Stern und dem Magnetfeld des Exoplaneten werden starke Radiowellen erzeugt. Die allesamt durch I-LOFAR aufgefangen werden.«

»Sind wir auf der Suche nach anderen bewohnbaren Planeten?« Pip richtet den Blick zum Himmel und fragt sich, ob sie noch in diesem Leben zusammen mit Bella auf einen anderen Planeten ziehen kann. Sie würde es tun. Vorzugsweise gleich nach den Sommerferien.

»Bewohnbare Planeten gehören mit dazu, ja.«

»Hat man schon welche gefunden?«

»Nein, bisher wurde noch keiner entdeckt.«

»Aber da draußen gibt es welche?«

»Es gibt ein paar mögliche Kandidaten, auf denen die Existenz von Leben denkbar ist, ja.«

»Wird es eine Invasion von Aliens auf der Erde geben?«

»Eher macht sich die Erde selbst den Garaus.«

»Na, was für ein reizender Gedanke! Vielen Dank für den erbaulichen Rundgang.«

Er lacht. »Von einer Invasion aus dem All ist wohl nicht auszugehen. Spionage ist da schon viel wahrscheinlicher.« Er zwinkert. »Hauptsächlich geht es darum, dass Menschen nach dort draußen ins All schauen, um zu begreifen, was *hier* los ist. Man richtet den Blick nach außen, um nach innen zu sehen.«

Einen Moment lang lässt sie sich seine Worte durch den Kopf gehen. Der Himmel erstrahlt in einem wunderschönen Blau. Es ist ein weiterer wunderschöner heißer Sommertag, aber die Hitzewelle soll nur noch bis zum Wochenende anhalten. Die Luft fühlt sich drückend und schwül an.

»Vorhin habe ich das nicht vollständig erklärt.« Während sie jetzt zum Himmel hochschaut, ist sie bereit, mehr von sich preiszugeben. »Ich frage die Leute dauernd, wohin sie fahren, weil ich selbst noch nie aus Irland rausgekommen bin. Ich habe noch nie in einem Flugzeug gesessen, auch wenn man mir schon des Öfteren gesagt hat, ich würde in den Wolken schweben.«

Mit seinem offen stehenden Mund sieht Io ein bisschen aus wie eine Comicfigur. Wenn er zum Tröten einer Hupe die Augäpfel hervorquellen lassen könnte, wäre die Wirkung vollkommen.

»Ich kann ein Flugzeug fliegen und nehme dich gern mal mit, wann immer du willst. Ich zeige dir, wie das hier alles von dort oben aussieht. Es wird dein Leben verändern, das verspreche ich dir.«

Jetzt ist sie an der Reihe, ihn wie eine Comicfigur anzustarren. »Du kannst Flugzeuge fliegen?«

»Und Hubschrauber und … all so was. Ich darf auch andere ausbilden, aber eigentlich fliege ich bloß selbst.«

»Wie sollen wir an ein Flugzeug kommen?«

»Auf dem örtlichen Flugplatz. Ich habe hier eine Maschine.«

»Wir haben einen örtlichen Flugplatz? Ich dachte, du wärst mit dem Auto gekommen«, sagt sie argwöhnisch auf der Suche nach Löchern in dieser ungeheuerlichen Aussage.

»Ich bin auch hergeflogen. Dann habe ich mir einen Wagen gemietet. Es ist nur ein kleines Sportflugzeug. Ein Zweisitzer. Mit Propeller.« Als sie nicht antwortet, fügt er hinzu: »Diese Dinger seitlich an den Tragflächen, die so machen …« Er gibt ein überzeugendes Propellergeräusch von sich.

»Schon kapiert, ich weiß, es ist nur … ich habe kein Geld.« Sie gibt ihren Eltern die Hälfte ihres Gehalts und versucht, möglichst viel Geld für Bella auf die hohe Kante zu legen, für ihre Zukunft.

»Es kostet nichts. Ich lade dich ein.«

Sie versucht sich vorzustellen, wie sie in einem Flugzeug sitzt. Einem Sportflugzeug. Vor lauter Aufregung macht sie innerlich Luftsprünge.

»Wohin würden wir fliegen?«

»Wohin du möchtest. Du kannst überallhin, Pip. Du wirst noch an viele Orte reisen, das weiß ich. Und ich meine nicht nur gedanklich in den Erzählungen deiner Kundschaft. Du wirst deine eigenen Erfahrungen sammeln.«

Sofort bildet sich ein Kloß in ihrem Hals. Am liebsten möchte sie ihre geschwollene Lippe und ihren schmerzenden Körper vergessen und sich stattdessen auf Ios Glauben an sie konzentrieren.

Die Wolken scheinen in unendlicher Ferne vorbeizujagen,

weil sie woanders hinmüssen, wie eine ganze Schar weißer Kaninchen, die – o weh, o weh! – zu spät kommen. Die Bewegung am Himmel setzt Gedanken in Gang, als würde man einen dahinströmenden Fluss oder ein knisterndes Feuer betrachten. Die Aussicht reicht so weit nach oben, dass sich dem Geist Möglichkeiten, Weltanschauungen, Hoffnungen und Träume eröffnen.

Ihr entschlüpft ein verräterischer Seufzer.

»Im Grunde sieht man immer erst alles im Nachhinein«, sagt Io.

»Das kannst du laut sagen«, entgegnet sie. »Ich bin inzwischen auch schlauer als am Samstagabend.«

»Das mit deinem Date tut mir leid«, sagt er aufrichtig. »Aber eigentlich habe ich das gemeint, was da oben am Himmel zu sehen ist. Das Licht von all den Sternen, das man mit bloßem Auge erkennen kann, braucht viertausend Jahre, bis es bei uns eintrifft. Wenn wir nach oben schauen, blicken wir also eigentlich zurück in die Vergangenheit.«

Es ist helllichter Tag. Die Sterne sind noch nicht zu erkennen, aber sie sind dort oben und werden nachts aufgehen wie Mondblumen, die im Dunkeln erblühen.

»Dann sind also Astronomen eigentlich eher so was wie Historiker.«

»In gewisser Weise«, erwidert er versonnen.

»Früher habe ich Bella immer eine Gutenachtgeschichte über die Sterne erzählt.« Es war Pips liebste Zeit am ganzen Tag, wenn sie ihrer kleinen Tochter den bequemen Pyjama anzog, kuschelig wie ein Teddybär, und auf dem Bett liegend Geschichten erzählte, bis ihr Bellas regelmäßige Atmung verriet, dass sie eingeschlummert war. Dann nahm sich Pip Zeit, die schlafende Bella zu betrachten, ihre langen Wimpern, ihre warmen Pausbäckchen, das Heben und Senken ihrer kleinen

Brust, es gab nichts Friedvolleres oder Beruhigenderes, als am selben Ort wie sie zu sein. Bella hielt beim Einschlafen jedes Mal ihre Hand. »Es ging um ein Mädchen, das auf einem Stern wohnte, Sternenmädchen, und das mit einem Jungen befreundet war, der auf dem Mond zu Hause war.«

»Mondjunge?«

»Richtig. Sie haben jeden Abend gemeinsam Abenteuer erlebt, aber er musste immer auf den Mond zurückkehren, und sie musste immer zurück auf ihren Stern. ›Gute Nacht, Mondjunge‹, sagte sie dann. ›Gute Nacht, Sternenmädchen‹, wünschte er. So hat jede Geschichte geendet«, sagt Pip lächelnd.

»Ich frage mich, wo Mondjunge und Sternenmädchen jetzt sind. Vielleicht ist es an der Zeit, sie wieder zu vereinen.«

Ihr Lächeln verblasst, als sie zum Himmel hochsieht. »Ach nein. Das ist schon eine Ewigkeit her.«

15

Eine ganze Woche vergeht, ohne dass Pip auch nur das Geringste von Sammy hört. Sie sitzt wie auf Kohlen, denn sie hat Angst, er könnte in der Crossroads Station vorbeischauen und darauf bestehen, sie nach Hause zu fahren, oder sie zu einem weiteren Überraschungsdate abholen. Sie fürchtet die Konsequenzen, wenn sie ihm einen Korb gibt. Am Ende ihrer Verabredung war sie sehr einsilbig und kann sich deshalb kaum vorstellen, dass er einen weiteren Versuch startet, aber trotzdem wird ihr jedes Mal mulmig, wenn ein Kunde den Laden betritt. Zu ihrer Erleichterung hat Sammy am Freitag noch immer nicht Kontakt aufgenommen. Nachdem sie die ganze Woche bedrückt gewesen ist, ist ihr jetzt leichter ums Herz, und sie freut sich schon darauf, gemütlich auf dem Sofa fernzusehen.

Am Freitagnachmittag fährt Philip Pip von der Arbeit nach Hause.

»Ich soll dir was von Sammy ausrichten. Er sagt, er holt dich heute Abend um sieben ab.«

Ihr sinkt der Mut. »Wohin soll es gehen?«

»Das hat er nicht gesagt.«

»Dad«, setzt sie sanft an, spricht dann allerdings nicht weiter.

»Was?«, fragt er.

»Egal.«

»Es ist mir aber nicht egal, raus mit der Sprache.«

»Du wirst bloß sauer.«

Im ersten Moment schweigt er. »Ich werde nicht sauer.« Doch er klingt schon jetzt gereizt.

Sie redet langsam. »Ich versuche, ihn zu mögen, ganz ehrlich, aber ich glaube nicht, dass Sammy Wolverson der Richtige für mich ist.« Mit angehaltenem Atem wartet sie auf die Standpauke.

»Ich werde nicht so tun, als wäre ich nicht enttäuscht, aber ich zwinge dich ganz bestimmt nicht zu etwas, das du nicht willst. Nicht in Beziehungsangelegenheiten. Tu, was du für richtig hältst.«

Tu, was du für richtig hältst. Es ist ein aufgeladener Satz, bestimmt schwingt da eine Bedeutung mit, die sie verstehen sollte, aber sie ist so schrecklich durcheinander. »Richtig für wen?«

Er runzelt die Stirn. »Was meinst du?«

Offenkundig hat er keine Ahnung von all den Gedanken, die sie sich macht, von all den Erwägungen, zu denen sie sich jedes Mal genötigt sieht, wenn sie eine Entscheidung trifft. Glauben ihre Eltern etwa, sie würde immer bloß an sich denken?

»Für dich und für Mam und Bella. Ob ich ihn mag oder nicht, betrifft ja nicht bloß mich.« Nachdem sie ihre Überlegungen ausgesprochen hat, ist sie ganz ausgelaugt.

»Deine Mutter und ich sind nun seit fünfunddreißig Jahren miteinander verheiratet. Glaubst du, unsere Ehe würde so lange halten, wenn ich Josephine für irgendeinen anderen Menschen als mich geheiratet hätte?«

»Nein«, sagt sie und lacht, weil sein Tonfall und seine Miene scherzhaft wirken. Dabei kann sie offen gestanden nicht nachvollziehen, dass er sie überhaupt geheiratet hat. »Aber ich dachte, die Sache mit Sammy wäre euch wichtig.«

»Wichtig ist uns nur, dass du jemanden kennenlernst, der nicht Barry der Barkeeper ist.«

»Er war ein Barista.« Den Unterschied hatten sie nie begriffen.

»Oder Jason, der verheiratete Mann mit drei Kindern.«

»Sie waren getrennt.«

»Oder dieser Orthopäde, der so langweilig war, als würde man Farbe beim Trocknen zuschauen.«

»Du schaust sehr gern zu, wenn Farbe trocknet.«

»Das ist wahr. Es kommt nie der Farbton dabei heraus, den man erwartet hat. Aber er war ein Langweiler.«

»Ja, war er«, stimmt sie ihm zu. Allerdings glaubt sie nicht, dass ihre Eltern irgendjemanden mögen würden, den sie sich selbst aussucht, Langweiler hin oder her.

Als sie vor dem Haus parken, zückt Philip sein Handy. »Ich leite dir Sammys Nummer weiter. Wenn du ihm absagen willst, machst du es besser rechtzeitig. Ich sollte sowieso nicht der Mittelsmann sein.«

»Wirst du es in der Arbeit zu spüren bekommen, wenn ich mich nicht darauf einlasse?«

Er wirkt entsetzt. »Natürlich nicht. Besser jetzt, als wenn du ihn vor dem Altar stehen lässt.«

Aufgrund seiner beruhigenden Worte fällt eine Last von ihr ab.

»Danke, Dad. Ich geb ihm heute Abend noch mal eine Chance.«

Er wirkt verwundert, zuckt dann aber mit den Achseln und steigt aus dem Wagen. »Wie schon gesagt, es ist deine Entscheidung.«

Jetzt übt niemand mehr Druck auf sie aus. Es liegt einzig

und allein an ihr. Bis Sammy sie geküsst hat, war es eines der großartigsten Dates ihres Lebens. Das Monet-Ausstellungserlebnis war geradezu überirdisch schön gewesen, und genau so etwas hatte sie sich gewünscht. Vielleicht sollte sie einfach alles andere ausblenden.

Sammy sieht gut aus, er ist an ihr interessiert, außerdem ist er ein erfolgreicher Geschäftsmann. Ihre Eltern sind mit ihm einverstanden. Trotz des Vorfalls mit dem Lippenbiss ist er beinahe zu gut, um wahr zu sein. Vielleicht könnte sich die Sache mit ihm als die große Romanze entpuppen, nach der sie sich so sehnt und die ihre Metamorphose auslösen kann.

16

Sammy und Pip gehen zu einem Comedy-Abend im *Turfcutter's Inn*. Sie trägt ein geblümtes Minikleid und Sneaker. Der Julitag ist bewölkt, es fühlt sich an, als würde ein Sommergewitter bevorstehen.

Pip ist in Sammys Gegenwart entspannt und lacht über den Comedian auf der Bühne, genau wie er. Alles wirkt ganz normal, die Atmosphäre ist locker. Es ist schön, Gesellschaft zu haben, mit jemandem auszugehen, selbst wenn sie sicher nichts von ihm will, beziehungsweise sich sicher nicht zu ihm hingezogen fühlt. So ein Date ist besser, als zu Hause auf dem Sofa zu sitzen oder allein in ihrem Zimmer.

Nachdem der Comedian sein Programm beendet hat, suchen sie sich eine Ecke in dem Pub, in dem sich viele Leute drängen. Sammy ist so groß und breit, dass es ihm ohne Weiteres gelingt, Platz um sich herum zu schaffen. Vielleicht ist er doch gar nicht so übel, vielleicht steht er bloß aufs Lippenbeißen, und sie muss ihm nur sagen, dass das nicht ihr Ding ist.

»Auch diesmal eine schöne Überraschung?«, will er wissen.

»Ja. Danke. Aber wenn du mit mir ausgehen möchtest, kannst du die Verabredungen nicht immer über meinen Dad anbahnen.«

»Ich glaube, das gefällt ihm«, erwidert er unverfroren. »Ich hab's ihm wohl ziemlich angetan. Ja, Mr Wolverson, Sir, nein, Mr Wolverson, Sir.« Er gibt dem Barkeeper ein Zeichen, dass er bestellen möchte.

Pips Lächeln erlischt. Dass er sich über ihren Vater lustig macht, gefällt ihr nicht. Einen Moment lang hätte er sie fast gehabt, aber jetzt zieht sie wieder ihre Mauer um sich hoch. Da er immer noch ein Wolverson ist, bleibt sie allerdings höflich.

»Dad hat großen Respekt vor deiner Familie. Bei uns zu Hause ist dein Vater ein Held.«

»Mein Vater? Was ist mit mir?« Er schiebt sich dicht an sie heran und raubt ihr damit jegliche Bewegungsfreiheit. Es ist nicht seine Schuld, denn jemand hat ihn angerempelt, aber anschließend weicht er nicht wieder zurück. »Jetzt führe ich die Firma, da sollte ich bei euch zu Hause der Held sein.«

»Ich gebe dir in zweiundvierzig Jahren Bescheid, wenn er genauso lang mit dir zusammengearbeitet hat wie mit deinem Vater«, sagt sie leichthin.

Er zieht die Augenbrauen in die Höhe. »Mit solchen Witzen hättest du heute auf der Bühne stehen sollen.«

Ihr ist schon aufgefallen, dass es ihm nicht recht ist, wenn sie irgendetwas anderes tut, als ihm eine Frage zu beantworten oder zuzustimmen. Er teilt ihren Sinn für Humor nicht, verbale Schlagabtäusche sind nicht sein Ding.

»Wer ist der Typ, mit dem ich dich diese Woche gesehen habe?«, will er wissen.

Verwirrt runzelt sie die Stirn, dann fällt ihr der einzige Mann ein, mit dem sie abgesehen von ihrem Vater unterwegs gewesen ist. »Io? Das ist ein Freund von mir. Wo hast du mich mit ihm gesehen?«

»Du bist in seinem Auto an mir vorbeigefahren wie eine Prinzessin in ihrer Kutsche. Was für ein Name soll denn Io sein?«

»Das ist holländisch. Er arbeitet ein paar Monate hier.«

»Wo?«

Sie nippt an ihrem Drink und lässt sich die Frage durch den Kopf gehen, aber auf die Schnelle fällt ihr keine Lüge ein.

»Willst du es mir nicht verraten?«

»Er arbeitet in der Sternwarte.«

Darauf verzieht er keine Miene, sodass sie seine Gefühle nicht deuten kann. »Wohin bist du mit ihm gefahren?«

»Er hat mich mit ins Observatorium genommen. Ist es nicht unfassbar, dass ich so lange dort gearbeitet habe, ohne es mir jemals angesehen zu haben?« Sammy ist nicht in Stimmung für Plaudereien. Jetzt ist ihm die Anspannung anzusehen, und sie findet es schrecklich, wie nervös und unsicher sie sich auf einmal wegen ihm fühlt. »Es ist schön, in den Pausen mal rauszukommen, ein Tapetenwechsel. Wir sind bloß Freunde.«

»Ich sage es dir gleich mal klipp und klar, Philippa. Ich mag es nicht, wenn meine Freundinnen mit anderen Männern befreundet sind. In neun von zehn Fällen bleibt es nicht dabei.«

»Ach, also Io und ich sind wirklich bloß Freunde. Ich könnte dich mit ihm bekannt machen, wenn es dir dann besser damit geht.« *Außerdem bin ich nicht deine Freundin*, hätte sie am liebsten hinzugefügt.

»Nein, es ginge mir damit kein bisschen besser«, sagt er, als hätte sie ihn herablassend behandelt. »Ich will ihn nicht kennenlernen, sondern ich erkläre dir, dass es mir gegen den Strich geht, wenn du dich mit ihm triffst.«

Sie ist sprachlos. Ihr Blick wandert zu den Pärchen ringsum, den Freundesgruppen. Überall herrscht eine ausgelassene Stimmung, und es wird gelacht, alle sind ausgesprochen heiter nach einer Stunde witziger Comedy. Und sie muss sich mit Sammys schlechter Laune herumschlagen.

Vielleicht fällt es ihm ebenfalls auf, denn er wechselt das Thema. »Hat dir die Vorstellung heute Abend Spaß gemacht?«

»Ja.«

»Hat dir die Picasso-Ausstellung letzte Woche gefallen?«

»Monet«, entfährt es ihr, und sie muss unwillkürlich lachen.

Seine Miene verdüstert sich.

Er bewegt sich so blitzartig, dass sie gar nicht mitbekommt, was genau passiert, als ihr Kopf nach hinten gerissen wird und gegen die Backsteinmauer knallt. Sie sieht Sterne vor den Augen. Behutsam tastet sie mit der Hand ihren Hinterkopf ab, denn bei dem Schmerz rechnet sie mit einer Platzwunde.

Sammy sieht sie noch nicht einmal an. Stattdessen holt er jetzt eine neue Runde von der Bar und lacht mit dem Pärchen neben ihnen, ohne Pip die geringste Aufmerksamkeit zu schenken.

Wieder einmal kommt es ihr vor, als wäre sie der einzige Mensch im ganzen Raum, völlig außen vor oder unsichtbar, während die Dinge ringsum ihren Lauf nehmen. In ihrem Kopf regt sich ein pochender Schmerz.

Als sie sich umsieht, scheint sich alles in Zeitlupe zu bewegen. Sie stellt fest, dass sie – wenig überraschend – viele Leute hier kennt, schließlich ist es ein örtliches Event in einer Kleinstadt. Da ist einer von Jamies Brüdern, Einheimische, alles gute Menschen, die sie bestimmt um Hilfe bitten kann. Aber wie?

»Richtet ihm aus, dass ich mich nach ihm erkundigt habe«, sagt Sammy, bevor er sich von dem Pärchen wegbewegt. »Bitte schön.« Er hält ihr eine Wodka Cola hin.

»Nein danke«, sagt sie und weigert sich, den Drink entgegenzunehmen. In Wahrheit ist ihr so schwindlig, dass sie nicht weiß, ob sie die Kraft hat, das Glas zu halten. Ihre Hand fühlt sich an, als wäre sie nicht mit ihrem Körper verbunden. Außerdem ist ihr schlecht. »Mir geht's nicht gut, ich würde gern nach Hause fahren.«

»Echt jetzt? Dafür ist es noch ein bisschen früh, oder?« Er wirkt aufrichtig enttäuscht. »Ich habe gehofft, wir könnten mal so richtig auf den Putz hauen.«

Ihr steigt Gallenflüssigkeit in den Mund, und sie sackt in die Hocke.

»Finbar!«, ruft er dem Barkeeper zu, bei dem es sich ärgerlicherweise um Jamies kleinen Bruder handelt.

Eigentlich gibt es keine Regel, die besagt, dass Finbar und Pip nicht miteinander reden dürfen, aber es hat sich immer so angefühlt. Er hat einen Bogen um sie gemacht, weil er jünger ist und Angst hatte, sich Schwierigkeiten einzuhandeln, wenn er mit dem bösen Mädchen spricht, wegen dem sein Bruder weggeschickt wurde. Aber im Gegensatz zu Jamies anderem Bruder sieht Pip Finbar häufiger in der Stadt, weil er im Pub arbeitet, und er ignoriert sie nicht völlig.

»Wasser, bitte. Meine Süße hier hat ein bisschen zu viel erwischt.«

Was sie gerade erlebt, fühlt sich an wie eine außerkörperliche Erfahrung. Alles geschieht ohne ihre Zustimmung.

Die Umstehenden glotzen sie an, und Sammy kniet mit einem Glas Wasser in der Hand neben ihr und zieht einen Schemel heran, damit sie sich setzen kann. Das Bild eines perfekten besorgten Gentlemans.

Sie trinkt das Wasser in kleinen Schlucken und versucht, sich einen Reim auf das Ganze zu machen.

Als sie etwas später den Pub verlassen, ist es Viertel nach zehn, und allmählich wird es dunkel. Sie zittert. Zwar hat sie eine kurze Jeansjacke dabei, aber die reicht selbst an diesem Juliabend nicht aus, um sie zu wärmen. Sammy drückt den Knopf auf seinem Autoschlüssel, und der Range Rover erwacht blinkend zum Leben.

Sie hat immer noch starke Kopfschmerzen.

»Ich brauche ein bisschen frische Luft. Ich gehe zu Fuß nach Hause«, sagt sie auf einmal.

»Zu Fuß?«, fragt er mit einem Grinsen, doch als ihm klar wird, dass es ihr ernst ist, verfliegt seine Heiterkeit. »Ich latsche nicht den ganzen Weg zu Fuß.«

»Das ist okay, das brauchst du auch nicht«, sagt sie höflich. »Ich gehe alleine.«

»Steig ein, Philippa«, sagt er mit leiser Stimme.

Zwei junge Frauen kommen aus dem Pub, um eine Zigarette zu rauchen.

»Ich möchte zu Fuß nach Hause gehen«, sagt Pip lauter, da die Gegenwart der Frauen ihr Selbstvertrauen stärkt.

Die Frauen brechen ihr Gespräch ab und beobachten die beiden. Sammy starrt Pip erbost an und scheint zu überlegen, ob es sich lohnt, eine Szene zu veranstalten.

»Steig in den Wagen«, knurrt er.

»Sie hat gesagt, dass sie nicht einsteigt, nun fahr schon«, sagt eine der Frauen, und Pip ist voller Dankbarkeit.

»Halt du bloß die Klappe«, erwidert er gereizt.

»Sollen wir reingehen und fragen, ob Angela hier ist?«, erkundigt sich die andere Frau. »Vielleicht will sie auch zu Fuß nach Hause gehen.«

»Wer zum Teufel ist Angela?«, fragt Sammy.

Pip weiß, was gemeint ist. Es handelt sich um einen Code unter Frauen, um dem Barteam Bescheid zu geben, dass ein Date nicht gut verläuft und die Betroffene diskrete Hilfe benötigt, um aus einer unangenehmen Situation herauszukommen.

»Steig ein«, sagt Sammy, die Lippen dicht an ihrem Ohr. Sie erschaudert.

Pip dreht sich zum Eingang des Pubs um und sieht, dass die Frauen verschwunden sind. Sie ist allein mit Sammy. Er packt sie mit eisernem Griff am Arm. Auf einmal geht die Tür auf, und ein Türsteher tritt ins Freie, gefolgt von den beiden Frauen. Auf der Stelle lässt Sammy Pips Arm wieder los.

»Hey, Sammy«, sagt der Türsteher, öffnet eine Zigarettenschachtel und steckt sich eine an. Er blickt zum Himmel hoch, als wolle er bloß ein bisschen frische Luft schnappen. »Will jemand eine?«

Eine Frau lässt sich eine Zigarette geben.

Der Türsteher wird nicht direkt, aber seine Gegenwart reicht aus, damit Sammy einen Schritt von Pip zurückweicht. »Wie du willst. Ruf doch deinen holländischen Freund an, dass er dich abholen soll.«

Er steigt in seinen Range Rover und fährt mit röhrendem Motor die Straße hinunter.

»Danke«, sagt Pip zu den Frauen.

»Bedank dich nicht bei uns, sondern bei Angela«, sagt eine und stupst lachend den Türsteher an.

»Er ist ein Arsch«, sagt die andere über Sammy und bläst Rauchringe in die Luft. Pip beobachtet, wie sie sich vor dem sternenhellen Himmel in Luft auflösen. Am Firmament ist nichts von diesem Abend, nichts von diesem Leben zu erkennen.

Zu Fuß nach Hause zu gehen, ist nicht die klügste Entscheidung, die sie jemals getroffen hat, aber von Sammy fortzukommen, schon. Der Marsch dauert fast eine Stunde, auf einer dunklen Straße mit sehr wenig Beleuchtung, während Autos an ihr vorbeirasen. Ein Betrunkener am Steuer könnte direkt in sie hineinfahren, und immer wieder muss sie rasch in den Straßengraben springen, weil ihr der Verkehr an diesem Freitagabend gefährlich nahe kommt. Außerdem hat sie Angst, Sammy könnte vorbeifahren. Zwar erwägt sie, Io oder ihren Dad anzurufen, entscheidet sich letztlich aber dagegen. Die Wolken ziehen schnell auf und verbergen die Sterne, anfangs nieselt es etwas, dann wird der Regen stärker, und schon bald ist sie klitschnass. Das Sommerkleid klebt an ihrer Haut, und ihre Füße verursachen schmatzende Geräusche in den Sneakern, während die Jeansjacke schwer und kalt wird. Trotz der gefährlichen Situation tut der Fußmarsch ihrem schmerzenden Kopf gut und besänftigt ihr rasend schnell klopfendes Herz. Sie genießt das reinigende Gefühl, das sich allmählich einstellt. Ihr ist bewusst, dass sie unter den Sternen und Galaxien der Vergangenheit wandelt, selbst wenn sie jetzt im Regen nicht zu sehen sind.

Als ihr Haus in Sicht kommt, stößt sie einen leisen Seufzer der Erleichterung aus. Vor Eiseskälte am ganzen Körper zitternd geht sie über die Einfahrt zur Haustür.

Abgesehen von der Dielenbeleuchtung brennt nirgends Licht, alle sind im Bett. Sie stapft über den Kies zu den alten Bäumen. An der Rinde tastet sie nach dem Hausschlüssel, der an einem Nagel hängt. Mit steifen Fingern versucht sie, den Schlüssel in die Tür zu stecken. Ein- oder zweimal gelingt es ihr nicht, aber beim dritten Versuch gleitet er ins Schlüsselloch.

Die Tür geht auf, ehe sie Gelegenheit hat, sie aufzudrücken.

»Du meine Güte«, sagt Philip, der sie prüfend mustert.

»Ich bin zu Fuß nach Hause gegangen«, sagt Pip mit bebenden Lippen. Von den Haaren tropft ihr Regen in den Rücken. »Er hat getrunken, da wollte ich nicht zu ihm in den Wagen steigen.«

Besorgt mustert Philip sie. »Natürlich nicht.« Für einen Abstinenzler wie ihn kommt Autofahren in angetrunkenem Zustand fast schon einer Todsünde gleich.

»Das war das letzte Date«, sagt sie entschieden.

Er nickt. »Na schön, Liebes. Du hast es versucht. Soll ich Wasser aufsetzen?«

»Alles okay«, sagt sie und lässt die durchweichten Sneaker an der Tür stehen. »Gute Nacht.«

Im Badezimmer schält sie sich so schnell wie möglich aus ihrem nassen Kleid, dem BH und der Unterwäsche und hängt die Kleidungsstücke in die Dusche. Sie rubbelt sich die Haare mit dem Handtuch trocken, wobei ihre Kopfhaut an der Stelle schmerzt, wo sie gegen die Wand geprallt ist. Behutsam tupft sie darüber.

Als sie aus dem Bad in ihr Schlafzimmer zurückkehrt, steht eine Tasse mit dampfend heißem, milchigem Tee auf ihrem Schreibtisch. Aus dem Elternschlafzimmer dringt das Husten ihres Vaters, ein heftiger Anfall, der klingt, als wolle er sich die Lunge aus dem Leib husten. Dann kommt er zur Ruhe, und schließlich setzt das Schnarchen ein. Pip zieht sich einen warmen Pyjama an und reibt sich zum Trost mit dem Fleecestoff über die Wange. Erst nach einer ganzen Weile kehrt das Gefühl wieder in ihre Finger und Zehen zurück.

Ihr Schreibtisch ruft.

Sie nimmt Platz und greift nach ihrem Füller.

Origami-Mädchen
Wird eines Tages nass
Große Tropfen fallen
Auf ihre papiernen Arme
Und papiernen Beine
Und den papiernen Kopf
Und ihr Herz aus Papier
Die Tintengeheimnisse im Innern
Zerlaufen … verschwinden

Zu durchnässt, um aufrecht zu stehen
Hängt sie sich zum Trocknen raus
Baumelt an einer Wäscheleine
Eine Klammer kneift in ihre Schulter
Sie schwingt in der Brise hin und her
Durchläuft eine Wandlung
Von nass hin zu trocken
Zerknittert
Aber härter als zuvor

Pip faltet das Blatt Papier in die Form eines Regenschirms und verbirgt ihn im Schreibtisch.

17

Am nächsten Morgen ist die Beule an ihrem Kopf ungefähr halb so groß wie ein Ei. Es tut weh, wenn sie den Kopf bewegt, es tut weh, wenn sie reglos dasitzt. Da ist ein pulsierendes Pochen, wie eine Nachricht in Morsezeichen, die ein Signal an all die anderen Beulen an den Köpfen anderer Frauen sendet.

Nachdem sie sich den Kopf so stark angeschlagen hatte, hat sie sich Sorgen gemacht einzuschlafen. Deshalb wollte sie möglichst lange wach bleiben, aber vor Erschöpfung ist sie doch fast augenblicklich eingeschlummert. Wenigstens hat das verhindert, dass ihre Ängste die Oberhand gewannen.

Sobald Philip von dem GAA-Club wegfährt, wo der Pilateskurs stattfindet, macht Bella auf dem Absatz kehrt.

»Komm diesmal früher zurück«, ruft Pip ihrer Tochter hinterher. In der vergangenen Woche ist es zu knapp gewesen.

Pip betritt den Saal und sieht die Frauen, die auf ihren Yogamatten Dehnübungen machen. Mit der Beule am Kopf kann sie sich bestimmt nicht auf den Rücken legen. Kim ist auf der anderen Seite des Raums und winkt ihr freudig, aber Pip ist mit den Gedanken nicht bei der Sache. Sie dreht sich um und geht, um Bella nachzulaufen.

Ihre Tochter hatte die Richtung zum Park eingeschlagen. Als Pip Bella findet, geht diese gerade auf einen Jungen am

Parkeingang zu. Sie schlingt die Arme um ihn, und die beiden küssen sich. Er ist im Teenageralter, wie Bella. Pip ist erleichtert. Sie hatte sich Sorgen gemacht, es könnte sich um einen älteren, verheirateten Mann oder einen Perversen handeln.

Sie folgt den Jugendlichen in den Park. Sie entfernen sich von den gut besuchten Orten und gehen in einen Bereich, wo Hunde von der Leine gelassen werden dürfen und das Gras lang ist, denn dort haben sie etwas mehr Privatsphäre. Pip schlendert außen hinter den großen Bäumen um den Parkabschnitt und erhascht durch das Blattwerk Blicke auf die beiden. Schließlich findet sie einen guten Beobachtungsposten, wo die Teenager sie nicht sehen können. Sie sitzen im Gras. Bella auf seinem Schoß, immer in Blickkontakt, die Finger miteinander verschränkt. Sie reden viel, und dann reden sie gar nicht mehr, sondern schauen sich nur tief in die Augen. Sie küssen sich leidenschaftlich, aber Pip muss nicht wegsehen. Eigentlich hätte sie gedacht, dass es peinlich wäre, ihrer Tochter beim Knutschen zuzusehen, aber so ist es nicht, denn er ist liebevoll und sanft, er geht respektvoll mit ihr um. Und sie sieht so glücklich aus. Die beiden lachen in einem fort.

»O mein Gott«, flüstert Pip und beobachtet, wie zwei Linien auf dem Schwangerschaftstest erscheinen, auf den sie eben gepinkelt hat.

Jamie beugt sich neugierig darüber, dabei kommt er so nah heran, dass sie das Stäbchen weghält, damit er nicht ihren Urin an die Nasenspitze bekommt.

Lächelnd schaut er zu ihr auf.

»Was gibt's da zu grinsen?«, fragt sie verblüfft. Ihre Gedanken überschlagen sich.

»Soll ich so tun, als wäre ich traurig? Als hätte ich Angst?«,

fragt er. »Soll ich dir jetzt sagen, dass du es wegmachen lassen sollst und ich nichts damit zu tun haben will?«

»Ich habe Angst«, sagt sie lächelnd und hält sich die Hand vor den Mund. Sie kann nicht glauben, wie sie reagieren. Sie sind ganz aufgedreht.

Lachend umarmen sie sich.

»Bella, wenn es ein Mädchen ist. Maradona, wenn es ein Junge ist.«

Sie schnaubt.

»Pelé.«

»Auf keinen Fall.«

»Wir haben noch Zeit, das auszudiskutieren.«

»Die Sache ist hiermit ausdiskutiert.«

»Georgie Best«, sagt er und hustet dabei gespielt in die Faust.

»Darüber lasse ich schon eher mit mir reden.«

Er setzt sich wieder auf den Badezimmerboden. Dann zieht er Pip sanft an sich. Ihm zugewandt setzt sie sich auf seinen Schoß. Er legt die Hand auf ihren flachen Bauch.

»So haben wir uns überhaupt erst in diese Lage gebracht«, sagt er im Scherz.

Sie kichert, und dann ist die Situation auf einmal gar nicht mehr komisch.

»Meine Mam wird mich umbringen«, sagt sie, während sie von der Realität eingeholt wird. Ihr Blick ruht auf seiner Hand an ihrem Bauch.

»Deshalb dürfen wir ihnen nichts davon erzählen.«

Sie dachte, er hätte einen klugen Rat für sie und würde ihr sagen, dass sie sich irre, dass sie sich keine Sorgen machen solle, dass alles gut werden würde. Doch Jamie ist immer ehrlich.

»Wer weiß schon, was sie tun werden? Am Ende zwingen sie dich dazu, das Baby zur Adoption freizugeben, oder sie schicken

dich fort oder sonst irgendwas Schreckliches. Und meine Eltern werden auch nicht viel besser reagieren.«

»Wie sollen wir es ihnen denn verheimlichen? Auch wenn ich ihnen nichts sage, werden sie es schon noch früh genug merken.«

»Wir ziehen fort. Ich habe Verwandte in Liverpool. Mam und Dad haben davon gesprochen, dass ich mal im Sommer bei ihnen arbeiten gehen soll. Sie können mir dabei helfen, einen Job zu finden. Ich werde mich um dich und das Baby kümmern. Eine Zeit lang wird es vielleicht nicht einfach sein, aber wir schaffen das schon.«

Sie ist so froh, dass er diese Dinge sagt, dass er vorhat, zu ihr zu halten, aber in ihrem Kopf herrscht das reinste Gedankenchaos. »Können wir mit sechzehn überhaupt von zu Hause ausziehen? Ist das legal? Darfst du laut Gesetz überhaupt schon arbeiten? Kann ich in einem anderen Land in ein Krankenhaus gehen und allein ein Baby zur Welt bringen, ohne dass es mir jemand wegnimmt oder so?«

Diese ganzen Schwierigkeiten hat er nicht bedacht.

»Jamie«, flüstert sie ängstlich.

»Okay, vielleicht erzählen wir ihnen doch davon. Du hast recht, wir sollten es ihnen sagen. Aber wir müssen eben entschlossen auftreten und stark sein. Wir lieben uns, wir wollen zusammenbleiben. Wir beide wollen dieses Baby gemeinsam haben.« Er stockt.

»Was?«

»Es sei denn, du willst es nicht.«

»Ach, halt die Klappe, ich will es total.«

Sie küsst ihn.

Es ist eine furchterregende Situation, aber sie stehen die Furcht gemeinsam durch. Sie sind entschlossen und stark, sie sind reif und ehrlich ihren Eltern gegenüber. Doch ganz egal, wie unverwüstlich und geeint sie sich wähnten, saust die Guillotine trotzdem unerbittlich auf sie herunter.

Pip beobachtet Bella und ihren Freund eine Zeit lang. In ihrem Kopf ist ein dumpfer Schmerz, es tut nicht nur am Hinterkopf, sondern überall weh. Sie hat keine Ahnung, was passiert ist. Dass Sammy sie geschlagen oder geschubst hat, hat sie nicht mitbekommen, die einzige Krafteinwirkung, an die sie sich erinnert, ist die Backsteinmauer hinter ihr, als ihr Kopf dagegengeknallt ist.

Sie hatte ihm ins Gesicht gelacht, als er Picasso statt Monet sagte, was sie amüsant fand, weil die beiden Maler so grundverschieden sind. Monet war der Vater des Impressionismus, Picasso kam erst nach dem Impressionismus, er war Kubist. Sie lachte nicht über Sammy, sondern über den Vergleich. Das war wohl überheblich, und es gefiel ihm nicht. Dass es ihm gegen den Strich ging, weiß sie von der Art, wie sein Lächeln versiegte und sich sein Blick verfinsterte. Aber war er tatsächlich derart gekränkt, dass er ihr gegen den Kopf geschlagen hat, oder ist sie in dem überfüllten Pub bloß angerempelt worden?

Sie durchquert den Park zurück zur Hauptstraße, wobei sie sich vornübergebeugt in den Schatten herumdrückt, damit Philip sie nicht bemerkt, falls er in der Nähe wartet. Als die Zeit um ist, kehrt sie zum Pilateskurs zurück. Sie stellt sich in den Eingang, damit Philip sie herauskommen sieht.

»Hey, da bist du ja«, sagt Kim, die gerade aus der Toilette im Flur nach draußen tritt. »Ehrlich gesagt habe ich nur so getan, als müsste ich aufs Klo, um die Abschlussübungen nicht mitmachen zu müssen. Dich habe ich heute gar nicht mitmachen sehen.«

»Nein. Ich musste was erledigen, jemanden treffen …

etwas … wo hingehen, und ich hatte … ich habe Kopfweh.« Pip ist eine grauenhafte Lügnerin.

»Oh«, sagt Kim, die versucht, sich einen Reim auf diese konfusen Erklärungen zu machen. »Hoffentlich fehlt dir nichts.«

»Ja.« Pip errötet. »Abgesehen von meinem Kopf, der sich anfühlt, als wäre er gespalten. Wahrscheinlich ist es gestern zu spät geworden, ich bin es nicht gewohnt auszugehen.«

Kim lacht nicht über ihren halbherzigen Witz. Vielmehr wirkt sie besorgt. »Ist alles in Ordnung?«

»Ja, alles gut«, lügt sie, spürt aber, wie ihr die Tränen in die Augen steigen. Nichts ist super, ihr Leben ist nicht einmal annähernd in Ordnung.

Kim schenkt ihr einen mitfühlenden Blick. »Ich habe so eine Ahnung, dass da was im Busch ist, vielleicht täusche ich mich auch. Aber ich bin für dich da, wenn du drüber reden willst.«

Pip nickt nur, da der Kloß in ihrer Kehle sie daran hindert, Wörter hervorzubringen.

Der Kurs geht zu Ende. Kim sieht in den Raum. »Hör mal, ich würde liebend gern einen Kaffee mit dir trinken gehen, aber die Mädels haben mich eingeladen, und ich habe schon zugesagt. Das Ganze fühlt sich ein bisschen nach Highschool an. Anscheinend bin ich da bei euch in was reingeraten und weiß jetzt nicht recht, wie ich mich verhalten soll. Eigentlich geht es mich nichts an, aber irgendwie dann doch wieder, auf jeden Fall habe ich keine Lust, eine Rolle in einem Böse-Mädchen-Film zu spielen.«

Pip runzelt die Stirn. »Was meinst du damit?«

»Caroline.«

Pip späht in den Raum und erblickt ihre Nachbarin, die gerade ihre Yogamatte zusammenrollt.

»Ehrlich gesagt tappe ich da selbst im Dunkeln. Ich scheine diese Leute gekränkt zu haben, aber ich weiß nicht, wie.«

»Sie haben gesagt, es hätte was mit dem Mann zu tun, den du datest.«

»Ach. Sammy. Ich date ihn nicht. Er ist nicht gut für mich. Er ist nicht gut.« Sie will sich unbedingt jemandem anvertrauen, und Kim wirkt verständnisvoll und einfühlsam. »Er ist der Grund für meine Kopfschmerzen«, fügt sie im Flüsterton hinzu.

Fürsorglich legt Kim ihr eine Hand auf den Arm, und der betroffene Blick, den Pip dabei erntet, jagt ihr schreckliche Angst ein.

»So meine ich es nicht«, rudert sie rasch zurück. »Ich meine, bei der bloßen Vorstellung von ihm krieg ich schon Kopfschmerzen. Die Situation«, sagt sie schluckend, »allein sorgt bei mir schon für ...«

»Kopfschmerzen«, ergänzt Kim sanft. »Ja, ich verstehe schon.«

»Hi, Pip«, sagt Bella, die außer Atem zurückkehrt.

Schlagartig nimmt Pip Habachtstellung ein und verfällt in die Mutterrolle.

»Was habt ihr heute im Kurs gemacht, bloß für den Fall, dass sie sich danach erkundigen?« Bella achtet überhaupt nicht auf Kim, die direkt neben ihr steht.

»Bella, erinnerst du dich noch an Kim?«

»Hi«, sagt Bella Kaugummi kauend.

Pip ist schlecht im Lügen, aber das bedeutet nicht, dass sie es nicht tut, wenn es sein muss. Sie kann Kim nicht in die Augen sehen. »Ähm, wir haben ...«

»Total Body Work-out«, sagt Kim.

»Total Body Work-out«, wiederholt Bella.

»Und verschiedenes Equipment«, fügt Kim hinzu. »Pezzibälle, Kurzhanteln, das Ganze Drum und Dran.«

Sie streckt die Hand aus und legt sie noch einmal auf Pips Arm. »Ruf mich an, Philippa, okay?«

»Ja. Vielen Dank.«

Aus ihrem Zimmer im ersten Stock kann Pip hören, dass Bella im Erdgeschoss ihr wöchentliches Telefonat mit Jamie führt. Die einzelnen Wörter sind nicht deutlich zu verstehen, es ist nur Gemurmel. Pip lässt sich auf Hände und Knie nieder und legt das Ohr an den Laminatboden, um Jamie so nah wie möglich zu sein.

Doch sie ist rastlos. Sie kann nicht ruhig daliegen wie sonst. Sie kommt sich erbärmlich vor. Im nächsten Moment springt sie auf und verspürt das Bedürfnis, etwas zu tun, den Drang, laut zu schreien. Adrenalin durchströmt sie, und sie tigert auf der kleinen freien Bodenfläche in ihrem Zimmer auf und ab. Sie dachte, Sammy könnte ihr einen Ausweg bieten. Aber so ist es nicht. Durch diese neue Vorstellung einer anderen Zukunft hat sich jedoch ein helleres, klareres Bild herauskristallisiert, das sie nicht mehr aus dem Kopf bekommt. Es gibt kein Zurück.

Sie tritt an den Schreibtisch und greift zum Füller. Fürs Hinsetzen ist sie zu zappelig.

Origami-Mädchen
Übt das Auffalten
Einzelner Teile
Während keiner hinsieht
Werden Viertel zu Hälften
Und Hälften wieder zu Vierteln
Immer und immer wieder
Nur um zu sehen, wie es ist
Sich zu entfalten

Pip bastelt aus dem Papierquadrat einen Origami-Schmetterling. Er sitzt auf ihrer Fingerkuppe, und sie mustert ihn eingehend, rechnet damit, dass er mit den Flügeln flattert, wünscht sich, er möge losfliegen. Er wartet den rechten Augenblick ab. Noch ist es nicht so weit. Aber bald.

18

»Hi, Pip.«

Beim Klang seiner Stimme gerät ihr Herz auf der Stelle ins Flattern.

Nur zwei Menschen nennen sie Pip: Bella und Jamie. Und dass Jamie sie so nannte, ist auch der einzige Grund, weshalb sie Bella dazu ermuntert hat, Pip zu ihr zu sagen. Wenn sie keine Mama haben konnte und auch keinen Jamie, dann wollte sie wenigstens das.

Er ist hier. Jamie ist zurück.

So nah ist sie ihm schon seit Jahren nicht mehr gewesen, und nun steht sie hier, mit Haarnetz, in einem nicht sehr vorteilhaften roten T-Shirt und einer bekleckerten Schürze.

Jamie.

Hinreißende Ausstrahlung.

Breite Schultern.

Rehaugen.

Zu Hause.

»Jamie.« Ihre Stimme ist schrill und lässt sie wieder wie eine Fünfzehnjährige klingen. »Hi.«

Ihr Herz pocht so heftig, dass er es hören muss.

Mit gesenktem Kinn blickt er jetzt hoch und dann scheu durch lange Wimpern, die Wangen und Ohren leicht gerötet, was zu den rotblonden Haaren passt.

Er ist ein Stück größer als sie und viel breiter, hat kräftige Schultern von der jahrelangen körperlich anstrengenden Arbeit auf Baustellen. Irgendwann muss er sich einer kieferorthopädischen Behandlung unterzogen haben, denn die spitzen kleinen Fangzähne zu beiden Seiten seiner Schneidezähne fehlen. Ihr haben sie gefallen, sie hat sie gern mit ihrer Zunge berührt.

Er sieht noch besser aus, als sie es sich in ihren wildesten Träumen hätte ausmalen können. Ihr stockt der Atem. Sie weiß nicht, was sie sagen soll oder warum er hier ist. Das hier ist eine Tankstelle. Vielleicht ist er zum Tanken hier, aber dazu steht er an der falschen Verkaufstheke an.

»Möchtest du ein Sandwich?«

»Nein danke.«

Sie kommt sich dumm vor. Um sich wenigstens ein bisschen menschlicher zu fühlen, zieht sie die Plastikhandschuhe aus.

»Was machst du hier?«

»Entschuldige, dass ich einfach so aufgekreuzt bin.«

»Nein, so habe ich das nicht gemeint. Ich freue mich.«

»Ach ja? Gut. Ich musste tanken«, sagt er und blickt über die Schulter zu seinem Auto.

Sie nickt. »Du kannst dort an der Kasse zahlen. Ich bereite nur die Sandwiches zu.«

»Ja, klar. Ich weiß.«

Sie lächelt, und er grinst und reibt sich verlegen die Augen.

»Himmel, wie stellen wir uns bloß an? Ich bin heute mit der Fähre übergesetzt.« Jetzt klingt er ein wenig selbstbewusster. »Damit ich während meines Aufenthalts hier einen fahrbaren Untersatz habe. Ein bisschen mehr Freiheit. Ich bin gerade auf dem Weg in die Stadt.«

Sammys Gerüchte haben also zugetroffen.

»Hast du jemandem gesagt, dass du heute ankommst?«

»Finbar.«

»Und Bella?«

»Nein. Ich wollte nicht, dass sie eine Bemerkung fallen lässt und sie alle dann … du weißt schon …«

Pip weiß es. Auch ohne erklärende Worte begreift sie, dass etwas Einfaches schrecklich kompliziert werden kann, wenn alle möglichen Leute die Finger mit im Spiel haben. Er ist der einzige Mensch, der genau versteht, wie man Pip behandelt hat, weil er selbst ähnlich behandelt wurde. Auch wenn man ihm erlaubt hat, weiter zur Schule zu gehen und seinen Abschluss zu machen, um einen Beruf erlernen zu können, was ihr verwehrt geblieben ist. Nach neun Monaten Babypause sollte sie arbeiten gehen und beneidete ihn damals um seine Schulbildung. Und obwohl er mit achtzehn Jahren auf eine Fähre nach Liverpool verfrachtet und fortgeschickt wurde, was sich wie eine Verbannung anfühlte, wurde sie mit der Zeit auch neidisch darauf, dass er einen Neuanfang machen durfte, ohne dass jeder ständig die Nase in seine Angelegenheiten steckte.

»Ich gehe mal davon aus, dass du weißt, warum ich hier bin.«

Sie nickt mitfühlend.

»Dad steckt in ziemlichen Schwierigkeiten. Er hat Gerichtstermine versäumt, von denen er niemandem erzählt hatte.«

»Das habe ich gehört.«

»Natürlich.«

Dann fehlen ihr auf einmal die Worte. Er steht direkt hier vor ihr, in ihrer Vorstellung hat sie alles Mögliche mit ihm angestellt, und er auch mit ihr. Immer wieder ist sie im Hafen von Liverpool angekommen, und er hat sie voller Freude und Leidenschaft empfangen. Doch jetzt, wo er wirklich vor ihr steht, fällt ihr nicht ein, was sie sagen soll. Er ist nicht mehr der Fünfzehnjährige, in den sie sich verliebt hat, der Sechzehnjährige, von dem sie gewaltsam getrennt wurde, oder aber der Achtzehnjährige, der das Land verlassen musste. Jetzt ist er ein Mann, der in Liverpool wohnt und von dem sie nichts mehr weiß. Er ist zum Objekt ihrer Fantasien geworden, aber von seinem echten Leben hat sie nicht die leiseste Ahnung.

Schnell und eindringlich sprudeln die Wörter aus ihm heraus. »Während ich hier bin, will ich Zeit mit Bella verbringen.«

Sie findet es schön, dass er Bella sagt.

»Selbstverständlich. Ich rede mit Mam und Dad.«

»Nein«, erwidert er verärgert. »Ich rede doch jetzt mit dir. Es ist nicht nötig, sämtliche Staatsoberhäupter einzuberufen, wir kriegen das schon alleine hin.«

Das Entsetzen muss ihr ins Gesicht geschrieben stehen, denn er wird sanfter. »Ich bin nicht sauer auf dich, Pip.«

Pip, Pip, Pip.

»Ich bin sauer auf sie. Was sie uns angetan haben, ist einfach kriminell.« Vor Wut bebt seine Stimme. »Wie sie dich behandelt haben, wie sie mich weggeschickt haben.«

In ihrem Kopf schrillen Alarmglocken los. Der einzige andere Mensch, der bisher etwas zu dem Verhalten ihrer Eltern ihr gegenüber gesagt hat, ist Sammy, aber er stellt in ihren Augen keine moralische Richtschnur dar. Bis gerade eben ist sie davon ausgegangen, dass sie sich die Ungerechtigkeit vielleicht doch nur eingebildet hat. Es aus Jamies Mund zu hören, bringt ihre Welt ins Wanken. Er stimmt ihr zu. Die ganze Zeit über ist er in der Ferne ihr geheimer Komplize gewesen.

»Vielleicht ist es bei dir was anderes, weil du hier wohnst, aber sobald ich hierherkomme, sobald ich auf der Autobahn die Ausfahrt nach Ballybeg nehme, verwandele ich mich in ein eingeschüchtertes Kind, das sich vor Angst in die Hose macht und alle möglichen Dinge vorschreiben lässt. Aber diesmal nicht.«

Er hat die Stimme erhoben, und Krish kommt herüber.

»Alles in Ordnung?«

Sie nickt rasch.

»Krish, könnten Jamie und ich uns bitte unter vier Augen unterhalten?«

Er gewährt ihr zehn Minuten im Personalraum. Als sie eintreten, will Ronnie gerade gehen.

»Aber Wichsflecken werden gefälligst weggewischt«, sagt er und macht eine dementsprechende Handbewegung.

»Pass auf, was du sagst.« Jamie schubst Ronnie. Überrascht stolpert Ronnie über seine Füße und knallt gegen seinen Spind. Er richtet sich wieder auf und verlässt dann rasch den Aufenthaltsraum. »Wer ist der Arsch?«

Unwillkürlich muss sie vor Erleichterung lachen, und vor Überraschung. Außerdem regt sich da ein leichtsinniges Schwindelgefühl.

Ihr Herz schlägt wild, ihre Hände zittern. Schon seit Jahren ist sie nicht mehr in einem Raum mit Jamie gewesen, sie ist nicht mehr mit ihm allein gewesen seit dem Tag, an dem sie ihren Eltern die Neuigkeiten von der Schwangerschaft eröffnet haben. Das war ihr letzter süßer Moment zusammen. Damals waren sie voller zuversichtlichem Wagemut, beseelt von dem Glauben, zusammen stärker zu sein. Er dachte, er könnte sie beschützen, sie dachte, sie könnten zu dritt eine Familie sein. Es war naiv von ihnen gewesen.

Vielleicht geht ihm gerade das Gleiche durch den Kopf, vielleicht auch nicht. Möglicherweise denkt er an die sexy Frau, die er zu Hause in Liverpool zurückgelassen hat und die ihm das Bett warm hält. Pip hat längst nicht mehr die leiseste Vorstellung davon, wer er ist oder was er mit seinem Leben anstellt.

»Geht es für dich in Ordnung, wenn ich mich mit Bella treffe? Alles andere kümmert mich nicht.«

Er ringt um seine Fassung, aber es sieht aus, als würde er gleich zusammenbrechen.

»Und ich meine nicht, mit ihr unter den Blicken aller in einem Zimmer zu hocken, als wäre ich irgend so ein Vater, dem das Besuchsrecht gerichtlich eingeschränkt wurde, weil er eine Gefahr für sein Kind darstellt.«

»So denke ich nicht«, flüstert sie und kann in seiner Gegenwart kaum atmen.

»Ich habe immer das Gefühl, als würden sie meine Telefonate mit ihr belauschen. Und alles bewerten, was ich von mir gebe – sag dies nicht, erwähne das nicht, sonst fügst du ihr Schaden zu. Ich muss auf jede Silbe achten, die ich von mir gebe. Manchmal weiß ich gar nicht, was ich reden soll.« Fahrig schiebt er sich mit dem Finger eine Haarsträhne aus der Stirn. »Dabei habe ich ihr so viel zu sagen, es gibt so viel, was ich ihr erzählen möchte, aber es geht nicht, weil ich ständig denke, dass deine Eltern am anderen Ende mithören.«

Dass ihn die gleichen Unsicherheiten wie sie belasten, hätte sie nie gedacht. »Übrigens tun meine Eltern das nicht«, sagt sie und denkt an den letzten Sonntag zurück, als sie mit dem Ohr am Fußboden Bellas Gemurmel gelauscht hat.

Kurzzeitig sieht er erleichtert aus. Der Zorn ebbt ebenfalls ab, und Jamie beruhigt sich.

»Bella kennt nicht mein wahres Ich. Und es ist, als hätte sie Angst, sich zu öffnen. Uns bleiben immer kaum mehr als zehn Minuten für unsere Telefonate, schränken sie ihre Redezeit ein?«

Das ergibt keinen Sinn, sie hört Bella jede Woche eine halbe Stunde lang reden und lachen. Pip sitzt dann mit gespitzten

Ohren oben in ihrem Zimmer, sehnt sich danach, an dem Gespräch teilzunehmen, und ist eifersüchtig.

Jetzt starrt er sie an und wartet auf eine Antwort.

Sie schüttelt den Kopf.

Es lässt sich so schwer erklären. Wie soll sie ihm verständlich machen, dass es keinen einzelnen Moment gegeben hat, als ihre Eltern Bella gesagt haben, sie solle ihren Dad nicht lieben und sich ihm gegenüber verschlossen zeigen. Vielmehr setzte der Prozess von Anfang an ein, sie wurden von jeher in ihrer Rolle als Bellas Eltern abqualifiziert. Von Bellas erstem Atemzug an wurden sie beide abgewertet, als Jamie der Zutritt zum Kreißsaal verwehrt wurde und Bella nach der Entlassung aus dem Krankenhaus nicht bei ihrer Mutter schlafen durfte. Seit ihrem Fluchtversuch, als Bella noch ein Kleinkind war, hat Josephine wie ein Luchs aufgepasst. Bella befolgt im Umgang mit ihrem Vater keine feste Regel, sondern es ist angelerntes Verhalten. Wenn man nichts anderes kennt, wird es zu etwas ganz Alltäglichem.

Doch für Pip hat es sich nie normal angefühlt. In ihrer Nervosität gelingt es ihr allerdings nicht, ihre Gedanken in Worte zu fassen.

Jamie spricht weiter, wobei sein Frust wieder wächst. »Ich habe noch nicht mal Bellas Handynummer, ich muss mich an Josephine wenden, um sie zu erreichen. Jeder Mensch, dem ich das erzähle – und es gibt nicht viele, denen gegenüber ich das zugeben kann, das kannst du mir glauben –, kriegt es nicht in den Kopf rein. Man fragt mich: ›Was hast du angestellt? Gibt es irgendeine juristische Verfügung? Gibt es einen Gerichtsbescheid zum Umgangsrecht?‹ Aber so was gibt es nicht, stimmt's? Soweit ich weiß, ist nichts von alldem auf juristischem Wege ausgehandelt worden.«

Pip schüttelt den Kopf. Sie würde sich daran erinnern, wenn sie etwas unterschrieben hätte, oder?

»Ich würde ihr wahnsinnig gern Nachrichten schicken können. Ihr Links zu Sachen senden, von denen ich glaube, dass sie ihr gefallen. Ich habe keine Möglichkeit, an sie ranzukommen, abgesehen von Sonntagmittag um zwölf.«

Sein Groll sitzt tief.

»Meine eigene Tochter kennt mich im Grunde nicht. Ich wurde mit der Fähre zu einer Familie geschickt, die mir völlig fremd war. Zwar habe ich versucht, Bella zu erklären, dass ich nicht aus freien Stücken weggegangen bin, aber wann immer ich das Thema anschneide, sagt sie, sie müsse Schluss machen. Also habe ich aufgehört, es anzusprechen, weil ich so lange wie möglich mit ihr reden will. Fragt sie je danach? Was erzählst du ihr über die damaligen Ereignisse?«

Pip denkt fieberhaft nach. Ihr fällt kein einziges Gespräch ein, bei dem es darum gegangen wäre. Bella hat nie nachgefragt, aber selbstverständlich muss es sie beschäftigen. Vielleicht hat Josephine längst alles erklärt und die Kontrolle über das Narrativ an sich gerissen, obwohl Pip es eigentlich hätte tun sollen. Wieso hat Pip das zugelassen?

»Sie stellt keine Fragen«, sagt sie, den Blick nach unten auf ihre Hände gerichtet, und kommt sich wie eine totale Versagerin vor. Sie hat sich immer verzweifelt danach gesehnt, Bella eine Mutter zu sein, dabei hat sie noch nicht einmal den Versuch unternommen, das Richtige zu tun.

»Ich wünschte, ich hätte hierbleiben und ihr ein Vater sein können.«

Dieser Satz geht ihr augenblicklich an die Nieren und macht sie wütend, denn sie musste hierbleiben, man hat ihr aber trotzdem nicht erlaubt, Bella eine Mutter zu sein. Sie weiß nicht, warum man sie überhaupt zu Hause bleiben ließ. Wäre sie mit Jamie weggegangen, hätte sie es besser gehabt. Es stimmt sie zutiefst traurig, so von Bella zu denken, aber in jede Erinnerung mit ihr ragt Josephine hinein. Dabei könnte es schön sein, dass sie ihr Kind zusammen mit ihrer Mutter großgezogen hat, aber so fühlt es sich nicht an. Vielmehr hat sie das Gefühl, als wäre ihr die eigene Tochter direkt vor der Nase gestohlen worden. Und als würde es jeden einzelnen Tag immer wieder von Neuem geschehen.

»Es tut mir leid«, sagt er und weicht ein Stück zurück. Anscheinend hat er seine ganze Energie aufgebraucht. Er wirkt ausgelaugt. Im nächsten Moment sieht er sich um, als wäre ihm schlagartig bewusst, dass er sich mit ihr in einem kleinen Personalraum befindet. »Ich habe dich einfach so aus heiterem Himmel überfallen und dir eine ganze Menge vor den Latz geknallt. Es lag gar nicht in meiner Absicht, dich vollzuquatschen, aber dann habe ich dich an der Theke stehen sehen.« Er schaut sie an, und sie hat Schmetterlinge im Bauch, genau wie damals. Auch nach sechzehn Jahren haben sie ihr dieses Gefühl nicht nehmen können. »Da musste ich dich einfach ansprechen. Und dann ist alles aus mir rausgesprudelt.«

Sag was, Pip, sag etwas, das ihm zu verstehen gibt, dass du genauso empfindest. Dass du schon so lange schweigend herumsitzt, sag ihm, dass du nicht weißt, wie du zu sprechen anfangen sollst. Sag ihm, dass du deine Gedanken kaum in Worte fassen kannst. Sag ihm, dass du dich schon vor Jahren insgeheim mit ihm verbündet hast. Sag es ihm.

»In Liverpool, wo ich wohne«, fährt er fort, und sein Groll macht sich wieder bemerkbar, »gelte ich als Mann. Ich treffe erwachsene Entscheidungen und werde auch wie ein Erwachsener behandelt. Ich besitze eine Wohnung. Ich habe einen Job. Und zwar einen guten. Ich führe ein Team. Hier bin ich ein Kind. Grund und Boden der Familie sollten eigentlich mir gehören. Ich bin der älteste Sohn, also sollte das Land an mich fallen. Jetzt streiten sie alle darum, keiner bittet mich, herzukommen und zu helfen, ganz so, als würde ich überhaupt nicht zur Familie gehören. Sie haben mich einfach abgeschrieben, dabei war das, was ich getan habe, noch nicht mal falsch.«

Sie reißt die Augen auf.

Es war nicht falsch? Das findet er? Ihr Herz pocht laut. Es sind gewaltige Offenbarungen, die da so unvermittelt auf sie einstürzen.

»Ich habe alle in der Familie enttäuscht und werde es, was sie betrifft, niemals wiedergutmachen können. Ganz egal, was ich anstelle.«

Mittlerweile sind ihr Tränen in die Augen getreten, denn sie empfindet ganz genauso. Er hat all ihre Gedanken in Worte gefasst – Wörter, die sie nicht sagen, die sie auf keinen Fall laut aussprechen kann. Sie kann sie noch nicht einmal denken. Er darf nicht einfach hierherkommen und sie auf diese Weise durcheinanderbringen, denn er wird wieder fortgehen, und sie wird weiter hier ohne ihn festsitzen. Wie soll sie dann an der Stelle weitermachen, wo er aufgehört hat, oder ihren eigenen Weg gehen?

Hilfe, würde sie am liebsten sagen. *Hilf mir, ich weiß nicht, wo ich anfangen soll.*

Jamie tritt auf die Tür zu. »Das ist alles wahrscheinlich viel für dich, so auf einmal. Entschuldige bitte. Ich habe meinen Ärger an dir ausgelassen. Das war unfair. Es ist schön, dich zu sehen, Pip.«

Er geht.

Nein! So soll es nicht ablaufen! Sie darf ihn nicht einfach so gehen lassen, aber sie ist wie gelähmt von dem, was er vorschlägt – Veränderung, Verantwortung übernehmen, Konfrontation, alles über den Haufen werfen. Zwar hatte sie sich selbst längst vorgenommen, eine Strategie zu ersinnen, aber da hat sie sich in die eigene Tasche gelogen. Sie ist schlichtweg zu feige. In diesem Moment hört sie sämtliche Origami-Mädchen, die sie in den vergangenen sechzehn Jahren gefaltet hat, auf sie einschreien. Sie stecken in ihren Schachteln, wo sie mit ihren geheimen Wunschträumen gefangen gehalten werden und sich nach Freiheit sehnen.

Pip hat es noch nicht einmal geschafft, Jamie zu sagen, wie sehr es sie freut, ihn zu sehen.

19

Jamie ist zu Hause, Jamie ist zu Hause.
Jamie ist hier, und sie verspürt tatsächlich so etwas wie Geborgenheit.

Allerdings ist es schon Tage her, seit sie ihn gesehen hat. Er hat sich kein einziges Mal gemeldet, und Josephine oder Bella haben ihn auch mit keiner Silbe erwähnt. Seit ihrer Begegnung hat Pip ständig an ihn denken müssen, genau wie früher, die Gefühle aus Teenagerzeiten stecken immer noch in ihr und sind mit der Einsamkeit und der verzweifelten Sehnsucht nur noch stärker geworden, dem Licht entgegengewachsen wie Pflanzen im tiefsten Sumpf.

Wenn sie ihm doch nur ihre Handynummer gegeben hätte, wenn sie wortgewandter gewesen wäre und sich klarer ausgedrückt hätte. Wenn sie angemessen witzig und ein bisschen verschroben gewesen wäre. Wenn sie doch bloß nicht mit einem grinsenden roten Eichhörnchen auf der linken Brust Sandwichs belegt hätte. Inzwischen sind ihr all die perfekten Dinge eingefallen, die sie ihm hätte sagen können.

Sie denkt abends im Bett an ihn, dann schläft sie ein und träumt von ihm, selbst unter der Dusche verliert sie sich in Gedanken an ihn. Josephine hat morgens wiederholt laut an die Badezimmertür geklopft, um sie zur Eile anzuhalten, weil sie das ganze Warmwasser verbrauchte.

Jetzt kann sie nachempfinden, wie es für Io sein muss, ständig zu warten. Auf das Signal von einem fernen Stern zu warten, ist wie das Warten auf einen Anruf von Jamie. Wann wird er Kontakt zu ihr aufnehmen? Wann wird er etwas unternehmen? Wie lautet sein Plan? Wird er stark genug sein, um ihn durchzuziehen, oder wird er sich wieder in den sechzehnjährigen Teenager verwandeln, von dem er gesprochen hat, den Teenager, von dem sie nicht losgekommen ist. Bis jetzt nicht.

Sie muss ihre eigenen Pläne vorantreiben, während sie auf ein Zeichen von ihm wartet.

»Bella und ich werden morgen für drei Stunden in der Stadt sein«, erklärt sie beim Abendessen.

Bella sieht sie überrascht an, überspielt es dann aber gleich.

»Wieso das denn?«, will Josephine wissen.

»Ich treffe mich mit einer Freundin auf einen Kaffee. Erinnerst du dich an Kim Banks?«

»Ihr Vater hat zwei neue Hüften gekriegt«, sagt Josephine. »Ihrer Mutter geht es gar nicht gut. Frühe Anzeichen von Demenz.«

»Ja. Wir gehen Kaffee trinken.«

»Und warum muss Isabella mit dabei sein?«

»Ich möchte, dass Kim sie kennenlernt.«

Josephine sagt zwar nichts, aber Pip kann hören, dass ihr Hirn auf Hochtouren läuft. Hält sie die Verabredung für eine Finte und glaubt, dass Bella sich mit ihrem Dad treffen wird? Jamie ist in der Stadt, und so ist Josephine ganz besonders nervös. Pip geht davon aus, dass ihrem Plan ganz zufällig ein anderer Termin im Weg stehen wird; die Geburtstagsfeier einer Cousine oder eine Tante, die sie unbedingt besuchen müssen.

Als sie oben in ihrem Zimmer ist, steckt Bella den Kopf durch die Tür.

»Was soll das?«, zischt sie. »Ich will nicht mit deiner Freundin Kaffee trinken gehen.«

»Das machen wir auch nicht. Ich habe dir drei Stunden verschafft. Stell keine Dummheiten an.«

Bella grinst. Sie stürmt ins Zimmer und wirft die Arme um Pip. »Du bist die Beste!«

Pip schließt die Augen und genießt den Moment in vollen Zügen.

»Triffst du dich mit Dad?«, fragt Bella leise.

Das wäre Pips sehnlichster Wunsch. »Nein. Hast du von ihm gehört?«

»Ich bin ihm beim Einkaufen über den Weg gelaufen. Er hat mich gefragt, ob er mir auf Instagram folgen darf«, sagt sie und verzieht angewidert das Gesicht. »Und er will, dass ich ihm Snapchat erkläre.«

Pip muss lachen. Darum würde noch nicht einmal sie ihre Tochter bitten.

»Nan sagt, sie vereinbaren gerade einen Tag, an dem wir uns treffen sollen.« Bella verdreht die Augen. »Erst muss ich jeden Tag arbeiten, und dann soll ich mich in meiner Freizeit auch noch mit ihm treffen. Nach einem aufregenden Sommer fühlt sich das überhaupt nicht an.«

»Zeit mit deinem Dad zu verbringen, soll eigentlich keine Bestrafung sein. Es ist gut, wenn du ihn besser kennenlernst, Bella. Er ist nicht so, wie du denkst. Er ist wunderbar. So witzig und nett und lieb. Ganz bestimmt wäre er rücksichtsvoll und würde deine Privatsphäre respektieren. Er ist wirklich der perfekte …« Ihre Stimme verliert sich, als Bella sie völlig entgeistert ansieht.

»Bist du immer noch in ihn verknallt? O mein Gott, ja!« Dann sieht sie angeekelt aus. »Das ist total daneben. Ich muss hier raus.«

Pip lacht über Bella, die gar nicht schnell genug aus ihrem Zimmer verschwinden kann, und sobald sie fort ist, lässt sie sich ihre Worte durch den Kopf gehen. Dann fällt sie mit einem törichten Lächeln im Gesicht auf ihr Bett zurück.

Origami-Mädchen
Hat ein Origami-Herz
Das im Wind
Flattert
Weiß
Zart
Leicht wie Papier
Sie flüstert
Ich ergebe mich

Sobald Philip sie am GAA-Club abgesetzt hat und sein Wagen nicht mehr in Sicht ist, schaut sich Pip suchend nach Ios Auto um. Sie entdeckt es vor der Post, und er lässt die Scheinwerfer zweimal aufblitzen. Unwillkürlich grinst sie, versucht es dann aber zu verbergen. Bella sieht sie mit zu Schlitzen verengten Augen an, wie ihre Großmutter.

»Was hast du denn heute vor?«

»Lass das mal meine Sorge sein. Hast du denn keine Pläne? Normalerweise kannst du doch nicht schnell genug wegkommen.«

Dass Pip sie einmal loswerden will, ist Bella nicht gewohnt, diese Seite kennt sie nicht an ihr. Üblicherweise ist Pip diejenige, die klammert und die es Bella unbedingt recht machen will. Macht sie sich einmal rar, fühlt sich ihre Tochter angezogen. Das ist typisch für Bella.

»In drei Stunden treffen wir uns wieder im Café. Sei bloß pünktlich, sonst vermasselst du es für uns beide, und glaub mir, dann werden sie dafür sorgen, dass du ihn nie mehr wiedersiehst.«

Da Bella weiß, dass das stimmt, nickt sie ernst und sieht auf einmal jung und nervös aus, keine Spur mehr von ihrer üblichen Großspurigkeit. Diesmal hat sie nicht die Kontrolle über das Geschehen. Pip ist ihre Mutter, und sie hat ihre Tochter in diese Lage gebracht. Dieser Gedanke stimmt Pip milde.

»Du hast drei ganze Stunden mit ihm«, sagt sie sanft. »Viel Spaß.«

Das muntert Bella auf, und zu Pips Überraschung erhält sie einen Kuss auf die Wange. »Danke. Übrigens heißt er Mark.«

»Danke.« Pip findet es schön, eingeweiht zu werden.

»Wer ist der Typ im Auto?«

»Io. Er kommt aus den Niederlanden.« Dass er im Observatorium arbeitet, lässt sie lieber unerwähnt.

»Io heißt einer der Jupitermonde«, sagt Bella.

»Ach ja? Ich habe ihn in der Tankstelle kennengelernt, als ich ihm ein Sandwich belegt habe. Es ist nichts weiter dabei. Er ist bloß ein Freund. Erwähne ihn Nan und Granddad gegenüber besser nicht.«

Bella sieht zu Io hinüber, um sich sein Gesicht einzuprägen. »Wenn du ihnen nicht von Mark erzählst, behalte ich das mit Io für mich. Allerdings wird Spray-Tan-Sammy vielleicht nicht begeistert sein.«

»Spray-Tan-Sammy geht mir so was von am Arsch vorbei«, entfährt es Pip unwillkürlich.

Bella prustet los.

»Grüß Mark von mir.« Pip grinst.

»Okay«, erwidert Bella, der die Röte in die Wangen steigt. Sie zieht von dannen, und das kurze Aufblitzen ihrer teenagerhaften Unsicherheit verschwindet wieder hinter einem selbstbewussten Gang mit betontem Hüftschwung.

Io hat sich in seinem Wagen Pip genähert und hält neben ihr an. Er trägt eine Aviator-Sonnenbrille und schiebt sie lässig auf seiner Nase nach unten, während sich das Fenster öffnet.

Aus dem Wagen dröhnt Frank Sinatras *Come Fly With Me*, was ihnen neugierige Blicke der Frühstücksgäste beschert, die im Café gegenüber im Freien sitzen.

Lachend steigt Pip ein. Als sie losfahren, kommen sie an Kim vorbei, die ihr zuwinkt. Pip fühlt sich fantastisch und rebellisch, als sie aus der Stadt fahren und alle hinter sich lassen. Io bringt sie zu einem Flugplatz, von dessen Existenz Pip bisher nicht die leiseste Ahnung hatte, obwohl er nur sechs Autominuten entfernt liegt. Niemand stellt ihm Fragen, als er um den Hangar fährt und sein Auto neben dem einzigen anderen Wagen auf dem Parkplatz abstellt.

Pip schaut auf die Wiese, die als Start- und Landebahn dient.

»Wie fühlst du dich?«, erkundigt er sich aufmerksam bei ihr.

»Aufgeregt.«

»Du wirst es toll finden.«

»Ich habe Angst, dass ich mir am Ende wünsche, du würdest immer weiterfliegen.«

Aus dem Hangar tritt eine Frau in khakifarbener Kleidung. Zum Schutz gegen die Sonne schirmt sie sich die Augen ab, während sie nachsieht, um wen es sich bei den Ankömmlingen handelt.

Respekt einflößend.

Gebieterisch.

Arbeitsoverall.

Zerschlissen.

Sie erinnert Pip an eine Soldatin. Io hebt zum Gruß die Hand, die Frau erkennt ihn und winkt. Dann geht sie wieder hinein.

»Wer ist das?«

»Stella. Eine Freundin von mir. Sie schmeißt den Laden hier, baut und repariert Flugzeuge und andere Flugmaschinen.«

»Andere Flugmaschinen«, wiederholt Pip lächelnd. »Wie beispielsweise eine Zeitmaschine?«

»Hubschrauber. Raketen. Raumschiffe.«

Pip mustert den Hangar, als sie darauf zugehen. Dort stehen verschiedene kleine Sportflugzeuge und zwei Hubschrauber. »Heute scheinen keine Raketen oder Raumschiffe im Angebot zu sein.«

»Die muss jemand gechartert haben«, scherzt er.

Stella ist in einem kleinen Büro im Innern des Hangars. Beim Eintreten der beiden gähnt sie gerade herzhaft.

»Guten Morgen, Stella. Ist es gestern Abend spät geworden?«

»Sehr spät.«

Erst stellt Pip sie sich bei einer Folksession im Pub vor, wo sie bis in die Puppen auf der Bodhrán trommelt, doch dann wird ihr klar, dass die beiden von der Arbeit gesprochen haben. Sie hätte nicht gedacht, dass der Flugplatz auch abends geöffnet ist.

»Das hier ist Stella. Auch Tower genannt.«

»Freut mich, deine Bekanntschaft zu machen. Ich heiße Pip.«

Sie geben sich die Hand. Stella greift kraftvoll zu und zerquetscht beinahe Pips Finger.

»Das hier ist Pips erstes Mal in der Luft«, sagt Io.

»Ein Erdling.« Stella betrachtet sie forschend und sieht dann Io an. »Weiß sie, dass du keiner bist?«

Pip ist sich nicht sicher, was zwischen den beiden vor sich geht.

»Sie weiß, dass ich Flugzeuge und Hubschrauber fliegen kann«, erwidert Io.

»Bitte sag mir, dass das stimmt«, wirft Pip ein. »Andernfalls steige ich nicht zu ihm in den Flieger.«

»Io ist einer der besten Piloten, die wir haben. Da bist du in guten Händen«, sagt Stella mit Nachdruck. »Du steigst als *pip* nach oben und kommst als *apple tree* auf die Erde zurück. Verstehst du den Witz? Kern und Apfelbaum? Auch wenn es irgendwie cool ist, hier unten auf der Erde zu sein. Die Schwerkraft hat es mir echt angetan«, sagt sie mit einem Augenzwinkern. »Welche Maschine nehmt ihr?«

Io sieht sich durchs Bürofenster die verschiedenen Optionen im Hangar an. Sämtliche Maschinen stehen in einer ordentlichen Reihe, funkeln blitzsauber und sind startklar. »Das soll Pip entscheiden.«

»Ich habe meinen Pass mitgebracht«, sagt Pip und zückt das Dokument. Sie war zwar noch nie im Ausland, aber in der Familie haben alle Reisepässe, um sich ausweisen zu können. Es ist ihr dritter, und dieser ist in genauso makellosem Zustand wie ihr erster. Nicht ein Stempel befindet sich darin.

»Oh, der wird nicht nötig sein«, sagt Stella, greift aber trotzdem danach und liest ihre Angaben. Sie händigt Pip den Pass wieder aus. »Und wie läuft's dort drüben?«, fragt sie Io.

»Es ist ruhig«, sagt er. »Zu ruhig.«

»Kommt schon noch.«

Statt ihrer Unterhaltung weiter zuzuhören, verlässt Pip das Büro. Sie spaziert durch den Hangar und sieht sich die Flugzeuge und Hubschrauber an. In der hintersten Ecke weckt ein Flugzeug ihr besonderes Interesse. Es erinnert sie an ein Origami-Flugzeug, eine Konstruktion, die sie ohne Weiteres falten könnte. Es ist kleiner als die anderen und steht etwas versteckt. Ordentlich und schmal.

Sie geht um das Flugzeug herum und streckt die Hand danach aus.

»Eine Tomark Viper SD4«, sagt Io auf einmal neben ihr, sodass sie erschrocken zusammenfährt.

»Ist sie leicht zu fliegen?«

»Für mich ist das hier so was wie für dich ein Pferdefuhrwerk. Elementarer geht es eigentlich nicht.« Er tätschelt den Flieger, als handele es sich um ein Pferd.

»Das will ich nicht hoffen, denn mit einem Pferdefuhrwerk kann ich nicht umgehen. Auto fahren kann ich auch nicht.«

Er betrachtet sie erstaunt, als wäre sie ein völlig fremdartiges Wesen.

Sie klettern auf die Tragfläche, um hineinzugelangen, bloß zwei Sitze und eine große gläserne Cockpithaube, die sich über ihnen schließt.

Unter Stellas Blicken durch das Bürofenster rollt die Maschine mit ihnen aus dem Hangar.

Über das Mikro an seinem Pilotenhelm bittet Io jemanden, vermutlich Stella, um die Starterlaubnis. Pip kann die Unterhaltung nicht mitanhören, weil sie auf einer anderen Frequenz erfolgt.

Mit laufendem Motor stehen sie am Anfang der grasbewachsenen Startbahn, und während die Maschine auf Touren kommt, hüpft der Flieger aufgeregt, als wäre er am Kochen.

»Bereit?«

»Up, up and away«, trällert Pip.

20

Pip kommt sich vor, als befände sie sich in einem Papierflugzeug, das durch den Himmel gepustet wird. Das Origami-Mädchen in einem gefalteten Flieger, und es fühlt sich wunderbar an.

Sie lehnt den Kopf an die Scheibe und sieht auf die Stadt hinunter, in der sie schon ihr ganzes Leben lang gewohnt und gearbeitet hat. Dieser allumfassende Ort, an dem sie oft das Gefühl hat, als würde sie dort ertrinken, wirkt von hier oben wie ein Nichts. Eine Hauptstraße und ein paar Nebenstraßen inmitten von Torflandschaft und Agrarflächen, eine Patchworkdecke über einer ausgebeulten Matratze.

Ballybeg ist zu allen Seiten von Mooren umgeben. Sie umarmen den Ort, schmiegen ihn an sich und beschützen die Menschen, die dort harte Arbeit geleistet haben. Auf den ersten Blick liegt das Moor ruhig da, unbewegt und still, und dennoch herrscht knapp über und unter seiner Oberfläche reges Leben. Seine Launen sind unberechenbar, es kann düster und geheimnisvoll sein, dicht und zäh, und es kann alles Mögliche, das dort wagemutig landet oder wächst, verschlucken und in seinen Tiefen verbergen. An Nebeltagen kann das Moor wie ein unheimlicher Geisterort wirken, im Sonnenschein hingegen wie ein gewaltiger Spielplatz für die Tierwelt. Seine Stimmung ist genauso ansteckend, wie sie inspirierend ist.

»Das ist Jamies Land«, sagt sie ehrfürchtig, als sie über die unverkennbare Torflandschaft fliegen. »Das Land seines Dads«, verbessert sie sich. Als Jamie fortgeschickt wurde, hat er sein Anrecht auf das Land eingebüßt, hat sein Anrecht auf alles verloren, was ihm etwas bedeutete. Doch was lässt sich daran noch ändern, selbst wenn er jetzt zurück ist? Ihr dreht sich der Magen.

»Es gehört nicht mehr seinem Dad«, sagt Io. »Es steht unter Naturschutz.«

»Die Sache ist komplizierter, als du denkst, Io.«

»Die Umwelt zu schützen, ist nicht kompliziert. Die Erde balanciert schwankend auf einem planetarischen Drahtseil. Wenn du fällst, stürzt du kopfüber in eine Katastrophe.«

»Bitte sag so was nicht, während du ein Flugzeug steuerst. Und warum ist es meine Schuld? Dein Planet ist es schließlich auch. Ich respektiere die Tradition des Torfstechens«, sagt sie, »aber ich habe auch Respekt davor, dass wir den Planeten bewahren müssen.«

»Diplomatisch.« Er hat sich zu ihr umgedreht und grinst sie schief an.

»Aber vor allem ist mir klar«, fährt sie fort, »dass man etwas auszehrt, indem man ständig darin herumstochert. Wenn man etwas in Ruhe lässt, kann es gedeihen. Josephine stochert ständig an mir und Bella herum, während ich lieber einen Schritt zurücktrete und meiner Tochter beim Wachsen zuschaue. Als Beobachterin merkt man, wie sich Dinge auf neue, überraschende Arten verändern.«

Er lächelt sie an.

»Solltest du nicht nach vorne schauen?«

»Wir sind nicht auf der Straße.«

»Nein, wir sind im Himmel«, entgegnet sie nervös. Dann erklärt sie grinsend: »Wir sind im Himmel! Hurra!« Sie hebt in dem engen Raum die Arme in die Luft.

Von hier oben erscheint ihr kleines Leben in einem anderen Licht.

Io deutet auf die Crossroads Station, einen winzigen, unbedeutenden Ort inmitten der Spaghetti aus Straßen. Sie hat sich immer gefühlt, als wäre sie auf einer einsamen Insel, hoffnungslos gestrandet, bis entweder ihr Vater oder ihre Mutter sie abholte. Aber von Einsamkeit kann keine Rede sein, es führen zahlreiche Routen von dort weg in jede Richtung. Wege hinaus in die Ferne und Ziele, die man besuchen kann. Straßen, die sich nicht im Nirgendwo verlaufen, sondern an Orte führen, denn sie kann diese Orte sehen, die nicht einmal so weit weg sind.

Der Steinbruch ist nicht zu verfehlen, sie fliegen direkt darüber hinweg. Als hätte jemand von der Erde abgebissen und die offene Stelle verfaulen lassen. Eine offene, hässliche Wunde in einer ansonsten grünen, vor Leben strotzenden Welt. Das graue Steinloch im Boden, über das kleine Roboter fahren, graben und baggern, umgeben von Grün. Irgendwo dort unten arbeitet ihr Dad, dieser Hüne, jetzt bloß eine Ameise. Nachdem Pip den Steinbruch erkannt hat, fällt es ihr nicht schwer, ihr Zuhause zu finden. Die Straße zum Steinbruch beschreibt einen großen Bogen, mit einem kleinen Wäldchen, das ihr Haus von ihm trennt. Sie wohnen viel näher am Steinbruch, als sie dachte, es sieht aus, als hätte er es auf sie abgesehen, als würde er immer größer werden, bis sie mitten hineinfallen und in den verrotteten Kern gesogen werden.

Die Wolversons, die in Ballybeg so groß sind, sind Könige in einem sehr kleinen Königreich. Das Flugzeug gleitet weiter, hinaus in die Ferne.

Fürsorglich blickt Io sich zu ihr um.

Sie weint Freudentränen.

»Danke«, sagt sie, streckt den Arm aus und hält ganz kurz seine Hand.

Sobald sie landen, holt die reale Welt sie ruckartig wieder ein. Sie begreift, warum es Io dort oben so gut gefällt.

Stella kommt zu ihrer Begrüßung ins Freie, ihre Silhouette zeichnet sich wie die einer Turnerin vor dem Hangar ab.

»Wie fühlst du dich?«, fragt sie, als Pip herausklettert und Io ihr von der Tragfläche zu Boden hilft.

Begeistert.

Überwältigt.

Inspiriert.

Frei.

Im Moment hat sie überhaupt nicht das Gefühl, je wieder in ihr normales Leben zurückkehren zu können.

»Ich fühle mich, als wäre die Welt riesengroß und als säße ich in einem ganz winzigen Teil davon fest.«

»Nein«, sagt Io. »Deine Welt ist sehr klein, groß ist nur das Universum.«

Er hebt den Blick, und sie stellt sich vor, dass er durch den Himmel und die Stratosphäre hindurch in das von ihm so geliebte Weltall schaut.

»Und es ist kein Festsitzen, sondern ein …«

Er scheint die Ohren zu spitzen und auf sein Signal zu lauschen.

»… Warten«, sagt sie.

»Das Signal wird kommen!«, ruft Stella über die Schulter, während sie ins Büro zurückkehrt. »Und wenn es so weit ist, vermisst ihr die Wartezeit vielleicht, genießt sie also, solange es noch geht.«

21

Seit ihrer Heimkehr hat Pip auf dem Bett liegend alles noch einmal vor ihrem inneren Auge Revue passieren lassen, woraufhin ihr Adrenalinrausch mit einem jähen Absturz endet. Der Schutzschirm der Unbesiegbarkeit hat seine Wirkung verloren, und jetzt fühlt sie sich etwas benommen. Und töricht. Es erinnert sie an den Teil in der *Truman Show*, als Truman klar wird, dass seine Welt nicht echt ist.

Das Fliegen hat ihr Leben verändert. Es hat Pip eine neue Perspektive vermittelt. Sie hat einen Blick auf das Gesamtbild werfen können, ein wunderschönes, riesiges Landschaftsgemälde, wohingegen sie bisher in einem winzigen Pinselstrich gelebt hat.

Origami-Mädchen
Faltet sich
Zu einem Papierflieger
Springt
Gleitet
Und steigt empor
Vor
Der Bruchlandung
Auf dem Boden

Sie faltet das quadratische Blatt in einen kleinen Papierflieger, der dem Flugzeug ähnelt, in dem sie heute gesessen hat, und als sie schon die Schachtel öffnen will, um ihn zu verstauen, hat sie eine Idee.

Sie tritt mit ihrem Origami-Mädchen-Papierflieger ans Schlafzimmerfenster und sieht hinaus auf das Ackerland und das Moor, die sich hinter den Nachbarhäusern bis zum Horizont erstrecken.

»Viel Glück«, wünscht sie ihrem Origami-Mädchen.

Pip lässt es aus dem Fenster fliegen und sieht es schwungvoll gleiten und emporsteigen und hofft, dass ihr Origami-Mädchen die freudige Erregung verspüren wird, die sie selbst mit Io am Himmel genossen hat. Unermessliche Freiheit. Der Flieger schießt herab und segelt, er steigt sogar wieder auf, aber nur einen Moment lang, bevor er getreu der Tintenschrift im Innern eine Bruchlandung auf der Motorhaube von Josephines Auto hinlegt.

Sekunden nach der Landung hört Pip, wie die Haustür aufgeht, und stürzt die Treppe hinunter, um den Papierflieger als Erste zu erreichen.

Josephine hebt ihn auf. »Was in aller Welt …?«

Pip reißt ihn ihr aus der Hand. »Ich habe bloß Unsinn gemacht.«

»Du meine Güte, Pip, weißt du nichts Besseres mit deiner Zeit anzufangen? Ich rieche doch, dass da was faul ist. Was treibst du die ganze Zeit über?« Sie stemmt die Hände in die Hüften.

Josephine ist zierlich, aber wenn sie sich angegriffen fühlt, hat sie die Fähigkeit, sich größer und Furcht einflößender zu machen, sich aufzuplustern wie ein Kugelfisch.

»Du verheimlichst doch was vor mir.«

Da Pip keine gute Lügnerin ist, fängt sie lieber gar nicht erst damit an, sonst kommt ihre Mutter ihr bloß auf die Schliche, und man wird ihr alles wegnehmen.

»Kann ich dir was zeigen? In meinem Zimmer.«

Josephine wirkt beunruhigt. »Was denn?«

»Es ist in meinem Zimmer.«

Sie gehen die Treppe nach oben in den ersten Stock und treten in den schmalen Bereich zwischen Bett und Kleiderschrank.

Josephine sieht nervös aus. »Erzähl mir nur nicht, dass du schwanger bist. Bitte sag jetzt nicht, dass du …«

»Ich bin nicht schwanger.«

Als Josephine den Zorn in Pips Stimme hört, schweigt sie verbissen.

»Das hier möchte ich dir zeigen.« Pip macht sich daran, die Skizzen zu entfernen, die die Wand in einer unregelmäßigen Linie bedecken. Mittlerweile schlängelt sie sich bis zur Zimmerdecke.

»Was soll diese Unordnung? Soll das hier die Sixtinische Kapelle werden?«, fragt Josephine herablassend und blickt hoch zu den Skizzen an der Decke.

Seufzend gibt Pip sich Mühe, die Kritik an sich abprallen zu lassen. Seit sechzehn Jahren hat sie es mit Herabsetzungen und Beleidigungen zu tun. Lange ist sie wie betäubt gewesen, aber in letzter Zeit wacht sie allmählich auf.

Pips Skizzen dienen als Flicken, beheben aber nicht den Kern des Problems, das sich immer weiter verschlimmert. Sie entfernt eine Skizze nach der anderen von der Wand, sodass der Schaden zum Vorschein kommt. Schließlich hängt Pip den Monet-Druck ab, woraufhin der Riss in seiner gesamten Länge zu sehen ist.

Josephine schnappt nach Luft. »Was hast du getan?«

Pips lacht spöttisch auf. Obwohl sie sich anfangs selbst die

Schuld gegeben hat, ist die Vorstellung, sie hätte den Riss verursacht, völlig absurd. Josephine weiß das und wirkt eingeschnappt.

»Er ist vor ein paar Wochen aufgetaucht.«

»Warum hast du deinem Dad nichts davon gesagt?«

»Das hier ist sein Traumhaus. Ich wollte ihm nicht die Freude verderben.«

Das entspricht der Wahrheit, aber vor allem neigt Pip dazu, sich unschöne Dinge einfach wegzuwünschen, ohne selbst die Initiative zu ergreifen und sie aus der Welt zu schaffen. Als hätte es noch weiterer Beweise bedurft, bestätigen die Risse, die inzwischen aufdringlich wie eine offene Wunde in der Wand klaffen, dass es nicht funktioniert, ein kleines Problem zu ignorieren, denn dann wird es nur immer größer.

Die Wand sieht aus, als stünde das Haus kurz davor, in zwei Hälften gespalten zu werden.

22

Als Pip am Montagnachmittag zusammen mit Philip aus der Arbeit heimkehrt, steht Josephine mit einer Miene an der Tür, als wäre sie Zeugin eines Mordes geworden. Sie funkelt ihre Tochter an.

»Wir haben Besuch.« Ihre Stimme ist leise und rau, was unterstreicht, dass jemand im Haus ist.

»Was ist los?«, will Philip wissen.

»Ich habe keine Ahnung«, erwidert Pip aufrichtig.

Auf einmal wird ihr klar, wie viele Geheimnisse sie vor Josephine hat, weil sie noch nicht einmal erraten kann, was nun auf sie zukommt. Es könnte alles Mögliche sein von den Lügen über den Pilateskurs, Bellas Freund, ihrem Flug, den Verletzungen, die Sammy ihr zugefügt hat, bis hin zu ihrer harmlosen Origami-Mädchen-Kunst. Alles könnte ihre Mutter gleichermaßen erzürnen.

Pip betritt das Haus und erblickt Jamie mit dem Rücken zu ihr auf dem Sofa im Fernsehzimmer. Jemand sitzt neben ihm, sie sieht ein Bein und nimmt an, dass es sich um seine Mutter handelt. Maureen begleitet ihn bei all seinen Besuchen in diesem Haus, beziehungsweise tat sie das, bis Bellas Treffen mit Jamie in sein Elternhaus verlegt wurden, ohne dass man je Pip dazu einlud.

Pip steuert auf die Treppe zu.

»Wohin willst du denn?«, fragt Josephine.

»Ich möchte mich umziehen.«

Josephine betrachtet ihr rotes T-Shirt von der Tankstelle bei Ballybeg mit dem fröhlichen roten Eichhörnchen auf der Brust und die unförmige, fleckige Hose.

»Es ist keine Modenschau. Rein mit dir.«

Josephines erhobene Stimme hat schon Aufmerksamkeit erregt, und Jamie hat den Kopf gewandt, um nach ihr zu sehen.

»Hi«, sagt sie.

Respektvoll steht er auf. »Pip, hi!« Er streckt die Hand aus. Verlegen greift sie danach, und er beugt sich vor, um ihr einen Kuss auf die Wange zu geben, allerdings ist es kein Kuss, sondern nur eine Art flüchtiger Hautkontakt. Sein Aftershave ist stark, himmlisch, aber Schweiß ist ebenfalls zu riechen. Angstschweiß. Während Josephine die Szene aufmerksam beobachtet, achtet Philip nicht im Geringsten darauf. Er durchquert das ganze Zimmer, ohne einen von beiden Gästen zu begrüßen, und lässt sich ein gutes Stück abseits in seinem Sessel nieder.

Pip betrachtet die Frau neben Jamie, die sich auch erhoben hat und Pip ihre Hand hinhält.

Lange Beine.

Dunkle Augen.

Ganz in Kaschmir.

Elegant.

Pip tippt darauf, dass sie eine Anwältin oder irgendeine andere offizielle Person ist. Vielleicht hat Jamie sich entschlossen, die Angelegenheit juristisch zu lösen, da Pip während ihrer Unterhaltung in der Tankstelle alles andere als hilfreich gewesen ist.

»Tala«, stellt die Frau sich lächelnd vor und ergreift ihre Hand. »Es ist schön, Sie kennenzulernen, Pip.«

Pip lächelt gepresst. Zur Abwechslung einmal fände sie Philippa ganz angebracht.

»Sie heißt Philippa«, sagt Josephine unvermittelt und lässt sich neben Pip nieder. Pip ist dankbar für die Unterstützung ihrer Mutter.

Sich die klammen Hände an der Jeans abwischend nimmt Jamie Platz.

Jamie, auf ihrem Sofa, bei ihr zu Hause. Später wird Pip die Kissen umarmen und an den Polstern riechen. Sie fragt sich, wo Bella steckt.

»Sie sind kurz vor euch eingetroffen. Weißt du, Jamie, wenn du Bescheid gegeben hättest, hätte ich eine Kleinigkeit für euch vorbereiten können.« Josephine tadelt die beiden so höflich wie möglich, dabei hat sie es normalerweise nicht mit Höflichkeit. Vielleicht führt die Gegenwart der beeindruckenden Kaschmirkönigin dazu, dass sie so aufrecht dasitzt. »Einen Tee vielleicht?«

»Nein danke«, sagt Tala.

»Wasser, bitte«, sagt Jamie nervös und räuspert sich.

»Philip?«, fragt Josephine.

Er schüttelt den Kopf. Keiner von beiden will dieses Treffen länger hinausziehen, als es sein muss. Der Besuch ist hier nicht willkommen.

Josephine sieht Pip an. Pip versucht dahinterzukommen, was der Blick zu bedeuten hat. Da sie im Moment an einem Strang ziehen, handelt es sich womöglich um eine verborgene Botschaft.

»Wasser«, fährt Josephine sie an. »Hol Jamie gefälligst ein Glas Wasser.«

»Oh, ja, okay«, sagt sie. Es ist ihr peinlich, vor anderen derart angeblafft zu werden.

Mit flammend roten Wangen stürzt sie aus dem Zimmer.

In der Küche lässt sie sich einen Augenblick Zeit, um sich zu fassen. Sie richtet sich die Haare, streicht sich über das Gesicht, nimmt ein trockenes T-Shirt vom Wäscheständer und zieht sich um, sodass sie sich bei ihrer Rückkehr ins Wohnzimmer etwas frischer fühlt.

Sie stellt das Wasser auf dem Sofatisch ab.

»Danke, Pip«, sagt Jamie, als hätte sie weiß Gott was für ihn getan.

Mit einem eigenartigen Gesichtsausdruck wirft Tala ihm einen Blick zu, und zum ersten Mal überdenkt Pip ihre Einschätzung von ihr. Eine Anwältin oder Sozialarbeiterin würde ihn nicht auf diese Weise ansehen. Der Ausdruck, der über ihr Gesicht gehuscht ist, wirkte persönlich. Und sie hat keine Akten oder Formulare dabei, bloß eine graue Mulberry-Handtasche auf dem Boden neben ihren Füßen. Sie sitzt dicht neben Jamie, ihre Hüften berühren sich, ohne den geringsten Abstand.

Lange Beine.

Dunkle Augen.

Jamies Partnerin.

Erwachsen.

Jamie beobachtet, wie Pip Tala taxiert, und sie spürt seinen bohrenden Blick auf sich und schaut sofort weg, zu ihrer Mutter, die die Sitzung nun vermutlich offiziell eröffnen wird.

»Warum der Besuch?«, fragt Josephine schroff, wobei sie nicht Jamie ansieht.

Tala betrachtet Jamie und lächelt herzlich, süßlich, überschwänglich. Er schaut sie kaum an, sondern beugt sich vor, um nach seinem Wasserglas zu greifen.

»Um mich richtig vorzustellen.« Tala lächelt Pip an und spricht mit einem weichen Liverpooler Akzent, wohingegen Jamie seit ihrem Eintreffen ausgesprochen einsilbig gewesen ist. »Ich bin Paartherapeutin. Da ich Jamie und seine Geschichte, eure Geschichte, kenne, haben wir uns gedacht, es wäre hilfreich, wenn ich ihn auf dieser Reise begleite, da ich viel Erfahrung auf diesem Gebiet habe und vielleicht helfen kann, Probleme aus dem Weg zu räumen. Es gibt etliche therapeutische Ansätze, die für verschiedene Beziehungen funktionieren, aber ich persönlich halte die emotionsfokussierte Methode für besonders zielführend. Indem man sich auf die Muster und Verhaltensweisen konzentriert, die eine konflikthafte Spaltung in der Beziehung verursachen, können Menschen den Prozess der Heilung und der Annäherung antreten. Und selbstverständlich betrifft das jegliche Arten von Beziehungen, nicht nur Eheleute, sondern Familien in jeglicher Konstellation und Größe.«

Ihre Stimme ist wie Honig, sie stottert nicht oder sagt auch nur einmal *äh* oder *also*. Weich und flüssig wie Karamell.

Josephine verengt die Augen zu Schlitzen.

Tala schaut Jamie an. »Schatz. Warum sagst du ihnen nicht, warum du hier bist?«

Pip versucht, keine Miene zu verziehen, als sie ihn Schatz nennt.

Jamie rutscht ein Stück auf dem Sofa vor. Seine Haut glänzt, ihm stehen Schweißperlen auf der Stirn. Jede Faser seines Körpers ist angespannt. Am liebsten würde Pip die Hand ausstrecken und ihm den Schweiß abwischen, ihn küssen, ihn halten. Mit sechzehn hatten sie es kaum geschafft, die Finger voneinander zu lassen, alles fühlte sich nach Elektrizität an, doch jetzt sind sie älter, sie ist eine Frau, sie weiß, was sich gehört.

Sie sehen sich in die Augen.

Tief.

Sie hat das Gefühl, als könnte er ihre Gedanken lesen. In

ihrer Vorstellung spürt er ebenfalls das Adrenalin, das durch ihre Adern strömt, durch sie hindurchschießt, aus ihrem Körper hinaus in seinen. Es ist ihr völlig egal, wer neben ihm sitzt oder dass sich ihre Eltern im Zimmer befinden. Zwischen ihnen beiden hat es schon immer gefunkt.

»Ich bin hier, weil ich Bella öfter sehen will. Ich würde gern mehr Zeit mit ihr verbringen. Sowohl«, er schluckt schwer, »am Telefon als auch persönlich.«

Pip kann nachempfinden, wie schwer es ihm gefallen sein muss, diesen scheinbar einfachen Satz zu sagen.

»Wie willst du denn Bella öfter sehen, wenn du gar nicht hier wohnst?«, sagt Josephine, als wäre seine Aussage das Lächerlichste, was ihr je zu Ohren gekommen ist. Jeder andere Mensch würde es begrüßen, wenn ein Vater so etwas sagt, aber nicht in diesem Haus. »Wie lange hast du vor hierzubleiben?«

»Das hängt von der Situation mit meinem Dad ab. Ich weiß nicht, ob ihr mitbekommen habt …«

»Wir haben alle davon gehört«, unterbricht Josephine ihn. »Es hat in der Zeitung gestanden. Und wenn wir nicht wissen, wie lange du hier zu bleiben gedenkst, macht uns das die Sache nicht gerade einfacher.«

»Eigentlich hast du da nicht mitzureden, Josephine«, sagt Jamie, eine Spur zu laut, sodass alle überrascht zusammenfahren. »Bella ist sechzehn Jahre alt. Sie kann das selbst entscheiden. Außerdem werden Pip und ich die Angelegenheit unter uns besprechen, ich war nur so höflich, erst mit euch allen zu reden.«

In seiner Stimme ist ein zorniges Beben, er gibt sich große Mühe, es im Zaum zu halten. Tala legt eine Hand auf seinen Oberschenkel.

Pip war das erste Mädchen, das ihn am ganzen Körper geküsst hat.

»*Pah!*«, sagt Josephine erbost und sieht sich Hilfe suchend nach Philip um. Sein Schweigen deutet sie als Bestärkung. »Isabella wohnt hier bei uns, und ihre Erziehung liegt immer noch in unserer Verantwortung. Du hast in unregelmäßigen Abständen immer mal ein oder zwei Tage vorbeigeschaut. Aber sie wohnt unter unserem Dach.«

Pips Kehle macht große Anstrengungen, die Wörter herauszubekommen. Als Jamie sie in der Tankstelle besuchte, hat sie ihm nicht gesagt, was sie sagen wollte, und sie hat Jamie nicht, wie sie es hätte tun sollen, bei der Eintragung von Bellas Namen unterstützt – ein Ereignis, das ihr auch nach all den Jahren keine Ruhe lässt. Sie hat tatsächlich Albträume, in denen sie den Mund aufmacht, aber kein Ton herauskommt, oder in denen ihr Mund mit Watte vollgestopft ist oder mit so viel Kaugummi, dass sie nicht sprechen kann.

Sie schluckt heftig. Ihr Hirn läuft auf Hochtouren. Sie schaut zur Zimmerdecke empor. Jamie folgt ihrem Blick. An der Decke verläuft ein Riss. Bisher ist er ihr noch nie aufgefallen, doch er geht von der Stuckrosette in der Mitte bis zur Außenwand.

Jamie folgt ihm ebenfalls mit den Augen.

Keiner von beiden sagt etwas.

Tala ergreift das Wort.

»Wir können uns doch wohl alle darauf einigen, dass eine stärkere Beziehung zu ihrem Vater von Vorteil für Bella wäre. Mit der Unterstützung aller Beteiligten, indem alle zusammenarbeiten, können wir dafür sorgen, dass Bella glücklich ist und sich geborgen fühlt.«

»Aber er wohnt in Liverpool«, wiederholt Josephine, die über Jamie und Pip immer gern redet, als wären sie nicht anwesend. »Wie genau soll Isabella ihn denn sehen? Und was in aller Welt starrt ihr beiden an?«

Jamie lässt endlich den Blick von der Decke sinken, wie Pip, die versucht, ihr Lächeln zu verbergen. Das haben sie schon damals gemacht, wenn man über sie geredet hat, während jener furchtbaren Schreckenszeit, als sie ihren Familien Schande bereitet haben: Sie suchten sich eine Stelle aus und starrten sie an, denn dann konnten sie sich in dem Moment wenigstens auf diese Weise vereint fühlen.

»Bella könnte mich übers Wochenende besuchen«, sagt Jamie. »Sie könnte die Fähre nehmen oder mit dem Flugzeug rüberkommen.«

»Allein?« Josephine ist wie vom Donner gerührt.

»Ab einem Alter von fünfzehn Jahren können Teenager allein reisen«, erläutert Tala. »Ich kann Ihnen versichern, dass es eine positive Erfahrung für Bella wäre.«

»Pip könnte sie begleiten«, sagt Jamie.

Tala sieht Jamie rasch an und schaut dann wieder weg. Dieses Detail haben sie möglicherweise nicht besprochen. Leider legt Jamie nicht die Haltung eines gelassenen, beherrschten Vaters an den Tag, sondern wirkt mehr wie ein ungezogener Schüler, der schmollend im Rektorat sitzt und gegen eine Autoritätsperson aufbegehrt.

»Und wir könnten gemeinsam in den Urlaub fahren. Eine Woche nach Spanien reisen. Wie es normale Familien tun.«

Pip sieht zu ihrem Vater, der zu Boden schaut. Sie sind noch nie gemeinsam in Spanien gewesen. Ihre tägliche Familienzeit ist die Autofahrt, wenn er sie von der Arbeit abholt. Aber vor all dem, vor diesem Albtraum, hat es da eine Zeit gegeben, als sie eine normale Beziehung zueinander hatten?

Früher sind sie zelten gewesen. Das fand Pip immer toll. Zusammen sind ihr Vater und sie angeln gegangen, und Josephine ist auf dem Campingplatz geblieben. Sie waren beim Fußball und haben Hurlingspiele besucht. Er war auf dem besten Weg, eine furchtlose Tochter großzuziehen, bevor sie schwanger wurde.

Tala spricht davon, Beziehungen zu heilen und zu reparieren. Pip bewundert ihre Intelligenz und ihr Wissen, aber dieser Wortsalat ist nicht die Sprache, die in diesem Haushalt gesprochen wird. Talas Stimme ist sanft und hypnotisch, mit ihrem leichten singenden Liverpooler Tonfall. Sie gestikuliert viel und legt häufig die Hände wie eine Obstschale aneinander. Pip stellt sich vor, dass Tala einen Haufen Orangen in ihrer Handschale hält, und wenn sie die Hände öffnet, um eine Aussage zu untermalen, fallen die Orangen auf ihren Schoß. Von dort rollen sie zu Boden, eine plumpst in ihre schicke Handtasche, die andere kullert unter den Tisch. Ihre Finger bewegen sich anmutig, sie sind lang und elegant, mit ordentlich manikürten Nägeln. Die Farbe ist taupe, sehr stilvoll. Ihr Schmuck ist kultiviert und edel. Ja, Pip kann nachvollziehen, warum Jamie sich zu ihr hingezogen fühlt. Bei ihr sieht alles so leicht aus und vernünftig. Sie ist eine erwachsene Frau voller kluger Gedanken, die für sich selbst sprechen kann. Womöglich kennt sie sich mit dem Aktienmarkt aus und hat für jeglichen Anlass eine passende Anekdote.

Pip wäre liebend gern eine Frau wie sie.

Sie erwischt Jamie dabei, wie er sie abermals beobachtet. Ein intensives Starren. Ihr Magen dreht sich und dreht sich noch einmal. Trotz allem, was in dem Zimmer vor sich geht – und was sie im Moment wohl nicht ganz versteht oder verarbeiten kann –, fühlt sie sich unwillkürlich geborgener.

Jamie ist hier.

Wenn er sie ansieht, vergisst sie, wie man atmet.

»Ich stimme mit Jamie überein«, sagt sie auf einmal, woraufhin sich alle Blicke auf sie richten.

Es ist mitten in Talas Vortrag aus ihr herausgeplatzt. Ihr

Wortschwall ist bei Weitem nicht so niveauvoll wie Talas, aber er ist ganz genauso aussagekräftig.

Jamie betrachtet sie mit einem Funkeln in den Augen. Er weiß, was sie das gekostet hat, jedenfalls hofft sie das.

Verwirrt schaut Josephine sie an. »Was?«, fragt sie barsch.

Diesmal nimmt Pip sich Zeit. Sie atmet tief ein und aus, bevor sie noch einmal die wunderbaren Worte sagt, von denen sie sich wünschte, sie hätte sie auf dem Standesamt und bei so vielen anderen verpassten Gelegenheiten gesagt.

»Ich stimme mit Jamie überein.«

23

Hi, Pip.«

Der Adrenalinstoß haut Pip schier um. Beinahe hätte sie sich beim Zerschneiden eines hart gekochten Eis den Finger abgehackt.

Jamie steht wieder an der Sandwichtheke. Es ist, als wären ihre Fantasien zum Leben erwacht und würden sie just dann heimsuchen, wenn sie am wenigsten damit rechnet.

»Jamie, hi, wie geht's?«

Sie legt das scharfe Messer beiseite, und ihren Körper durchläuft ein aufgeregtes Kribbeln.

Im Gegensatz zu ihren letzten Begegnungen sieht er entspannt aus. Draußen ist es heiß, und er trägt Shorts und ein T-Shirt. Sie registriert das Spiel der Muskeln unter dem Stoff, die Härchen an seinem Arm, die erwachsene Armbanduhr. Er ist ein Mann, aber wenn sie ihm in die Augen sieht, ist er immer noch Jamie. Sie schiebt sich das Haarnetz aus der Stirn.

»Gut, danke, ich habe ziemlich viel um die Ohren. Dads Anhörung findet demnächst statt. Wir wollen ihn dazu überreden, dass er diesmal hingeht, aber er schreit Zeter und Mordio und will dagegen protestieren, er behauptet, ins Gefängnis geworfen zu werden, sei gut für die Sache. Aber das ist jetzt alles egal, denn ich fühle mich besser seit gestern, nach dem, was du gesagt hast.«

»Viel mehr habe ich nicht zustande gebracht.« Ihre Wangen sind jetzt knallrot.

»Mir ist bewusst, wie viel dir dieses Statement abverlangt hat. Das weiß ich zu schätzen.«

Es hätte vor langer Zeit passieren sollen, aber jetzt hat sie es gesagt, alles andere zählt nicht.

»Können wir uns heute Abend sehen? Um über Bella zu reden.«

»Ja, selbstverständlich. Möchtest du wieder zu uns nach Hause kommen oder …?«

»Nein. Ich glaube, beziehungsweise Tala glaubt, dass es gestern nicht so gut gelaufen ist.«

»Es lief besser, als ich gedacht hätte«, erklärt sie verwundert.

Er prustet los. »Das habe ich Tala auch gesagt. Ihre Familie funktioniert nicht wie unsere.«

»Unsere funktioniert?«

Er lacht abermals. Ach, dieses Lachen! Die Fältchen und Furchen, der Klang, der Zahn mit der winzigen abgeschlagenen Stelle. Seine Kieferpartie. Die verführerischen Lippen. Größer ist er auch geworden.

»Heute Abend passt dir also?«

»Ja. Aber … ähm …« Sie verdreht die Augen über sich selbst. »Ich kann nicht Auto fahren, jedenfalls noch nicht, also …«

»Ich hole dich ab.« Da bemerkt er den Kunden neben sich. »Sorry, ich wollte dich nicht bei der Arbeit stören. Bis später, Pip.«

Sie sieht ihm nach, wie er durch die Tür geht, die sich automatisch für ihn öffnet. Sehnsuchtsvoll blickt sie ihm nach.

»Ähm.«

»Stopp. Ich schaue ihm hinterher.«

»Du geiferst geradezu.«

»Ein bisschen Sabber auf deinem Salat macht dir doch

nichts aus, oder?«, sagt sie und wendet ihre Aufmerksamkeit wieder Io zu.

»Das ist also Jamie?«

»Das ist er«, sagt sie mit einem Grinsen.

»Er hat mich noch nicht mal hier stehen sehen, er hat sich gleich auf dich gestürzt.« Io tritt zurück an die Theke, nachdem er den beiden respektvoll etwas Privatsphäre gewährt hat.

Sie kann ein törichtes Lächeln nicht unterdrücken. Ohne sich richtig konzentrieren zu können, legt sie die Eierscheiben auf den Salat in der Schüssel. Ihr Herz pocht wild. Wie kriegen die Leute irgendetwas hin, wenn sie verliebt sind?

»Du bist so was von verknallt«, sagt Io. »Hoffentlich hat seine Freundin nichts dagegen.«

Über die Theke hinweg bewirft sie ihn mit geriebenem Käse.

Heute Abend gibt Pip sich besonders große Mühe mit ihrem Outfit. Ein Drink mit Jamie im *Turfcutter's Inn* verdient mehr Aufmerksamkeit als jedes Date mit Sammy. Als sie fertig ist, setzt sie sich auf die Armlehne des Sessels am Erkerfenster und sieht hinaus. Josephine betrachtet sie mit deutlichem Missfallen.

»Einer von uns sollte mit dabei sein«, sagt sie und bezieht sich damit wohl auf sich selbst oder Maureen, denn Pip kann sich nicht vorstellen, dass Philip sich allein dazusetzen würde. »Ich bin mit diesem Treffen nicht einverstanden.«

»Wir wollen bloß miteinander reden, Mam, das alles ist viele Jahre her.«

Josephine mustert sie von Kopf bis Fuß und erkennt anhand ihrer Kleiderwahl, dass es sich um kein Outfit für ein simples Gespräch handelt. Das Problem mit ihrer Mutter ist, dass sie Pip in- und auswendig kennt.

»Jamie und ich sollten uns über unsere Tochter unterhalten«, sagt Pip leise.

»Keine Sorge, es unterhalten sich reichlich Leute über Isabella, du bekommst das nur nicht immer mit. Weißt du, Philippa, es gibt einiges, worum du dich nie hast kümmern müssen.«

»Ich würde mich aber gern drum kümmern.«

»Und er verhält sich nicht gerade kooperativ«, fährt Josephine unbeirrt fort, als hätte Pip keinen Ton gesagt. »Das hat mir nicht gefallen. Früher war er wenigstens still. Er hatte was richtig Pampiges an sich. Das kommt von den vielen Jahren auf den Baustellen. Und dass du ihm zugestimmt hast, hat auch nicht unbedingt geholfen.«

»Es ist wichtig für Bella, ihren Dad zu kennen, wie kannst du da was dagegen haben?«

»Das hängt ja wohl ganz vom jeweiligen Dad ab, oder nicht? Wir müssen vorsichtig sein. Er versucht, uns Isabella wegzunehmen. Wir müssen uns bei einem Anwalt wegen des Sorgerechts beraten lassen.«

Pip glaubt nicht, dass Jamie versucht, sie hereinzulegen, aber falls es doch so sein sollte, kann sie es ihm nicht einmal verübeln. Wenn sie schon glaubte, die Dinge ständen schlecht um sie, so ist es ihm bisher noch nicht einmal gestattet worden, mit seiner Tochter allein in einem Zimmer zu sein. Und wenn er Bella nach Liverpool mitnehmen und dann ins Ausland verschwinden würde, wie Josephine es jetzt in ihrer Panik zu glauben scheint, was wäre so verkehrt daran? Bella fände es bestimmt toll, die Idee käme aller Wahrscheinlichkeit nach von ihr. Sie wäre dann fort von hier, sie könnte ihre Freiheit genießen.

»Und was für einen Einfluss wird diese Tala auf Isabella haben?«

Pip kann nur erahnen, wie faszinierend und wundervoll Bella die elegante Tala fände. Dass Bella noch eine Mutter hätte, würde Pip nicht wollen. Sie muss jetzt schon um ihre Aufmerksamkeit buhlen. Als hätte Josephine ein Gespür für ihre Gedanken, versetzt sie ihr den Todesstoß.

»Wahrscheinlich würde er anregen, dass sie die Frau Mam nennt.«

Diese Bemerkung verursacht Pip Übelkeit, aber sie lässt sich nicht reizen, sondern beobachtet seelenruhig die Straße. »In Liverpool sagen sie Mum, glaube ich.«

Josephine schnaubt verächtlich.

Statt dass Jamie wie verabredet um sieben Uhr abends eintrifft, um sie abzuholen, hält ein schwarzer Range Rover vor dem Haus.

»Ist das Sammy Wolverson?« Josephine hebt die Hände und richtet sich die Haare.

Pip stutzt.

Philip, der in seinem Sessel sitzt und dem Gespräch lauscht, steht sofort auf.

»Ich schaue zu ihm raus.«

Er geht an die Tür, und die Männer unterhalten sich im Garten. Sehnlichst wünscht Pip sich, Jamie möge jetzt eintreffen, damit ihr eine peinliche Unterhaltung mit Sammy erspart bleibt. Seit ihrem letzten Date im *Turfcutter's* hat sie ihn nicht mehr gesehen.

»Philippa«, sagt ihr Dad sanft, als er ins Wohnzimmer zurückkehrt. »Er scheint der Ansicht zu sein, dass er heute eingeladen ist. Gestern Abend ist er Tala begegnet, und sie hat ihn zu so einer Art … Doppeldate, wie er es nennt, gebeten.«

»Was?«, flüstert sie.

Mit einem Schulterzucken sieht Philip zur Tür zurück.

»Tala kommt auch? Ich habe gedacht, es geht nur um mich und Jamie«, sagt Pip.

»Offensichtlich hast du das falsch verstanden«, sagt Josephine mit unverhohlener Schadenfreude. »Das hört sich nach einer großartigen Idee an«, fügt sie laut hinzu, damit Sammy es hören kann.

Philip schließt die Augen. »Josephine.«

Doch sie ist fort, durch die Tür hinaus zu Sammy gegangen.

»Na los, Pip, du willst doch nicht zu spät kommen«, ruft sie ihnen zu.

Pip weiß ehrlich nicht, was sie tun soll, sie befindet sich in einem fahrenden Zug, aus dem sie nicht springen kann. Die Watte ist wieder in ihrem Mund, die Unmengen an Kaugummi. Wie ferngesteuert setzt sie sich in Bewegung, geht nach draußen zu Sammy, der sie von Kopf bis Fuß mustert. Das Outfit, das Make-up, die Haare, die hochhackigen Schuhe. Sie hat sich viel mehr Mühe gegeben als für ihn.

»Ich werde dich abholen«, sagt Philip laut, als sie in Sammys Range Rover steigen.

»Das ist nicht nötig«, erwidert Sammy mit einem breiten Grinsen.

»Selbstverständlich mache ich das«, entgegnet Philip mit Nachdruck. »Ich werde sowieso noch wach sein, und auf die Weise kannst du auch was trinken.«

Der Vorwurf, angetrunken Auto gefahren zu sein, verhallt nicht ungehört. Ohne zu antworten, steigt Sammy in den Wagen.

Im *Turfcutter's* finden sie Tala und Jamie in einer Ecke, auf Ledersofas. Sie begrüßen einander, Küsschen hier, Küsschen da. Jamie trägt ein blaues Hemd, die Ärmel hochgekrempelt, und seine blauen Augen strahlen.

Die Situation überfordert Pip ein wenig. Dass sie hier ist, mit Jamie ausgeht, aber eben auch mit Sammy.

Sammy geht zur Bar, und Tala bietet an, ihm beim Tragen der Drinks zu helfen.

Jamie sieht Pip mit offener Miene und gesprächsbereit an. Er will ihr schon ein Kompliment zu ihrem Aussehen machen, die ersten paar Wörter sind schon heraus, aber sie unterbricht ihn.

»Warum ist er hier?«

»Wer?«

»Sammy Wolverson.«

»Weil er dein Freund ist.«

»Sagt wer?«

»Zum einen mein Bruder. Finbar hat gesagt, er habe euch beide zusammen ausgehen gesehen. Und Sammy. Gestern Abend hat er erzählt, dass es euch beiden ziemlich ernst ist. Das freut mich für dich«, versichert er sanft. »Wir sind gestern Abend hier gewesen, und Tala ist mit ihm ins Gespräch gekommen. Die beiden haben viel gelacht, und sie meinte, es wäre vielleicht leichter für dich, wenn er auch hier ist.«

»Jamie!« Innerlich kocht sie vor Wut. »Es waren *zwei* Dates. Dabei wollte ich mich eigentlich gar nicht mit ihm verabreden. Ich habe es ausschließlich Dad zuliebe versucht. Du weißt ja, wie viel ihm die Wolversons bedeuten.«

Sie haben seit sechzehn Jahren kaum ein Wort gewechselt, aber manche Dinge haben sich nicht geändert, er weiß genau, wovon sie spricht.

»Zwei Dates?«, wiederholt er verblüfft. »Warum zum Teufel ist er dann hergekommen?«

»Jamie, er ist … er ist seltsam. Heiß und kalt. Er schaltet einfach mir nichts, dir nichts um.« Sie schnippt mit den Fingern. Es bereitet ihr nicht das geringste Unbehagen, Jamie davon zu erzählen. Mit ihm zu reden ist, als würde sie mit sich selbst sprechen, sie kann völlig ehrlich sein.

»Mist«, sagt Jamie. »Das tut mir so leid. Warum bist du zu ihm ins Auto gestiegen?«

»Er ist schließlich ein Wolverson, oder? Ich meine, da musste ich höflich sein. Aufrecht stehen, klar und deutlich sprechen«, sagt sie und verdreht die Augen. »Ja, Mr Wolverson. Nein, Mr Wolverson.«

Lachend hält Jamie sich die Hände vors Gesicht.

»Es ist nicht witzig.« Aber sie lächelt jetzt auch.

»Irgendwie schon.«

»Mist«, sagt sie. Aber allmählich lässt ihre Panik nach. In Jamies Gegenwart wirkt die Situation weniger erschreckend, weniger wie ein Geheimnis. Sie kann ihm ein Zeichen geben, wenn sie Hilfe benötigt. Er hätte es in dem Restaurant gemerkt, er wäre in der Bar letzte Woche dahintergekommen. Er ist ein Mensch, dem Dinge auffallen.

»Warum zur Hölle begeht Tala so einen Fehler?«, fragt er, jetzt verärgert. »Es tut mir leid, dass wir dich in diese Lage gebracht haben.«

»Ich würde ihr nicht die Schuld daran geben.« Pip beobachtet, wie Sammy Tala an der Bar hilft. »Wenn er will, kann er sehr charmant sein.«

»Ich werde erklären, dass das alles ein Versehen gewesen ist.«

»Nein!«, entfährt es ihr, und sie hat das Gefühl, gleich aus der Haut zu fahren. »Dann ist er bestimmt gekränkt.«

»Es hört sich aber an, als müsste man mal Tacheles mit ihm reden, Pip. Wenn du kein Interesse an ihm hast …«

»Das habe ich wirklich nicht.« Blitzt da Erleichterung in seinem Gesicht auf? Oder wünscht sie es sich nur?

Sammy und Tala kehren mit den Drinks zu ihnen zurück.

»Was ist denn hier drüben so lustig gewesen?«, fragt Sammy, reicht ihr ein Glas und lässt sich neben ihr nieder. Er zieht seinen Stuhl näher an ihren, sodass sich ihre Knie berühren.

Bei dem Anblick verspannt sich Jamies Kieferpartie.

»Nichts«, antwortet sie.

Tala schüttelt die Hand, weil sie etwas von ihrem Drink darübergeschüttet hat, und Jamie hilft ihr.

Sammy beugt sich zu Pip. »Es war ganz offensichtlich nicht nichts.«

Jamie hat mit dem einen Auge Tala und mit dem anderen Pip im Blick. Er bemerkt Sammys Miene und seinen Tonfall.

»Wir haben über alte Zeiten gesprochen«, sagt Jamie bestimmt. Er greift nach seinem Glas und hält es Pip hin. »*Sláinte.*«

»*Sláinte*«, sagt Pip leise und stößt mit ihm an.

»Wir haben uns also gedacht, es wäre eine super Gelegenheit, um uns über Bella zu unterhalten«, schneidet Tala das Thema an.

»Ein andermal.« Jamie schüttelt kurz den Kopf.

»Hmm?«, will Tala wissen und neigt den Kopf näher zu ihm.

Er bleibt ihr eine Erklärung schuldig, und sie besitzt das Taktgefühl, nicht nachzubohren.

Pip nippt an ihrem Drink und muss fast würgen, weil ihre Kehle brennt.

Besorgt richtet sich Jamies Blick auf sie. »Alles in Ordnung?«

Sie hustet. Da sie mit Wodka gerechnet hat, hat sie zu viel auf einmal geschluckt.

»Was ist das?«, fragt sie und fasst sich an die Kehle.

»Whiskey Cola«, sagt Sammy.

»Whiskey?! Oh, wow. Normalerweise trinke ich Wodka.«

»Letztes Mal hast du den ganzen Abend hindurch Whiskey Cola getrunken.« Er wirft Tala einen verschwörerischen Blick zu. »Das weißt du wohl nicht mehr. Aber wahrscheinlich erinnerst du dich an kaum was von dem Abend.«

Pip runzelt die Stirn. Sie hat noch nie im Leben Whiskey getrunken.

»So ging's mir gestern Abend auch«, sagt Tala und erzählt wortreich von ihrem Pubbesuch und dass sie sich heute etwas malad fühle.

Jamie achtet kaum auf ihre Worte. »Trinkst du Whiskey, Pip?«

»Nein. Nie.«

Über Sammys Gesicht huscht merklich ein Schatten. Mittlerweile hat sie einen Blick dafür.

Seine Faust schnellt vor, und sie duckt sich rasch, die Hände vor dem Gesicht, gewappnet für seinen Angriff.

Es tritt ein schreckliches, betretenes Schweigen ein. Pip spürt keinen Schmerz und fragt sich, wann er einsetzen wird. Die letzten Male war Sammy so schnell, dass er sie völlig überrumpelt hat. Da spürt sie eine sanfte Berührung am Arm. Langsam lässt sie ihn sinken.

Es ist Jamies Hand.

»Alles in Ordnung?«

Sie schaut sich um. Alle starren sie verdattert an.

»Oh.«

Tala wirkt entsetzt, als hätte sie tatsächlich mitangesehen, wie Sammy sie geschlagen hat. Jamies Miene ist zärtlich.

Und auf Sammys Gesicht, in das sie aus Angst fast nicht geschaut hätte, breitet sich langsam ein Grinsen aus. Er prustet los.

»Was zur Hölle sollte das denn?« Er ist fassungslos, zeigt weiße Zähne wie eine Grinsekatze. Dann nimmt er die allgemeine Stimmung wahr und gibt sich fürsorglich, seine Hand wandert zu ihrem Oberschenkel.

Jamie lässt Pip los.

»Ich wollte eben bloß anbieten, dass ich dir einen frischen Drink hole, wenn er dir nicht schmeckt«, sagt Sammy sanft, langsam, als hätte sie den Verstand verloren. In Zeitlupe streckt er die Hand aus und nimmt ihr das Glas weg.

Das hatte er also tun wollen.

»Tut mir leid«, sagt sie und wünscht sich, die Atmosphäre wäre wegen ihr nicht so betreten.

»Ich habe nur gedacht … Ich weiß auch nicht, was ich mir gedacht habe. Tala«, sagt sie, um sich zu sammeln, und hofft, dass die flammende Verlegenheit aus ihrem Gesicht verschwindet, »wie lange, hast du gesagt, bleibt ihr?«

»Ich hole dir einen Wodka.« Jamie erhebt sich und begibt sich zur Bar, weil Sammy noch immer keine Anstalten macht.

Tala fasst sich schnell wieder, und während Pip versucht, sich auf ihre Antwort zu konzentrieren, huschen ihre Augen rasch zu Jamie, der Sammy wütend anstarrt.

»Selbst wenn ich Sitzungen mit meinen Klienten über Zoom abhalten kann«, fährt Tala fort, »tue ich es nicht gern über einen längeren Zeitraum.«

»Die sind wie deine Kinder?«, fragt Sammy, jetzt mit regem Interesse.

»Das würde ich nicht sagen, schließlich handelt es sich um Erwachsene. Aber ich fühle mich ihnen gegenüber verantwortlich. Jeder kann mal eine Pause einlegen, aber allzu lange mag ich es einfach nicht.«

»Hättest du gern Kinder?«, fragt Sammy.

Die direkte Frage überrascht Tala.

»Meinst du, ihr beide werdet eine Familie gründen?«

»Du fällst gleich mit der Tür ins Haus.«

»Darf ich das nicht fragen? Wer weiß schon, was man heutzutage noch sagen darf.« Er lacht. »Wie lange seid ihr beide schon zusammen?«

»Seit drei Monaten.«

»Werdet ihr heiraten?«

»Wir haben nicht … wir … das ist eine sehr persönliche Frage, und ich kenne dich nicht sonderlich gut, aber wenn wir irgendwann mal Hochzeitspläne schmieden, geben wir dir natürlich als Erstem Bescheid.«

Sammy lacht abermals. »Ich staube schon mal meinen Zylinder ab.«

»Um also deine Frage zu beantworten, Pip, ich fahre am Montag nach Hause. Jamie sollte dann ursprünglich auch mitkommen, aber angesichts der Entwicklungen um Lorcan wird er länger bleiben.«

Jamie kehrt mit einem frischen Drink für Pip an den Tisch zurück.

»Danke.«

»Was passiert mit deinem Dad?«, will Sammy wissen und schiebt seine breiten Finger in die kleine Erdnussschale. Endlich lässt seine Pranke von Pips Bein ab, das sich an der Stelle, wo seine Hand lag, heiß anfühlt. Sie rutscht ein Stück weg, sodass es schwerer für ihn ist, sie zu erreichen. Jamie beobachtet das Ganze.

»Wir sollten nichts sagen, bevor es nicht so weit ist«, erwidert Jamie.

»Nun, im Grunde ist es doch so weit, oder? Aber es ist bloß eine Anhörung. Er wird ein Bußgeld aufgebrummt bekommen. Eine Verwarnung. Das müssen sie machen, damit sie vor der EU gut dastehen.«

»Er plädiert auf nicht schuldig«, sagt Tala, »was bedeutet, dass es zu einem Prozess kommen wird.«

»Aber jeder weiß, dass er Torf gestochen hat. Das wird er nicht abstreiten können.«

»Sein neuer Anwalt scheint der Ansicht zu sein, dass es um was Größeres geht. Dass es sich um eine Menschenrechtsfrage handelt und es verfassungsrechtliche Probleme gibt. Es könnte also durchaus noch eine Instanz höher gehen.«

»Himmel«, sagt Sammy. »Bleibst du das ganze Verfahren über hier?«

Pip wünscht es sich, hat aber gleichzeitig ein schlechtes Gewissen, weil sie sich freut, dass seinem Vater eine gerichtliche Auseinandersetzung droht. Bestimmt möchte Jamie, dass die Angelegenheit so schnell wie möglich vom Tisch ist.

»Ich muss mal schauen. Erst mal bleibe ich noch eine Woche bis zur Anhörung.«

»Kannst du dir so lange freinehmen?«

»Es ist meine eigene Firma, also ja.«

Pip ist überrascht. Sie weiß so wenig über ihn. »Was für eine Firma hast du?«

»Seid ihr beide euch noch nie zuvor begegnet?« Sammy lacht.

»Putzarbeiten.«

»Geht ihr Haus auch auf euer Konto?« Sammy deutet mit dem Daumen in Pips Richtung. »Das ist echter Pfusch gewesen.«

Es tritt Schweigen ein, die Bemerkung klang weder scherzhaft, noch lässt sie sich so auffassen.

»Die Pressemitteilung der Turf Cutters' Association wegen Dienstag ist sowieso schon rausgegangen«, wendet Tala sich an Jamie, als erbitte sie sich seine Erlaubnis, um die beiden einzuweihen.

Er zuckt die Achseln.

»Philippa sollte um Bellas willen Bescheid wissen.«

Er sieht Pip an. »Die TCA hat einen landesweiten Aktionstag geplant, um die Aufmerksamkeit auf die in die Höhe schießenden Lebenshaltungskosten und das Torfabbauverbot zu lenken. Es wurden überregionale Medien eingeladen, um zuzusehen, wie im Deckenmoor Clonboyle Torf gestochen wird. Das Ganze findet am Dienstag statt.«

»*Huhuhuu*«, lacht Sammy und reibt sich boshaft vergnügt die Hände. »Die Sache wird langsam interessant. Dein alter Herr will wohl in den Knast wandern.«

Jamie sieht ihn streng an. Sein Körper ist angespannt, mit zusammengebissenen Zähnen und zu Fäusten geballten Händen.

»Ach, komm«, sagt Sammy, »um das Thema wird eben heiß debattiert. Ich weiß nicht recht, ob ich da auf der Seite der TCA stehe. Dein Dad hat doch die staatliche Entschädigung einkassiert, oder? Und er darf Torf für sich und für seine Nachbarn stechen. Das scheint mir ein guter Deal zu sein.«

»Mit Entschädigungen kennst du dich bestimmt bestens aus«, erwidert Jamie. »Es heißt, im Steinbruch gibt es reichlich Unfälle, ungerechtfertigte Entlassungen, all so was.«

Sammy starrt Pip zornig an, als hätte sie etwas falsch gemacht.

»Mit Pip hat das nichts zu tun«, sagt Jamie in einem Tonfall, der Sammy reichlich dumm aussehen lässt.

»Es liegt am eigenen Pech und der Blödheit der Leute, nicht an mangelndem Arbeitsschutz in unserem Steinbruch. Die Arbeiter sind immer bloß scharf aufs Geld.«

»Auf meinen Dad trifft das nicht zu.«

»Nein, aber es geht trotzdem ums Finanzielle. Die Heizkosten steigen, diese Alten wollen ihre eigenen Häuser heizen. Sie können von ihren Rechten und ihrem Land schwadronieren, aber letztlich läuft es aufs Geld hinaus.«

»Oder Kontrolle«, sagt Pip, und alle Blicke richten sich auf sie. Die Bemerkung ist ihr nur herausgerutscht. Eigentlich wollte sie gar nichts sagen. Nach einem Räuspern bringt sie mühsam die Wörter hervor. »Die Menschen wollen die Kontrolle über ihr eigenes Leben haben.«

»Okay, reg dich wieder ab, du Oberemanze.« Grinsend trinkt Sammy sein Bier in großen Schlucken. »Wie auch immer, wenn mal was tatsächlich vor Gericht landet, können wir auf unseren absoluten Star im Zeugenstand zurückgreifen.« Er grinst Pip an.

»Was meinst du? Ich habe nichts gesehen.«

»Das ist immer die beste Antwort.« Er wiehert vor Lachen. »Ich rede von deinem Dad.«

»Ich glaube nicht, dass er sich in einem Gerichtssaal wohlfühlen würde.«

»Das hat er doch schon für uns getan. Dafür kriegt er auch einen netten kleinen Bonus. Wie, glaubst du, hat er sonst das Haus gebaut?«

»Komm schon«, sagt Jamie leise.

»Philip Sheridan ist unser Held im Gerichtssaal. Er hat uns schon bei vielen Gelegenheiten den Arsch gerettet. Wenn da ein Kerl wie er reinkommt, mit seiner ganzen Erfahrung und seinem Faible für Regeln und Vorschriften, dann bekommt das Gericht einen Eindruck von der Qualität einer Firma. Diese ganzen alten Kerle sind doch alle gleich. Mein Granddad war auch ein echter Pedant.«

Auf diese Worte hin tritt Schweigen ein, und Pip geht davon aus, dass den anderen das Gleiche durch den Kopf geht wie ihr. Vielleicht braucht man zur Vermeidung von Unfällen Pedanten. In die Stille hinein leert Pip ihren Drink, und die Eiswürfel schlagen hörbar gegen ihre Zähne.

»Wann hast du angefangen, in dem Steinbruch zu arbeiten?«, fragt Tala. Sammy findet ihr Interesse an ihm bestimmt toll, aber Pip merkt, dass Tala ihn nur zum Reden ermuntert, weil sie sich dadurch einen tieferen Einblick in seine Persönlichkeit verspricht.

»Noch ein Drink?«, fragt Jamie Pip, während die anderen beiden in ihr Gespräch vertieft sind.

»Ja bitte. Diesmal helfe ich dir«, sagt sie und geht zusammen mit ihm zur Bar. Als sie kurz zurückschaut, verzieht Sammy unwillig das Gesicht, ehe er seinen Groll überspielt und weiter von sich erzählt.

Sie stehen dicht nebeneinander an der Bar. Es herrscht so viel Betrieb, dass sie sich eng zusammendrängen müssen, und sie genießt die körperliche Nähe.

»Es tut mir leid, dass Tala ihn eingeladen hat. Ich sag es ihr, sobald sich mir die Gelegenheit bietet. Was für ein Arsch, ich fasse es nicht, dass du dich zu einem zweiten Date hast breitschlagen lassen. Es ist schon unglaublich, dass du es auch nur bis zum Ende des ersten durchgehalten hast.«

»Irgendwie kreuzt er einfach auf, und ich wollte nicht, dass Dad Probleme auf der Arbeit kriegt.«

»Pip«, sagt er und kommt noch näher heran, »wann setzt du dich endlich mal selbst an erste Stelle?«

Ihre Gesichter sind sich ganz nahe, und in seiner Miene spiegelt sich so viel fürsorgliche Zuneigung wider.

Sie wendet den Blick ab. »Ich versuche es ja. Jedenfalls glaube ich das. Ich gebe mir Mühe.«

»Wir hätten uns einfach nur zu zweit treffen sollen.«

Sie mustert ihn.

»Um über Bella zu reden.«

Sie blinzelt und sieht wieder weg. »Ja.«

Im Spiegel hinter der Bar beobachtet sie Tala und Sammy.

»Du hast dich weggeduckt«, sagt Jamie mit Zorn in der

Stimme. »Hat er dir schon mal wehgetan?« Sein Blick bohrt sich in ihren, und seine Miene lässt keinen Zweifel daran, wie wichtig es ihm ist, das zu erfahren. Er sieht sie, sieht alles, ihm scheint nicht das Geringste zu entgehen.

»Sorry, aber Gay Night ist dienstags«, verkündet Finbar, Jamies Bruder, und bleibt vor ihnen stehen. Er greift über den Tresen und zerzaust Jamies Haare.

»Es ist schön, euch zwei Turteltäubchen zusammen zu sehen. Geratet bloß nicht wieder in Schwierigkeiten«, sagt er mit einem Zwinkern. »Pass gut auf, oder ihr Freund lässt dich unter einer Tonne Schutt begraben.« Er lacht, dann wird seine Miene schlagartig ernst. »Verratet ihm nicht, dass ich das gesagt habe.«

»Er ist nicht ihr Freund, du *amadán*. Warum zur Hölle hast du mir das weisgemacht?«

»Letzte Woche hatten sie hier ein Date.«

»Ich war nur einmal mit ihm hier«, sagt Pip. Tatsächlich waren es zwei Dates, aber wer zählt schon mit?

»Jemand sollte ihm verklickern, dass er nicht dein Freund ist. Er kommt ständig vorbei und erzählt von dir. Hat sich angehört, als würden demnächst die Hochzeitsglocken läuten.«

»Wahrscheinlich dachte er, dass du es Jamie weitertratschen würdest«, sagt sie.

»Er hat mich deswegen total zugetextet. Tut mir leid«, sagt Finbar aufrichtig und hebt kapitulierend die Hände. »Es war nicht böse gemeint. Eine Runde aufs Haus?«

»Zwei Gläser von eurem teuersten Champagner, bitte«, sagt Jamie.

Finbar stößt ein unwilliges Knurren aus und kümmert sich dann mit Armen wie ein Oktopus gleichzeitig um mehrere Bestellungen.

Jamie wendet sich wieder Pip zu, den Ellbogen auf die Bar gestützt, ihre Gesichter sind sich so nah, seine Aufmerksamkeit gilt nur ihr, als wären er und sie allein in diesem Raum. Sie stehen dicht gedrängt mitten in der Menge, die sie umgibt. Es fühlt sich an, als befände sie sich mit ihm in einem Kokon.

»Ich möchte auch, dass du Bella öfter siehst.«

»Aber?«

»Kein Aber.« Sie zögert.

»Aber«, wiederholt er.

»Aber«, sagt sie, und er lächelt. »Mam glaubt, dass du versuchst, sie mir wegzunehmen. Dass du es darauf angelegt hast, das alleinige Sorgerecht zu bekommen, und wir sie dann nie mehr wiedersehen. Oder dass sie die Ferien bei dir in Liverpool verbringt und du dann mit ihr in ein Land ohne Auslieferungsverträge abhaust.«

Er prustet los. »Hat sie das wirklich gesagt?«

»Nein, den letzten Teil habe ich mir ausgedacht, aber wahrscheinlich glaubt sie das tatsächlich.«

Wieder lacht er schallend.

Finbar stellt zwei Champagnergläser, je mit einer Erdbeere am Rand, vor sie auf den Tresen.

»Die anderen beiden kriegen keinen.« Er zwinkert.

Sie greifen nach ihren Gläsern. Jamie hält es hoch, um mit ihr anzustoßen. Sie zögert.

»Du hast nicht gesagt, dass du sie nicht fortbringen wirst.«

Er kommt mit dem Gesicht sogar noch näher an ihres heran und reißt die Augen übertrieben weit auf. »Nein, Pip, ich werde unser Kind nicht entführen und sie in ein Land ohne Auslieferungsvereinbarungen schaffen. Ich will bloß mehr Zeit mit ihr verbringen. Schöne gemeinsame Zeit. Ein Leben, das ein bisschen normaler aussieht als das hier. Ich versuche nicht, sie dir wegzunehmen. Ich will überhaupt nichts tun, das dich unglücklich macht, aber ich muss – ich muss anfangen, mich manchmal selbst an erste Stelle zu setzen.«

Mit einem Nicken hebt sie ihr Glas. »Darauf trinke ich.«

Sie nippen an dem Champagner, der kalt und prickelnd Pips Kehle hinunterrinnt. »Wow, der schmeckt himmlisch«, sagt sie mit geschlossenen Augen. Als sie sie wieder öffnet, betrachtet er sie.

»Ich muss dir unbedingt was erzählen«, sagt sie und beugt sich aufgeregt zu ihm. Versehentlich streifen ihre Lippen sein Ohr. »Bella hat einen Freund.«

Sie berichtet ihm ausgiebig von Mark und den geheimen Verabredungen, und sie beide sind vor Freude ganz aus dem Häuschen, während sie über Bella reden.

»Es ist wahnsinnig süß, Jamie, ich habe sie im Park beobachtet, und sie erinnern mich so sehr an …« Ihre Stimme verliert sich, denn sie ahnt, dass die Bemerkung jetzt unangebracht ist. Sie hat sich hinreißen lassen. »Es ist nicht so wichtig.«

»An uns. Die beiden erinnern dich an uns.«

Sie nickt. »Es ist ein wunderbarer Anblick. Als Mutter sehe ich keinen Grund, der Beziehung einen Riegel vorzuschieben oder mich ihnen in den Weg zu stellen.« Im Gegensatz zum Vorgehen ihrer beider Eltern damals. Eine dunkle Wolke überschattet ihre Unterhaltung, und Pip wünscht sich, sie hätte sie nicht heraufbeschworen.

»Ich kann nicht glauben, dass unser Baby einen Freund hat«, sagt er.

Unser Baby. Sie hängt an seinen Lippen.

»Bitte sag das noch mal.«

Er weiß genau, was sie meint.

»Unser Baby.«

Als ihr bewusst wird, wie intim sie in aller Öffentlichkeit

miteinander umgehen, blickt sie auf einmal zu ihrem Tisch zurück. Tala sitzt allein da und schaut auf ihr Handy. Von Sammy keine Spur. Die Getränke, die sie für Sammy und Tala bestellt haben, stehen längst auf dem Tresen, die Schaumkrone von Sammys Bier ist in sich zusammengefallen.

Jamie sieht sie immer noch unverwandt an und möchte unbedingt das Gespräch fortsetzen.

»Wie lange unterhalten wir uns schon?«, will sie nervös wissen.

»Mist«, sagt er, krallt sich die Drinks und kehrt ohne ein weiteres Wort zu Tala zurück.

Pip folgt ihm.

»Ist Sammy auf der Toilette?«, fragt sie, wobei sie sich nicht sicher ist, was ihr lieber wäre: wenn er immer noch hier oder wenn er gegangen wäre. Was wäre schlechter?

»Nein, er ist aufgebrochen. Vor ungefähr einer Viertelstunde«, sagt Tala. »Ich habe ihm gesagt, er soll sich beruhigen, dass ihr beide viel zu besprechen habt, aber ihm ist die Geduld ausgegangen.«

Jamie drückt ihre Hand. »Entschuldige bitte.«

Diese Geste bringt Pips Blase zum Platzen. Jamie ist in einer Beziehung, er lebt in einem anderen Land. Sie muss aufhören, sich ihren Wunschvorstellungen hinzugeben. Hier geht es ausschließlich um den Aufbau einer Vater-Tochter-Beziehung zwischen Jamie und Bella, und Pip sollte aufhören, sich selbst mit ins Spiel zu bringen. Schließlich ist sie nicht mehr sechzehn.

Pips Handy piept, und sie liest Sammys Nachricht. Wahrscheinlich verzieht sie das Gesicht oder es spiegelt automatisch ihre Gefühle wider, denn Jamie greift nach ihrem Handy.

»Ist das von ihm?«

»Nein.« Sie hält das andere Ende des Handys umklammert.

»Doch, lass mich mal sehen.«

»Jamie, nimm ihr nicht einfach das Handy weg.«

»Gib her.« Er zieht gewaltsam daran, und es entgleitet Pips Griff.

Sie geniert sich schrecklich, dass er diese Wörter über sie lesen wird, dass er sehen wird, was ein anderer Mann über sie denkt.

DU VERF***TE SCHLAMPE. DU BIST ERBÄRMLICH.

Das ist nur die erste Zeile.

Jamie liest weiter.

»Jamie!«, sagt Tala mit Blick auf das Handy in seiner Hand, dann reißt sie, sobald sie die ersten Wörter erhascht, die Augen auf. »O mein Gott.« Tala rückt näher, um mehr zu lesen, dann ist sie fertig, aber Jamie liest immer noch.

»Es tut mir leid, aber das kannst du nicht einfach so hinnehmen«, sagt Tala und trinkt einen großen Schluck von ihrem Drink.

Jamie hat den Blick weiter auf das Display geheftet, mit angespannter Miene, seine Kiefermuskulatur spielt. Die freie Hand öffnet sich und ballt sich immer wieder zur Faust.

Viel gibt es da nicht zu lesen, die Kernaussage lautet ganz allgemein, dass sie eine Loserin ist. Eine mies küssende, enttäuschende, unattraktive Loserin, die immer noch zu Hause bei ihren Eltern wohnt. Warum liest er die Nachricht immer noch?

Er drückt auf ein paar Tasten.

»Schreibst du ihm zurück?«, will Pip besorgt wissen.

»Nein.« Er tippt noch ein wenig weiter und reicht ihr dann das Handy zurück.

»Toxische Beziehungen«, sagt Tala, und auf einmal ist der

makellosen Frau der Alkohol zu Kopf gestiegen, und sie lallt ein wenig. Die Frisur sitzt nicht mehr perfekt, und ihr Eyeliner ist verwischt.

Pip hat keine Zeit, um nachzusehen, was Jamie mit ihrem Handy angestellt hat, denn Tala erzählt von toxischer Männlichkeit und Beziehungen – und nachdem sie zwanzig Minuten allein herumsitzen musste, hat Pip das Gefühl, als würde sie ihr nun eine gewisse Aufmerksamkeit schulden. Jamie wirkt inzwischen, als wäre er mit den Gedanken ganz woanders. Die Unterhaltung scheint ihn zu langweilen, und er blickt sich um.

Er sieht jemanden, den er von früher kennt, und überlässt die beiden Frauen ihrem Gespräch.

Tala rutscht auf Jamies Platz, um zu Pip aufzurücken.

»Hoffentlich macht es dir nichts aus, wenn ich ein paar Worte zu eurer Situation sage. Ich bin die Freundin. Die nagelneue Freundin, von daher ist mir die ganze Dynamik noch nicht vertraut, aber als Jamie mir erzählt hat, was euch beiden als Teenagern passiert ist und welche Vereinbarungen in eurem Namen getroffen wurden, dachte ich, er würde übertreiben. Manchmal kann etwas so groß wirken, wenn man mittendrin steckt, aber von außen betrachtet ist es eigentlich ganz klein und lösbar. Da ich nun hergekommen bin und deine und seine Eltern kennengelernt habe«, sie schüttelt den Kopf, »ist mir klar geworden, dass die Lage sogar noch verkorkster ist, als ich dachte.«

»Ich habe damit gerechnet, dass du das Gegenteil sagen würdest.« Von der überraschenden Offenbarung wird Pip ganz schwindelig.

»Ich hab ja jetzt ein paar Drinks intus«, sagt Tala und schluckt einen Rülpser hinunter, was sie zum Kichern bringt. »Aber ich muss es einfach sagen, ich sehe das jetzt mal nicht durch die berufliche Brille.« Lächelnd setzt sie eine imaginäre

Brille ab. »Zwei Wörter, was euch beide betrifft: Taktik der Infantilisierung.«

Eigentlich sind das drei Wörter. Pip lächelt, denn diese Version von Tala gefällt ihr sehr.

»Jamie ist super, versteh mich bitte nicht falsch. *Super.*« Sie sagt es übertrieben enthusiastisch, als wolle sie sich selbst überzeugen. »Du weißt schon, du hast es ja selbst mal erlebt. Aber seitdem wir hier angekommen sind, hat sich seine Persönlichkeit total verändert. Mir war klar, dass das alles andere als einfach werden würde. Tatsächlich ist es unsere erste gemeinsame Reise, und man erfährt viel über einen Menschen, wenn man mit ihm wegfährt. Meine Freundin Carys beispielsweise ist normalerweise völlig easy, aber ein absoluter Albtraum, wenn man sich ein Zimmer mit ihr teilt. Sie … nein, wo war ich stehen geblieben?«

»Jamie. Seine Veränderung, seit er hierhergekommen ist«, sagt Pip, die an ihrem Drink nippt und sich sehnlichst wünscht, dass Tala weiterspricht. Sie hofft, dass Jamie nicht ausgerechnet jetzt zurückkommt, wenn sich ihr die Möglichkeit bietet, mehr über ihn zu erfahren.

»Ach ja, ich wusste, dass die Reise schwierig werden würde, aber, hey, wer ist dieser Mensch?«, sagt sie ärgerlich, lacht dann jedoch leichthin, um die Kritik abzumildern.

»Was ist diese infantile Sache, die du erwähnt hast?«

»Oh, ja.« Begeistert von ihrem eigenen Wissen reißt sie die Augen auf. »Infantilisierung.« Das Wort lässt sich im betrunkenen Zustand schwer aussprechen. »Es ist der Prozess, wenn ein älterer Mensch, ein Erwachsener, behandelt wird, als wäre er viel jünger, als er tatsächlich ist. Es kann eine Methode sein, um weiterhin Macht über jemanden auszuüben und zu verhindern, dass er wie ein selbstständiger Erwachsener agiert. Ein narzisstischer Elternteil schreibt dem erwachsenen Kind vor, was es tun soll und wie. Auf diese Weise wird das erwachsene Kind beschämt, herabgesetzt, und ihm wird das Gefühl gegeben, inkompetent zu sein, damit es nicht unabhängig wird.«

Pips Miene ist auf einmal ernst. Talas Worte sind zutiefst beunruhigend.

»Sorry, ich hab zu viel getrunken, ich liebe meine Arbeit und kann einfach nicht aufhören, zu allem meinen Senf dazuzugeben.«

»Nein, sprich bitte weiter.«

»Ich weiß nicht mehr, was ich gesagt habe.«

»Ein Elternteil möchte nicht, dass das erwachsene Kind unabhängig wird.« Sie prägt sich jedes Wort genau ein. Das Herz hämmert in ihrer Brust.

»Ach, richtig. Ja. Die Eltern fühlen sich wahrscheinlich bedroht und greifen auf bestimmte Verhaltensweisen zurück, um die Macht und Kontrolle wiederzuerlangen.«

»Was für Verhaltensweisen?« Pip schluckt.

»Oh, beispielsweise … kritisieren sie jegliche Entscheidung, die ihr Kind trifft, von der Ausbildung bis hin zu Beziehungen und der Berufswahl. Im Grunde vermitteln sie dem erwachsenen Kind das Gefühl, dass es niemals etwas wert ist. Die dauernde Suche nach Anerkennung ist anstrengend für das erwachsene Kind und zerstört sein Selbstvertrauen.« Sie sucht im Gewühl nach Jamie. »Aus dem Grund möchte ich ihm helfen, es zurückzugewinnen. Durch die Infantilisierung begünstigen die Eltern eine Tendenz zur Co-Abhängigkeit, was bedeutet, dass das erwachsene Kind Gefahr läuft, wieder Opfer narzisstischen Missbrauchs zu werden. Vielleicht hast du dich deshalb zu Sammy hingezogen gefühlt.« Die Sätze sprudeln schnell aus ihr heraus, als wäre es ein Lied. Dann sucht sie mit der Zunge nach ihrem Strohhalm im Glas wie eine Giraffe beim Fressen.

»Ich fühle mich nicht zu Sammy hingezogen«, sagt Pip leise. Sie ist erschöpft, nachdem sie das alles angehört hat. Denn es trifft genau ins Schwarze.

»Das höre ich gern. Schieß ihn ab«, rät Tala. Sie saugt den Rest ihres Drinks auf, bis sie nur noch Luft inhaliert. »Gibt es hier was, wo wir tanzen können? Es macht so viel Spaß, mit Jamie tanzen zu gehen.«

Anstrengend für das erwachsene Kind, ruft Pip sich Talas Worte ins Gedächtnis, als sie im Bett liegt und der Wodka durch ihre Adern strömt. Tränen kullern Pips Wangen hinunter. Ihr T-Shirt und das Kopfkissen sind schon ganz nass. Ja, eine Mutter wie Josephine zu haben, ist anstrengend gewesen und hat ihr Selbstvertrauen zunichtegemacht, und jetzt spürt sie, wie sie von der Müdigkeit eingeholt wird.

Ihr Dad hat sie wie versprochen abgeholt und vor der Bar gesessen, als sie mit Jamie und Tala herausgekommen ist. Sie weiß seinen Beschützerinstinkt zu schätzen. Jamie und Tala hatten selbstverständlich eine ganz andere Sicht auf die Situation – eine erwachsene Frau, die von ihrem Vater abgeholt wird.

Tala hat ihr unauffällig zugezwinkert. »Siehst du?«

Infantilisierung. Nun gibt es eine Bezeichnung für Pips Erfahrungen zu Hause mit ihren Eltern, insbesondere mit ihrer Mutter. Es gibt einen Ausdruck dafür. Sie hat sich das alles nicht bloß eingebildet. Es ist nicht nur ein Gefühl. Man hat einen Ausdruck dafür geschaffen, es ist eine Sache, über die Menschen wie Tala etwas lernen. Sie selbst erlebt es, die anderen studieren es. Allmählich wacht sie auf und sieht die Dinge aus einem anderen Blickwinkel.

Bei dem Gedanken, dass Jamie und Tala in diesem Moment tanzen sind oder wieder in ihrem Zimmer, möchte sie noch heftiger weinen. Sie versucht, sich in einer Fantasievorstellung zu verlieren. Es ist schon eine Weile her, seit sie sich etwas Reizvolles ausgedacht hat, um darin abzutauchen. Doch sie kann keinen Tagtraum heraufbeschwören, sie kann ihren Geist nicht mehr betäuben.

Auf dem Nachttisch vibriert ihr Handy. Sie hofft, dass es nicht noch eine wütende Nachricht von Sammy ist. Das würde ihr Nervenkostüm wahrscheinlich nicht verkraften. Sie greift nach dem Handy und sieht JAMIE auf dem Display. Bisher hatte sie seine Nummer nicht, er muss sie also eingespeichert haben, als er auf ihrem Handy herumgetippt hat. Sie lächelt.

Sie ruft seine Nachricht auf, und schlagartig ist die Welt wieder zarter.

Träum was Schönes x

24

Als Bella und Pip am Samstagmorgen für ihren vorgeschützten Pilateskurs auf Zehenspitzen ins Erdgeschoss hinuntergehen, Bella in Vorfreude auf das Wiedersehen mit ihrem Freund und Pip auf ihren zweiten Flug mit Io, zerplatzen ihre Träume jäh beim Anblick Josephines, die am Fuß der Treppe den Reißverschluss ihrer Fleecejacke hochzieht.

»Kein Grund, herumzuschleichen«, sagt sie. »Ich bin wach und komme mit.«

Bella starrt sie mit offenem Mund an, während sichtlich ihre Welt untergeht, wohingegen Pip versucht, sich ihre Bestürzung weniger deutlich anmerken zu lassen, auch wenn sie enttäuscht ist, einen weiteren Flug mit Io zu verpassen.

»Ich habe Rückenschmerzen und möchte diese Pilates-Chose, die euch beide so verändert hat, mal ausprobieren. Vielleicht bin ich anschließend auch voller Elan.«

»Das geht nicht«, sagt Bella.

»Warum nicht?«

Josephine hat Lunte gerochen. Oder sie hat zumindest Argwohn geschöpft, denn sie sieht Pip mit einem zufriedenen Lächeln an. Ausnahmsweise einmal fällt es Pip nicht schwer, Paroli zu bieten.

»Man muss sich im Vorhinein anmelden. Spontan aufkreuzen kann man da nicht, aber wir können dich für nächsten

Samstag eintragen, kein Problem.« Pip ist völlig ruhig und gefasst. Ein kleines bisschen ist sie sogar von sich selbst beeindruckt. Die Katastrophe ist abgewendet.

»Ich bin schon angemeldet«, erwidert ihre Mutter voller Genugtuung. »Ich habe unter der Woche dort angerufen.«

Unter der Woche. Das hier ist von langer Hand geplant.

Bella kann ihre Niedergeschlagenheit nicht verbergen. Im Auto wird wie wild auf die Handys eingetippt. Bella warnt Mark, dass sie nicht da sein wird, und Pip schreibt Io schweren Herzens, um den geplanten Flug abzusagen. Ihr samstägliches Glück, ihr geteilter Tag der Freiheit, ist ihnen weggenommen worden. Josephines Gegenwart ist in jeder Hinsicht eine Last, ihre heutige Teilnahme hat nichts damit zu tun, dass sie wertvolle Zeit mit ihnen verbringen oder etwas für ihren Rücken tun möchte, es ist das reinste Katz-und-Maus-Spiel, um ihnen auf die Schliche zu kommen.

Bella schmollt, und Josephine beobachtet sie beide vom Steuer aus, wobei die Stimmung ihrer Mitfahrerinnen ihren Verdacht zu bestätigen scheint. Wie kann es ihr so viel Freude bereiten, anderen Menschen das Leben schwer zu machen?

Josephine parkt den Wagen. Pip hofft, dass der Kurs nicht schon voll ist, sie betet um dieses eine kleine, aber wichtige Wunder, dass beim Pilates noch Platz für Bella und sie ist. Wenn der Plan, den sie im Auto ausgeheckt hat, nicht aufgeht, wird sie so tun müssen, als hätte die App nicht funktioniert.

»Es ist völlig sinnlos«, murmelt Bella mürrisch in Pips Ohr, als sie einen Augenblick allein sind, während Josephine ihre Tasche aus dem Kofferraum holt. »Sie wird es herausfinden.«

»Noch gebe ich nicht auf.«

Allen Widrigkeiten zum Trotz haben Pip und Bella sich ein paar Stunden nur für sich erkämpft, Momente, in denen Pip gerade erst angefangen hat, zu sich selbst zu finden. Da ihr

Talas Aussagen über Infantilisierung immer noch nachhängen, will sie diesen Freiraum erst recht nicht einfach so aufgeben. Außerdem hofft sie, dass es sich lediglich um einen Bluff handelt und Josephine, sobald sie sich an der Tür zu dem Pilateskurs vergewissert hat, dass sie ihn sich nicht ausgedacht haben, einen Rückzieher machen und unter einem Vorwand wieder verschwinden wird. Noch ist alles möglich, es ist nicht zu spät.

Sie betreten den Sportclub und stellen sich zu den anderen Frauen in die Schlange. Ganz vorne steht Debbie, die Pilatestrainerin, und hakt die Namen der Eintretenden auf einer Liste ab.

Caroline, ihre Nachbarin, ist vor ihnen.

Debbie schaut zu Pip auf, die ihr kleines Grüppchen anführt.

»Hi. Pip, Bella und Josephine Sheridan. Meine Mam will heute mitmachen.«

»Wunderbar«, sagt Debbie mit einem Blick auf ihre Liste, und Bellas Herz pocht heftig.

»Ja, ja und noch mal ja. Willkommen.«

Die Erleichterung. Sie gehen in den Saal und suchen sich ein Plätzchen, und da Bella nicht die leiseste Ahnung hat, was zu tun ist oder wohin sie sich wenden soll, hält sie sich dicht an Pip und macht ihr alles nach. Dabei gibt sie sich Mühe, nicht den Eindruck zu erwecken, als nähme sie zum ersten Mal an dem Kurs teil. Pip erklärt alles viel zu genau – was sie zu tun haben, wo sie ihr Wasser und die Schuhe abstellen – und tut so, als wären die Informationen allein für Josephine bestimmt.

»Wie zum Teufel hast du das hingekriegt?«, fragt Bella während des Stretchings aus dem Mundwinkel.

»Ich habe eine Freundin gebeten, uns auf die Liste zu setzen, bevor wir eingetroffen sind«, flüstert sie zurück.

Bella streckt den Arm aus und drückt Pips Hand. »Vielen Dank«, sagt sie. »Du hast mir das Leben gerettet.«

Der Moment und ganz besonders diese Geste bedeuten Pip so viel, dass sie weinen könnte. Sie schaut zu Kim hinüber und formt mit den Lippen lautlos ein von Herzen kommendes Dankeschön.

Nun beginnen die Übungen. Josephine ärgert sich über die meisten Anweisungen, obwohl sie immer noch beweglich ist, auch sonst ständig auf Zack, und Bella ist gelenkig und versteht die Instruktionen auf Anhieb. Da es sich um einen relativ neuen Kurs handelt, erwartet niemand von ihnen, dass sie schon alles perfekt können, doch Pip spürt, dass ihre von Natur aus neugierige Mutter jede ihrer Bewegungen mit Argusaugen beobachtet. Pip gibt sich große Mühe, Debbies Anweisungen fehlerfrei auszuführen, damit ihre Mutter beeindruckt ist und glaubt, dass sie schon mehrfach an dem Kurs teilgenommen haben. Währenddessen versucht sie, Talas Worte abzuschütteln, sie sei aus einer Sehnsucht nach Anerkennung heraus darauf bedacht, ja nichts falsch zu machen. Dieser Gedanke bereitet ihr Unbehagen.

Doch die Pilatesstunde verläuft ohne Zwischenfälle.

Bis Debbie ganz am Ende des Kurses, nachdem sie sämtliche Übungen durchgestanden haben, Bella herausgreift.

»Bella«, ruft sie aufmunternd, »das war richtig toll für deine allererste Kursteilnahme! Gut gemacht. Hoffentlich bist du nächste Woche auch wieder dabei.«

Und schon sind sie aufgeflogen.

25

Josephine ist zu gut erzogen, um in aller Öffentlichkeit einen Streit vom Zaun zu brechen. Sie will keine Szene machen.

Allerdings ist sie so wütend, dass sie darauf besteht, auf der Stelle nach Hause zu fahren, obwohl Kim sie alle ins Café gegenüber eingeladen hat. Es ist peinlich, wie Josephine mit ihr umgeht, wie sie Kim mit einer Stimme, rau wie ein Reibeisen, anblafft und ihre Einladung ausschlägt. Wieder einmal gerät Pips Innenleben unter die Räder. Durch Talas Ausführungen zur Infantilisierung hat sie eine detaillierte Checkliste vor ihrem inneren Auge, und nun betrachtet sie ihre Mutter, ihr eigenes Leben und hakt einen Punkt nach dem anderen ab.

Auf einmal bleibt Josephine wie angewurzelt stehen und dreht sich zu Kim um.

»Kim Banks«, spricht sie sie unwirsch an, weil sie wohl plötzlich eine Eingebung hatte. »Sie sind gerade aus Kanada zurückgekommen.«

Josephine wartet auf mehr. Sie ist es gewohnt, dass die Leute mehr sagen. Die anderen reden, um das von ihr verursachte betretene Schweigen zu füllen, sei es, um ihr zu gefallen, um sie aufzumuntern oder aus reiner Höflichkeit. Doch Kim ist unempfänglich für diese Art der Befragung und lässt sich nicht unverschämt behandeln.

Schließlich kommt Josephine doch noch auf den Punkt. »Sie sind letzte Woche mit Pip Tee trinken gewesen.«

Pip muss schlucken, da ihr die Situation peinlich ist. Es ist zwar nichts Verkehrtes daran, sich mit einer Freundin zum Tee zu treffen, aber zu dem Zeitpunkt war sie nicht mit ihrer Freundin zusammen, sondern mit Io am Himmel. Das soll ihre Mutter allerdings nicht erfahren. Sie hat es nicht verdient, im Bilde zu sein. Dieses Wissen, diese Freiheit, diese Zeit gehören Pip und niemandem sonst.

Entschuldigend sieht sie Kim an.

»Nein«, sagt Kim, woraufhin Pips Magen krampft. »Tatsächlich waren wir Kaffee trinken. Es ist wunderbar, sich nach so langer Zeit mit einer alten Freundin auszutauschen.«

Wieder eilt Kim zu ihrer Rettung.

»Ich setze mich zu dir nach hinten«, erklärt die verängstigte Bella am Wagen, aber als sie die hintere Tür aufmacht, wird Josephine laut.

»Was machst du da? Steig gefälligst vorne ein.«

Das erbost Pip. Ihre Tochter kann sich zu ihr auf die Rückbank setzen, wenn sie möchte. Keine von ihnen hat einen festen Sitzplatz, jedenfalls hat sie das angenommen. Bisher war es eher eine Frage der Routine, eine Angewohnheit, aber keine unumstößliche Regel.

Pip, die Erwachsene, wird von Trotz gepackt und denkt an Talas Ratschläge zurück. In Gedanken geht sie durch, was sie sagen wird. Sie schwankt zwischen dem Vorsatz, wahrheitsgemäß zu sagen, wo sie ihre Samstagvormittage verbracht haben, und der Möglichkeit, dreist zu lügen.

»Mam«, versucht Pip, die Situation unter Kontrolle zu bringen. Sie will nicht wie ein Häufchen Elend auf der Rückbank hocken.

»Jetzt nicht.« Josephines Stimme bebt. »Warte, bis wir zu Hause sind. Nicht während der Fahrt.«

Josephine unterlaufen am Steuer mehrere Fehler, sie ist offensichtlich abgelenkt. Ein paarmal muss sie sich entschuldigen, einmal wird sie sogar angehupt. Das sieht ihr gar nicht ähnlich. Normalerweise lässt sie sich im Straßenverkehr nicht aus der Ruhe bringen. Sobald der Motor ausgeschaltet ist, macht Josephine einen Satz aus dem Auto, marschiert über die Steinplatten und ruft nach Philip.

»Mist«, sagt Bella mit Tränen in den Augen. »Mist, Mist, Mist. Ich werde ihn nie mehr wiedersehen, oder?«

»Das ist so ein Bullshit«, erwidert Pip, in der die Wut hochkocht, und sie folgt Josephine kampfbereit ins Haus.

Philip sitzt mit einer Tasse Tee am Küchentisch, vor sich sein Handy, auf dem eine Tetris-Runde pausiert ist.

»Ich habe dir doch gesagt, dass bei denen was im Busch ist!« Josephine deutet auf die beiden, als sie das Haus betreten. »Ich hab's gewusst. Du bist paranoid, hast du behauptet, aber ich hab's geahnt, Philip, und ich hatte recht. Du hättest auf mich hören sollen. Wieso hast du dich eigentlich nie vergewissert, wo du sie doch jede Woche hingefahren hast?«

Jetzt ist er die Zielscheibe. Jeder ist der Feind, sie hat recht, und alle anderen liegen falsch.

»Sie sind nie dort gewesen, Philip. Die Trainerin hat gesagt, Isabella hätte ihre Sache super gemacht für ihre *erste* Teilnahme an dem Kurs.«

»Sie hat sich nur nicht an mich erinnert«, sagt Bella. »Manchmal sind es auch andere Lehrerinnen.«

Bella ist nicht auf den Mund gefallen, außerdem klingt sie angriffslustig. Pip ist stolz auf sie, zumal sie selbst immer eher klein beigibt.

»Mach die Sache nicht noch schlimmer für dich, junge Dame!« Josephine deutet mit dem Finger auf Bella, die sichtlich am liebsten im Erdboden versinken würde.

»Wo waren sie denn dann?«, fragt Philip, der sich anscheinend keinen Reim darauf machen kann, dass er sie stets am Sportcenter abgesetzt und wieder abgeholt hat.

»Das weiß ich eben noch nicht.« Die Hände in die Hüften gestemmt starrt Josephine Pip wütend an.

»Was macht das schon für einen Unterschied?«, meldet Pip sich endlich zu Wort. Ihre Stimme klingt sanft, im Gegensatz zu Bellas und Josephines, aber sie spricht mit Nachdruck. »Warum ist es so ein Riesending? Wieso müsst ihr unbedingt Bescheid wissen?«

Alle sind überrascht. Talas Worte schwirren ihr im Kopf herum. Pip ist zweiunddreißig Jahre alt, warum sollte sie Angst davor haben, ihre Mutter zu belügen?

So viel Gegenwind ist keiner von ihr gewohnt.

»Wie bitte?«, fragt Josephine.

»Warum ist es so eine große Sache, dass wir nicht in den Kurs gegangen sind?« Pips Stimme mag ruhig klingen, aber ihr Herz schlägt wie wild. »Warum sollte ich euch alles erzählen müssen?«

Josephine sieht aus, als würde sie gleich in die Luft gehen. Ihr Blick fällt auf Bella.

»Wo warst du?«

»Ich war mit …«

Pip merkt, dass sie gleich einknicken wird.

»Mit mir zusammen«, sagt Pip bestimmt. »Mit ihrer Mutter.«

Bella reißt die Augen auf.

Josephine trifft blitzschnell eine Entscheidung. »Isabella. Geh rauf in dein Zimmer«, befiehlt sie Bella, die sich das nicht zweimal sagen lässt, sondern schleunigst aus der Tür läuft.

»*Bella* und ich haben Zeit miteinander verbracht«, erklärt Pip. »Allein. Weil sich uns sonst nie eine Gelegenheit bietet, zusammen zu sein.«

»Völliger Blödsinn! Ihr seid ständig zusammen.«

»Ich glaube, du weißt sehr wohl, dass das nicht stimmt. Schließlich ist es kein Zufall, dass wir nur sehr selten zu zweit sind. Du bist immer dabei.«

»Na, entschuldige vielmals, dass ich in meinem eigenen Haus wohne.«

»Wenn wir dir gesagt hätten, dass wir statt des Pilateskurses jede Woche Zeit miteinander verbringen, hättest du uns nicht gehen lassen. Du hättest dich uns in den Weg gestellt, wie du es schon immer getan hast und immer tust. Du hättest dir was einfallen lassen, wo sie hingehen soll, einen Familienbesuch oder einen Ausflug. Ganz plötzlich hätte sie entweder zum Metzger oder in den Supermarkt mitkommen sollen oder irgendwas anderes. Das läuft nun schon seit Jahren so, seit ihrer Geburt. Deine Beweggründe kenne ich nicht, aber versuche bloß nicht, mich als verrückt hinzustellen, indem du es abstreitest.«

Selbstverständlich rechnet Pip damit, dass ihre Mutter alles leugnet und ihr das Gefühl gibt, sie würde den Verstand verlieren. Gaslighting, so nennt man das. Bisher hatte Pip so etwas lediglich als manipulatives Verhalten gekannt, das Ehemänner oder Freunde ihren Partnerinnen gegenüber an den Tag legen, nicht Mütter gegenüber ihren Töchtern.

Sie wartet auf das Dementi.

»Ich werde dir meine Gründe nennen«, antwortet Josephine stattdessen mit zu Schlitzen zusammengezogenen Augen, den Mund verkniffen und voller Runzeln, kurzum, sie hat jegliche Muskeln aktiviert, die dazu benötigt werden, das auszusprechen, was sie gleich sagen wird. »Mit sechzehn Jahren hattest du keinen blassen Schimmer, was es heißt, Mutter zu sein. Ich musste dir helfen.«

Ihre Mutter streitet den Vorwurf nicht ab.

»Mittlerweile bin ich zweiunddreißig«, sagt Pip mit lauter, fester Stimme. Die ganze Welt soll es hören. »Ich bin jetzt schon seit sechzehn Jahren Mutter und kann es nicht gebrauchen, dass du weiterhin versuchst, dir mein Kind unter den Nagel zu reißen. Du hast ihr noch nicht mal erlaubt, mich Mam zu nennen.« Ihre Stimme wird brüchig. »Du lässt dich Nan von ihr rufen, weil es wie Mam klingt. Alle haben immer geglaubt, du wärst ihre Mutter, und genau das hast du auch bezweckt. Außerdem wolltest du nicht zulassen, dass wir sie Bella taufen. Du hast ihren Namen auf der Geburtsurkunde abgeändert. Bella. Ihr Name lautet Bella.«

Jetzt gibt es kein Halten mehr, alles kommt heraus.

»Du hast mich kaum auch nur zwei Minuten mit ihr allein gelassen.« Pip deutet mit erhobenem Zeigefinger auf Josephine.

»Fuchtel nicht mit dem Finger vor meinem Gesicht herum.« Josephine sieht weg, aber Pip baut sich wieder vor ihr auf.

»Du überwachst jeden einzelnen unserer Schritte. Du stellst Bella nie als meine Tochter oder deine Enkelin vor. Alle Welt sollte sie immer für dein Kind halten. Für mich hat es sich angefühlt, als wolltest du mich eigentlich nie dabeihaben, aber gehen lassen wolltest du mich auch nicht. Nach neun Monaten hast du mich dazu gezwungen, mir eine Arbeit zu suchen, während du zu Hause geblieben bist und auf mein Baby aufgepasst hast. *Mein* Baby.« Ihre Stimme zittert. Sie atmet tief ein. »Du reißt dich darum, ihre Klamotten zu waschen, du lässt mich noch nicht mal in ihr Zimmer, du meckerst darüber, wie ich bügele. Tag für Tag gehst du mit ihr in die Arbeit. Du zerpflückst jeden einzelnen Ratschlag, den ich ihr gebe. Du hast sie mir direkt vor meinen Augen gestohlen.«

Wo sie es jetzt laut ausspricht, klingen ihre Vorwürfe kleinlich, aber zusammengenommen ergeben sie eine absolute

Ungeheuerlichkeit, die sie nun schon so lange unterdrückt, dass sie jeden Moment explodieren könnte.

Nun bezieht Pip auch ihren Dad mit ein. Er ist Josephines stiller Komplize.

»Ihr habt dafür gesorgt, dass Jamie und ich uns trennen, ihr und Jamies Eltern habt verhindert, dass er Bella ein richtiger Vater sein konnte. Ihr habt ihn fortgeschickt. Er wäre wunderbar gewesen. Er wäre der beste Dad der Welt gewesen. Ich bin zwar hier, mich habt ihr nicht fortgelassen, aber mir wurde trotzdem nicht die Gelegenheit gegeben, ihre Mam zu sein. Das wolltet ihr alle ebenfalls verhindern. Warum musste ich so tun, als wäre ich mit ihr beim Pilates? Weil ich ihre Mutter sein möchte. Deshalb!«

Ihre Kehle fühlt sich wund an.

Sie zittert, und die Emotionen stecken ihr als Kloß im Hals, aber sie musste das alles benennen, sie musste es aussprechen. Insgeheim hofft sie, dass Bella jedes einzelne Wort mitangehört hat, denn sie spricht genauso für sie wie für sich selbst.

Josephine fallen schier die Augen aus dem Kopf.

Sie wird versuchen, sämtliche Vorwürfe abzustreiten, Punkt für Punkt, sie hat ein ausgezeichnetes Gedächtnis, vergisst nie etwas und ist äußerst nachtragend. Bestimmt wird sie nichts unversucht lassen, und wenn Pip auch nur bei einer Einzelheit übertrieben hat, wird das der Punkt sein, der alles zum Einstürzen bringt.

Pip schluckt und wappnet sich.

»Ja«, räumt Josephine einfach ein. »Was du sagst, entspricht voll und ganz der Wahrheit.«

Pip ist zutiefst schockiert. Sie hat sich das alles nicht eingebildet. Es war nicht bloß in ihrem Kopf.

»Josephine«, sagt Philip leise, den Blick auf den Küchentisch gesenkt.

»Was?« Sie wirft ihrem Mann einen flüchtigen Blick zu. »Es ist wahr. Denn ich habe im ganzen Leben noch keine Frau gesehen, die als Mutter derart unfähig ist. Manchmal ist es, als wärst du gar nicht hier. Und was für ein Vorbild bist du schon für sie? Schau dir doch mal an, was du mit sechzehn Jahren getan hast! Ich vertraue dir keine einzige Sekunde lang mit Isabella, die jetzt sechzehn ist. Du hast bisher nichts zustande gebracht. Alleine hättest du sie damals nicht großziehen können, und das könntest du immer noch nicht.«

»Ich bewerbe mich in der Arbeit um eine Beförderung.« Pip reckt das Kinn und gibt sich Mühe, weiter selbstsicher zu klingen. »Krish geht, und er wird mich für den Posten der Filialleitung empfehlen. Er traut mir das zu.«

Immer noch setzt sie alles daran, ihre Mutter zu beeindrucken. Sie weiß selbst nicht recht, was sie erwartet oder sich erhofft.

»Krish ist ein guter Kerl, er hat dich nett behandelt, und es ist lieb von ihm gewesen, dir den Job zu geben. Vor deinem Bewerbungsgespräch habe ich mich mit ihm unterhalten, ich wusste, dass er dich anständig behandeln würde, aber du belegst Sandwichs, da ist es ein großer Sprung hin zur Filialleiterin. Es ist offensichtlich, dass dein Selbstvertrauen wächst, weil Jamie zurück ist. Du glaubst, dass Jamie dir helfen wird?« Josephine lacht und wischt sich mit einem Taschentuch die Nase ab. »Er wird alles daransetzen, uns Isabella wegzunehmen, weil er einen guten Job hat und in eine äußerst kompetente Frau verliebt ist, die ihm dabei helfen kann, ein Kind großzuziehen. Außerdem hat er gemerkt, wie untauglich du bist, aber du bist zu dumm, um das zu begreifen.«

»Na, na«, sagt Philip, diesmal eine Spur lauter, und sieht sie beide an.

»Das stimmt nicht«, sagt Pip, aber ihre Mutter hat schon

immer ein Händchen dafür gehabt, Pips ureigensten Sorgen Ausdruck zu verleihen.

»Du willst es allein hinkriegen? Das hast du schon mal probiert und hast genau drei Tage lang durchgehalten, aber nur zu, versuch's wieder. Zieh allein mit Isabella aus. Verzeihung, *Bella.*« Sie betont den Namen, als wäre er lächerlich. »Du kannst noch nicht mal Auto fahren. Und mit deinem Gehalt könntest du die Miete nicht stemmen, von einer Hypothek mal ganz zu schweigen. Du hast keinen Beruf gelernt, und einen Schulabschluss hast du auch nicht, und zwar dank deines Techtelmechtels und deiner schmachvollen Entscheidung. Damals hast du dir und der ganzen Welt durch dein Handeln bewiesen, dass du nicht in der Lage bist, dich wie eine Erwachsene zu benehmen. Du hast dir selbst und uns Schande gemacht. Wir mussten die Scherben wieder aufsammeln, Philippa, und das haben wir weiß Gott getan. Obwohl sich die Leute über uns das Maul zerrissen haben, haben wir weitergemacht. Wie man sich bettet, so liegt man, aber jetzt, wo du unzufrieden bist, gibst du mir die Schuld.«

»Man wird dich nicht zur Managerin befördern, denn du hast keinen blassen Schimmer, wie man eine Tankstelle leitet. Du hast eine Tochter, aber nicht mal das kriegst du richtig hin, weil sie keinen Respekt vor dir hat.«

Jedes einzelne Wort ist ein Schlag in die Magengrube.

Sie hat das Gefühl, in die Knie gegangen zu sein, vornübergebeugt, und blutige Zähne auszuspucken.

Die Aussagen treffen Pip so hart, weil es ausnahmslos Vorwürfe sind, die sie im Lauf der Jahre von dieser gemeinen Stimme in ihrem Kopf zu hören bekommen hat, und da sie nun von ihrer eigenen Mutter mit dem schweigenden Einverständnis ihres Vaters geäußert werden, fühlt sich jedes einzelne Wort wahr an. Seine sanften Widerworte reichen nicht aus, um dem Einhalt zu gebieten oder Pip gar zu zeigen, dass er auf ihrer Seite ist.

»Schon gut. Spiel die Neunmalkluge, während Jamie hier ist. Bald fährt er nach Hause, zurück nach Liverpool, und dann sehen wir ja, wo du stehst. Ich merke doch, wie du ihn anschaust, Philippa, und es ist zwecklos. Mit Sammy Wolverson hast du einen wunderbaren, erfolgreichen Mann an deiner Seite, aber du behandelst ihn wie den letzten Dreck. Es ist mir peinlich, das mitanzusehen.«

Sammys Name reißt Pip aus ihrem Selbsthass. Josephine hat unrecht, was ihn betrifft, und das Gleiche gilt für alle anderen Behauptungen. Sie lässt sich nicht mehr an die Leine legen.

Philip wirft Josephine einen scharfen Blick zu. Seine Augen sind glasig, doch er sagt immer noch nichts.

Langsam steht Pip auf und geht zur Tür.

»Wo willst du denn hin?«, fragt Josephine. »Ich bin noch lange nicht fertig mit dir.«

»Aber ich mit dir«, entgegnet Pip, verlässt die Küche und steigt die Treppe nach oben.

26

Origami-Mädchen …
Origami-Mädchen …
Ihr kommt nichts in den Sinn. Keine überbordenden Gefühle strömen aus ihrem Inneren in den Füller und weiter auf das Blatt Papier. Pip verspürt keine Regung, nur emotionale Lähmung. Origami-Mädchen wartet darauf, erschaffen zu werden und eine Gestalt anzunehmen, liegt aber nur auf ihrem Schreibtisch, ein weißes Blatt Papier, kalt und leer wie ein Gerippe. Pip knüllt das Blatt zusammen und wirft es in den Papierkorb neben dem Schreibtisch. Doch dann erkennt sie, dass das zerknüllte Papier ohne ein einziges Wort genau ihre Gefühle ausgedrückt hat. *Zerknülltes Mädchen.* Pip holt die weiße Kugel wieder aus dem Papierkorb und legt sie in die Schachtel mit den Gedichten über das Origami-Mädchen. Als es leise an der Tür klopft, versteckt Pip das zerknüllte Mädchen rasch in der Schreibtischschublade.

»Herein«, sagt sie, denn an dem Klopfen hat sie bereits erkannt, dass keiner von ihren Eltern vor der Tür steht.

Pip muss mit dem Stuhl vom Schreibtisch wegrücken, um Platz zu machen, damit Bella eintreten kann. Bella setzt sich aufs Bett und stellt ihr Köfferchen mit den Maniküre- und Nagellack-Utensilien neben sich. Pip schwingt auf dem Drehstuhl herum und sieht ihre Tochter an.

»Weinst du etwa?«, fragt Bella.

»Na ja, ein bisschen vielleicht.«

»Ich habe dich noch nie weinen gesehen.«

»Das ist eine wilde, exotische Seite von mir, die du nicht kennst«, erwidert sie.

Bella lässt den Blick durch das kleine Zimmer schweifen. »Bei dir ist es immer so aufgeräumt. Ich wünschte, ich wäre ordentlicher.«

»Du hast es mal eine Gefängniszelle genannt.«

Bella wirkt gekränkt. »Das war gemein von mir.«

»Ich könnte dir helfen, dein Zimmer aufzuräumen, wenn du das möchtest. Es macht mir Spaß, für alles den richtigen Platz zu finden.«

Bella stöhnt bei dem Gedanken an die Anstrengung.

Dann sieht sie zu der aufgehängten Skizzensammlung. Wie eine sich rankende Weinrebe folgen die Zeichnungen der Spur des Risses in der Wand, die Pip als Leinwand dient. Es wäre nicht das erste Mal, dass eine Fraktur ihr als Inspirationsquelle dient.

»Du bist so gut in Kunst.«

»Das wollte ich eigentlich nach der Schule studieren. Weißt du noch, dass ich dir als kleines Mädchen Bilder zum Ausmalen gezeichnet habe?«

»O ja.« Bei der Erinnerung leuchten Bellas Augen. »Die fand ich so toll.«

In ihrer Schreibtischschublade bewahrt Pip neben ihrer Origami-Kunst auch einige von Bellas ersten Zeichnungen auf, in einer Erinnerungsbox, die Jamie Pip zu Bellas Taufe geschenkt hat. Dort hebt sie auch Strähnchen von Bellas erstem Haarschnitt und den ersten Zahn auf, den ihre Tochter verloren hat, sowie ihren grotesk anmutenden Nabelschnurstummel. Alles Beweise ihrer Verbindung.

»Ich wünschte, ich hätte künstlerisch auch was drauf.«

»Hättest du sicher, wenn du dein Handy beiseitelegen würdest. Kreativität kann sich in Momenten des Müßiggangs entfalten.« Pip hat Schachteln voller Origami-Kunst und Gedichten in ihrem Schreibtisch, um diese Behauptung zu untermauern. »Du bist jedenfalls künstlerisch begabt, dein Nageldesign ist der Wahnsinn. Ich könnte nie so feine Zeichnungen auf einem Fingernagel ausführen.«

Bella scheint sich über das Kompliment zu freuen. »O ja, wahrscheinlich bin ich doch super in Kunst.«

Pip staunt über das Selbstvertrauen ihrer Tochter.

Bella hebt ihr Köfferchen hoch. »Möchtest du, dass ich dir die Nägel mache?«

»Sicher, gern«, antwortet Pip.

Auf ihrem Stuhl rollt sie ein Stück näher ans Bett und streckt ihre Hand aus. Bella nimmt ein Kissen auf den Schoß, damit Pip ihre Hand darauf ablegen kann.

Pip geht davon aus, dass Bella die Diskussion mit ihren Eltern mitangehört hat. Der im Steinbruch der Wolversons hergestellte Beton ist qualitativ hochwertig, aber sicher nicht so undurchlässig, dass das Gebrüll aus dem Erdgeschoss nicht zu verstehen gewesen wäre.

»Danke, dass du ihnen nichts von Mark erzählt hast.« Bellas Stimme ist nur mehr ein Flüstern.

»Schon in Ordnung.«

»Ich habe das losgetreten. Schließlich war es meine Idee, bei dem Pilateskurs mitzumachen. Es war mein Fehler, aber dir haben sie die Schuld in die Schuhe geschoben. Es tut mir leid.«

Bella beschäftigt sich mit Pips Nagelhaut.

»Die ovale Nagelform passt zu dir. Ich hätte sie gern länger, aber Nan lässt mich nicht, in der Kantine wäre es unpraktisch.«

Die Form von Bellas Fingernägeln nennt sich »Coffin Shape« mit künstlichen Spitzen, jeder einzelne Nagel hat ein Muster und einen kleinen Strassstein. Bella macht alles selbst, sie manikürt, bemalt und verziert und besucht auch ihre Cousinen, um sie in den Genuss ihrer Nagelkunst kommen zu lassen. Wegen der Arbeit an der Sandwichtheke muss Pip ihre Fingernägel kurz halten, sonst bohren sie sich durch die blauen Plastikhandschuhe.

»Vermutlich hast du alles gehört, was gesagt wurde.«

Bella schüttelt den Kopf. »Ich habe meine Kopfhörer aufgesetzt, denn ich hasse Streit. Was war los?«

Pip fühlt sich erschöpft bei dem Gedanken, dass alles, was sie zu Bellas und ihren Gunsten gesagt hat, ungehört geblieben ist. Es ist, als würde ihr etwas Kostbares ganz plötzlich aus den Händen gleiten. Auch wenn sie Josephine angeschrien hat, wollte Pip im Grunde doch ihre Tochter erreichen und Bella ihre Gefühlswelt vermitteln, wie sie in den vergangenen sechzehn Jahren empfunden hat.

Doch Bella hat kein Wort davon mitbekommen.

Jetzt poliert sie Pips Nägel.

»Wir haben uns gestritten, aber Josephine weiß nicht, wo wir waren. Ich werde ihr sagen, dass wir im Park spazieren gegangen sind.«

»Aber warum sollten wir das denn tun?«

»Damit wir Zeit miteinander verbringen können.«

Zweifellos findet Bella Pips Vorschlag etwas seltsam.

»Glaubst du, dass ich ihn weiterhin sehen kann?«

Die Frage ist berechtigt. Pip ist nicht sicher, was genau sie mit dem Streit erreicht hat. Ihrem Gefühl nach ist sie da zerschlagen und zerschrammt herausgekommen, nicht als Siegerin. Doch sie hat Josephine die Stirn geboten und sie daran erinnert, dass Bella ihr Kind ist, ihres ganz allein.

»Natürlich kannst du ihn sehen.«

Augenblicklich hält Bella inne und schlingt die Arme um ihre Mutter, die erst völlig perplex und dann zutiefst glücklich ist. Pip schließt die Augen und erwidert die Umarmung, bis Bella sich ihr entzieht.

»Auch wenn es langweilig klingt, hätte ich tatsächlich Lust, hin und wieder einen Spaziergang mit dir zu machen«, sagt Pip. »Ich würde dich gern besser kennenlernen.«

»Aber du kennst mich doch schon. Wie du manchmal drauf bist«, erwidert Bella und konzentriert sich wieder auf Pips Nägel, die sie mit Alkoholpads abreibt.

»Vor allem dein Dad hat gesagt, dass er mehr Zeit mit dir verbringen möchte. Er meinte, einmal in der Woche zehn Minuten am Telefon seien nicht genug.«

Einen kurzen Moment zögert Bella und verrät sich damit.

»Was mir seltsam vorkommt«, fährt Pip fort, »denn ich dachte, es wären dreißig Minuten jeden Sonntag.«

Bella bekommt hochrote Ohren.

»Ich weiß einfach nicht, was ich sagen soll. Es ist so unangenehm. Ihr drei seid die ganze Zeit in der Nähe und hört zu. Es ist sterbenslangweilig. Wenn Dad und ich also nach zehn Minuten fertig sind, rede ich einfach weiter.«

»Mit wem?«

»Mit niemandem. Wir beenden das Gespräch, und ich quassele einfach weiter. Und lache wie eine Verrückte.«

Die unzähligen Male, die Pip gelauscht hat, wie ihre Tochter sich am Telefon mit Jamie unterhielt, wie sie lachte, dabei war niemand am anderen Ende der Verbindung. Nichts ist je so, wie es scheint.

»Dein Dad ist definitiv nicht langweilig«, sagt sie mit einem liebevollen Lächeln. »Zumindest war er es früher nicht. Würdest du nicht gern mehr Zeit mit ihm verbringen?«

Bella zuckt die Achseln. »Ich finde eigentlich alles gut so.«

Pip ist überrascht, sie und Jamie sind nicht glücklich mit der Situation und wollen sie verbessern, aber die Hauptakteurin, der sie beide zu helfen versuchen, ist gar nicht an Veränderung interessiert.

»Du findest alles gut so?«

»Was meinst du? Was ist denn so schrecklich verkehrt?«

Pip seufzt.

»Also, ich muss dich noch in etwas einweihen, ich habe da einen Plan. Welche Farbe möchtest du?«, fragt Bella seelenruhig und öffnet ihren Kosmetikkoffer mit den Nagellackfläschchen.

Pip zeigt auf den weißen, und Bella rümpft die Nase und nimmt den silbernen Nagellack heraus.

»Und was planst du?«, will Pip wissen.

»Nan und Granddad wissen noch nichts davon, also sag bitte nichts. Ich warte auf den richtigen Moment, und der ist sicher nicht heute Abend.«

»Worum geht es?«

»Ich verlasse die Schule. Nach dem Sommer gehe ich nicht mehr dorthin zurück.«

»Was? Aber Bella, warum?«

»Weil ich weiß, was ich im Leben tun möchte, und was ich in der Schule lerne, kann mir dabei nicht helfen.«

»Was denn?«

»Das hier!«, sagt sie, und ihre ausgestreckten Hände präsentieren ihr Köfferchen mit dem Nageldesign-Equipment. »Ich will Maniküristin werden. Ich kann als Auszubildende anfangen, sie bringen einem alles bei, und dafür braucht man kein Abschlusszeugnis. Wenn ich umfassend geschult bin, kann ich mich selbstständig machen.«

Bella ist so aufgeregt, so selbstbewusst und zuversichtlich, und Pip möchte ihr die Illusion auf keinen Fall nehmen. Sie weiß es zu schätzen, dass ihre Tochter sie in ihr Geheimnis eingeweiht hat, aber sie kann diese schlechte Entscheidung nicht gutheißen.

»Kein Wort zu Nan und Granddad, ich erzähle es ihnen, wenn mein Plan wirklich steht. Und sollten sie dann an die Decke gehen, kommst du ins Spiel.«

»Und wie genau?«

»Nun, du hast die Schule nicht beendet, oder, und aus dir ist trotzdem etwas geworden. Ich wusste, du würdest mich verstehen. Du bist nicht so eine Spielverderberin wie die anderen beiden!«

Pip möchte Bella gern erzählen, dass sie immer von einem Schulabschluss geträumt hat, aber Bella soll nicht denken, dass ihre Mutter es bereut, sie damals bekommen zu haben. Früher wollte Pip, dass Bella von all ihren Opfern erfährt, aber es wäre falsch gewesen, ihre kleine Tochter damit zu belasten. Es ist sinnlos, sich für jemanden aufzuopfern und dem Menschen dann sämtlichen Verzicht vorzuhalten. Schließlich ist es Pips Entscheidung gewesen, sie muss dieses Kreuz tragen. Sie genießt diesen Moment der Zweisamkeit sehr, auf keinen Fall will sie etwas sagen, was Bella so verärgern könnte, dass sie aufsteht und geht. Erst einmal wird Pip zuhören.

»Es ist so cool mit dir«, flötet Bella vergnügt und trägt den Unterlack auf. »Roisín, Catherine und die anderen behaupten immer, sie hätten Mitleid mit mir, weil ich keine Geschwister habe«, berichtet sie über ihre Cousinen. »Aber ich erkläre ihnen dann, dass ich dich habe, und du bist wie eine Schwester für mich.«

Bella meint das als Kompliment, aber für Pip fühlt es sich nicht danach an.

Sie ist eine Freundin, eine Komplizin, eine Schwester – aber keine Mutter.

27

Für den Rest des Tages sieht Josephine Pip weder an, noch spricht sie ein Wort mit ihr. Wenn das eine Strafe sein soll, dann empfindet es Pip nicht als solche. Für sie ist es ein Geschenk.

Nichtsdestotrotz fühlt sich Pip verletzt von Josephines Vorwürfen, die sie pausenlos im Kopf durchgeht, als wäre ihre Haut Schicht für Schicht abgezogen worden, und nun schmerzte jeder Lufthauch und jeder Gedanke. Sie fühlt sich zerbrechlich und aufgewühlt und bleibt fast den ganzen Tag und die Nacht über in ihrem Zimmer. Als Philip, Josephine und Bella am Sonntagmorgen ins Auto steigen, um zur Kirche zu fahren, fragen sie Pip nicht, ob sie mitkommen möchte.

Sie liegt auf dem Bett und betrachtet den größer werdenden Riss in der Decke. Es ist scheußlich, als würde das Haus sich spalten, sich auftun wie die Erde nach einem heftigen Beben. Pip stellt sich vor, dass Kreaturen aus der Tiefe herauskommen, aus dem Bauch des Hauses, alles ausspähen und überall herumkriechen.

Sie nutzt die Stille im Haus, um nachzudenken.

Als es Zeit ist, dass ihre Familie aus der Kirche zurückkehrt, und Pip sich innerlich für weitere unangenehme Gespräche wappnet, erhält sie eine Nachricht von Bella, in der steht, dass sie mit Josephine und Philip zu einer Tante zum Essen fährt.

Die Verwandtschaft sieht zu Josephine auf, die bereits beginnt, ihre Version der Geschichte zu erzählen und die Truppen zu mobilisieren. Vor Pip liegen noch mehr Stunden, die sie allein sein wird. Sie wandert durchs Haus, das ihr nun, da alle fort sind, sehr leer vorkommt. Als sie die Wäsche wäscht, bemerkt sie einen kleinen Sprung im Fenster des Haushaltsraums. Haarfeine Risse sind entstanden, und Pips Antwort auf jegliche Art von Fraktur ist schon immer ihre Kunst gewesen.

Noch nie hat sie außerhalb ihres Zimmers gezeichnet. Jetzt holt sie ihr Skizzenbuch und ihre Stifte und setzt sich an den Küchentisch. Durch die offene Tür hat sie den Hauseingang im Blick, für den Fall, dass ihre Eltern und Bella hereinkommen und sie auf frischer Tat ertappen.

In einer anderen Umgebung mit einer neuen Aussicht zu zeichnen, gibt ihr ein anderes Gefühl. Es ist befreiend, sich nicht verstecken zu müssen. Pip hat kein Motiv im Kopf, doch sobald die Stiftspitze das Blatt berührt, beginnt sie hin und her zu skizzieren, und ein Bild nimmt Gestalt an. Sie erstarrt und hält mehrmals inne, als sie ein Geräusch vernimmt, aber es ist nur das Haus, das sich laut knackend um Pip herum absetzt. Als sie sich wieder entspannt, vertieft sie sich völlig und kommt in den Flow. Eine Stunde später hat sie ihre Zeichnung fertiggestellt, sie fühlt sich beinahe berauscht, weil ihre Beschäftigung erfüllend, aber auch wagemutig war.

Sie ist auf den Geschmack gekommen und will mehr. Also ruft sie Io an.

Er holt sie in seinem Wagen ab, und sie fahren zum Flugplatz.

»Du wirkst etwas mutlos«, bemerkt er. Die Maschine hat ihre Flughöhe erreicht, nachdem er zuvor über Funk mit der Flugverkehrskontrolle gesprochen hat.

»Tut mir leid.«

»Bei mir musst du dich nicht entschuldigen.«

»Ich werde glücklicher sein«, sagt sie und versucht, munterer zu wirken.

»Nicht meinetwegen. Man ist nicht für andere glücklich, sondern nur für sich selbst.«

Einen Moment lang denkt sie über seine Worte nach. »Was macht dich glücklich? Abgesehen vom Fliegen?«

»Das ist eine interessante Frage. Auf dieser Reise lerne ich viel über mich selbst und habe begriffen, dass das Glück kein Ziel an sich ist. Um es zu finden, muss man nicht etwas zurücklassen oder von einem Ort weggehen, es ist kein Endpunkt von irgendetwas. Das Glück liegt nicht in einem Auto oder einem neuen Paar Schuhe.«

»Auch nicht in deinem Job?«, fragt sie.

»Auch nicht in meinem Job. Vielmehr macht die Suche danach glücklich. Es geht um den Weg, den wir beschreiten, um unsere Entdeckungen, unser Lernen, Zuhören, Aufnehmen, Versuchen und Hoffen. Es ist alles zusammen, der Flugstart, das Fliegen *und* die Landung.«

»Was ist mit dem Warten?«

»Ja, das Glück zeigt sich ganz besonders im Warten. Wie jetzt, wenn ich mit dir zusammen bin. Es sind die Menschen, denen man begegnet, die Freundschaften, die man auf dem Weg schließt. Vielleicht sollte sich nicht alles um das Signal drehen, vielleicht sollte es mehr darum gehen, was man während des Wartens tut.«

Sie lächelt. »Io, das ist wirklich wahnsinnig romantisch. So etwas hat noch nie jemand zu mir gesagt.«

»Ich meine es nicht auf eine romantische Weise«, erwidert er und rutscht verlegen auf seinem Sitz umher.

»Doch, du hast es so gemeint, du liebst mich«, neckt sie

ihn. »Ich mache dich glücklich, das wolltest du mir doch mitteilen.«

Er lacht. »Hör auf damit.«

»Im Ernst«, sagt sie beharrlich. »Das ist ein schöner Gedanke.«

»Ja«, stimmt Io ihr zu. »Ich glaube, es ist mir erst während meiner Zeit hier klar geworden.«

Heute fliegen sie über die Grafschaft Kerry. Unter ihnen erstreckt sich das ganze Panorama atemberaubender Seen und Berge im hellen Licht eines wolkenlosen Tages. Sie bewegen sich in Richtung des Gap of Dunloe, eines schmalen Gebirgspasses, der die MacGillycuddy's Reeks von dem Purple Mountain trennt. Die enge Schlucht zwischen den Bergen ist landschaftlich faszinierend.

»Fliegen wir da durch?«

Io zwinkert ihr zu.

Pip schließt die Augen.

»Mach die Augen auf«, befiehlt er ihr lachend.

Pip hat das Bedürfnis, tief durchatmen zu müssen. Wahrscheinlich ist die Schlucht über zweihundert Meter breit, aber sie hat den Eindruck, als würden beide Propellerflügel an den Felswänden entlangschaben. Io muss die Maschine sehr präzise steuern. Pip muss Vertrauen beweisen, wie wenn man sich in einer Gruppe fallen lässt, in dem Glauben daran, dass die anderen im Team einen auffangen werden. Der Flug durch die Schlucht erfüllt Pip mit Ehrfurcht, als wäre sie in das eigentliche Wesen der Erde eingedrungen. Die Berge, die Felsen und die Seen, überall dieses leuchtende, satte Grün. Ein oder zwei Autos fahren auf der Straße unter ihnen, ansonsten sieht sie nichts als Natur, nirgends sind Menschen, es ist das Erlebnis des unberührten Planeten. Pip empfindet eine tiefe Ruhe.

Während sie über den Coosaun Lough und den Black Lake fliegen, geht Pip durch den Kopf, was Io über das Finden des Glücks gesagt hat. Seine Worte sind ganz anders als die von Josephine, die in ihrem Kopf rasseln wie eine scheppernde Münze in einem Sparschwein. Dagegen sind Ios Worte weich wie Honig, der, langsam und dickflüssig, durch ihren Kopf fließt, um jede Ecke zu füllen, um die Form ihres Gehirns anzunehmen und sich ruhig und leise festzusetzen. Das Glück hat nicht im klaglosen Dulden und schweigsamen Hinnehmen der Dinge gelegen. Das Glück besteht nicht darin, an ein Ziel zu gelangen, sondern darin, sich in diese Richtung zu bewegen. Pip muss zumindest versuchen, den ersten Schritt zu machen.

Sie lehnt sich dicht an die Scheibe und blickt hoch konzentriert nach unten.

Selbst im Himmel, wenn sie sich mehr als viertausend Meter hoch in der Luft befindet, sucht sie noch nach Jamie.

Auf dem Rückweg zum Flugplatz überqueren sie den Steinbruch, der aus der Höhe wie eine Doline aussieht. Der Anblick erinnert sie an ihr nahe gelegenes Elternhaus, das in den Abgrund zu stürzen droht.

28

Als Pip am Montagmorgen erwacht, sieht sie die Welt mit neuen Augen. Sie fühlt sich frischer und aufgeweckter als sonst, ihr Selbstbewusstsein ist gestiegen, und sie ist bereit, ihr Durchsetzungsvermögen unter Beweis zu stellen.

Heute verlässt sie als Erste das Haus und glaubt, dass sie, anders als bei ihrem Wutausbruch am Samstag, die Ruhe bewahren wird, während sie mit ihrer Mutter spricht. Pip ist sich wohl bewusst, dass es noch Wochen dauern kann, bis Josephine ihre Verärgerung verwunden hat, denn das braucht Zeit und ist unvorhersehbar.

Mit einem Kaffee in der Hand wartet Pip neben dem Wagen ihrer Mutter; sie schnuppert die liebliche Morgenluft und lauscht dem Vogelgesang. Irgendwo in der Ferne rattert ein Rasenmäher. Es ist ein wunderschönes Erwachen eines Sommertages. Im hellen Morgenlicht stellt Pip sich gerade hin, hebt den Kopf in Richtung Sonne und wächst. Sie ist reif für einen Neuanfang.

Pip beobachtet, wie Aleksy, der Mann ihrer Nachbarin Caroline, zu seinem Auto humpelt, gefolgt von ihrem kleinen Sohn mit medizinischer Gesichtsmaske. Sie ist fest entschlossen, den beiden zuzuwinken, sobald sie den Blick in ihre Richtung wenden. Aleksy schaut zu ihr, und sie hebt rasch die Hand zum Gruß. Er sieht weg, da er aber zu höflich ist, um sie vollends zu ignorieren, nickt er kurz und runzelt die Stirn.

»Guten Morgen«, sagt Pip zu Josephine und Bella, als die beiden in ihren schlecht sitzenden schwarzen Hosen und weißen Blusen für die Arbeit in der Kantinenküche aus dem Haus treten.

»Morgen«, erwidert Bella.

Josephine ignoriert sie und huscht mit gesenktem Kopf in eiligen kleinen Schritten zum Wagen, den Blick unverwandt auf den Autoschlüssel in ihrer Hand gerichtet.

»Hattet ihr gestern einen schönen Tag?«

Pip war schon im Bett, als die drei spät nach Hause kamen.

»Wir hatten superviel Spaß«, antwortet ihre Tochter.

Bella hat ein enges Verhältnis zu ihren Cousinen. Mit ihnen ist sie zusammen aufgewachsen, und die Mädchen ihrer Tante sind so etwas wie Schwestern für sie, und außerdem auch ihre Freundinnen. Josephine ist damit einverstanden, dass Bella mit ihren Cousinen Zeit verbringt, Familie bedeutet Sicherheit und Loyalität, wobei loyal das Wort ist, auf das es hierbei ankommt.

»Was hast du gemacht?«, fragt Bella.

»Oh«, sagt Pip und blickt in den Himmel. »Ich habe gefaulenzt und neue Perspektiven gewonnen. Hättest du etwas dagegen, wenn ich heute vorn sitze?«

Bella ist verblüfft. »Wieso?«

»Weil ich es gern möchte«, erwidert sie in freundlichem Ton. »Und ich bin wohl auch an der Reihe.«

Josephine hat die Autotüren noch nicht entriegelt.

»Nein«, sagt Josephine. »Und du kannst auch nicht hinten sitzen.«

»Möchtest du, dass ich fahre?«, scherzt Pip und versucht, nichts von ihrer neu gewonnenen Durchsetzungskraft einzubüßen.

»Du hast gesagt, du würdest mich nicht brauchen. Du wärst jetzt zweiunddreißig Jahre alt und hättest mich nicht länger nötig. Also, das ist in Ordnung.« Endlich sieht Josephine ihr in die Augen. »Du kannst den Weg zur Tankstelle allein bewältigen. Du musst dir sowieso überlegen, wie du das mit den neuen Arbeitszeiten machst, wenn du diese Beförderung bekommen willst.«

»Nan!«, ruft Bella irritiert aus.

Josephine entriegelt die Autotüren.

»Meinst du das im Ernst?«, fragt Pip.

»Wie war das mit dir gestern?«

Der Moment ist gekommen, das Gesagte zurückzunehmen, sich für ihre Worte zu entschuldigen und alles wieder ins Lot zu bringen. Sie sollte sich wieder passiv verhalten und im Hintergrund verschwinden. Sie sollte wieder eine Mitfahrerin sein, mit ihrer Mutter am Steuer und ihrer Tochter vorn auf dem Beifahrersitz. Pips mangelnde Konfrontationsbereitschaft hat ihr das Leben kurzfristig immer einfacher gemacht, aber auf lange Sicht, das weiß sie, wird sie die Probleme so nicht lösen. Wie in dem Märchen Rapunzel hat sie sich den Turm hinuntergelassen und nun einen unsicheren Schritt auf dem frischen Gras gemacht. Und diesmal ist sie zu weit gekommen, um wieder in den Turm hinaufzuklettern.

Außerdem kann sie das Gesagte nicht zurücknehmen, denn sie hat jedes einzelne Wort, das sie während des Streits herausgeschrien hat, auch so gemeint. Schließlich hat sie gerade erst angefangen.

Josephine erwartet, dass Pip das Feld räumt, dass sie sich kleinmacht und Schutz sucht vor dieser Drohung.

»Du hast recht.« Pip entfernt sich einen Schritt vom Wagen, was Josephine als auch Bella überrascht. »Ich sehe euch beide später. Einen schönen Tag!«

Ihre Sätze klingen wie von einem Roboter, aber sie versucht, das Beben in ihrer Stimme zu unterdrücken und entschieden und höflich zu bleiben. So vieles, was Pip nicht vergessen darf, dabei entspräche es ihrem Naturell, sich zu entschuldigen und nachzugeben.

»Ich setze mich nach hinten«, sagt Bella in dem Versuch, die Situation zu retten.

»Nein, das tust du nicht«, fährt Josephine sie an. Dann dreht sie sich wütend zu Pip und zeigt mit dem Finger auf sie. »Und du wirst nicht deinen Dad bitten, dass er dich zur Arbeit fährt.«

»Mach ich nicht.«

Der Ärger ihrer Mutter wird spürbar größer, als jede ihrer Drohungen an Pip abprallt.

»Du wirst deinen Tagesverdienst für ein Taxi ausgeben müssen«, fügt Josephine hinzu.

Sie wartet darauf, dass Pip einlenkt und um Verzeihung bittet, dass sie erkennt, wie sehr sie auf Josephine angewiesen ist. Pip soll dankbar sein und endlich ihren Widerstand aufgeben.

»Du hast recht«, wiederholt Pip ihre eigenen Worte, und allmählich genießt sie den kraftvollen Moment, in dem sie für sich selbst eintritt.

Josephine und Bella steigen ins Auto, und Bella wirft ihr einen völlig verständnislosen Blick durchs Seitenfenster zu.

Pip schaut ihnen nach, als sie fortfahren, dann hält sie ihr Gesicht wieder in die Morgensonne. Mit tiefen Zügen atmet sie die lieblich-frische, warme Luft ein. Sie fühlt sich verheißungsvoll an. Ein paar Stunden voller grenzenloser Möglichkeiten erstrecken sich vor Pip. Sie hat diesen Moment, bevor man sich auf den Weg macht, schon immer gemocht. Immer hat das Gefühl an ihr genagt, dass sich mehr aus ihren

Tagen machen ließe. Die endlose Aneinanderreihung immer gleicher Ereignisse möchte sie jetzt durchbrechen.

Kurz darauf kommt Philip aus dem Haus und kann ihr kaum in die Augen blicken. Entweder hat er das Gespräch eben vom Haus aus mitangehört, oder Josephine hat ihm den Ablauf in allen Einzelheiten vom Auto aus am Handy erzählt. Letzteres hält Pip für wahrscheinlicher.

»Du solltest dich besser bei deiner Mutter entschuldigen«, sagt Philip, öffnet die Fahrertür seines Wagens und steigt ein. Kurz bevor er die Tür zuzieht, erweicht sein Herz. »Spring rein. Ich fahr dich hin.«

»Schon in Ordnung«, erwidert Pip. »Danke, Dad, aber dann kommst du zu spät. Und Mam hat recht. In meinem Alter sollte ich nicht so sehr auf euch beide angewiesen sein.«

Es ist faszinierend, dass Menschen in dem Moment, in dem sie endlich zu hören bekommen, wonach sie sich schon lange gesehnt haben, nichts damit anzufangen wissen. Nachdem sie so lang in diese Vorstellung investiert haben, fehlt ihnen das nötige Vertrauen.

Philip legt die Stirn in Falten. »Ich weiß nicht, was du meinst.«

Pip sieht auch ihm nach, wie er die Einfahrt vor ihrem Haus verlässt und dann rechts in Richtung Steinbruch abbiegt.

In fünfzehn Minuten muss Pip in der Arbeit sein. Sie könnte zu Fuß laufen, aber die Straße ist gefährlich und um diese Zeit besonders stark befahren, es sind sechs Kilometer ohne Fußgängerweg und dank der Großfahrzeuge des Wolverson-Steinbruchs gibt es auch viele Schlaglöcher. Einmal hat sie die Strecke überlebt, aber sie möchte das Schicksal nicht erneut herausfordern. Und selbst wenn sie nicht von einem riesigen Lkw-Rad platt gefahren wird, bräuchte sie beinahe eine Stunde bis zur Tankstelle und käme viel zu spät. Sie könnte sich ein Taxi rufen, aber in Ballybeg gibt es nur einen kleinen Dienst, der von der Familie betrieben wird, der auch der Blumenladen gehört, und sie hat nicht vorbestellt. Normalerweise sind sie morgens nicht frei, denn dann werden älteren Menschen Lebensmittel nach Hause gebracht, oder der Minivan ist als Schulbus für Kinder mit Behinderungen im Einsatz. Und was den Fahrpreis angeht, so hatte Josephine recht.

Vielleicht wird Pip den Tag freinehmen, es wäre das erste Mal, dass sie sich einen ihrer offiziellen Urlaubstage gönnt. In den zehn Jahren, die sie zusammen mit ihrer Mutter in der Kantine des Observatoriums gearbeitet hat, konnte sie keinen Tag zu Hause bleiben, auch wenn sie sich todkrank fühlte. Josephine meldete sich keinen einzigen Tag krank. Obwohl sie pausenlos über quälende Schmerzen ächzte und stöhnte, hätte sie doch niemals klein beigegeben.

Pip ruft Krish an und fragt, ob sie heute freinehmen könne. Sie rechnet damit, eine Erklärung für ihr Fernbleiben liefern zu müssen, aber er ist sofort einverstanden. Pip hatte ihn nicht im Stich lassen wollen, sie dachte, sie wäre seine einzige Stütze, dass ein freier Tag ein Versagen bedeutete, einen Eintrag in ihrer Personalakte. So hat Josephine sie erzogen. In Wahrheit kann Krish jemand anderen aus dem Mitarbeiterteam anrufen und bitten, für sie einzuspringen. Jeder Mensch braucht einmal Zeit für sich.

Pip fühlt sich ermutigt, und bevor sie das Telefonat beendet, fügt sie noch hinzu: »Krish, ich habe beschlossen, mich um die Beförderung zu bewerben.«

»Ja, Philippa, das ist die richtige Einstellung! Ich werde es die Geschäftsführung wissen lassen.«

»Wann wird das Jobinterview stattfinden?«, fragt sie, denn sie hat es eilig, die nächste Stufe in ihrem Leben zu erklimmen. Sie ist bereit dafür und hoch motiviert.

»Sehr bald schon, denn ich bin nicht mehr lange da, und sie führen schon Gespräche, aber ich helfe dir bei der Vorbereitung. Ich werde Mickey Goldmill sein und du Rocky Balboa. Mit meiner Hilfe wirst du dein volles Potenzial entfalten und den Sieg davontragen. Ich rufe dich wieder an und gebe dir Bescheid.«

»Okay. Vielen Dank.«

»Genieß deinen freien Tag, Philippa.«

Pip geht ins Haus zurück und kümmert sich um die Wäsche. Sie wäscht und bügelt auch Bellas Sachen, da sie ausnahmsweise einmal vor ihrer Mutter dazu kommt, und es fühlt sich gut an. Sie kann besser bügeln und ist auch viel organisierter als Josephine, die sich über alles ärgert. Ihre Mutter ist keine geborene Hausfrau, sie fühlt sich unwohl in der häuslichen Welt, die sie jeden Tag aufs Neue voller Unzufriedenheit und Verbitterung attackiert. Pip kann sich Josephine in unzähligen anderen Rollen vorstellen, wo sie angstfrei agieren und aufblühen würde, zum Beispiel als Händlerin auf dem Börsenparkett, die mit rasender Geschwindigkeit algorithmische Handelsinformationen durchgeht. Pip sieht ihre Mutter auch als Buchmacherin beim Pferderennen, sie steht am Paradering und macht der Zuschauermenge Handzeichen, nimmt Wetten an und raubt allen die Taschen leer. Sie ist ein Schlitzohr, ihre Mutter, eine tüchtige, verbissene Arbeiterin, die jeden Tag aus wenigen Zutaten Essen für Hunderte Menschen zaubert, wie in der alten Volkssage von der Steinsuppe. Pure Magie, nur zu Hause gelingt ihr das nicht.

Pip hängt gerade draußen ihre Wäsche auf, als die Sirene des Steinbruchs losgeht. Das Heulen dauert lange, als befänden sie sich in einem Kriegsgebiet, und obwohl Pip weiß, zu welchem Zweck es ertönt, sucht sie dennoch unwillkürlich den Himmel nach Kampfflugzeugen ab. Das schrille Warnsignal hat sie noch nie mitbekommen, denn sonst ist sie wochentags immer in der Tankstelle, und am Wochenende wird im Steinbruch nicht gearbeitet. Pip bleibt stehen und lauscht, sie stellt sich ihren Vater im Steinbruch vor, wie er als Sprengmeister hinter der Kanone den Fußsoldaten Befehle zubrüllt. Auf das Sirenengeheul folgt ein Donnern und Grollen tief unter der Erdoberfläche. Dann scheint ihre Fantasie mit ihr durchzugehen, denn der Boden bebt, und plötzlich erfasst sie ein Gefühl, als würde die Welt untergehen. Sie hält sich törichterweise an der Wäscheleine fest und glaubt, dass es sich um ein Erdbeben handelt oder eine andere Katastrophe. Schließlich erstirbt das Grollen, und es herrscht wieder Stille. Eine Weile lang verstummen sogar die Vögel und halten überrascht in ihrem Gesang inne.

Pip untersucht das Haus und entdeckt, dass aus dem kleinen Sprung im Fenster des Haushaltsraums ein Spinnennetz aus Bruchlinien geworden ist, das aussieht, als würde es gleich in tausend Stücke zerspringen.

Ihr Weg führt sie um das Gebäude herum in den Vorgarten. Die Hände auf die Hüften gestützt, inspiziert sie die Außenmauern, denen immer noch der Anstrich fehlt. Und sie grübelt darüber, was das Haus wohl still und leise erdulden musste, während ihre Familie und sie bei der Arbeit waren. Durch die Risse hat es versucht, sich ihnen mitzuteilen. Dann spürt Pip einen Blick in ihrem Rücken. Als sie sich umdreht, sieht sie Caroline, die sie von der Mülltonne am Ende ihres Gartens aus beobachtet.

»Hallo«, sagt Pip und geht die Einfahrt zur Straße hinunter.

Sie blickt nach links und nach rechts und wartet, dass ein Wolverson-Zementmischer vorbeifährt, der mit zu hoher Geschwindigkeit auf einer so schmalen, schlecht asphaltierten

Straße unterwegs ist. Beinahe rechnet Pip damit, dass Caroline verschwunden sein wird, wenn das Fahrzeug an ihr vorübergebraust ist, aber die Nachbarin steht immer noch dort.

»Möchtest du einen Kaffee?«, fragt Caroline.

29

Pip sitzt in der Küche von Carolines Haus, das vor fünf Jahren erbaut wurde. Damals beschlossen ihre Eltern, ihr Grundstück zu teilen, damit die drei erwachsenen Töchter mit ihren Ehemännern und Kindern in der Nähe wohnen konnten. Am Kühlschrank hängen lauter Kinderzeichnungen, Stundenpläne und Erinnerungen an Erledigungen und Aktivitäten. Während Caroline eine Kaffeemaschine bedient, blickt Pip vom Tisch aus auf das Land der Familie, das sich über mehrere Hektar bis zum Horizont erstreckt.

Caroline stellt einen Kaffeebecher vor Pip auf den Tisch.

»Wow«, sagt Pip beeindruckt. »Du bist eine echte Barista.«

»Die Kaffeemaschine hat mir Aleksy zu unserem Hochzeitstag geschenkt, und ich hätte ihn deswegen beinahe verlassen. Aber sie hat sich als das beste Geschenk meines Lebens entpuppt. Wer hätte gedacht, dass ich ausgerechnet so ein Teil brauche?«

Caroline schiebt den Teller mit Schokoladenkeksen in Pips Richtung. »Bring die bitte vor mir in Sicherheit.«

Pip lächelt und zieht den Teller näher zu sich, nimmt aber keinen Keks. »Danke für die Einladung. Ich bin froh, dass wir jetzt miteinander sprechen.«

»Unsere gemeinsame Freundin Kim meint, ich hätte überreagiert. Und dass ich mich bei dir entschuldigen sollte.«

»Ich mag Kim sehr«, sagt Pip. »Aber ich denke, dein Verhalten ist darauf zurückzuführen, dass ich nichts, oder fast nichts, von den Verwicklungen zwischen deiner Familie und dem Steinbruch gewusst habe.«

»Ich hatte angenommen, du wärst darüber im Bilde. Was weißt du denn?«

In ihrem Tonfall schwingt die Frage mit: Wie konntest du das *nicht* wissen?

»Ich habe hier und da etwas von meinem Dad aufgeschnappt, und auch von Sammy …«

»Was hat dieses Arschloch denn behauptet?«, unterbricht Caroline.

Pip hebt abwehrend die Hände in die Höhe. »Wie wäre es, wenn *du* mir alles erzählst, damit ich es verstehe?«

Caroline braucht einen Moment, um sich zu beruhigen, ihre Haut ist vom Dekolleté über den Hals bis zum Kinn hochrot, zweifellos eine Stressreaktion.

»Sicher hast du kürzlich gehört, dass die Kommunen hart gegen zwielichtige Steinbrüche vorgehen sollen, und hoffentlich sind die Wolversons als Erste dran, denn sie spielen nur nach ihren eigenen Regeln. Sie richten massive Umweltschäden an, das beeinträchtigt die ganze Gegend, und wir versuchen, sie vor das oberste Gericht zu bringen, um dieser Sache Einhalt zu gebieten.«

Das sind fundamentale Neuigkeiten für Pip, und sie reißt verblüfft die Augen auf. »Ihr wollt die Schließung des Steinbruchs erreichen?«

»Wir wollen, dass die Arbeit dort eingestellt wird, bis sie begriffen haben, wie man das Unternehmen richtig führt. Der alte Samuel Wolverson war in Ordnung, und Rupert Wolverson war ein guter Mann, er hat mit eiserner Faust durchgegriffen.« Caroline wählt ihre Worte mit Bedacht. »Aber das jetzige

Management hat die Produktion extrem hochgefahren.« Sie meint Sammy. »Die vielen neuen Geschäftsideen haben sie gierig werden lassen. Und unvorsichtig, was hochgefährlich ist. Es kommt häufiger zu Unfällen, und die sind schwerer als in allen anderen Steinbrüchen des Landes.« Caroline atmet tief durch und sammelt sich. »Entschuldige bitte. Die ganze Angelegenheit stresst mich furchtbar.«

»Schon in Ordnung. Du solltest wissen, dass Sammy und ich nicht zusammen sind. Wir hatten *zwei* Dates. In erster Linie, weil mein Vater so viel von den Wolversons hält, dass er glaubte, Sammy und ich würden gut zusammenpassen. Ich wollte der Sache eine Chance geben, aber es ist nichts daraus geworden.«

Carolines Gesichtszüge entspannen sich, und die Wut, die sie eben noch gegen Pip gehegt hat, verraucht. »Oh, das wusste ich nicht. Das sind gute Neuigkeiten, denn er ist ein Monster. Anscheinend hat er eine seiner Freundinnen geschlagen. Obwohl ich normalerweise nicht viel auf Gerüchte gebe, in seinem Fall mache ich eine Ausnahme. Die Frau ist weggezogen. Ich bin froh, dass du rechtzeitig auf Distanz zu ihm gegangen bist.«

Pip ist fassungslos, aber aus anderen Gründen, als Caroline denkt. Also hat sie sich Sammys Aggressivität nicht nur eingebildet.

»Ich weiß«, sagt Caroline und trinkt einen Schluck Kaffee, sichtlich erfreut über das, was ihr Gespräch zutage gefördert hat. »Sein ganzes durchgestyltes schickes Äußeres. Er hat so ein eselhaftes Grinsen, am liebsten würde ich ihm Karotten ins Maul stopfen.«

Ihre Abneigung gegen ihn sitzt tief. Pip lacht und freut sich, nun von der Angespanntheit, die so lange zwischen ihnen beiden herrschte, erlöst zu sein. Auch Caroline versteckt sich nicht mehr hinter ihrer rauen Schale und stimmt in Pips Gelächter ein.

»Es hätte nicht so kommen müssen«, sagt sie jetzt in sanfterem Tonfall. »Die ganze Sache nahm ihren Anfang vor ein paar Jahren, noch bevor ihr mit dem Hausbau begonnen habt. Damals haben wir bemerkt, dass die Explosionen häufiger wurden.«

Innerlich wappnet Pip sich und spürt, wie sie in den Verteidigungsmodus schaltet. Ihr Vater ist der Sprengmeister, er hat direkt mit den Explosionen zu tun.

»Früher wurde einmal im Monat gesprengt, dann einmal alle zwei Wochen. Anschließend schon jede Woche, und inzwischen passiert es mehrmals wöchentlich. Seit Sammy der Kopf des Unternehmens ist, hat sich eine Menge verändert. Du und deine Familie seid den ganzen Tag bei der Arbeit, euch fällt das nicht auf, aber ich bin davon ausgegangen, du wüsstest das von deinem Dad.«

Wenn die Menschen doch nur begreifen würden, dass sie bei Pip zu Hause zwar miteinander reden, es aber keine echte Kommunikation gibt.

»Der Staub in der Luft verschlimmert das Asthma meines kleinen Sohns. Diesen Monat hatte er schon zwei Anfälle, und wir sind mit ihm in die Notaufnahme, wo er an den Vernebler musste. Überall im Haus stehen Luftreiniger, und wir halten die Fenster stets geschlossen. Auf dem Weg zwischen Haus und Auto trägt er eine Atemschutzmaske. Unser Haus ist erst fünf Jahre alt und hat schon Risse von den Explosionen. Bei den Slatterys am Ende der Straße ist eine Fensterscheibe gesprungen. Meine Schwester Helen, die nebenan wohnt, hat ein Baby, das jedes Mal von den Detonationen aufwacht. Und der dreijährige Bobby lebt in solcher Angst, dass er ihr nicht von der Seite weicht, er klammert sich an ihre Beine, denn die

Erde könnte beben, wenn er nicht bei ihr ist. Unsere Autos sind jeden Tag mit einer dicken Staubschicht bedeckt. Ständig putze ich die Fenster, und ich sehe auch, dass du das häufig tust.«

Pip macht oft die Fenster sauber, sie hatte angenommen, dass der Schmutz von den Fahrzeugen kommt, die in eine Staubwolke eingehüllt mit hoher Geschwindigkeit aus dem Steinbruch kommen oder dorthin fahren.

»Caroline, davon habe ich nichts gewusst«, sagt Pip kopfschüttelnd.

Caroline macht eine Pause und nippt an ihrem Kaffeebecher.

»Das dauernde Steinbrechen ist eine Tortur. Vor Jahren schon haben wir die Wolversons gebeten, mehr Rücksicht auf die Anwohner zu nehmen. Unser Vorschlag war, dass sie uns einen Einsatzplan zur Verfügung stellen, damit wir gemeinsam für ein verträgliches Miteinander von ihrer Arbeit im Steinbruch und unserem Leben in unmittelbarer Nachbarschaft sorgen können. Sie haben jeden Brief, jede E-Mail und jeden Anruf ignoriert. Nachdem wir beim Steinbruch nicht weiterkamen, haben wir uns an den Gemeinderat gewandt. Auf unsere Anfrage hin haben sie bei uns im Haus einen Seismografen installiert, Schallpegelmesser und Staubmessgeräte. Anschließend haben wir Nachbarn uns zusammengetan, um einen Anwalt einzuschalten. Wir dachten, wir hätten genügend Beweise, damit das Management mit uns kooperiert, aber als der Anwalt aktiv wurde, schien sich die Situation im Steinbruch noch weiter zu verschlechtern.«

Sicher hat Philip keine Ahnung von diesen Vorgängen. Wie könnte er sonst zulassen, dass es immer so weitergeht?

»Und die ganze Zeit über hat Aleksy weiter dort gearbeitet. Er hat versucht, einerseits dort seinen Job zu machen und sich andererseits als Anwohner mit der juristischen Seite des Ganzen zu beschäftigen. Dann haben sie willkürlich seine Stundenzahl verändert, seine Arbeitszeiten verschoben und ihm andere Aufgaben zugeteilt. Urplötzlich wurde er von einem Fahrzeug abgezogen und in ein anderes gesetzt. Sie haben ihn völlig durcheinandergebracht.«

»Sie wollten, dass er kündigt.«

»Wahrscheinlich. Aber dann hatte er den Unfall, bei dem er sich das Bein verletzt hat. Er war gerade beim Auftanken seines Fahrzeugs, als ein Haufen Steine auf ihn niederstürzte. Da er mit jungen Männern zusammengearbeitet hat, die nicht richtig angelernt wurden, war so etwas vorprogrammiert. Und durch die immense Belastung geschehen immer wieder Unfälle.«

»Warum hat das noch niemand untersucht?«

»Vielleicht will die Gemeinde nicht so genau hinschauen. Wir benötigen mehr Häuser und Wohnungen, das setzt die Steinbrüche unter Druck. Niemand will, dass die Wolversons schließen müssen, und wir haben auch Verständnis für ihre Situation, aber Sammys Handeln ist schlicht und einfach falsch. Die Arbeiter, die sich verletzen, werden mit Geld abgespeist, damit sie nicht vor Gericht ziehen. Sammy ist sich bewusst, dass die Gesteinsgewinnung irgendwann an ihr natürliches Ende gelangt. Er kann nur bis zu einer gewissen Tiefe graben und auch nur eine bestimmte Fläche Land nutzen, bevor sämtliches Material abgebaut sein wird. Dieses Familienunternehmen fährt er wortwörtlich gegen die Wand.«

Pip denkt an die Risse in den Wänden ihres Elternhauses.

»Hat es irgendwann einmal Probleme mit der Qualität ihrer Steine gegeben?«

»Davon habe ich nichts gehört. Warum?«

»War nur so eine Frage.«

Caroline trinkt ihren Kaffee und mustert Pip über den Becherrand hinweg. Pip ist noch nicht bereit, der Nachbarin detaillierte Informationen über ihr Haus anzuvertrauen.

»Wie ist es mit der Atmung? Bekommt dein Vater gut Luft?«, will Caroline dann wissen.

»Mein Vater? Warum?«

»Einige der älteren Mitarbeiter, die schon ihr ganzes Arbeitsleben lang dort schuften, leiden an Silikose.«

»Was ist das?«, fragt Pip leicht alarmiert.

»Eine unheilbare Lungenkrankheit, die von kleinsten Staubpartikeln verursacht wird, die auch als kristalliner Quarzstaub bekannt sind. Eine Langzeitbelastung kann zu Herzkrankheiten, Gehirninfarkten, Unfruchtbarkeit und Schwangerschaftskomplikationen führen.« Auf einmal treten ihr Tränen in die Augen. »Ich sage nicht, dass ein Zusammenhang besteht, aber ich hatte letztes Jahr eine Fehlgeburt. Gerry Slattery hat einen Schlaganfall erlitten. Vielleicht hat das alles nichts mit dem Steinbruch zu tun, aber unsere Kinder sind alle noch klein, wir sind jung und wollen uns selbst schützen.«

Pip denkt an ihren Vater, der schon zu den Älteren zählt. Philip ist nicht mehr so schnell wie früher, sein Körper ist halb kaputt, und sein Husten hält ihn nachts häufig wach, weil er auf einem staubigen, gefährlichen Gelände arbeitet, wo es mit der Vorsicht nicht mehr so genau genommen wird. Er ist der Mann, der sich in einer gesetzlosen Firma an die Vorschriften hält. Philip, kann sich Pip vorstellen, glaubt, dass sie ihn im Steinbruch brauchen, dass ohne ihn alles den Bach runtergehen würde.

Caroline fährt fort: »Aleksy sagt, dein Vater sei ein Mann alter Schule, einer von den Guten. Er hat die Ausbildung bekommen, die allen zuteilwerden sollte. Im Steinbruch ist er der Vorzeigearbeiter, deshalb haben sie ihm auch das Grundstück hier verkauft, um unsere Glaubwürdigkeit zu untergraben. Denn jedes Mal, wenn wir etwas kritisieren, streitet dein Vater es ab oder führt etwas Gegenteiliges an. Wenn er hier lebt und es ihm gut geht, wie kann dann das, was wir sagen, der Wahrheit entsprechen?«

Pip ist nicht sicher, ob das stimmt. Es scheint ihr weit hergeholt, obwohl Sammy ihr gegenüber selbst zugegeben hat, dass er Philip schon als den besten Repräsentanten der Firma ins Gericht geschickt hat. »Es tut mir leid.«

»Mir ist jetzt klar geworden, dass es dir nicht leidtun muss, denn du wusstest das alles nicht.« Wieder mustert sie Pip und spricht laut aus, was sie schon die ganze Zeit über denkt. »Wie ist es möglich, dass du völlig ahnungslos warst?«

Pip ist beinahe gekränkt von Carolines Direktheit. Doch sie hat recht, Pip ist in den letzten sechzehn Jahren mit verschlossenen Augen durchs Leben gegangen.

Aber nun ist sie aufgewacht und sieht genau hin.

30

Als Pip vom Kaffeetrinken bei Caroline nach Hause kommt, sind Bella und Josephine schon von der Arbeit zurückgekehrt. Aus dem Obergeschoss dringt Poltern, als Bella in ihrem Zimmer auf dem Boden trampelt, und Pip fragt sich verwundert, was ihre Tochter wohl tut. Ein kurzer Blick durch die unteren Räume verrät Pip, dass auch Josephine oben in ihrem Schlafzimmer sein muss. Normalerweise würde Pip jetzt in ihr Zimmer gehen und sich zusammenfalten, aber sie könnte auch Raum im Erdgeschoss für sich beanspruchen und sich entfalten.

Als Philip aus dem Steinbruch heimkehrt, wartet Pip am Küchentisch mit einer Tasse Tee und einem Sandwich auf ihn. Sie macht eine Skizze und hat keine Angst, von ihrer Familie beim Zeichnen gesehen zu werden. Diese schlichte Tätigkeit mutet verwegen an. Ihr Vater scheint angenehm überrascht, sie zu sehen, und freut sich über die kleine Zwischenmahlzeit. Er zieht die leuchtende Warnschutzjacke aus und hängt sie an den Kleiderhaken an der Wand. Seine schmutzigen Stahlkappenstiefel stellt er zum Saubermachen vor den Haushaltsraum. Nachdem er sich an der Küchenspüle die Hände gewaschen hat, setzt er sich zu Pip an den Tisch.

»Hattest du einen guten Tag?«

Er brummt und lässt sich stöhnend vor Schmerzen auf den

Stuhl sinken. Argwöhnisch betrachtet er Papier und Stifte auf dem Tisch. Im Hintergrund läuft das Radio, das Pip angestellt hat, um die angespannte Atmosphäre zu lockern. Josephine kommt eilig die Treppe heruntergelaufen und ist offenkundig enttäuscht, als sie Pip mit Philip zusammensitzen sieht.

Genau so fühlt sich Pip immer, wenn Josephine als Erste auf Bella trifft.

»Du hast sie nach Hause gefahren?«, will Josephine wissen.

»Sie war hier, als ich heimgekommen bin«, antwortet Philip.

Pip wird sauer. »Entschuldigt bitte, *sie* befindet sich im Raum.«

Ihre Eltern sehen sie an.

»Ich habe heute freigenommen.« Pip nimmt einen Bleistift und spitzt ihn an. Diese Tätigkeit hat sie schon immer entspannt, manchmal hat sie Stifte völlig vergeudet und gar nicht richtig genutzt, indem sie zu viel davon abgehobelt hat, sodass die Spitze abbrach und sie wieder von vorn beginnen musste.

»Manche haben es gut«, sagt Josephine und blickt erst auf Pips grafitverschmierte Hände und dann auf die vor ihr liegende Zeichnung.

Heute hat Pip Philips Händen Leben eingehaucht – dicke Finger, aufgesprungen und trocken, faltig und schwielig, ein Ölfleck –, dennoch sind diese Hände kräftig und zupackend. Sie können Stein brechen und ein Zuhause bauen. Diese Hände haben sie angeschoben und auch zurückgehalten. Von ihnen wurde sie schützend umschlossen.

»Was ist das?«, fragt Josephine.

»Das sind Dads Hände.«

Philip schaut hin, und seine Augen verschwinden unter seinen zusammengezogenen Brauen, während er versucht, auf dem Blatt etwas zu erkennen. Dann hält er seine Hand daneben, um sie mit der Skizze zu vergleichen, und Pip lächelt.

Josephine macht die Spülmaschine auf und zieht einen Korb des Geschirrspülers heraus. Mit lautem Geklapper, das sogar Philip zusammenzucken lässt, hebt sie Teller heraus.

Pip hat das Sandwich für ihren Vater in zwei Dreiecke geschnitten. Die eine Hälfte, nach der er jetzt greift, ist in seiner mächtigen Pranke kaum sichtbar. Als Philip einmal abbeißt, verschwindet augenblicklich das halbe Dreieck in seiner Backe, die sich während des Kauens aufbläht. Dann nimmt er einen zweiten Bissen von dem Sandwich, obwohl er den ersten noch nicht hinuntergeschluckt hat.

»Ich war heute bei Caroline Nowak und habe einen Kaffee mit ihr getrunken«, sagt Pip.

Josephine knallt eine Auflaufform in eine Küchenschublade.

»Herrgott noch mal, Josephine«, sagt Philip erschrocken mit vollem Mund.

»Warum hast du das gemacht?«, fährt Josephine Pip an und stemmt herausfordernd die Hände in die Hüften.

»Ich wollte hinübergehen und unsere Beziehung kitten«, antwortet Pip und kommt sich vor wie Tala. »Ich wollte wissen, was ich falsch gemacht habe.«

»Anscheinend zeichnet sich da ein Muster ab«, sagt Josephine knapp und räumt dann weiter Geschirr ein.

»Ich fand sehr interessant, was Caroline zu sagen hatte.«

»Interessant wie etwas aus dem Märchenbuch. Reine Fiktion«, erwidert Josephine.

»Ich war nicht über alles im Bilde. Aleksy, ihr Mann, wurde im Steinbruch verletzt.«

»Eine Farce!«, kommentiert Josephine.

»Ein unglücklicher Vorfall«, sagt Philip ein wenig verständnisvoller, denn er kann sich die körperlichen Schmerzen vorstellen und, schlimmer noch, die Arbeitsunfähigkeit.

»Aleksy hatte den Unfall, *nachdem* die Nachbarn die Kommune von ihren Problemen mit dem Steinbruch unterrichtet hatten.«

»Dann gibst vermutlich auch du dem Steinbruch die Schuld?«, will Josephine wissen.

»Ich beschuldige niemanden. Ich erzähle euch nur, was Caroline gesagt hat. Sie wollen den Steinbruch vor das oberste Gericht bringen.«

»Und sie werden den Prozess verlieren«, sagt Josephine, ganz Philips Pressesprecherin.

»Sammy sagt, du seist sein bester Zeuge für die Verteidigung vor Gericht, Dad.«

Philip legt die zweite Sandwichhälfte auf den Teller zurück, anscheinend ist ihm der Appetit vergangen. »Auf diese Beschreibung bin ich nicht sehr scharf. Ich mache es, wenn es sein muss.«

»Dein Vater ist ein guter Mann, ehrlich und rechtschaffen. Deshalb macht er das, deshalb bitten sie ihn auszusagen«, fügt Josephine hinzu.

Philip weiß die Unterstützung seiner Frau zu schätzen, aber er wirkt etwas angestrengt von ihren ständigen Unterbrechungen.

Josephine ordnet das saubere Besteck in die Küchenschublade und gibt sich Mühe, leise zu arbeiten, wahrscheinlich will sie Pips und Philips Gespräch weiterverfolgen.

»Die Nachbarn denken sich das nicht nur aus, Dad, sie haben einen Seismografen installieren lassen, ebenso Schallpegelmesser und Staubmessgeräte. Sie haben Untersuchungsergebnisse vorliegen, das sind handfeste Beweise.«

Philip lehnt sich vor und stützt die Ellbogen auf dem Tisch auf. Er will mehr von seiner Tochter hören.

Pip erzählt ihm von Carolines Sohn, der an Asthma leidet, und dem verängstigten Dreijährigen ihrer Schwester, die auch noch ein Baby hat, dessen Schlaf gestört wird. Außerdem erinnert sie ihn an die Staubschicht, die jeden Tag ihre Autos bedeckt. »Sie behaupten, die Anzahl der Sprengungen hätte sich verdreifacht. Vor nicht allzu langer Zeit geschah das einmal pro Woche, inzwischen viel häufiger.«

Da Pip mit dem Sprengmeister des Steinbruchs spricht, gibt sie auf ihren Tonfall acht.

»Nun, das stimmt«, sagt Philip und setzt sich unbehaglich im Stuhl zurecht. »Denn wir stehen unter Druck, den Bedarf an Splitt für die Umgehungsstraße zu decken.«

»Musst du mehr Sprengungen vornehmen, als du für richtig hältst?«, fragt Pip sanft.

Josephine wirbelt herum und sieht von einem zum anderen.

Philip nickt. »Ja, es sind mehr, als ich möchte. Aber ich kann nachvollziehen, warum Sammy das anordnet.«

Überrascht von seiner Antwort wendet sich Josephine wieder dem Besteck zu. Pip hat das Gefühl, einer Erkenntnis näherzukommen.

»Üben sie Druck auf dich aus?«

»Das ist mein Job, also muss ich meine Aufgaben erledigen.«

»Sonst passiert was?«

»Sonst nichts. Ich habe eine Pflicht zu erfüllen. Wenn wir bei unserer Arbeit im Steinbruch gegen Gesetze verstoßen würden, wüssten wir das inzwischen. Der Gemeinderat würde nicht zulassen, dass wir weitermachen. Nicht in der heutigen Zeit.«

»Caroline ist der Meinung, dass der Gemeinderat befangen ist, weil sie für die Umgehungsstraße eine Baufirma angeheuert haben, die mit den Produkten aus dem Wolverson-Steinbruch arbeitet.«

»Willst du damit sagen, dass der Gemeinderat korrupt ist?«, mischt sich Josephine erneut ein. Mit einem Geschirrtuch in den nassen Händen dreht sie sich um und wickelt es sich zum Abtrocknen um die Finger, als wolle sie jeden einzeln abreißen.

Pip ignoriert ihre Mutter und spricht nur zu ihrem Vater. »Die Nachbarn von gegenüber haben sich zusammengetan und wollen den Fall nun gemeinsam vor Gericht bringen.«

»Wenn der Steinbruch geschlossen wird, verliert dein Dad seinen Job. In nur fünf Jahren scheidet er aus dem Arbeitsleben aus und kann Rente beziehen. Soll er das etwa aufs Spiel setzen?«

»Niemand will, dass der Steinbruch zumacht. Sie sollen sich nur an die Gesetze halten und bei der Arbeit die geltenden Standards einhalten.«

»Was weißt du schon von geltenden Standards?«

Josephine hat sich in den Vordergrund gedrängt, Philip hört stumm zu. Die Diskussion scheint sich überhaupt nicht mehr um den Steinbruch zu drehen, sondern um alles andere zwischen ihnen. Doch Pip ist dafür bereit, neuerdings traut sie sich, ihrer Mutter zu widersprechen. Der Streit am letzten Samstag hat eine Sperre in ihrem Inneren gelöst. Sie kann Josephine etwas erklären, ohne zu zittern, und sie wird auch nicht mehr von der Angst getrieben, Bella zu verlieren.

»Ich weiß jetzt mehr als noch heute Morgen. Außerdem war ich hier, als eine Detonation losging. Ich habe gerade draußen die Wäsche aufgehängt, und es hat sich wie ein Erdbeben angefühlt.«

»Stell dir vor, wie das für deinen Dad im Steinbruch sein muss, sicher ist das kein Vergleich zu dem Krach hier.«

Pip ignoriert sie. »Die Detonation war so heftig, dass die Fensterscheibe im Haushaltsraum gesprungen ist.«

»Der Sprung ist schon ewig da, das ist nicht heute passiert.«

»Welcher Sprung?«, fragt Philip. Der Haushaltsraum ist nicht sein Bereich. Er geht dort nicht hinein und hält sich auch nicht draußen bei der Wäscheleine auf, daher hat er den Schaden nicht bemerkt.

»Ich habe dir nichts davon gesagt.« Josephine faltet das Geschirrtuch zusammen. Die Ecken liegen nicht übereinander, aber sie macht einfach weiter. Das Ergebnis ist mangelhaft. Vielleicht ist es das, was Josephine sieht, wenn sie Pip anschaut: nichts als Ungereimtheiten und Makel.

»Ich bin mir wie in einem Kriegsgebiet vorgekommen. Bist du schon jemals hier gewesen, wenn gesprengt wurde?«, fragt Pip ihren Vater.

»Wie soll er an zwei Orten gleichzeitig sein, wenn er der Mann ist, der die Sprengungen durchführt?«

»Keiner von uns ist je hier, um das mitzuerleben«, fährt Pip fort. »Auf der anderen Straßenseite sind sie jeden Tag mit ihren Kleinkindern und Babys zu Hause. Sie tragen Masken und waschen täglich ihre Autos. Sie sehen die Explosionen, sie spüren die Erschütterungen, und sie hören das ohrenbetäubende Knallen. Außerdem brausen Laster an den Häusern vorbei und zerstören die Straße. Es gibt unzählige Schlaglöcher, der Asphalt sollte erneuert werden, das hat man den Anwohnern schon vor Jahren versprochen, aber es ist nie passiert. Wir sollten ihnen zumindest zuhören. Auch wenn du Aleksys Schadenersatzforderung in der Arbeit keinen Glauben schenkst, sei zumindest um dein eigenes Haus besorgt. Wir sind viel dichter am Steinbruch dran, als ich immer gedacht habe.«

Pip hält inne und verrät nicht, woher sie das zuletzt Gesagte weiß. Als sie mit Io in seinem Flugzeug saß, konnte sie von hoch oben erkennen, dass ihr Haus sich sehr nah an der tiefen Senke befindet. Es sah aus, als könnte es jeden Moment hineinstürzen.

»Ist unser Grundstück weit genug entfernt? Wie haben wir die Bauerlaubnis bekommen? Und wenn Sammy eine Ausweitung des Steinbruchs plant, für welche Richtung wird er sich entscheiden? Was meint ihr, warum hat er uns dieses Stück Land für unser Haus überlassen?«

»Oh, hör auf mit deinen Verschwörungstheorien, Caroline muss dir etwas in den Kaffee getan haben. Der Grund, warum Sammy deinem Vater das Land verkauft hat, liegt offen auf der Hand. Er wird als Arbeiter hochgeschätzt, und er ist dort am längsten beschäftigt. Er hat es verdient.«

Philip schweigt, während er die Informationen aufnimmt, aber Pip spürt, dass auch er hellhörig geworden ist. Erst hat er mitbekommen, wie unbehaglich sich Pip auf den Dates mit Sammy gefühlt hat, und jetzt ist durch den Steinbruch auch noch sein eigenes Haus in Gefahr.

»Dein Dad ist absolut loyal, und das wird er bis zum Ende sein. Es sind nur noch fünf Jahre, bis er in Rente geht, da wird kein Staub mehr aufgewirbelt.«

Doch Philip lauscht Pips Worten.

»Nicht nur das Fenster im Haushaltsraum ist kaputt«, sagt Pip in behutsamem Ton und setzt sich über die Anweisungen ihrer Mutter hinweg. »Hat Mam dir nicht von dem Riss in der Wand in meinem Zimmer erzählt?«

»Philippa Sheridan.« Josephine hebt die Stimme, aber Philip bringt sie sofort zum Schweigen, als er sich verärgert auf dem Stuhl zu ihr dreht.

»Josephine, bist du mal still, um Gottes willen?«

Verwirrt und aufgebracht verstummt sie.

»Welcher Riss?«

»Ich wollte dich nicht damit belästigen.« Josephine schnieft, die Ermahnung hat sie gekränkt. »Du bist gestresst und hast im Steinbruch und mit der Fertigstellung unseres Hauses viel zu tun.« Vorwurfsvoll sieht sie zu Pip.

Philip erhebt sich und streckt sich einen Moment, dann geht er in Pips Zimmer hinauf. Pip folgt ihm, sodass kein Platz für Josephine bleibt. Den Monet-Druck muss Pip nicht entfernen, da der Riss mittlerweile auch so ziemlich gut zu erkennen ist, dennoch nimmt sie den Rahmen von der Wand, um Philip das ganze Ausmaß zu zeigen. Nachdenklich krault er sich das Kinn und inspiziert den Riss, der inzwischen zu einem richtigen Spalt geworden ist.

Josephine steckt den Kopf zur Tür herein. Als sie sieht, wie groß der Schaden ist, entgleisen ihr die Gesichtszüge.

Ohne ein Wort zu sagen, begibt sich Philip in Bellas Zimmer. Wieder krault er sich das Kinn, während er nach oben starrt. Der Riss klettert die Wand entlang in die Höhe wie ein Bergsteiger, der einen Gipfel erklimmt.

»Wie lange ist der schon da?« Ein atemloser, ungläubiger Tonfall schwingt in Philips Stimme, aber es ist keine Wut, eher Angst.

»Der Riss war schon da, als ich Sammy das Haus gezeigt habe«, antwortet Pip, und ihre Mutter wirft ihr erneut einen bösen Blick zu. »Obwohl er damals noch viel kleiner war.«

»Was war Sammys Meinung?«

»Er sagte, die Wand wäre schlecht verputzt worden.«

Langsam zieht Pip den Vorhang zurück und enthüllt peu à peu, was ihr Vater zuvor nicht sehen wollte. Der Zauberer von Oz ist nicht so großartig, wie Philip geglaubt hat.

»Ach ja?«

»Was denkst du, Philip?«, fragt Josephine. »Kannst du die Ritzen beseitigen?«

Einen Moment lang schweigt er. »Einige schon.« Er geht

wieder in Pips Zimmer, und sie lassen ihn allein, während er den gefährlicheren Riss betrachtet, der in der Decke klafft. Dann tritt Philip wieder auf den Flur und wendet sich zur Treppe. »Ich fange gleich mit der Spachtelmasse an.«

In den nächsten Stunden ist Philip im Haus damit beschäftigt, die Ritze in Wänden und Decken zuzuspachteln. Auch rund um die Tür- und Fensterrahmen füllt er Kitt in die Fugen. Er rückt die Möbel von der Wand ab und untersucht jede Ecke. Im Haus herrscht Chaos, während er Zimmer für Zimmer die Risse in den Wänden bearbeitet.

Später, gegen zehn Uhr abends, ist es immer noch hell draußen, und Pip hört Schritte auf dem Kiesweg im Garten. Sie geht zum Erkerfenster und sieht, wie Philip die Außenmauern des Hauses mit Spachtelmasse versorgt. Er macht den Eindruck, als bereite es ihm Schmerzen, in die Knie zu gehen, um an die schwer erreichbaren Stellen zu gelangen. Da er sich unbeobachtet glaubt, gibt er sich keine Mühe, seine schmerzverzerrte Grimasse zu verbergen.

»Hoffentlich bist du jetzt zufrieden«, sagt Josephine in Pips Rücken. Pip ist überrascht, denn sie hatte nicht bemerkt, dass ihre Mutter mit angezogenen Knien in einer Ecke des Sofas hockt, einen Teebecher fest mit beiden Händen umschlossen.

»Wenn wir die Risse noch länger ignorieren, werden sie nur größer werden.«

Genau das haben sie in dieser Familie sechzehn Jahre lang getan.

»Vielleicht kannst du uns ja ein neues Haus zeichnen«, sagt Josephine boshaft. »Vielleicht wird eine deiner Kritzeleien unsere Rettung sein, wenn man bedenkt, wie viele neue Ideen dir dieser Tage kommen.«

Pip beobachtet ihren Vater, wie er voller Optimismus versucht, mit Spachtelmasse die Spalten zuzustopfen, um das Haus vor dem Einsturz zu bewahren. Und auch wenn Pip sich mit Hausbau nicht auskennt, scheint es ihr, als hätten diese Mauern alles Verdorbene an dieser Familie aufgesaugt.

Die beste Vorgehensweise wäre wohl, alles niederzureißen und wieder neu aufzubauen.

31

Am nächsten Morgen geht Pip ins Erdgeschoss, als ihr Vater die Sprünge im Fenster des Haushaltsraums zuklebt.

»Morgen«, sagt sie.

Er sieht auf. »Morgen.«

»Wusstest du, dass wir eine Waschmaschine haben? Bist du das erste Mal hier drinnen?«

»Haha«, erwidert er trocken, lächelt dabei aber.

»Dad.«

»Oh, oh«, sagt er, denn ihr Tonfall ist ihm nicht entgangen.

»Jamie hat in Liverpool einen Betrieb, der Putzarbeiten ausführt.«

Philip schweigt.

»Ich könnte ihn bitten, vorbeizukommen, damit er sich die schadhaften Stellen ansieht.«

Philip befestigt weiter Klebeband auf der Fensterscheibe.

»Mir ist klar, dass das nicht leicht für dich ist, aber er würde uns sicher nichts berechnen.«

Philip sieht müde aus. Pip hat ihn die halbe Nacht husten gehört.

Bella und Josephine kommen nach unten.

»Morgen, Liebling«, sagt Pip zu ihrer Tochter, umarmt sie und gibt ihr einen Kuss.

Bella ist von dieser spontanen Gefühlsbekundung mindestens ebenso überrumpelt wie Josephine. Pips Bewegungen sind ein wenig unbeholfen und auch schlecht getimt, aber so wünscht sie sich den Umgang mit ihrer Tochter. Sie möchte mehr körperlichen Kontakt und mehr persönliche Gespräche. Pip möchte vorangehen und die Richtung bestimmen, anstatt blind zu folgen. Auf keinen Fall will sie noch länger herumkutschiert werden, sondern selbst am Steuer sitzen. »Okay, ich mache mich jetzt auf den Weg zur Arbeit. Bis später.«

Josephine und Bella sehen Pip erstaunt an. Ihre Mutter hatte geglaubt, den Krieg gewonnen zu haben. Pip würde heute wieder zu ihr ins Auto steigen, um kleinlaut und demütig auf der Rückbank Platz zu nehmen, ein erwachsenes Kind von zweiunddreißig Jahren. Doch diesmal hat Josephine sich verrechnet.

»Wie willst du da hinkommen?«

»Ein Freund bringt mich hin.«

»Um diese Uhrzeit?«

Eigentlich müsste Pip das Haus erst in einer Stunde verlassen, aber Io hat nur jetzt Zeit, sie abzuholen, und da sie mangels einer Alternative nicht wählerisch sein kann, hat sie zugestimmt.

Einen Tag von der Arbeit freizunehmen, war ein Luxus, aber Pip muss zurückkehren, damit ihre Verve, ihrer Mutter Paroli zu bieten und selbst über ihr Leben zu bestimmen, nicht gleich wieder verloren geht. Sie muss endlich nach vorn blicken und Pläne machen.

Pip geht die Straße hinunter und steigt in den Wagen. Sie hat Io gebeten, nicht bis vors Haus zu fahren, denn sie möchte nicht, dass Josephine von ihrer Freundschaft mit einem Wissenschaftler aus der Sternwarte erfährt. Es wäre ihr unangenehm, wenn ihre Mutter Io Probleme bereiten würde.

»Vielen Dank, dass du mich zur Tankstelle fährst, Io.«

»Ehrlich, es ist mir ein Vergnügen. Ich tue das für mich. Du musst wieder mein Mittagessen zubereiten. Dein Kollege mit dem Irokesenschnitt hat mir ein Coronation-Chicken-Sandwich aufgenötigt.«

»O nein. Das hätte ich dir nicht empfohlen. Das ist eine feuchte Speise.«

»Kein Scherz. In der Arbeit musste ich mich übergeben.«

»Ach, Io, das tut mir leid«, sagt Pip und unterdrückt ein Lachen.

»Du lachst mich aus, nach allem, was ich für dich tue, machst du dich über mich lustig.« Pips Gelächter wird lauter, als sie seinen neckischen Tonfall hört.

»Ich werde mich mit ein paar Loopings auf unserem nächsten Flug revanchieren.«

»Ja, bitte mach das.«

»Nichts in diesem Flugzeug macht dir Angst, das gefällt mir. Wie kann ich dir deine Gemeinheit jetzt noch heimzahlen?«

»Indem du meine Mutter zu uns ins Flugzeug setzt«, antwortet sie und verstummt dann.

»Was habe ich dir seit unserer ersten Begegnung immer wieder gesagt?«

»Jeden Tag eine kleine Veränderung.«

»Genau. Mehr braucht es nicht. Und sieh mal, wo du jetzt stehst.«

Pip kommt sich vor wie eine Akrobatin im Zirkus, ein Fuß ruht auf dem Hochseil, mit dem anderen ist sie fast auf dem sicheren Vorsprung angekommen, kann ihn aber noch nicht ganz erreichen.

Io braust an der Tankstelle vorüber.

»Du bist vorbeigefahren!«, ruft Pip.

»Wir fahren zum Flugplatz.«

»Wir fliegen?«

Bis ihre Schicht beginnt, bleibt ihnen dafür kaum genug Zeit.

»Nein, wir fahren Auto.«

Io fährt auf das Flugfeld, und Stella kommt aus dem Hangar gelaufen. Als sie Io und Pip erkennt, winkt sie ihnen zu und geht wieder hinein.

»Wohnt sie hier?«

»So gut wie.« Io steigt aus dem Wagen, geht zu Pips Seite und öffnet die Beifahrertür. »Du nimmst jetzt auf dem Fahrersitz Platz.«

»Auf dem Fahrersitz? Wieso das? Ich habe nicht mal einen Führerschein.«

»Den habe ich für dich beantragt.« Er streckt den Arm über ihre Schulter, macht das Handschuhfach auf und holt ein Buch heraus.

»*Die offiziellen Fragen und Antworten der theoretischen Führerscheinprüfung*«, liest sie.

»Deine theoretische Prüfung ist am nächsten Samstag. Den Termin hatte jemand abgesagt.«

»Woher kennst du Leute bei einer irischen Prüfstelle?«

»Ich habe sie auf diesem Wunderding namens Telefon angerufen.«

Sie ist perplex und überhaupt nicht auf die auf sie zukommenden Ereignisse vorbereitet.

»Gestern warst du nicht bei der Arbeit, weil du keine Möglichkeit hattest, dorthin zu kommen, und deiner Mutter gegenüber hast du behauptet, du könntest es allein schaffen, also rate mal! Wenn du dich vom Beifahrersitz erhebst und dich hinters Lenkrad setzt, kannst du es tatsächlich allein schaffen.« Mit diesen Worten nimmt er ihre Hand, hilft ihr beim Aussteigen und führt sie dann um den Wagen herum. Io grinst breit.

»Warum tust du das für mich, Io?«, fragt Pip, plötzlich gerührt.

»Weil ich nicht will, dass dein Kollege noch einmal mein Sandwich belegt.«

»Im Ernst, Io. Ich meine nicht nur das hier. Du hast mich im Observatorium herumgeführt und bist mit mir in deiner Maschine übers Land geflogen. Du isst meine Sandwiches. Warum bringst du mir so viel Freundlichkeit entgegen? Die habe ich überhaupt nicht verdient.«

»Da bin ich anderer Meinung. Ich bin als Wissenschaftler hergekommen, um, wie immer und überall, meine gewohnte Aufgabe zu erledigen. Ich blicke nach oben und schenke dem, was am Boden um mich herum vorgeht, kaum Beachtung. Aber du vermittelst mir menschliche Erfahrung. Und ich lerne gerade, dass wir versuchen sollten, genau davon mehr zu entdecken. Dank dir.«

Pip sind Tränen in die Augen getreten. Vielleicht hat sie Io gezeigt, wie man sich auf der Erde umsieht, aber er hat ihr beigebracht, den Blick nach oben zu heben.

»Jetzt steig ins Auto und starte den Motor.«

32

Pip fährt auf dem Flugplatz herum, und Io gibt ihr geduldig Anweisungen. Obwohl sie ihr Leben lang nur Mitfahrerin war, stellt sie sich nicht dumm am Steuer an. Auf dem Rollfeld ist viel Platz, dort kann sie nirgends hineinkrachen, und zum Hangar hält sie ausreichend Abstand. Stella hat es sich vor der Halle in einem Liegestuhl bequem gemacht und streckt das Gesicht in die Sonne, während sie beim Lesen von *The Complete History of the World* eine Pause einlegt.

»Bist du sicher, dass kein Flugzeug auf uns drauf landen wird?«

»Sehr sicher. Es ist keine Landung geplant, und selbst wenn, würden wir die Maschine bestimmt am Himmel sehen und auch hören. Außerdem würden sie uns im Kontrollturm dort drüben Bescheid geben.«

»Sind wir eigentlich die Einzigen, die diesen Flugplatz nutzen?«, fragt Pip, als sie sich schließlich wohl hinter dem Steuer fühlt.

»Nein. Andere Leute nutzen ihn nachts.«

»Darf man denn nachts fliegen?«

»Wenn man eine Privatpilotenlizenz besitzt, darf man fliegen, wann immer es einem beliebt.«

Am Hangar wendet Pip den Wagen und blickt die Start-und-Lande-Bahn hinunter. Kurz lässt sie den Motor aufheulen.

»Du glaubt, du könntest abheben?«, fragt er provokant.

Ihr Fuß drückt ein Pedal durch, und der Motor säuft ab, was Io mit schallendem Gelächter quittiert. Pip genießt das Autofahren, es macht so viel mehr Spaß, als einfach nur auf der Rückbank zu hocken, und sie ist enttäuscht, als Io die Übungsstunde für beendet erklärt. Er muss zur Arbeit, und Pip ebenfalls. Sie tauschen Plätze, und er klatscht mit ihr ab.

»Ich werde dich jeden Morgen abholen und wieder nach Hause bringen, bis du selbst Autofahren gelernt hast.«

»Aber Io …«

»Kein Aber. Wenn du das Gefühl hast, mir zur Last zu fallen, heißt das nur, dass du schneller lernen wirst, oder?«

Als sie an Stella vorbeirollen, die mit einem ins Gesicht gezogenen Cap in der Sonne döst, lässt Io sein Seitenfenster herunter.

»Stella«, ruft er und pfeift, und sie setzt sich erschrocken und verwirrt auf, als hätte sie völlig vergessen, wo sie gerade ist. »Hast du etwas gehört?«

»Nein. Glaubst du, dann würde ich hier rumfaulenzen?«

Io schließt das Seitenfenster wieder, und im Fortfahren wirft Stella ihm ein Luftküsschen zu.

»Arbeitet Stella auch für das Observatorium?«

Io zögert. »Nein. Wieso fragst du?«

»Anscheinend wartet ihr beide auf die gleiche Sache.« Pip beobachtet Io. Seine Miene ist verschlossen. »Wenn das Signal kommt, wird sie dann auch nach Hause fahren?«

»Das hier ist jetzt ihr Zuhause. Sie lebt schon lange an diesem Ort.«

Den Rest der Strecke schweigt er, und Pip hofft insgeheim, dass er es sich noch einmal überlegen und ebenfalls hierbleiben wird.

Als sie zur Crossroads Station abbiegen, schneidet ihnen Ronnie auf seinem Elektroscooter den Weg ab.

»Fahr ihn über den Haufen«, sagt sie, ohne eine Miene zu verziehen.

Io grinst und parkt den Wagen, denn er will sich schon sein Mittagessen für später besorgen. Sobald Ronnie die beiden sieht, beginnt er zu pfeifen.

»Was sehen meine Augen da? Du lässt dich mit den Kunden ein? Du erstaunst mich, Sheridan. Ich dachte eigentlich, du bist eher der ruhige Typ, aber heißt es nicht immer, stille Wasser sind tief?« Er macht Handbewegungen und schmatzende Laute, bis er einen Orgasmus imitiert, dann geht er in die Tankstelle hinein.

Io sieht ihm verwirrt hinterher. »Ich hätte ihn plattmachen sollen.«

Pip reicht Io seinen gemischten Salat über die Theke und bemerkt, dass draußen ein Transporter mit dem Logo des nationalen Fernsehens vorfährt. Zwei Männer steigen aus, einer hält eine Kamera in den Händen, gefolgt von einer Frau mit auffallend roten Haaren. Das Trio geht hinten zum Wagen, die Männer nehmen ein Aufnahmegerät heraus, und die Frau holt einen Rucksack.

»Sieh dir das an«, sagt Krish ganz aufgeregt. Er schaut eifrig Filme, und Pip wurde schon regelmäßig dazu genötigt, sich seine detailgenauen Beschreibungen bestimmter Szenen anzuhören, auch wenn es sie gar nicht interessierte. »Das Fernsehen ist nach Ballybeg gekommen. Weißt du, meine Schwester ist einmal Shah Rukh Khan begegnet und konnte ein Foto mit ihm machen. Er ist einer der größten Bollywoodstars.« Vor Begeisterung reißt Krish die Augen weit auf.

»Sehr cool.«

Krish greift in seine Hosentasche, holt sein Handy hervor und beginnt, durch seine Fotos zu scrollen. Pip sieht Hunderte Bilder von seinen fünf Kindern vor ihren Augen vorbeisausen. »Da ist er.« Krish hält ihr das Foto hin. »Also, wie sich herausstellte, war es gar nicht er, sondern sein perfekter Doppelgänger.«

Io feixt, und Pip unterdrückt ein Lächeln.

Krish steckt sein Handy wieder weg und konzentriert sich auf das, was draußen vor sich geht. »Glaubt ihr, dass die Tankstelle ins Fernsehen kommt?« Er mustert den Raum. »Es könnte sauberer sein.« Er huscht hin und her und gibt Ronnie Anweisungen, was draußen aufgeräumt werden soll.

Ronnie, der bei der Kasse am Fenster steht, zeigt den Reportern den Mittelfinger.

»Die Kamera ist nicht eingeschaltet«, sagt Pip zu ihm.

Ronnie schaut zu ihr und macht erneut Sexgeräusche.

In einem der Gänge hinter ihnen erhebt Krish die Stimme und schimpft mit Ronnie. Er ist nicht zu sehen, sieht aber alles. Dabei klingt er wie ein müder Vater, der von seinem unartigen Kind erschöpft ist.

»Das Fernsehteam muss wegen Jamies Dad zu uns gekommen sein«, spricht Pip ihre Erkenntnis laut aus. »Er hat die Presse eingeladen, ihn beim Torfstechen im Clonboyle Bog zu begleiten.«

»Jamie wird dich dort brauchen«, sagt Io. »Du solltest zu ihm gehen.«

»Ich arbeite.«

Die Fernsehreporterin kommt in die Tankstelle und macht einen abgekämpften Eindruck. Ihr Blick wandert von Ronnie zu einem unnatürlich strahlenden Krish, der dem Team einen roten Teppich ausgerollt hätte, wäre einer vorhanden. Dann sieht die Frau zu Pip und geht direkt auf sie zu.

»Entschuldigen Sie bitte, wo sind die Toiletten? Ich muss mich schminken.«

»Pip wird Sie in unseren Servicebereich bringen«, sagt Krish hochtrabend, als wäre es etwas Besonderes. »Pip, bitte geh mit der Dame hinten durch. Krish Singh, ich bin der Leiter dieser Tankstelle. Herzlich willkommen.«

Die Frau schüttelt seine ausgestreckte Hand. »Hallo. Ich bin Rachel Buckley von 4 News.«

»Ah ja. *Für Sie, für uns, für die Welt. 4 News*«, sagt Krish und wiederholt den Slogan des Nachrichtensenders in sonorer Fernsehsprecher-Manier.

»Kommen Sie bitte mit«, sagt Pip und winkt Io kurz zum Abschied.

Dann führt sie die Frau durch den Personalraum zum Ausgang und weiter über den Hinterhof, als wäre es ein spezieller VIP-Eingang. »Geben Sie auf die Kisten acht«, sagt sie, »und die Glasscherben.« Pip bringt die Reporterin zu den Sanitäranlagen, die sich neben der Autowaschanlage und den Lkw-Parkbuchten befinden. Die Räume werden gut gepflegt, es gibt saubere Duschen und Toiletten.

»Hier ist es«, sagt Pip und zeigt mit der ausgestreckten Hand auf die Waschräume.

»Vielen Dank – ich war die ganze Zeit im Wagen zwischen zwei viel zu großen Männern eingequetscht.«

»Das Gefühl kenne ich. Ich arbeite hier auch mit zwei Männern. Einer ist ein Gentleman, der andere ein Vollidiot.«

Rachel lächelt. »Sie können Ihrem Chef sagen, ich hätte darauf bestanden, dass Sie bei mir bleiben, so können Sie der Arbeit ein paar Minuten entwischen.«

Normalerweise würde Pip das nicht tun, aber da ihre Gedanken um Jamie und den Streit mit ihrer Mutter kreisen, ist sie nicht ganz so motiviert für die Arbeit wie sonst. Sie sucht nicht länger nach etwas, wohinter sie sich verstecken kann.

Pip lehnt sich gegen die Wand und beobachtet Rachel beim Schminken. Mit einem Haarband schiebt sie den roten Pony nach oben und trägt mit einem Drehstift Foundation auf die Stirn, die Wangen und das Kinn auf. Dann nimmt sie einen Schwamm und verteilt das Make-up mit kreisenden Bewegungen im ganzen Gesicht. Die Verwandlung vollzieht sich augenblicklich, und die eben noch sehr blasse Frau hat auf einmal einen orangefarbenen Teint.

»Ich dachte, Sie hätten ein ganzes Team für die Frisur und das Make-up.«

Rachel schnaubt. »Keine Chance. Man erwartet von mir, dass ich auf Sendung ordentlich aussehe, dann hetzen sie mich und brauchen sofort die Aufnahme. Anschließend meckern sie über meine zerzausten Haare. Ich bin Journalistin, kein Model. In den Fernsehstudios gibt es Stylingteams, aber da war ich noch nie. Ich bin eine rasende Reporterin.« In ihrer Stimme schwingt Sarkasmus. »Immer draußen unterwegs auf der Jagd nach der nächsten heißen Story.«

»Fahren Sie heute zum Clonboyle Bog?«

»Ja. Haben Sie davon gehört? Bitte erzählen Sie mir nicht, die Konkurrenz sei schon bei Ihnen gewesen. Ich war sicher, dass diese Geschichte denen schnurzegal ist.«

»Ich habe keine anderen Fernsehleute gesehen.«

»Nun, das ist auch nicht gut, denn das heißt, dass diese Story nichts taugt.«

Als Nächstes zieht sie den Schwung ihrer Augenbrauen nach, und rasch wechselt ihr Ausdruck von Verärgerung zu Überraschung.

»Ich halte es für eine gute Story. Werden Sie live berichten?« Pip würde sich den Beitrag gern in der Arbeit anschauen.

»Nein. Wir filmen und schneiden den Beitrag dann zusammen. Der macht sicher keine Schlagzeilen. Wahrscheinlich wird er drei Sekunden lang unter ›Weitere Nachrichten aus dem ganzen Land‹ ausgestrahlt, wenn er es überhaupt in die Nachrichten schafft.« Rachel seufzt und lässt den Augenbrauenpinsel in ihr Schminktäschchen fallen. »Tut mir leid, dass ich nur rummeckere, aber es gab heute noch eine andere Story, die ich wirklich gern gemacht hätte. Die habe ich mir entgehen lassen, und jetzt bin ich hier, in …«

»Ballybeg«, ruft Pip ihr ins Gedächtnis.

»Genau. Sorry.«

»Schon okay. Sind Sie aus Dublin?«

Pip ist noch nie dort gewesen. Wenn, dann macht ihre Familie auf einem Campingplatz in Donegal Urlaub, denn Josephine und Philip interessieren sich nicht für Städtereisen.

»Nein, ich komme aus Hurlers Cross in County Clare. Davon haben Sie sicher noch nie gehört. Glauben Sie mir, in diesen Toilettenräumen passiert mehr als in dem Kaff, in dem ich aufgewachsen bin. Sobald ich konnte, bin ich von dort weggezogen. Nur ein einziges Mal ist etwas passiert, jemand hat eine Kuh ermordet. Hat ihren Kopf mit einer Eisenstange durchbohrt, und man hat nie herausgefunden, wer es war.«

»Arme Kuh«, sagte Pip.

»Oh, bloß kein Mitleid mit mir«, erwidert Rachel, und Pip lacht.

»Das heute ist keine so schlechte Story, wissen Sie.«

»Irgend so ein alter Torfbauer will das Torfstechen nicht aufgeben. Also eigentlich nichts Neues.«

»In diesem Fall ist an der Geschichte noch mehr dran.«

»Ja?« Rachel nimmt das Band aus den Haaren, die locker herunterfallen, und kämmt sie dann zurück. Ihr Gesicht sieht im Licht des Waschraums tieforange aus. Sie dreht sich Pip zu. »Kennen Sie ihn?«

»Krish, es tut mir furchtbar leid«, sagt Pip zu ihrem Chef, der mit verbissener Miene Frühstücksbrötchen für die Kunden in der Warteschlange belegt. »Die Reporterin möchte wissen, ob ich mit ihr nach Clonboyle Bog fahren kann, weil ich Lorcan Murphy kenne. Sie will ihn interviewen.«

Krish reißt die Augen auf. »Du musst unbedingt mitgehen, Pip. Das ist eine einmalige Gelegenheit.«

Pip weiß nicht, was er sich ausmalt, schließlich wird sie nicht die Berichterstattung übernehmen, aber er ist so besessen von der Magie des Fernsehens, dass er sie fort von ihrem Platz hinter der Theke in den Verkaufsraum schiebt. »Beeil dich und erwähne möglichst die Ballybeg Service Station, wenn du auf Sendung bist.«

Pip nimmt ihre Schürze ab, legt sie hinten in ihren Spind und greift nach ihrer Jacke, während sie sich fragt, worauf sie sich da eingelassen hat. Ihr Wunsch war es, bei diesem Ereignis an Jamies Seite zu sein.

»Hals- und Beinbruch!«, ruft Krish ihr hinterher, als sie hinausgeht, um sich zu dem Fernsehteam in den Transporter zu quetschen.

33

Der Übertragungswagen fährt zum Clonboyle Bog, und sie sind nicht die Ersten vor Ort. Eine Reihe von Autos lässt auf eine ordentliche Menge Schaulustiger schließen, und ein Wagen der Gardaí parkt am Straßenrand. Der Transporter kommt hinter ihm zum Stehen. Ein Garda lehnt entspannt mit verschränkten Armen am Wagen, und ein zweiter befindet sich ein Stück von der Straße entfernt auf dem Moorland. Über Generationen hinweg hat sich Clonboyle Bog im Besitz der Familie Murphy befunden, doch inzwischen ist es zum Naturschutzgebiet erklärt worden. Lorcan Murphy hat man anderswo ein Gelände zum eigenen Gebrauch angeboten, aber er weigert sich, Land zu nutzen, das ihm nicht per Geburtsrecht gehört.

Der Protest findet in der Nähe der Straße statt, daher muss das Fernsehteam nicht weit laufen. Diese Landschaft ist reich an Heidekraut, dem Torf bildenden Sphagnum-Moos und dem Wollgras mit seinen fluffigen weißen Blütenköpfen, die darauf warten, dass der Wind ihre Samen verbreitet. Eine Gruppe von Lorcans Unterstützern, etwa zwanzig bis dreißig an der Zahl, halten Banner hoch, auf denen steht: »Sagt Nein! zu den Einschränkungen des Torfmoors durch die EU und die Regierung!«, »Unser Land, unser Geburtsrecht!« und »Friert die Preise ein, aber lasst nicht die Armen frieren!«

Journalisten sammeln sich mit Notizblöcken und Stiften, Fotografen halten Kameras in den Händen und machen Aufnahmen von der Szene. Doch die Atmosphäre bleibt ruhig und freundlich. Die Stille des Torfmoors ist unvergleichlich, der Boden saugt alles auf, und der Protest ist stumm. Die einzigen Bewegungen rühren von Lorcan Murphy im Zentrum der Menge her, während er in stoischer Ruhe seine Werkzeuge und seine Ausrüstung für die Demonstration des Torfstechens bereitlegt. Diese Woche findet seine gerichtliche Anhörung statt, und jetzt ist seine große Stunde, er kann versuchen, etwas zu bewirken, um sein Erbe und seine Unabhängigkeit zu schützen.

Sobald sie sich dem Moor nähern, verändert sich Rachels Energie. Pip kann spüren, wie das Adrenalin durch die Adern der Reporterin rauscht, während sie sich umblickt, Schauplatz und Geschehen beurteilt und ihre Story findet. Sie ist wie eine Jägerin, denn ihr bleibt nur eine begrenzte Zeit, um alles für den Beitrag einzufangen, jedes Detail in ihrer Umgebung aufzunehmen und die Story dann ins Studio zu schicken. Selbst wenn sie nur zehn Sekunden Sendezeit bekommt.

Der Anblick ist ruhig, aber das Moor ist voller Leben. Libellen und Schmetterlinge schwirren umher, und das Wollgras wiegt sich im leichten Wind, erhellt von den gelegentlich durch die Wolken hindurchbrechenden Sonnenstrahlen.

Pip entdeckt Jamie zusammen mit Tala. Für einen Moment setzt ihr Herzschlag aus. Jamies Brüder halten sich ein kleines Stück von ihm entfernt; andere würden die Distanziertheit gar nicht bemerken, aber Pip fällt sie sofort ins Auge. Als dem ältesten Sohn der Familie wäre das Land eigentlich auf Jamie übergegangen, aber nach seinem schrecklichen Vergehen wurde er weggeschickt, und der Nächste in der Reihe, Domhnall, hätte den Besitz geerbt, wenn er der Familie nicht weggenommen worden wäre. Domhnall steht zusammen mit seiner Frau und ihren vier Kindern neben Finbar und dessen Frau. Seit Jahren war Jamie nicht mehr hier, um der Familie bei der Landarbeit zu helfen, wenn der Torf unter tagelanger Plackerei gestochen und getrocknet wird und die Ernte in den darauffolgenden anstrengenden Wochen vor Nässe und Feuchtigkeit geschützt werden muss, um den Brennstoff für den Winter zu sichern.

Pip geht zu Jamie und berührt ihn leicht am Ellbogen, um auf sich aufmerksam zu machen.

»Pip«, sagt er überrascht mit respektvoll gedämpfter Stimme. »Ich wusste nicht, dass du kommst.«

»Tut mir leid, dass ich Bella nicht mitgebracht habe«, sagt sie, als sie erkennt, dass sie es erneut falsch gemacht hat. Sie hätte ihr Erscheinen hier planen sollen, als sie von der Aktion erfahren hat. An sich selbst zu denken, fällt ihr schwer und geht nur langsam, aber sie kommt allmählich in Schwung.

»Ich bin froh, dass du da bist.«

Allein das ist schon ein Fortschritt. Eine kleine Veränderung jeden Tag.

»Hallo, Pip.« Tala beugt sich vor und unterbricht Pips Blickkontakt mit Jamie.

»Hallo«, erwidert Pip flüsternd. Sie kommt sich vor wie auf einer Beerdigung.

»Wie bist du hierhergekommen?«, fragt Jamie.

»Mit ihnen dort.« Pip sieht zu Rachel und dem Fernsehteam, das die technische Ausrüstung aufbaut. »Sie haben an der Tankstelle angehalten. Glaubst du, dein Dad wird mit ihnen sprechen?«

Jamie schüttelt den Kopf. »Es ist ein stummer Protest, er will, dass es allein um den Akt des Torfstechens geht, denn die Bilder sagen mehr als Worte.«

Pip ärgert sich nicht, Rachel enttäuschen zu müssen, aber es bestürzt sie, denn ihrer Erfahrung nach hat Schweigen nicht geholfen. Die Stille in Pips Haus war überwiegend destruktiv; sie hatte den Zweck, jegliche Kommunikation zu unterbinden und Schranken zu errichten, um Pip den Mut zu nehmen, ihre Meinung zu sagen. Jamies Blick ruht auf ihr, und Pips Herz pocht, während sie so nah bei ihm steht, dass sie sich kaum auf den Grund ihres Kommens besinnen kann. Leichte Röte steigt ihr ins Gesicht, und sie konzentriert sich auf Lorcan.

Die Gardaí schauen mit respektvoller Miene zu. Die Demonstranten sind still. Die Presseleute bleiben im Hintergrund, um die Szene zu beobachten und Fotos zu machen. Es ist ein friedlicher Protest.

Alle sehen dem Ritual zu.

Die Bodendecke ist schon im Vorfeld freigelegt worden. Etwa dreißig Zentimeter der obersten Schicht des Moores aus Torfmoosen, Wollgras und Heidekraut sind bereits entfernt worden. Lorcan sticht den Torf auf eine bestimmte Weise, für die normalerweise zwei Männer und ein Handkarren nötig sind, die *stanking* genannt wird. Es hat etwas Hypnotisierendes an sich, als er den *sleán*, den Torfspaten, durch die feuchte Erde gleiten lässt und ein sauberes Rechteck aussticht, das er anschließend aufs Gras legt. Von dort wird der Torf mit einer Schubkarre auf ein Feld gebracht, um in der Sonne zu trocknen.

Jamie beobachtet seinen Vater, wie er die Arbeit allein verrichtet. Früher sind sie zu viert gewesen und haben drei Tage benötigt, um genügend Brennmaterial für ein ganzes Jahr zu stechen.

»Ich habe es immer gehasst, mithelfen zu müssen«, sagt Jamie leise zu ihr.

»Das weiß ich noch.«

Es kollidierte mit seinem Gaelic Football, mit dem Training und den Spielen. Als Teenager hat Jamie so begeistert Sport getrieben, dass es für ihn ein großes Ärgernis war, beim Torfstechen helfen zu müssen.

Einen Moment lang hat Lorcan Mühe, Halt auf dem rutschigen Untergrund zu finden.

Jamie schnellt vor, als wolle er ihm zu Hilfe eilen, stoppt dann aber abrupt ab. In jungen Jahren hatte er nicht viel für die Landwirtschaft seiner Familie übrig, doch wenn er vor der Wahl gestanden hätte, wäre er vielleicht geblieben und hätte weiter mit seinen Brüdern beim Torfstechen geholfen. Er hätte die Beziehung zu seiner Tochter und seine Tradition bewahren können, aber beides wurde ihm genommen. Vielleicht ist er ganz anderer Ansicht, aber Pip spürt, wie sich ihr bei dem Gedanken an Jamies Verlust die Kehle zuschnürt. Vielleicht hat das heute hier doch etwas von einer Beerdigung.

»Möchtest du ihm helfen?«, fragt Pip.

Er sieht sie an und wirkt verloren.

»Geh und hilf ihm.«

Es braucht nicht viel, um ihn zu überzeugen. Jamie marschiert zwischen den Menschen hindurch und nimmt einen *sleán* in die Hand.

»Los, Junge«, sagt einer der Demonstranten laut, und ermutigendes Gemurmel kommt auf.

Rasch treten Finbar und Domhnall hinter Jamie.

Er steht oberhalb der Torfbank und gräbt seinen Spaten senkrecht hinein, wobei er die Rückseite des jeweiligen Stücks einkerbt, damit es sich glatt löst. Domhnall stapelt den gestochenen Torf auf eine Schubkarre und bringt ihn zu Finbar, der die Stücke auf einem Feld ablädt. Erst baut Finbar das Fundament, er schichtet den Torf aufeinander, sodass sich beide Seiten wie ein Zelt in der Mitte treffen. Auf diese Weise bleibt der Torf dem nassen Grund fern und kann aushärten, außerdem kann der Wind direkt durch die Stücke hindurchblasen.

Die Bewegungen der Männer sind über viele Jahre hinweg eingeübt und sorgfältig aufeinander abgestimmt. Es ist faszinierend, ihnen bei der gemeinsamen Arbeit zuzusehen, eine vereinte Familie, die zerrissen wurde und niemals wirklich heilen konnte.

»Was macht er da?«, flüstert Tala und reißt Pip aus dem bewegenden Moment. »Er ist hergekommen, um seinen Vater aufzuhalten, und jetzt macht er sogar mit«, fährt Tala ehrlich enttäuscht fort. »Da drüben ist die Polizei.« Sie sieht sich um, und der Wind bläst ihr die Haare ins Gesicht.

Pip macht mit ihrem Handy ein Foto von Jamie mit seinen Brüdern und seinem Vater in Aktion.

Als die Vorführung zu Ende ist, zerstreut sich die Menschenmenge wieder. Die Journalisten müssen Storys schreiben, die Fotografen ihre Bilder einreichen, die Unterstützer kommen zu zweit oder zu dritt zusammen, um über die nächsten Schritte ihrer Kampagne für das Torfstechen zu beraten. Die Gardaí sehen zu, wie alle den Schauplatz verlassen, jeder hat seine Rolle gespielt. Die gegebenen Versprechen wurden gehalten.

Jamie kehrt zu ihnen zurück, und am liebsten würde Pip vor Stolz die Arme um seinen Hals schlingen. Stattdessen schenkt sie ihm ein offenes Lächeln und hebt versteckt einen Daumen in die Höhe.

»Pip«, Rachel läuft auf sie zu, als hätte sie es eilig, ihr Verstand arbeitet immer auf Hochtouren und plant die nächsten Schritte. »Kann ich kurz mit ihm sprechen?«

»Das ist Lorcans Sohn Jamie, die Entscheidung liegt bei der Familie.«

»Unsere Berichterstattung ist vollkommen neutral«, wendet

sich Rachel an Jamie. »Wir möchten nur hören, was Ihr Vater zu sagen hat.«

»Das war's, was er zu sagen hatte«, erwidert Jamie und nickt in Richtung der zum Trocknen verteilten Torfstücke.

»Und ich verstehe das. Die Vorführung war wirklich bewegend. Aber ich glaube, die Menschen zu Hause müssen ihn hören. Taten sagen nicht immer mehr als Worte. Wir leben in einer Welt, wo Worte Bedeutung haben. Ich gebe Ihnen einen Moment Zeit, damit Sie es sich überlegen können.«

»Ich glaube nicht, dass sein Anwalt damit einverstanden wäre, wenn er mit der Presse redet«, sagt Tala besorgt.

Jamie sieht Pip an. »Was denkst du?«

Pip blickt zu Lorcans Enkelkindern, die sich um den frisch gestochenen Torf herum versammelt haben. Auch Bella ist seine Enkelin, Pip hätte daran denken sollen, sie herzubringen. Das Problem ist nicht nur Josephine, auch Pip trägt dazu bei. Ihrer aller Denkweise muss sich ändern. »Wann hat Schweigen uns jemals gutgetan?«

Pip spürt, wie Jamies Hand um ihre Taille sie leicht drückt, und seine Lippen berühren ihr Ohr, als er flüstert: »Es wird sich ändern, das verspreche ich.«

Als er fortgeht, hat sie am ganzen Körper eine Gänsehaut.

Am Abend setzt sich Pip mit Bella und ihren Eltern vor den Fernseher, um die Nachrichten zu schauen.

Die erste Einstellung zeigt Lorcan mit dem Moor im Hintergrund. Er lehnt sich auf seinen *sleán* und sagt: »Ich bin ein Mann, dem das Land, das sich seit Generationen in Familienbesitz befindet, weggenommen wurde, und ich will einen Schuppen voller Torf, damit ich unabhängig bleiben und mein Haus heizen kann.«

»Was sagen Sie denen, die Ihr Torfstechen für eine Straftat

halten? Der EU, die dieses Moor als Tatort betrachtet und Sie wegen mutwilliger Zerstörung eines kostbaren Bodenschatzes anklagen könnte?«

»Ich will die Natur nicht zerstören. Unsere Vorfahren haben um dieses Land gekämpft. Es dreht sich nicht nur ums Heizen und ums Geld. Wenn man etwas sein Leben lang gemacht hat, und dann ändert es sich auf einmal, wird man sentimental. Es geht nicht nur um den Erdboden, es geht um Stolz und Identität.«

Dann ein Schnitt zu einem Interview mit Krish an der Tankstelle. Er spricht mit seiner speziellen Telefonstimme, die Pip zum Lächeln bringt, und genießt den Moment seines persönlichen Fernsehruhms: »Seit zwanzig Jahren lebe und arbeite ich nun hier und habe immer Torf bei den Bauern aus der Gegend gekauft, um ihn hier, direkt vor der Tankstelle, zu verkaufen. Aber jetzt ist das nicht mehr erlaubt.«

Dann kommt Rachel Buckley ins Bild, sie steht vor *The Turfcutter's Inn*. »Die Torfbauern, die sich heute hier versammelt haben, sind der Meinung, dass die Regierung bei diesem brennenden Thema die Führung übernehmen und sich gegen die EU und ihre Vorschriften wehren sollte. Einige wollen mit dem Torfstechen weitermachen, andere finden, die Regierung sollte Torfgräber dafür bezahlen, dass sie die Moore restaurieren und Häuser umrüsten, in denen noch mit diesem Material geheizt wird. Und während eine tiefe Kluft diejenigen, die an das Verbot des Torfstechens glauben, von dessen Gegnern trennt, werden sich alle im Land, die auf Torf für ihren Lebensunterhalt angewiesen sind, über diese Initiative freuen.«

Das Bild wechselt zum Kamin im Inneren des Gasthauses, in dem kein Feuer brennt.

»Das Torffeuer ist ein wesentlicher Bestandteil des Landlebens und hat auch die irische Identität geprägt. Bejubelt als der Geruch nach Heimat, brennt es im *Turfcutter's Inn* seit seiner Erbauung im Jahr 1879. Inzwischen kann der Wirt auf legalem Weg keinen Torf mehr kaufen, und heute wurden die Feuer zur Unterstützung von Lorcan Murphy und den Torfbauern der Region gelöscht. Aus Ballybeg im County Offaly, ich bin Rachel Buckley für 4 News.«

Der Beitrag ist zu Ende, und Bella sieht mit großen, traurigen Augen zu Pip hinüber. »Oh, armer Granddad. Ich hätte dort sein sollen, alle meine Cousinen waren im Moor.« Dann sagt sie noch einen verräterischen Satz: »Ich hätte im Fernsehen sein können.«

Pip malt sich aus, wie es gewesen wäre, wenn sie zusammen mit Bella und Jamie an der Abbaustelle gestanden hätte – eine vereinte Familie.

»Du hättest mit deiner Familie zusammen dort sein sollen«, stimmt Pip Bella zu. »Daran zu denken, wäre meine Aufgabe gewesen.«

»Ich glaube nicht, dass eine verbotene Demonstration der richtige Ort für dich ist, mein Schatz«, sagt Josephine, steht dann auf und sammelt die herumstehenden Becher ein, um sie in die Küche zu bringen. »Nächstes Mal bringen sie etwas über den Schutz von Moorgebieten, denn die Berichterstattung muss ausgewogen bleiben.«

Philip schweigt tief in Gedanken versunken.

Pip bekommt eine Textnachricht und hofft sofort, dass sie von Jamie ist. Jedes Mal, wenn das Telefon klingelt, wünscht sie sich, es wäre Jamie, aber die Nachricht wurde von einer unbekannten Nummer gesendet.

Mehr als zwanzig Sekunden. Ich schulde Ihnen was für heute. So viel besser als eine Gerichtsstory. Vielen Dank. Rachel Buckley.

Vor einigen Wochen wäre Pip nicht mit einer Reporterin in ein Auto gestiegen und zu Lorcan Murphys Farm gefahren. Und gewiss hätte sie Jamie nicht ermutigt, seinen Vater beim Torfstechen zu unterstützen. Auch hätte sie nie in Erwägung gezogen, Lorcan Murphy davon zu überzeugen, dass er seine Geschichte öffentlich erzählt, sondern sie hätte auf ihrer Suche nach Information hier und da einen Fetzen aufgeschnappt und das Bild selbst zusammengesetzt. Innerhalb weniger Wochen war sie aus dem Gewühl der Menge an die Seitenlinie vorgerückt.

Pip ist glücklich über Jamies und Ios Unterstützung, aber beide, Io und Jamie, sind nur vorübergehend hier. Sobald die gerichtliche Anhörung seines Vaters vorbei ist, wird Jamie nach Liverpool zurückkehren, und sobald Io sein Signal empfängt, wird auch er fortgehen. Dann wird Pip allein, ohne ihre zwei Säulen, zurückbleiben und sich nirgendwo mehr anlehnen können.

Origami-Mädchen
Hörst du das?
Fragt er
Das Sternensignal
Nein
Erwidert sie
Versteckt ihre Lüge
Und möchte ihn zusammenfalten
Klein und ordentlich
Damit er bei ihr bleibt
Denn dank ihm
Fühlt sie sich
So viel größer
Und entfaltet

34

Was machen wir wegen morgen Vormittag?«, will Bella wissen, während sie Pip in ihrem Zimmer die Fingernägel manikürt.

Kurz überkommt Pip Panik. Es ist der erste Samstag, seit Josephine herausgefunden hat, dass sie beide nicht zum Pilates gehen, und Pip und Josephine in Streit gerieten, und nichts ist gelöst. Sie haben weitergemacht, ohne das Thema noch einmal anzusprechen oder sich zu vertragen, und nun gärt und modert eine weitere Schicht ungelöster Probleme in der Tiefe wie das Moor, auf dem ihr kleiner Ort erbaut wurde. Die Risse im Haus sind ausgebessert worden. Jetzt sickert Spachtelmasse aus den Wänden wie gelber Eiter aus einer Wunde.

»Wir machen es so wie immer«, erwidert Pip, die keine Angst vor einer erneuten Auseinandersetzung mit Josephine hat. Der Gedanke an den morgigen Tag versetzt sie in Aufregung, denn sie hat einen Termin für die theoretische Führerscheinprüfung.

»Also kann ich Mark treffen?«

»Ja, es sei denn, du möchtest lieber Zeit mit mir verbringen«, schlägt Pip hoffnungsfroh vor. »Dann müssten wir nicht lügen.« Die Prüfung würde sie sofort sausen lassen, um ein paar Stunden mit Bella allein zu verbringen.

»Nein«, stöhnt Bella. »Ich will unbedingt Mark sehen. Es ist jetzt schon zwei Wochen her.«

Pip ist gekränkt, aber sie behält ihre Empfindlichkeit für sich. Sie hat keine Angst, Josephine ihren Willen klarzumachen, aber ihren Eltern von Mark zu erzählen, dazu ist sie im Moment nicht bereit. Denn sie weiß nur zu gut aus eigener Erfahrung, dass übermächtige Kräfte einer so kostbaren Verbindung den Riegel vorschieben können. »Ich werde nicht zulassen, dass man Mark und dich trennt, aber ich würde ihn gern kennenlernen. Darf ich?«

»Natürlich.«

»Ich kann Io bitten, dass er uns fährt.«

In der vergangenen Woche hat Io Pip jeden Tag von zu Hause abgeholt und ist mit ihr für eine Fahrstunde zum Flugplatz gefahren, bevor er sie bei der Arbeit abgesetzt hat. Nach ihrer Schicht hat er sie wieder heimgebracht.

»Seid ihr beiden zusammen?«

»Nein, wir sind nur Freunde.«

»Was macht ihr beiden gemeinsam?«

Pip überlegt, ob sie ihr von den Touren übers Land in Ios Flugzeug erzählen soll, doch auch wenn sie Bella unbedingt in ihre Welt einbeziehen will, möchte sie doch, dass das Fliegen ihr Geheimnis bleibt. Denn Bella wird es unweigerlich Josephine weitertragen, und wahrscheinlich würde ihre Mutter dafür sorgen, dass der Flugplatz gesperrt wird.

»Unter uns, er bringt mir das Autofahren bei.«

Bellas Augen leuchten auf. »Ich wusste gar nicht, dass du selbst fahren möchtest.«

»Es gibt viele Dinge, die ich gern machen würde.«

»Wirklich? Was zum Beispiel?«

»Reisen, ich würde gern reisen. Nach Giverny. Dort ist der Garten, in dem Monet das Bild gemalt hat, das als Druck an meiner Wand hängt. Diesen Ort möchte ich in Wirklichkeit kennenlernen. Und auch andere, ich könnte mir einen

Strandurlaub vorstellen. Mit einem Stapel Schmöker und einer Sonnenliege.«

»Das wäre schön«, sagt Bella verträumt.

»Wir beide sollten zusammen verreisen«, sagt Pip.

»Nan und Granddad machen lieber bei uns zu Hause Urlaub.«

»Wir dürfen auch ohne sie wegfahren«, erwidert Pip mit einem Lachen, obwohl sie in Wahrheit Herzpochen hat. Was sie vorschlägt, sollte selbstverständlich sein, ist es aber in diesem Haus nicht. Ihre Eltern würden automatisch annehmen, sie wolle sich aus dem Staub machen, auch wenn sie nur eine Urlaubsreise vorhat. »Eine Woche wäre wunderbar. Die beiden mögen keine Strände. Wir könnten scharfe Tacos essen und im Meer schwimmen.«

»O mein Gott, könnten wir das wirklich?«

»Ich werde anfangen, für nächstes Jahr zu sparen. Jetzt, wo du älter wirst, ist es Zeit, dass wir die Dinge anders machen.«

»Vermutlich.« Bella zuckt die Achseln.

»Wenn wir schon beim Thema ›etwas anders machen‹ sind: Dein Dad würde Mark auch gern kennenlernen.«

»Ich habe dir doch gesagt, du darfst niemandem davon erzählen!« Sie flippt aus.

»Er ist dein Vater und hat ein Recht darauf, es zu erfahren.«

»Das ist so strange, Pip, nein, o mein Gott!«

»Was ist dir lieber, Bella, Großeltern, die dir nicht erlauben werden, Mark zu treffen, oder Eltern, die dich unterstützen?«

»Ja, aber ihr beiden seid nicht meine –« Sie bremst sich selbst.

»Nicht deine was?«, fragt Pip mit vor Schreck geweiteten Augen.

»Nicht wichtig«, erwidert Bella und steht auf.

»Ist es doch. Ich will wissen, was du sagen wolltest!«

»Nichts!« Beleidigt stürmt Bella aus dem Zimmer, und Pip bleibt mit nur einer manikürten Hand und tränenüberströmtem Gesicht zurück.

Am nächsten Morgen muss Pip Io nicht bitten, Bella und sie ins Zentrum zu fahren, denn Josephine bleibt im Bett und gibt sich ohne erneuten Streit geschlagen, und Philip ist bereit, sie beide ohne neugierige Fragen oder beklemmendes Schweigen hinzubringen.

Pip nimmt auf dem Beifahrersitz Platz, worauf Bella mürrisch reagiert, doch Pip tut so, als würde sie es nicht bemerken. Schließlich ist das nichts Ungewöhnliches. Auf dem Rückweg von der Arbeit sitzt Pip immer vorn im Auto neben ihrem Vater. Philip setzt die beiden am Park ab, sie müssen nicht mehr vortäuschen, den Pilateskurs zu besuchen.

»Genießt euren Spaziergang. In drei Stunden hole ich euch wieder ab, einverstanden?«

Das ist viel Zeit, aber für Pip könnte es knapp werden. Sie braucht dreißig Minuten bis zum Testcenter in Tullamore, eine Stunde für die theoretische Prüfung und eine halbe Stunde für den Rückweg.

»Vielleicht lieber in vier Stunden.«

Auch das nimmt Philip hin, ohne nachzufragen, obwohl das gar nicht seiner Art entspricht.

»Hast du etwas im Zentrum zu erledigen?«

»Ein bisschen was, ja. Bis später.«

Argwöhnisch schaut sie ihm nach, wie er in die entgegengesetzte Richtung ihres Hauses wegfährt.

»Er benimmt sich merkwürdig«, sagt Pip.

»Komm schon.« Bella zieht sie am Arm mit sich. »Mark wartet.«

»Du weißt, dass du jetzt vier ganze Stunden mit ihm hast.«

»Das ist nicht lang genug«, erwidert Bella melodramatisch.

Auf dem Weg zum vereinbarten Treffpunkt erklärt Bella Pip eine Reihe von Regeln und Dingen, wie sie sich im Gespräch mit Mark verhalten soll. Es geht um Fragen, die Pip nicht stellen darf, Themen, die Bella zu peinlich oder zu langweilig findet, und bestimmte Worte, die einfach inakzeptabel sind.

»Und sag bloß nicht *cool*. Du sagst immer *cool*, aber das Wort benutzt niemand mehr. Höchstens irgendwelche Surfertypen aus den Siebzigern.«

Pip runzelt die Stirn, und als sie um die Ecke auf einen Parkweg einbiegen, der von hundert Jahre alten Bäumen gesäumt wird, die ihre Kronen zueinanderneigen und Spazierenden Schutz und Schatten bieten, steht dort Mark.

»Hallo, Mark«, sagt Pip und streckt ihm die Hand hin.

»Mark, das ist Pip, meine Schwester. Pip, das ist Mark, mein Freund.«

Zunächst lacht Pip, doch als Bella eine ungerührte Miene aufsetzt und Pip einen nur für sie erkenntlichen finsteren Blick zuwirft, begreift Pip, dass ihre Vorstellung als Bellas Schwester vollkommen ernst gemeint ist, und das Lachen bleibt ihr im Hals stecken.

»Freut mich, dich kennenzulernen«, sagt Mark und schüttelt ihre Hand. »Meine Schwester Mary ist zehn Jahre älter als ich, daher weiß ich, wie das ist. Das war eine der ersten Sachen, die wir gemeinsam hatten, nicht wahr?«

Bella nickt enthusiastisch und sieht Mark verliebt an.

Pip würde am liebsten in Tränen ausbrechen, und dieses Bedürfnis ist so überwältigend, dass sie auf der Stelle gehen muss. Die Demütigung und die Beleidigung, der sie hier ausgesetzt ist, sind zu schmachvoll. Bella starrt sie bedrohlich mit geblähten Nasenflügeln an, damit sie wie ein Affe im Zirkus das Kunststückchen vollführt.

Mark mangelt es nicht an Selbstvertrauen.

»Isabella und ich finden es wirklich großartig, wie du dich zu unserer Beziehung und unseren Plänen für nächstes Jahr und alldem verhältst.«

»Nächstes Jahr?«, bringt Pip mühevoll heraus und ist niedergeschlagen, weil er Isabella gesagt hat. Selbst als ihre Tochter die Chance hatte, sich mit jemandem im Verborgenen zu treffen, verwendet sie ihren Taufnamen Isabella.

»Dass sie nächstes Jahr die Schule verlässt«, erklärt Mark. »Wir beide haben Pläne, musst du wissen. Wir wollen uns gleich unser eigenes Leben aufbauen. Isabella hat mir erzählt, dass du in ihrem Alter genauso warst und ihr zur Seite stehen wirst, wenn sie es ihren Eltern eröffnet.«

Pip fehlen die Worte, denn Bellas Regeln haben sie sprachlos gemacht. Sie ist wie erstarrt. Pip sieht ihre Tochter an und verspürt einen tiefen Schmerz. Der Mensch, für den sie alles andere sechzehn Jahre lang ertragen hat, hat Verrat an ihr begangen.

35

Schnell trennt sich Pip von Bella und Mark und geht mit gesenktem Kopf wie benommen durch den Park, während ihr Tränen über die Wangen rinnen und sie versucht, den Blicken der Menschen auszuweichen, die sich auf einem Morgenspaziergang oder einer Joggingrunde befinden. Hunde zerren an der Leine, Kinder sausen auf Rollern umher, und ganze Familien sitzen auf Fahrrädern und nutzen den trockenen Tag aus, um frische Luft zu schnappen.

Stiefel mit Stahlkappen und blaue Jeans kommen auf sie zu. Pip geht nach links, um den Spaziergänger vorbeizulassen, aber die staubigen Stiefel bewegen sich in ihre Richtung. Also schert Pip zur anderen Seite aus, und wieder machen die Stiefel das Gleiche wie sie. Pip schaut auf und bleibt stehen.

»Sammy«, sagt sie überrascht und wischt sich mit dem Ärmel übers Gesicht.

»Geht es dir gut?«, erkundigt er sich mit besorgter Miene.

»Oh, ja, mir geht's gut, danke, ich war nur gerade …« Ihr fällt keine Erklärung ein, warum sie während eines Spaziergangs weinen muss.

»Bist du allein?«, will er wissen und sieht sich um. »Wem muss ich in den Arsch treten?«

Sein Benehmen ist glatt und charmant. Sanft, wenn es die Situation erfordert, beschützend, wenn sie sich verletzlich fühlt. Sie könnte in seine starken Arme sinken und sich bei ihm ausweinen, wenn sie sich sicher fühlen würde. Tatsächlich aber erfüllt sie Unbehagen.

»Ich habe nichts mehr von dir gehört.«

»Ja, es war eine Menge los, seit Jamie wieder zurück ist.« Dann fällt Pip wieder ein, warum sie Sammy nicht mehr getroffen hat. »Deine Nachricht.«

»Ich war wütend«, erwidert er mit einem beinahe schüchternen Lächeln. Will er den Eindruck vermitteln, dass er sich schämt? »Du hast mich sitzen gelassen, um mit deinem Ex Champagner zu trinken.«

»Wir wollten etwas Persönliches unter vier Augen besprechen.« Pip hat die Demütigung durch Bella noch nicht verwunden, und sie ist es leid, so behandelt zu werden, daher spricht sie offen aus, was sie fühlt: »Deine Nachricht war widerlich. Das hatte ich nicht verdient.«

Sein Lächeln erlischt, und etwas in ihrem Magen sagt Pip, dass Gefahr im Verzug ist. Plötzlich wünscht sie sich die Menschen herbei, vor denen sie gerade eben noch ihr Gesicht versteckt hat, damit sie sich nicht allein mit Sammy in diesem tiefen Tunnel aus Bäumen befindet. In der Ferne entdeckt sie einen Mann mit Hund und atmet unmerklich erleichtert auf, bis der Spaziergänger vom Weg in Richtung der freien Wiese abbiegt, wo er den Hund von der Leine lassen kann. Wie gelingt Sammy das? Jedes Mal, wenn er mit ihr zusammen ist, schrumpft ihre Welt.

»Ich fand dich unglaublich unhöflich«, sagt er und verschränkt die Arme vor der Brust. »Du hast mich in den Pub eingeladen und dich dann die ganze Zeit mit deinem Ex-Freund unterhalten.«

Pip hatte ihn nicht gebeten zu kommen, aber darüber verliert sie kein Wort.

»Eines möchte ich klarstellen: Ich date normalerweise keine Frauen, die Kinder haben, denn ich habe keinen Bock, den Platz von einem anderen Mann einzunehmen, und dann muss ich auch noch Zeit mit seiner Brut verbringen. Und dir habe ich auch nur eine Chance gegeben, weil Bella überhaupt nicht dein Kind zu sein scheint, oder was meinst du?«

Sie hat es kapiert, er will sie in die Enge treiben. »Sieh mal, Sammy, ich bin verabredet und habe es eilig, daher möchte ich jetzt nicht weiter darauf eingehen.«

Sie will an ihm vorbei, aber er versperrt ihr den Weg. Also versucht sie es auf der anderen Seite, doch er steht abermals vor ihr.

»Noch ein Date? Du hast schon Jamie, und auch Io, richtig? Mit dir kann ich wirklich nicht mithalten. Haben die beiden denn ihren Spaß mit dir? Denn mich hast du ja nicht rangelassen. Du treibst es seit deinem sechzehnten Lebensjahr, Philippa, und mich wundert, dass dein Sattel nach dieser langen Zeit noch intakt ist.«

Er ekelt sie an. Schließlich stürmt sie panikartig los, an ihm vorbei, in der Erwartung, dass er sie packen wird, aber das passiert nicht. Er lacht nur.

Schnell geht Pip weiter und rechnet damit, dass er sie jeden Moment aufhält. Sie beschleunigt ihr Tempo, bis sie in einen Laufschritt verfällt.

»Wirklich jammerschade«, ruft Sammy ihr hinterher. »Dein Dad stand so kurz vor der Rente.«

Pip schluckt schwer. Ihr ist übel.

Pip erzählt Io alles über die Begegnung mit Sammy. Auf dem Weg zu ihrer theoretischen Führerscheinprüfung machen sie einen Umweg über den Flugplatz, wo Io etwas abholen muss. Schweigend und auch sehr ruhig lauscht er ihrem Bericht.

Vor dem Hangar hält er den Wagen an und steigt aus. Während sie auf seine Rückkehr wartet, schlendert Pip zwischen den sechs Flugzeugen und zwei Hubschraubern umher. Im Büro sieht Pip Stella in ihrem Arbeitsoverall. Das Oberteil hat sie ausgezogen und sich um die Hüfte geknotet, darunter trägt sie ein weißes Unterhemd. In der Hand hält sie irgendein Werkzeug, offensichtlich hat sie einen Motor repariert. In der Tat bemerkt Pip auf dem Boden neben einem der Hubschrauber noch mehr Werkzeuge und eine offen stehende Motorklappe.

Io unterhält sich mit Stella in ihrem Büro, und als Pip hinsieht, fällt ihr im Inneren eine weitere, einen Spaltbreit geöffnete Tür und dahinter eine hinabführende Treppe auf. Daneben befindet sich die Tastatur eines Sicherheitsschlosses, denn der Zutritt erfordert einen Code. Stella streckt den Arm aus, um die Tür zu schließen, und Pip fährt zusammen, als könnte Stella, die die ganze Zeit über mit dem Rücken zu ihr stand, ihre Gedanken lesen.

Pip tut so, als würde sie sich den Hubschrauber anschauen, schielt stattdessen aber weiterhin durch das Fenster in Stellas Büro. Sie mustert die Wände und entdeckt topografische Himmelskarten, auf denen Sterne und Planeten genau verortet sind.

Plötzlich drehen sich Io und Stella in Pips Richtung. Es geschieht so schnell, dass sie einen Schreck bekommt. Aber sie sehen nicht zu ihr, sondern haben den Blick auf etwas in ihrem Rücken geheftet. Dann entdeckt auch Pip einen schwarzen Range Rover vor dem Hangar. Zwar gehört sie nicht zu den Menschen, die sich Nummernschilder merken, aber sie ist sich ziemlich sicher, dass das Sammys Auto ist.

Schwarz und bedrohlich. Wie ein knurrendes, heranschleichendes Raubtier, das seiner Beute auf Schritt und Tritt folgt. Leise kriecht es knirschend über den Boden und hält dann neben Ios Wagen an.

Stella tritt aus ihrem Büro und durchquert den Hangar, das Werkzeug immer noch in ihrer Hand. Ihr Gesichtsausdruck ist – völlig untypisch – kalt und abweisend. Doch sie geht nicht zu dem Range Rover, sondern bleibt am Rand des Hangars stehen. Aufmerksam sieht sie zu Sammys Wagen, den nun auch Io argwöhnisch mustert.

Pips Blick wandert von der Flugzeugmechanikerin zu dem Himmelsforscher.

Auf einmal beginnt sich Sammys Wagen rückwärtszubewegen, als würde er langsam wieder in dem Loch verschwinden, aus dem er herausgekrochen war.

Pip beobachtet, wie Sammy vom Gelände fährt, und plötzlich ist Io neben ihr, sie stehen Schulter an Schulter, obwohl sie ihn nicht kommen gehört hat.

Sie spürt seine Anspannung, und da sie ein schlechtes Gewissen hat, bricht sie das Schweigen. »Es tut mir leid, dass Sammy mir hierher gefolgt ist.«

»Du musst dich nicht entschuldigen, Pip«, erwidert Io und starrt weiterhin in die Richtung, in der Sammys Auto verschwunden ist. »Er ist mir gefolgt, nicht dir.«

»Wenn er es bisher noch nicht wusste, weiß er jetzt Bescheid«, sagt Stella, dann dreht sie sich um und geht zurück in ihr Büro.

»Worüber weiß er Bescheid?«, fragt Pip.

»Möglicherweise habe ich den Behörden einen anonymen Brief geschickt, dem auch Fotos vom Wolverson-Steinbruch beilagen. Auf dem Gelände stehen einige Dieselgeneratoren, für die man nach dem Luftreinhaltungsgesetz eine Genehmigung benötigt. Soweit ich das beurteilen kann, fehlt ihnen diese Erlaubnis.«

Pip bleibt der Mund offen stehen.

»Die Gemeindeverwaltung ist für die Einhaltung des Gesetzes in ihrer Region verantwortlich. Sicher werden sie nicht begeistert sein. Höchstwahrscheinlich bekommt er eine Geldstrafe aufgebrummt.«

»Woher sollte er wissen, dass die Informationen von dir kommen?«

»Vielleicht weiß er es gar nicht«, antwortet Io und geht zu seinem Wagen zurück.

»Warte mal«, sagt sie und versucht, sich einen Reim auf das Ganze zu machen. »Wurden die Fotos vom Steinbruch aus der Luft aufgenommen?«

Io lächelt.

36

Wie verabredet kommt Jamie abends zu ihnen nach Hause. Alle sind hinten im Garten und lassen sich in der Sonne Erdbeeren schmecken. Pip und ihre Mutter trinken ein Glas gekühlten Weißwein. Bella bräunt sich in einem kirschroten Bikini. An der Oberfläche wirkt das Leben bilderbuchhaft, aber sie sind über den ganzen Garten verstreut, jeder und jede in der eigenen Ecke, ohne sich mit den anderen zu unterhalten. Pip geht ins Haus und macht Jamie die Tür auf. Sie tritt zu ihm nach draußen, um ein paar Worte mit ihm zu wechseln, bevor er von der restlichen Familie in Beschlag genommen wird.

»Hallo, Pip.«

Ihr Name aus seinem Mund.

Er betrachtet sie. »Du siehst …«, befangen räuspert er sich, »sommerlich aus.« Augenblicklich scheint ihm das peinlich zu sein. »Ich meinte hübsch. Du siehst hübsch aus.«

Sie lächelt. »Heute ist es ziemlich sommerlich.«

Pip fühlt sich entspannter, wenn sie Jamie nicht in ihrer wenig schmeichelhaften Arbeitskleidung und mit dem Haarnetz auf dem Kopf begegnet. Sie ist barfuß und trägt ein schulterloses Minikleid, der Sommertag dehnt sich in einen heißen Abend aus. Alle Türen und Fenster des Hauses stehen weit offen.

Heimlich wirft Jamie ihr immer wieder einen Blick zu, und Pip genießt seine bewundernde Aufmerksamkeit.

»Wie ist die Anhörung gelaufen?«

»Zu unserer Überraschung hat Dad sich schuldig bekannt. Ich denke, für weiteren Widerstand fehlte ihm die Kraft. Dank deiner Hilfe konnte er aller Welt seine Botschaft vermitteln. Er muss eine Geldstrafe in Höhe von siebentausendfünfhundert Euro zahlen. Der Richter konnte seine Meinung zum Naturschutz nach dem Gesetz kundtun. Die Regierung hat Maßnahmen ergriffen, also wird die EU zufrieden sein. Alle haben gewonnen, richtig?« Erschöpft lehnt er sich gegen die Hauswand. Die Sonne fällt ihm ins Gesicht, seine Nase ist schon gerötet, und seine Augen sehen in diesem Licht eisblau aus.

Dieser Anblick gibt ihr das Gefühl, die Engel im Himmel singen zu hören.

»Du wirkst müde.«

Jamie stöhnt. »Der Gedanke an den bevorstehenden Prozess hat mir den Schlaf geraubt. Jetzt bin ich unendlich erleichtert und könnte eine Woche lang durchschlafen.«

Pip muss den Wunsch unterdrücken, mit der Hand über Jamies Stirn zu streichen, um ihm die sichtbare Anspannung zu nehmen.

»Danke, dass du diese Woche in Clonboyle warst. Das fanden wir alle gut, vor allem Mam und Dad. Vor allem ich«, sagt er.

Erstaunt hebt sie eine Augenbraue. »Habe ich jetzt bei ihnen einen Stein im Brett?«

»Einen Kiesel vielleicht.«

Beide lächeln.

»Sicher wissen sie es zu schätzen, dass du in dieser Zeit für sie da bist.«

»Das tun sie tatsächlich«, sagt Jamie und richtet sich auf. »Und es war eine willkommene Abwechslung.«

»Fährst du bald nach Liverpool zurück?«, fragt Pip und spürt einen Kloß im Hals.

»Nein, ich bleibe noch eine Weile hier. Ein oder zwei Wochen.«

Am liebsten würde sie vor Freude in die Luft boxen, verschränkt stattdessen aber nur die Arme.

»Und bleibt Tala auch?«

»Nein«, erwidert er rasch. »Sie ist schon vor ein paar Tagen zurückgefahren.«

Einen Moment lang wird die Atmosphäre unbehaglich.

»Ich will das vollbringen, was ich mir vorgenommen habe. Ich möchte Bella näherkommen und ihr Gelegenheit geben, mich besser kennenzulernen. Aber dafür brauche ich deine Hilfe. Sie lässt mich nicht an sich heran.«

»Nimm es nicht persönlich, sie ist in diesem Alter, in dem man alles außerhalb der eigenen Welt langweilig findet.«

»Ich wäre gern ein Teil ihrer Welt. Du kennst sie am besten. Sollte ich sie zum Essen ausführen, oder was kann ich sonst tun?«

Pip überlegt. Für ihren Vater legt Bella nicht die Begeisterung an den Tag, die sie sich als Mutter wünscht. Und wenn die beiden kaum zehn Minuten lang am Telefon miteinander sprechen können, dann wird ein gemeinsames Abendessen nicht unbedingt Jamies beste Seiten hervorkehren, sodass er seine Tochter für sich gewinnt.

»Ein Abendessen ist keine so gute Idee, denke ich«, sagt sie und lässt die Schultern hängen. »Bella spricht sehr offen, wenn die Situation nicht von Angesicht zu Angesicht ist. Als sie noch klein war, plauderte sie am liebsten, während sie auf dem Töpfchen saß, und später auf der Toilette. Dann kam alles aus ihr heraus, wortwörtlich«, erzählt Pip und gluckst bei der Erinnerung. »Wir ließen die Tür offen, ich saß draußen, und dann erzählte sie mir alles aus der Montessori-Einrichtung. Ich sage aber nicht, dass du das tun sollst.«

»Dem Himmel sei Dank! Einen Moment lang hatte ich echt Angst«, sagt Jamie mit einem breiten Lächeln.

»Jetzt ist sie so beim Autofahren. Sie redet, während meine Mutter den Wagen lenkt, wenn sie nebeneinandersitzen. Seit Kurzem erzählt sie mir Dinge, während sie mir die Nägel macht. Das ist irgendwie neu.«

»Ich kann also wählen, ob ich mich mit ihr unterhalten will, während sie auf der Toilette sitzt, ich sie im Auto herumfahre oder sie mir die Fingernägel manikürt.«

»Ja.« Pip verzieht grinsend das Gesicht. »So in etwa. Hoffentlich gefallen dir Acrylnägel.«

»Auf der Baustelle werden sie begeistert sein.«

Sie lacht.

»Es ist schön, diese Geschichten zu hören. Ich möchte Bella genauso gut kennen wie du. Bitte hilf mir, Pip.«

Ihr Lächeln erlischt.

»Was ist los?«

Sie spürt, dass ihre Gefühle sie zu überwältigen drohen.

Eindringlich betrachtet Jamie sie aus seinen blauen Augen. »Erzähl es mir.«

Sie spricht leise und lässt den Blick schweifen, um sicherzugehen, dass niemand mithört.

»Ich bin Bella nicht so nah, wie du denkst«, sagt sie langsam. »Sicher hast du die Vorstellung, dass Bella und ich die ganze Zeit zusammen waren, und wahrscheinlich sollte ich sie in- und auswendig kennen, aber so ist es einfach nicht.«

In letzter Zeit hat Bella angefangen, sich Pip auf eine andere Art zu öffnen, aber sie ist nicht sicher, ob sie dieses Verhalten gut finden soll. Ihre neue Freundschaft fühlt sich nicht richtig an, aber das kann Pip Jamie jetzt nicht erklären, denn diese Verbindung ist auf Geheimnissen aufgebaut.

»Meine Eltern sind immer zugegen, deshalb ist es schwierig für mich, Zeit mit Bella zu verbringen, was seltsam klingt, denn ich bin jeden Tag mit ihr zusammen, aber irgendwie ist es ihnen gelungen, uns voneinander fernzuhalten. Und es ist noch nicht lange her, dass ich das erkannt habe. Irgendwie schwer zu erklären.«

»Versuch es«, bittet er sie mit fester Stimme.

Zuerst glaubt Pip, er wäre wütend, aber er ist ihr zugewandt, sein Gesichtsausdruck ist offen und freundlich. Er erinnert sie an Io: Beide wollen, dass sie aus sich herauskommt. Sie hat sich in ihr Schneckenhaus zurückgezogen, und sie sind die einzigen zwei Menschen, die sich bemüht haben, sie daraus hervorzulocken.

»Mam hat die Führung inne. Seit Bella auf der Welt ist, sagt sie, wo es langgeht.«

»Ich war hier, ich erinnere mich daran.«

»Sie hat nie damit aufgehört. So geht es nun schon, seit du weggegangen bist. Es tut mir leid«, sagt sie und ist den Tränen nahe, »dass ich unserem Kind keine bessere Mutter war.«

»Hör auf, Pip.« Seine Hände halten ihre Arme, während er ihr gegenübersteht und in die Augen blickt.

»Es tut mir leid, dass ich nicht mehr für uns, für mich gekämpft habe.«

»Genau das Gleiche könnte ich auch sagen, Pip. Wo war ich, als das alles passiert ist?«

»Du hast versucht, dich zu wehren, im Geburtenbüro, bei der Taufe. Ich hätte dich unterstützen sollen. Wir hatten uns das Versprechen gegeben, ein Team zu sein, und ich habe gekniffen.«

»Offen gestanden hat das schon wehgetan. Aber du warst erschöpft. Jedes Mal, wenn ich dir begegnet bin, hast du furchtbar niedergeschlagen und hundemüde gewirkt. Ich konnte nicht einmal Blickkontakt zu dir aufnehmen, wir durften uns nicht einmal ansehen.«

»Ich hatte keine Kraft, um mich zu streiten, denn ich brauchte meine ganze Energie für dieses kleine Wesen. Und Mam spukte pausenlos in meinem Kopf herum.« Ihre Augen werden feucht. Sie schluckt und versucht, die Tränen wegzublinzeln.

»Es tut mir leid«, flüstert Jamie. »Es tut mir leid, dass ich dich verlassen habe.«

»Du hattest keine andere Wahl – die hatten wir beide nicht.« Sie wischt sich die Tränen aus den Augen. »Aber seit du zurück bist, versuche ich das zu ändern. Ich will wieder selbst entscheiden.«

»Lass uns von nun an gemeinsam daran arbeiten, ja? Das wird nicht leicht werden, aber inzwischen sind sie alt, und ich glaube, wir können es mit ihnen aufnehmen.«

Pip lacht.

Sie verfallen in ein einmütiges Schweigen.

»Wie wäre es mit Bowling?«

»Was?«, fragt er verwirrt über den abrupten Themenwechsel.

»Bella mag Wettkämpfe, es würde ihr wahrscheinlich gefallen, obwohl ihre langen Fingernägel nicht in die Löcher der Kugel passen. So ist sie abgelenkt und wird nicht das Gefühl haben, sich mit dir unterhalten zu müssen.«

»Kommst du mit uns? Bella wird sich wohler fühlen, wenn du dabei bist. Zu dritt wäre es so, wie es sein sollte.«

»Das wäre schön«, erwidert Pip, und ihr aufgewühltes Inneres beruhigt sich. »Wann passt es dir?«

»Morgen Abend? Je eher, desto besser.«

»Morgen kann ich leider nicht, da treffe ich einen Freund im Observatorium.« Sie hat Io zugesagt, ihn zu einem Podiumsgespräch zwischen einem früheren Direktor der NASA und einem irischen Astronomen zu begleiten. Pip freut sich über jeden Abend, an dem sie ausgeht, aber ein Champagnerempfang ist besonders aufregend.

»Kannst du die Verabredung verschieben? Mir läuft hier die Zeit davon.«

»Das geht nicht, sorry, ich habe es ihm versprochen, und außerdem hat Bella sowieso keine Zeit. Sie arbeitet bis spätabends, denn sie serviert bei der Veranstaltung Getränke und Kanapees.«

Sie stockt bei den Worten *Ich habe es ihm versprochen. Ihm.* Hat sie es wie ein Date klingen lassen? Weicht er deshalb zurück? Jamie macht einen Schritt rückwärts.

»Sicher«, sagt er, und sein Elan ist verflogen. »Natürlich.«

Am liebsten würde Pip laut schreien.

»Wie wäre es Freitagabend?«, schlägt sie schnell vor.

Er stimmt zu, aber sie ist traurig über seine Reserviertheit, sie würde gern wieder diese Nähe zu ihm spüren.

»Also.« Er richtet sich auf und sieht argwöhnisch zum Haus. »Warum genau bin ich hier?«

»Dad möchte dir etwas zeigen.«

»Solange es nicht seine Faust ist, bin ich dabei.«

Pip grinst und geht ins Haus.

Die Atmosphäre zwischen Philip und Jamie hat sich verändert. Die Machtverhältnisse haben sich verschoben. Nun ist Philip verwundbar und Jamie der Fachmann, der Rat weiß. Er wandert durchs Haus und inspiziert den Schaden. Wenn er seine Finger an die Wand legt, um den Rissen nachzuspüren, ist sein Gesichtsausdruck ernst, und das bringt Pip zum Lächeln.

Josephine bleibt mit Bella draußen im Garten.

Hin und wieder sieht Philip gespannt und besorgt zu Jamie, der dann bittet, das nächste Zimmer sehen zu dürfen.

In ihr eigenes Zimmer passt Pip nicht hinein, denn Jamie und Philip beanspruchen den gesamten Platz. Anschließend tritt Philip auf den Flur hinaus und lehnt sich mit vor der Brust verschränkten Armen gegen die Wand.

Pip fragt sich, was Jamie wohl über ihr Zimmer denkt. Natürlich macht sie sich Gedanken, nachdem Sammy ihren geliebten Rückzugsort in der Luft zerrissen hat. Und während Sammy nichts von ihrem wahren Wesen zu Gesicht bekommen sollte, hat sie für Jamie noch mehr von ihren Skizzen und Zeichnungen an die Wand gehängt. Denn sie möchte, dass er alles von ihr sieht.

Als er die Tür öffnet, um auf den Flur hinauszutreten, geht Philip die Treppe hinunter, um sich dort mit ihm zu unterhalten. Jamie sieht Pip an. Er hält etwas in der Hand, es ist ihre Skizze von Bellas Babyfüßchen.

»Hast du das gezeichnet?«

Sie nickt.

Aufmerksam betrachtet er das Blatt, sehr viel länger, als das menschliche Auge gemeinhin braucht, um das Bild zu erkennen. Es sind nur Linien.

»Kann ich das behalten?«

Noch einmal nickt sie.

37

Wir arbeiten heute Abend länger, denn wir müssen noch alles für die Veranstaltung vorbereiten. Es wird ein hohes Tier von der NASA erwartet«, sagt Josephine beim Frühstück zu Philip.

»Wer?«

»Das habe ich dir doch schon fünfmal erzählt.« Sie ist verärgert und beginnt, hektisch Dinge wegzustellen, ohne wirklich Ordnung zu schaffen. »Philippa, du könntest die hier in die Spülmaschine räumen«, sagt sie mit einem Blick auf die dreckigen Teller in der Spüle. »Ein Mann von der NASA kommt ins Observatorium, um ein Gespräch mit Professor Waters zu führen.«

Philip ist abgelenkt, täuscht aber Interesse vor.

»Ich und Isabella«, *Bella und ich*, korrigiert Pip Josephine in Gedanken, »kümmern uns um Essen und Getränke. Kanapees und Champagner. Sie veranstalten einen Empfang, wenn es dir nichts ausmacht.« Dann legt sie ungeschickt und unsauber eine schwarze Bluse, ihre Uniform für den Abend, zusammen und packt sie in eine Tasche. Bellas Bluse liegt schon bereit, Pip hat sich darum gekümmert, damit sie nicht verknittert. Jetzt schüttelt ihre Mutter sie aus und faltet sie noch einmal zusammen, was Pip unnötig und störend findet.

»Zu der Veranstaltung kommen dreihundertfünfzig Leute.

Es gibt also eine Menge zu tun. Wir müssen heute also nicht nur Mittagessen kochen, sondern auch die Kanapees vorbereiten. Daher lohnt es sich für uns nicht, nach der Arbeit nach Hause zu kommen, und wir bleiben vor Ort. Pip macht dir heute Abendessen.«

Philip schaut zu Josephine, und Pip erkennt, dass er seiner Frau gar nicht richtig zugehört hat. Er ist mit den Gedanken vollkommen woanders. Auf dem Tisch liegen die Grundrisszeichnungen des Hauses und auch sämtliche Mappen mit allem, was bis zur Errichtung des Hauses und noch während der Bauzeit eine dominierende Rolle in ihrem Leben gespielt hat.

»In Ordnung, Schatz, ich sehe dich dann beim Abendessen«, sagt er, als Josephine ihm einen flüchtigen Abschiedskuss gibt.

Josephine zögert. »Gerade habe ich gesagt, dass wir nicht zum Abendessen da sind, und dir auch erklärt, warum.«

»Ja, ja, die Macht der Gewohnheit«, rudert er zurück.

Josephine hört auf, in der Küche herumzuwirbeln, und betrachtet aufmerksam ihren Mann, die Hauspläne und den Stapel Unterlagen auf dem Tisch. Es scheint, als wolle sie ihm eine Frage stellen, verzichte aber in Pips Gegenwart lieber darauf. Nicht vor dem Kind. »Philippa macht dir Abendessen«, sagt sie in entschlossenem Ton zu ihm und zu Pip. »Keine scharfen Gewürze«, fügt sie hinzu.

»Das geht nicht«, erwidert Pip. »Ich gehe heute Abend aus.«

»Morgen Abend unternimmst du etwas mit Jamie«, berichtigt Josephine sie.

»Das ist eine andere Verabredung.«

»Triffst du Sammy?«, fragt Josephine hoffnungsvoll.

»Nein.«

»Dann vielleicht Kim?«, fährt sie seufzend fort, während sie ihr Portemonnaie einsteckt, ohne auch nur hinzusehen, weshalb sie mehrere Anläufe braucht, um es in ihre Tasche zu stopfen.

»Nein.«

»Unsere Jennifer.«

»Ich habe kaum ein Wort mit meiner lieben Cousine Jennifer gewechselt, seit sie mich damals mit Bella in ihr Haus gelockt und dann dich angerufen hat, damit du mich abholst. Nein, ich traue ihr nicht mehr über den Weg«, sagt Pip mit inbrünstiger Empörung. Den Verrat ihrer Cousine hat sie immer noch nicht verwunden.

Erstaunt blickt Josephine sie mit großen Augen an. Pips Fluchtversuch ist kein Thema und wird nicht erwähnt, zumindest nicht in den vergangenen vierzehn Jahren, mal abgesehen von dem gelegentlichen Seitenhieb auf Pip, dass sie ohne ihre Eltern nicht überleben könnte.

Pip genießt diese neue Ehrlichkeit. Auch wenn es schwer ist, die Dinge laut auszusprechen, verleiht es ihr Freiheit, und sie fühlt sich leichter. Man könnte süchtig danach werden. Irgendwann wird alles aus ihr herausbrechen.

»Mit wem auch immer du dich triffst«, sagt Josephine und ihre Stimme bebt vor Wut, »sag deine Pläne ab. Du musst hierbleiben und für deinen Dad kochen.«

»Und das Silber polieren und die Asche zusammenfegen?«, fragt Pip in einem Anflug von Leichtsinn.

»Wovon in aller Welt redest du da?« Augenblicklich entflammt Josephines Jähzorn.

»Ich komme schon zurecht«, sagt Philip gereizt zu seiner Frau. »Geh jetzt, sonst kommt ihr zu spät.«

Sie insistiert nicht weiter und verlässt das Haus.

»Was hat Jamie gestern zu den Rissen in den Wänden gesagt?«, fragt Pip.

Philip legt seine Hände flach auf den Tisch und stemmt sich

hoch. Der Tisch wackelt unter seinem Gewicht. Dann stützt er sich schwer auf den Rand des Spülbeckens und starrt angestrengt aus dem Fenster, das in Richtung Steinbruch zeigt. Von ihrem Haus aus ist er zwar nicht zu sehen, doch seit ihren Flügen mit Io übers Land weiß Pip, dass der steile Abfall im Gelände gefährlich nah ist.

»Es sind diagonale Risse«, sagt er tief brummend.

»Und diagonale Risse … bedeuten nichts Gutes?«

»Nein.«

»Dauert es nicht eine gewisse Zeit, bis sich ein Haus nach dem Bau gesetzt hat? Und sind Risse nicht ganz normal?«

Pip hat eine Menge auf Google recherchiert, während sie zugesehen hat, wie sich das Spinnennetz quer über ihre Wand bis zur Decke wob.

»Jamie meinte, dass diagonale Risse nichts mit Pfusch am Bau zu tun haben«, antwortet er.

»Nun, das sind gute Neuigkeiten.« Nimm das, Sammy Wolverson, du Schlange.

»Dafür kommt nur ein Grund infrage, nämlich Setzung, was nur eine nette Umschreibung für Absacken ist. Das Haus, oder zumindest ein Teil des Hauses, senkt sich ab.«

»Aber … kann man das wieder reparieren?«

Philip sieht sie an.

»Ich kenne noch nicht das ganze Ausmaß der Setzrisse. Heute Nachmittag kommt jemand vorbei und schaut sich den Schaden an.«

»Während Mam nicht zu Hause ist.«

»Genau.«

Pip vermutet, dass er diese detektivischen Nachforschungen am letzten Samstag angestellt hat. Im Moment gibt es nichts mehr dazu zu sagen, und da Io am Ende der Straße auf sie wartet, holt Pip ihre Jacke.

»Ich stelle dir später das Abendessen hin.« Wenn Josephine es ihr befiehlt, macht Pip es nicht, aber aus freien Stücken kocht sie gern für Philip.

»Musst du nicht, ich hole mir Fish and Chips.«

Er kehrt zum Küchentisch zurück und bleibt dort stehen. Mit mahlendem Kiefer studiert er die Grundrisszeichnungen.

»Sie war völlig außer sich vor Sorge«, sagt er unvermittelt. »Damals, als du mit Isabella fortgegangen bist. So habe ich sie noch nie erlebt. Sie wollte nichts essen und hat kein Auge zugetan. Ich bin mit ihr zum Arzt, weil ich nicht wusste, was ich tun sollte. Der Doktor hat ihr Beruhigungspillen und Schlaftabletten verschrieben, aber die hat sie nicht genommen, für den Fall, dass ihr zurückkommt. Den Moment wollte sie auf keinen Fall verpassen. Ihr beide bedeutet ihr alles.«

»Was du da in ihr siehst, ist nicht die Seite, die sie mir zeigt.«

»Aus dem Grund erzähle ich es dir.«

Pip versucht herauszufinden, ob seine Worte noch etwas anderes in ihr hervorrufen als Entrüstung. Doch hauptsächlich spürt sie Zorn. Zu Wertschätzung oder gar Dankbarkeit kann sie sich nicht durchringen. Wenn das Josephines Art zu lieben ist, hätte sie es vorgezogen, nicht geliebt zu werden.

»Dad, wir sollten mal wieder zusammen angeln gehen. Es ist schon lange her.«

Einen Moment lang wirkt sein Gesicht um Jahrzehnte jünger, als er sie überrascht anlächelt.

Er willigt ein. »Das wäre schön.«

»Gehst du heute nicht zur Arbeit?« So spät ist er noch nie aufgebrochen.

Er sieht auf seine Armbanduhr. »Bin gleich weg.«

Während Pip die Straße hinunterläuft, blickt sie wiederholt über ihre Schulter, um zu beobachten, wie Philip aus dem

Haus tritt, die Tür abschließt und fortfährt. Doch nichts passiert, und Pip glaubt, den Grund zu kennen.

Philip bleibt zu Hause, um die Auswirkungen der Detonationen zu spüren.

38

Der Empfang für den ehemaligen NASA-Direktor findet im Veranstaltungszentrum statt, und Io muss nur seine Karte vor das Lesegerät halten, und die Türen öffnen sich. Pip und er betreten den grünen Raum, wo sich elegant gekleidete Gäste mischen. Io ist wie immer leger angezogen, und seine ordentlich aufgerollten Hemdsärmel geben seine muskulösen Unterarme frei. Er trägt bequeme Slacks und hat die Hände in den Taschen vergraben, während er Pip Optotechnikern, Softwareingenieuren, Astronomen und weiteren Mitarbeitern aus dem Observatorium vorstellt. Das Podiumsgespräch wird Professor Waters moderieren, der Star der Runde aber ist Cashel Brown. Eine Traube schart sich um den ehemaligen NASA-Direktor und wartet auf die Chance, kurz mit ihm sprechen zu können.

»O mein Gott«, sagt Bella, die mit einem Tablett voller Champagnergläser vorbeikommt. Verblüfft mustert sie Pip von oben bis unten.

Die Erwähnung eines festlichen Empfangs hat Pip geradezu elektrisiert, und nun ist sie vielleicht etwas overdressed. Sie trägt ein eng anliegendes schwarzes Minikleid mit langen Ärmeln, das – passend zum Thema des Abends – wie der Sternenhimmel glitzert. Ihre langen gebräunten Beine glänzen perfekt, und nach ein paar Schlückchen Champagner erfüllt sie eine prickelnde Begeisterung.

»Gefällt dir das Kleid?«, fragt Pip, obwohl ihrer Tochter die Bewunderung anzumerken ist, denn Bellas Mund steht offen, und sie hat die Augen weit aufgerissen.

»Du siehst toll aus. Wie in aller Welt bist du hier reingekommen?«

»Ich bin Ios Begleitung.«

Sie schaut durch den Raum zu Io, der ins Gespräch mit zwei Männern vertieft ist.

»Never ever seid ihr beiden nicht zusammen.«

»Sind wir nicht.«

»Wer's glaubt, wird selig. Sicher übst du noch ›Autofahren‹.« Bella malt Anführungszeichen in die Luft und verdreht dabei die Augen.

»Das tue ich. Tatsächlich habe ich die theoretische Prüfung bestanden und bin jetzt im Besitz einer vorläufigen Fahrerlaubnis. In sechs Monaten kann ich die Führerscheinprüfung machen, dann darf ich endlich allein ans Steuer«, berichtet Pip stolz.

Bella ist voller Ehrfurcht. »Das ist total cool. Dann kannst du mich überall herumkutschieren.«

»Cool sagt man nicht mehr«, erwidert Pip augenzwinkernd. »Du solltest selbst den Führerschein machen, dann kannst du in der Weltgeschichte herumfahren. Vielleicht können wir uns ein Auto teilen.«

»O ja!«, ruft Bella begeistert aus. »Es ist so toll, wie du dich verändert hast.«

»Wo ist Josephine?«

»Sorgt für Nachschub von Kanapees. Sie wird sich vor Schreck in die Hose machen, wenn sie dich hier so sieht.«

»Sprich leiser.«

»Hey, trink aus und nimm dir ein neues Glas, ich muss dich etwas fragen.«

»Ich kann nicht so viel trinken. Morgen ist Krishs letzter Arbeitstag, und ich habe ihm einen Kuchen besorgt. Warum habe ich wohl den Eindruck, du willst mich betrunken machen?«

»Morgen Abend ist eine Hausparty. Mark möchte, dass ich mitkomme, und ich will unbedingt dabei sein. Bitte, bitte sag Ja.«

»Das geht nicht. Wir sind morgen Abend mit deinem Dad zum Bowling verabredet.«

»Ach, komm schon«, entgegnet Bella und schiebt die Unterlippe vor. »Denk mal daran, wie es für dich in meinem Alter war, wenn du dich mit Dad treffen wolltest.«

»Komm mir nicht damit.« Denn dann hast du sofort gewonnen, fügt Pip stumm hinzu.

»Ich kann Dad doch jederzeit treffen.«

»Nein, das kannst du nicht, denn er reist bald ab.« Bei dem Gedanken zieht sich Pips Magen zusammen. Jamie ist schon so lange hier, und sie hat ihn kaum gesehen. Warum freut Bella sich nicht genauso auf einen gemeinsamen Abend mit ihm wie sie selbst?

»Dann geh *du* doch mit ihm aus, schließlich gerätst du bei der Vorstellung, ihn zu treffen, völlig aus dem Häuschen«, erwidert Bella verärgert. »Komm schon, bitte. Mark und ich sind noch nie irgendwo zusammen gewesen, wir hocken immer nur im Park, aber wir wollen ausgehen und gemeinsam Spaß haben.«

Pip erinnert sich an das Gefühl. »Ich weiß nicht einmal, wer die Party gibt oder wo sie stattfindet.«

»Bei seinem besten Freund zu Hause. Nan und Granddad gegenüber können wir so tun, als wären wir alle beim Bowling, und dann lässt du mich zu der Party gehen.«

»Auf gar keinen Fall.« Obwohl die Aussicht, Jamie allein zu

treffen, verlockend ist. »Die Antwort lautet Nein. Jetzt mische ich mich unter die Leute.«

Trotz ihres Missmuts beobachtet Bella erstaunt, wie Pip zu dem ehemaligen NASA-Direktor hinübergeht und sich vorstellt. Bellas Komplimente über ihr Aussehen und ihre Mutter, die baff vor Staunen mit einem Tablett Kanapees in der Hand zu ihr herüberschaut, beflügeln sie.

Pip unterhält sich mit Cashel Brown und spürt die ganze Zeit die Augen ihrer Mutter auf sich, doch sie vermeidet jeglichen Blickkontakt. Sie weiß bereits, was Josephines Miene ihr sagen will: *Führ dich gefälligst nicht so auf, du machst dich lächerlich, hier sind andere, wichtige Menschen, mit denen dieser Mann sprechen muss. Mach dich klein, drück dich an die Wand.*

Josephine klingt so ähnlich wie ihre eigene innere Stimme, die sie nun endlich ignorieren muss.

Pip ist sich auch bewusst, dass Bella sie beobachtet. Ständig serviert sie ihr Champagner, nimmt ihr ein noch nicht ganz ausgetrunkenes Glas aus der Hand und ersetzt es durch ein volles.

Io ist nicht gerade ein Partyboy. Still bleibt er am Rand stehen und folgt den Gesprächen der verschiedenen Grüppchen. Er hört aufmerksam zu, was die anderen zu sagen haben, dann bewegt er sich langsam durch den Raum und lauscht wieder hoch konzentriert. Die Champagnerflöte hält er an seine Brust gedrückt und nippt kaum daran. Im Raum ist es warm, die Gespräche sind interessant. Früher hat Pip diesen Menschen das Mittagessen serviert, und jetzt plaudert sie mit den Technikern und den Astronomen. Der Abend kommt ihr vor wie ein Traum. Sie trägt ein sexy Minikleid, trinkt Champagner und fühlt sich leicht benommen. Dazu anregende Gespräche mit faszinierenden Menschen über Themen, die ihr vollkommen neu sind.

Pip hat ihre vorläufige Fahrerlaubnis, und sie bereitet sich seit Wochen auf das Interview für die Beförderung im Job vor. Dann würde sie genügend Geld für eine eigene Wohnung verdienen. Sie beschreitet einen Weg, der von hier fortführt, von der Straße in den Himmel, und zum ersten Mal seit langer Zeit fühlt sie in ihrem Leben das Prickeln neuer, aufregender Möglichkeiten.

»Amüsierst du dich gut?« Io taucht an ihrer Seite auf. »Alle fragen mich, wer du bist. Jeder Mann in diesem Raum schenkt dir seine Aufmerksamkeit.«

»Du nicht.«

»Nimm's mir nicht übel.«

»Tu ich nicht. Ich weiß, du bist in jemanden verliebt, und es ist eine Fernbeziehung. Erzähl mir von ihr.«

In dem Moment bemerkt Pip, dass ihre Mutter sie wütend anblickt. Niemandem sonst würde das auffallen. Nach außen sieht man eine angestrengte Frau, die hektisch mit geröteten Wangen hin und her eilt, aber Pip erkennt, dass Josephine nur mühsam ihren Zorn unterdrückt, dem sie in dieser Situation, umgeben von vielen fremden Menschen, nicht Luft machen kann. Später wird die Hölle losbrechen, doch daran kann Pip im Moment einfach keinen Gedanken verschwenden. Diesmal stellt sich die Angst, die sich normalerweise in ihrem Inneren sammelt und sie erstarren lässt, nicht ein. Sie hat eine gute Zeit, und sie tut nichts Falsches. Die Gesellschaft der anderen Gäste gibt ihr Schutz, anders als zu Hause, wo man ihr das Gefühl vermittelt, ein Kind zu sein, klein und ungehört.

»Sollte ich mich ihr vorstellen?«, fragt Io vergnügt.

»Lieber nicht.«

Bella kommt auf Pip zu.

»Hallo.« Gekonnt balanciert sie ein Tablett Kanapees auf der Hand und lächelt charmant in ihrem schwarzen Outfit. Für die Veranstaltung haben sie die weißen Blusen gegen schwarze eingetauscht. Bella ist recht stark geschminkt, Pips Meinung nach ist es zu viel, dennoch sieht ihre Tochter mit den zu einem hohen Pferdeschwanz zusammengenommenen Haaren wunderhübsch aus.

»Ich bin Isabella, schön, dich kennenzulernen«, sagt sie zu Io. »Und ich gehe jede Wette ein, dass ihr beiden doch zusammen seid.« Dann wendet sie sich an Pip und sagt mit freundlicher Miene: »Ich soll dir von Nan ausrichten, du scherst dich jetzt besser nach Hause. Wegen Abendessen für Granddad oder so.«

»Die sehen lecker aus«, bemerkt Pip, ohne zu gehorchen, und begutachtet das Tablett mit den Kanapees. »Was ist das denn?«

»Das hier ist frittierter Brie.« Bellas lange Acrylnägel mit den Metallspitzen zeigen auf das Tablett. »Schmeckt scheußlich. Und das hier ist Ziegenkäse mit roten Zwiebeln, der ist gar nicht mal so schlecht. Sie kocht vor Wut, Pip.«

Pip steckt sich ein frittiertes Brieböllchen in den Mund, dann macht sie Bella ein Zeichen, dass sie gerade nicht sprechen kann.

Kurz bevor das Podiumsgespräch beginnt, strömen die Gäste des Champagnerempfangs in den Veranstaltungssaal. Das Publikum hat bereits Platz genommen, und in den hinteren Reihen dreht man sich nach ihnen um. Auf ihren hochhackigen Sandalen droht Pip auf dem Holzfußboden auszurutschen, und Io bietet ihr an, sich bei ihm unterzuhaken.

Alle Plätze sind besetzt, hinten sammelt sich eine Menge, und Pip muss sich zwischen den Leuten zum Gang nach vorn durchdrängeln.

»Entschuldigen Sie bitte«, sagt sie zu einem großen Mann, der ihr den Weg versperrt.

Er dreht sich um.

»Jamie«, entfährt es ihr überrascht.

»Pip«, sagt er, ebenfalls erstaunt, und als er sie einen Moment lang betrachtet, spürt Pip ein Kribbeln in der Magengegend. Dann bemerkt Jamie Io und tritt zur Seite. Pip führt die Gruppe von Ios Kollegen aus dem grünen Raum an, und sie fühlt Jamies Blick auf sich ruhen, während sie den Mittelgang hinuntergeht.

Die erste Reihe ist für ihre Gruppe reserviert. Io lässt sich ganz am Rand nieder, und Pip setzt sich neben ihn. Dann sieht sie sich nach Jamie um.

Auch Josephine und Bella haben den grünen Raum verlassen und ihre Plätze an der Seite im Saal eingenommen, wo sie sich bereithalten, nach dem Gespräch erneut Getränke auszuschenken. Stolz grinst Bella zu Pip in der ersten Sitzreihe hinüber, wohingegen Josephine immer noch rot vor Zorn aussieht.

»Zu Beginn würde ich gern Professor Stephen Hawking zitieren«, eröffnet Professor Waters das Podiumsgespräch. »›Ich glaube nicht, dass die Menschheit die nächsten tausend Jahre überleben wird, wenn wir uns nicht in den Weltraum ausbreiten. Auf einem einzelnen Planeten ist das menschliche Leben von zu vielen Unfällen bedroht. Doch ich bin Optimist. Wir werden zu den Sternen fliegen.‹ Und im Observatorium, wo wir uns auf die Sterne konzentrieren, arbeiten wir alle gemeinsam an diesem Traum.«

Die anschließende Diskussion fasziniert Pip, und gebannt lauscht sie die nächsten fünfundvierzig Minuten. Danach sind die Gesprächsteilnehmer offen für Fragen aus dem Publikum. Eine Frau steht auf und bekommt ein Mikrofon in die Hand gedrückt.

»Vielen Dank für diese aufschlussreiche Unterhaltung«,

sagt sie. »Ich würde das Niveau gern ein wenig herunterschrauben und mich nach Aliens erkundigen. Was können Sie dazu sagen?«

Das Publikum lacht.

»Halten Sie es für möglich, dass es Leben auf anderen Planeten gibt? Und mit welcher Wahrscheinlichkeit werden wir hier in Irland ein Signal von Außerirdischen empfangen?«

»Das ist eine gute Frage«, erwidert Cashel, »und sie ist vollkommen berechtigt. Vor Jahren glaubten wir, unser erstes Signal empfangen zu haben, es kam vom Parkes Radioteleskop in Australien. Inzwischen sind wir weitgehend davon überzeugt, dass es von Störgeräuschen hervorgerufen wurde. Doch das nächste Signal könnte sehr wohl von dem I-LOFAR hier in Irland aufgefangen werden. Eines Tages werden wir in unserem Sonnensystem Leben vorfinden, das ist so gut wie sicher. Bereits jetzt gibt es eine Reihe von Orten, die wir näher beobachten, und ich möchte voraussagen, dass wir innerhalb des nächsten Jahrzehnts in der Umlaufbahn eines nahe gelegenen Sterns einen lebensfreundlichen, bewohnbaren Planeten entdecken«, schließt er. »Warum sollte Irland nicht das erste Land sein, das diese Botschaft abfängt?«

Das Publikum bekundet dankbar Beifall.

Anschließend werden einige Fragen technischer Natur zur Weltraumerforschung beantwortet, dann spricht Professor Waters ein paar Schlussworte. »Ich habe diesen Abend mit einem Zitat von Stephen Hawking begonnen, und ich möchte ihn auch mit seinen Worten beschließen. ›Denkt daran, zu den Sternen hinaufzuschauen und nicht auf eure Füße. Versucht zu verstehen, was ihr seht, und überlegt euch, warum das Universum existiert. Seid neugierig. Und egal, wie schwierig euch das Leben erscheinen mag, man kann immer etwas tun und damit erfolgreich sein. Man darf nur nicht aufgeben.‹«

Pips Augen haben sich mit Tränen gefüllt, und sie gibt sich alle Mühe, sie zurückzuhalten. Als sie einen bohrenden Blick auf sich spürt, dreht sie sich um und sieht Jamie, der an der Seite des Saals gegen die Wand gelehnt steht und zu ihr schaut.

Nach dem Interview mit dem ehemaligen NASA-Direktor haben die Leute Zeit, miteinander zu plaudern und ein Glas zu trinken. Josephine steht hinter einem Tisch voller Rot- und Weißweingläser und händigt den anstehenden Gästen zusammen mit zwei weiteren Kolleginnen ihre Getränke aus, während Bella mit einem Tablett durch den Saal geht.

Gerade kommt sie mit einem Schub Weißwein auf Pip zu und spricht wie eine Bauchrednerin durch ihr steifes Lächeln. »Nimm das Glas an der Ecke, das ist Champagner.«

»Bella, ich möchte nicht, dass du Ärger bekommst.«

»Passiert nicht, keine Sorge. Kann ich auch ein Glas haben?«

»Nein! Auf gar keinen Fall.«

Sofort ist sie wieder mürrisch. »Was ist denn los mit dir? Du warst schon mal lustiger.«

Pip hat Angst, dass ihre Tochter ihr entgleitet. »Ich habe nichts dagegen, dass du in meinem Beisein ein Glas Wein trinkst, aber nicht, wenn du arbeitest.«

Bella setzt ein verschmitztes Lächeln auf. »Bitte erlaube mir, morgen Abend zu der Hausparty zu gehen.«

»Ich habe schon Nein gesagt. Übrigens ist dein Dad auch hier, vielleicht kannst du selbst mit ihm sprechen.«

»Ich *arbeite*«, erwidert sie und gibt sich plötzlich ganz professionell.

»Hallo«, sagt Jamie, der sich zu ihnen gesellt.

Pip bemitleidet ihn für sein schlechtes Timing. Sicherlich hat er sich Mut zugesprochen, bevor er sich ihnen genähert hat.

»Hallo, Jamie«, erwidert Pip strahlend.

»Hey.« Bellas Stimme klingt eher lustlos. Ihrem Vater gegenüber erweist sie sich nicht als die freundliche Servicemitarbeiterin.

»Hat dir das Gespräch gefallen?«, fragt Pip.

»Ja, wir hören doch alle gern Geschichten von Außerirdischen, oder nicht? Und trotzdem gehe ich wohl lieber zum Bowling.« Er versucht, munter und interessiert zu wirken. »Hoffentlich ist es okay für euch beide, wenn ihr verliert. Denn ich werde zu Spitzenform auflaufen.«

Bella ist kurz davor, die Augen zu verdrehen. »Ich muss weitermachen.«

»Ja, ich seh dich dann morgen Abend«, erwidert Jamie voller Eifer.

Sobald sie fortgegangen ist, fängt er an zu stöhnen. »Als Dad bin ich der größte Loser unter der Sonne«, sagt er, und am liebsten würde Pip ihn umarmen. »Ich bin nur gekommen, weil du erwähnt hast, dass Bella hier heute arbeitet. Vielleicht kann ich ein wenig mit ihr plaudern, dachte ich. Jetzt weiß ich nicht, ob mir das als akzeptabler Versuch oder als peinliche Nummer ausgelegt wird.«

»Ich finde es süß von dir«, sagt Pip. »Morgen Abend wird sie dich besser kennenlernen, keine Sorge.« Sie legt eine Hand auf seinen Arm, fühlt seinen kräftigen Bizeps, und er verkrampft sich. Rasch nimmt sie die Hand fort. Von irgendwoher werden sie von Josephine beobachtet, das spürt Pip, und dadurch wird der Moment noch intensiver, es verstärkt jeden Blick, jede Berührung und jeden Atemzug, den sie in Gegenwart des anderen nehmen. Doch in diesem Saal ist Josephines Macht, sie auseinanderzureißen, wirkungslos. Wie von nun an auch überall sonst.

Jamie betrachtet sie noch einmal von Kopf bis Fuß. »Wow. Du siehst umwerfend aus, Pip.«

Ihr Herz schlägt schneller. »Vielen Dank.«

Plötzlich steht Io neben ihr. Ohne zu Jamie zu blicken, sagt er zu ihr: »Wir sollten jetzt los.« Seine Stimme hat einen dringlichen Ton.

Unzählige Male ist sie diesen Satz während des Podiumsgesprächs durchgegangen: *Jamie, das ist mein* guter Freund *Io.* Mit besonderer Betonung des Worts guter. »Io, ich möchte dir gern Jamie vorstellen …«

»Nett, dich kennenzulernen, Jamie. Tut mir leid, aber wir sollten jetzt los«, erwidert er mit fester Stimme. Dann sagt er mit sorgenvollem Blick: »Pip, wir müssen gehen.«

39

Pip findet es schrecklich, von Jamie fortgerissen worden zu sein. Endlich einmal war sie souverän gewesen, ohne Haarnetz und Polohemd mit Mayonnaiseflecken. Sie hat sich sexy gefühlt, ganz die Frau, als die er sie sehen sollte. Die Frau, die frei sprechen konnte, ohne die Wörter durcheinanderzubringen oder sich zu verhaspeln, wenn sie erst einmal den Weg von ihrem Hirn bis zu ihrem Mund zurückgelegt hatten.

Dank des Champagners und der vielen Menschen schwirrt ihr der Kopf. In Gedanken geht sie die Gespräche des Abends durch, als würde sie auf dem Handy durch Social Media scrollen.

Io war Jamie gegenüber unwirsch und hat sie wie ein eifersüchtiger Freund Hals über Kopf weggebracht. Sie wird niemals Jamies Gesicht vergessen, als sie fortgeführt wurde. Außerdem hat Io sie Pip genannt, eigentlich nennt sie niemand außer Jamie und Bella so, es ist ein Kosename, der nahelegt, dass da viel mehr läuft zwischen Io und Pip. Aber vielleicht ist das alles egal. Sie hat die Situation völlig falsch interpretiert. Offensichtlich hat Io etwas bemerkt, was Pip entgangen ist – dass sie sich völlig lächerlich gemacht hat.

In den letzten Minuten, während er in der Dämmerung auf Landstraßen vom Observatorium wegfährt, hat er kein Wort von sich gegeben.

»Es tut mir leid«, platzt es schließlich aus ihr heraus.

»Was denn?«

Sie stutzt. »Ich habe dich doch wohl blamiert? Ich habe was Falsches gesagt? Den Typen von der NASA habe ich mit dummen Fragen bombardiert, das weiß ich. Es liegt am Champagner, deshalb habe ich zu viel geredet. Habe ich mich Jamie an den Hals geworfen? Zumindest hatte ich das Gefühl. Ich habe ihn am Arm berührt, und er ist irgendwie zurückgezuckt, oder habe ich mir das bloß eingebildet? Oder ist es das Kleid? Mir ist klar, dass ich gegen den Dresscode verstoßen habe, aber ich war so aufgeregt. Du hast von einem Champagnerempfang erzählt, und ich …«

»Pip. Hör auf.«

Sie verstummt.

»Du hast rein gar nichts falsch gemacht. Auf dem Empfang warst du einfach wunderbar. Aber hinter der Essenstheke bist du auch wunderbar, weil du einfach ein wunderschöner Mensch bist. Von innen und außen. Ich bin froh, dass du mich begleitet hast, denn durch dich ist ein stressiger Arbeitsabend so viel angenehmer verlaufen. Du bringst die Menschen zum Reden, und ich konnte einfach zuhören. Außerdem gibt es überhaupt keine dummen Fragen. Die Leute vertrauen dir wichtige Dinge an, ist dir das je aufgefallen?«

Es ist ihr tatsächlich schon aufgefallen. Auf der Arbeit erzählen ihr Menschen so einiges, weil sie Pip nicht kennen und auf der Durchreise sind. Das macht sie zu einer harmlosen Zuhörerin. Manchmal ist es ein rascher, geflüsterter Wortwechsel, bei anderen Gelegenheiten bekommt sie in fünf Minuten eine ganze Lebensgeschichte oder eine Riesenenthüllung zu hören.

»Wohin fahren wir? Warum sind wir von dem Empfang aufgebrochen?«

»Stella hat mich angerufen. Die Polizei ist auf dem Flugplatz. Aber ich habe dir versprochen, dich nach Hause zu bringen.«

Am liebsten hätte sie eingeworfen, dass ihre Mutter und Tochter ebenfalls im Observatorium gewesen sind, genau wie Jamie. Insgeheim stöhnt sie bei dem Gedanken, dass sie sich von Jamie hätte nach Hause fahren lassen können, andererseits weiß sie es zu schätzen, dass Io inmitten eines Notfalls an sie denkt.

»Ist bei Stella alles in Ordnung?«

»Ich weiß es nicht. Hoffentlich schon. Macht es dir was aus, wenn wir zuerst beim Flugplatz vorbeischauen?«

»Selbstverständlich nicht.«

Sie biegen zum Flugfeld ab, und Io fährt langsamer und lässt das Auto die letzten Meter ausrollen. Er schaltet die Scheinwerfer aus. Ein Streifenwagen der Garda parkt neben dem Hangar, und Stella steht mit Papieren in der Hand da und spricht mit zwei Gardaí. Die Polizisten nehmen die Dokumente entgegen und lesen sie aufmerksam.

Stella hebt den Kopf und blickt in ihre Richtung, auch wenn sie das Auto unmöglich sehen kann, jedenfalls glaubt Pip das.

»Bleib du hier«, sagt Io leise. »Falls dich irgendjemand fragt, ich bringe dir das Fliegen bei, okay?«

»Okay«, erwidert sie verwirrt.

Io macht Anstalten, die Autotür zu öffnen, doch auf einmal schaut Stella auf und schüttelt unauffällig den Kopf, als wolle sie ihm bedeuten, dass er sich fernhalten soll.

Langsam fährt Io rückwärts, verlässt das Gelände und biegt wieder auf die Straße ein.

Zunächst verläuft die Fahrt zu Pip nach Hause schweigend.

»Worum ging es da?«, fragt Pip schließlich in die Stille hinein.

»Keine Ahnung.«

»Ich schon«, sagt sie nach einer Weile, und in ihrem Innern gärt tiefer Groll. »Meine Mutter. Sie hat mich heute Abend mit dir zusammen gesehen und hat es nicht ertragen. Ich habe es gewusst. Vor genau so etwas hatte ich Angst. Deshalb wollte ich nicht, dass sie von dir erfährt. Sie sieht es nicht gern, wenn ich Freunde habe. Ich wollte dich falten und zur sicheren Aufbewahrung in die Schachtel stecken.«

Io runzelt die Stirn. »Was wolltest du mit mir machen?«

»Nichts«, murmelt sie, und ihre Gedanken überschlagen sich.

»Pip, ich bin mir ganz sicher, dass deine Mutter nicht dahintersteckt.«

»Nun, wer sonst würde denn …?« Sie verstummt, als ihr wieder einfällt, wie ihnen jemand zum Flugplatz gefolgt ist. »Sammy.«

40

Origami-Mädchen
Ist ein Feuerwerk
Eine kraftvolle
Glitzernde
Verwandlungskünstlerin
Die sich entfalten
Entrollen
Und glänzen kann
Origami-Mädchen
Ist ein Korken
Der aus einer Flasche schießt
Gelöst und frei
Einmal draußen
Passt sie unmöglich
Wieder hinein
Sie hat sich entrollt
Sie kann sich nicht wieder aufwickeln
Hat sich entfaltet
Und will sich nicht mehr zusammenfalten

Zu Hause lässt Pip das Kleid auf den Boden gleiten und kriecht ins Bett, wo sie nackt schläft. Ihr schwirrt der Kopf von sämtlichen Ereignissen des Abends. Die Art, wie Jamie sie in ihrem

Kleid angeschaut hat, Bellas Stolz auf sie, Josephine, die ihre Tochter als eigenständige Frau erlebt hat, die Anspannung in Ios Gesicht auf der Fahrt zum Flugplatz. Und dann die Gardaí beim Überprüfen der von Stella ausgehändigten Papiere. Die Tür in Stellas Büro, wo eine Treppe hinabführt, was befindet sich dort unten? Pip war davon ausgegangen, dass es sich bei der Kontrolle um eine bürokratische Formalität handelt, um Lizenzen und Genehmigungen, aber was könnten sie entdecken, das Io solche Sorge bereitet? Jamies Gesichtsausdruck, als Io sie von ihm fortgezogen hat. Zurück zu dem schöneren Gedanken, wie Jamie sie in ihrem Kleid ansah.

Während sie eindöst, hört sie, wie Bella und Josephine zurückkehren, aber sie ist schon zu weit ins Reich der Träume vorgedrungen, um noch einmal umzukehren.

Benommen wacht Pip auf. Etwas fühlt sich anders an.

Sie hat ... ja, weil sie verkatert ist ... hat sie pochende Kopfschmerzen, sie kann keinen klaren Gedanken fassen und hat einen üblen Geschmack im Mund.

Aber im Zimmer fühlt sich etwas anders an. Das Licht.

Zwar hat sie vergessen, den Handywecker zu stellen, aber normalerweise braucht sie ihn nicht, da sie immer gegen sechs Uhr früh aufwacht. Sie schläft, ohne die Vorhänge zuzuziehen, denn sie schlummert gern im Schein der Sterne ein und lässt sich von der Sonne wecken, selbst im Sommer. Irgendwo hat sie gelesen, es sei gut für den Tagesrhythmus. Aber heute haben sie nicht wie üblich die Morgendämmerung und das Vogelgezwitscher geweckt.

Sie hört Autotüren schlagen und einen laufenden Motor, und tief in ihrem Innern weiß sie, dass diese Geräusche sie in Alarmbereitschaft versetzen sollten, aber sie taucht lieber wieder ab.

Dann fährt sie wie von der Tarantel gestochen hoch. Es ist nicht Wochenende. Sie ist gestern Abend ausgegangen, an einem Donnerstag. In ihrem Kopf ist ein Hämmern, sobald sie sich aufsetzt.

Sie macht mehrere tiefe Atemzüge, durch die Nase ein, durch den Mund aus, um die Übelkeit niederzukämpfen. Das Atmen hilft auch ihrem Gehirn, endlich ihre Umgebung richtig wahrzunehmen.

Das Kleid auf dem Boden. Sie ist nackt. Verkatert. Gestern Abend. Die Geringschätzung ihrer Mutter. Bellas Stolz. Jamie. Ihr vorzeitiges Verschwinden mit Io, wie das ausgesehen haben muss.

Pip greift nach ihrem Handy. Der Akku ist leer. Sie stöpselt es ein, aber es wird eine Weile dauern, bis es sich einschalten lässt.

Sie streckt sich und steigt aus dem Bett. Das Zimmer bewegt sich, als befände sie sich an Deck eines Schiffs. Sie schaut aus dem Fenster. Die beiden Autos sind fort. Eilig geht sie zu ihrem Handy, das immer noch nicht zum Leben erwacht ist, auf dem Display ist nichts als das Apple-Logo zu sehen.

Mit klopfendem Herzen wartet sie ungeduldig.

Ihre Eltern sind bestimmt nicht früher als sonst losgefahren, es sei denn, es wäre etwas passiert. Und hätte man ihr in dem Fall nicht Bescheid gegeben? Eine andere Uhr als ihr Handy hat sie nicht in ihrem Zimmer.

Ihr Gedicht über das Origami-Mädchen liegt offen auf dem Schreibtisch, nicht gefaltet. Ein Fehler, aber vielleicht passt es ganz gut. Jeder hätte es lesen können.

Verschämt versteckt sie es in der Schublade.

Endlich leuchtet ihr Handy auf.

Io muss ein Stück weiter die Straße hinunter auf sie warten. Sie schaut aus dem Fenster, während sie gleichzeitig ihren

Code eingibt. Das Display erwacht nun ganz zum Leben. Bella und Pip als Bildschirmschoner, ein Babyfoto. Außerdem ist da die Uhrzeit. Es ist zwanzig nach neun.

Sie flucht.

Etliche verpasste Anrufe werden angezeigt. Eine Nachricht von Io um drei Uhr zwanzig, in der es heißt, es tue ihm leid, aber er könne sie nicht zur Arbeit fahren. Er hoffe, sie finde eine andere Lösung.

»Ogottogottogott.«

Sie ist noch nie zu spät zur Arbeit erschienen. In der vergangenen Woche hat sie sich zum ersten Mal einen Tag freigenommen, aber Josephine und sie sind noch nie zu spät gekommen, abgesehen von der einen Gelegenheit, als Lorcan Murphy den Verkehr aufgehalten hat.

In blinder Panik stürzt sie durch das Zimmer, ohne jedoch wirklich etwas zu erreichen. Sie muss duschen. Während sie zum Badezimmer läuft, hört sie ihre Sprachnachrichten laut ab.

Es ist Krish. Abermals flucht sie. Warum hat er sie um sechs Uhr in der Früh angerufen?

»Guten Morgen, Pip, es tut mir leid, dass ich dich so früh behellige. Gestern habe ich es dir nicht erzählt, weil ich dich nicht nervös machen wollte, aber Mary sagt, ich hätte es dir nicht verheimlichen dürfen. Also muss ich dir mitteilen, dass das Vorstellungsgespräch für die Position der Filialleitung heute Morgen stattfindet. Sie werden um neun Uhr hier sein, um sich mit dir zu treffen. Die beiden sind sehr nett, eine Frau aus der Personalabteilung namens Alison, die Labradore liebt, und ein Mann namens Trevor. Genau wie ich ist er ein großer Fan der TV-Serie *Buffy – im Bann der Dämonen* und redet gern über jede einzelne Folge. Ein toller Tipp, falls du das ins Gespräch einfließen lassen möchtest. Er hat eine besondere

Vorliebe für Xanders komische Wirkung auf die Story. Sie freuen sich schon darauf, mit dir zu reden. Tom Twomey wird auch hier sein. Denk einfach an alles, was ich mit dir besprochen habe, wiederhole bloß, was ich dir gesagt habe, dann wird alles gut.«

Seitdem sie Krish erklärt hat, dass sie sich um die Beförderung bewerben wolle, hat er mit ihr geübt.

Nun bleibt Pip keine Zeit zum Duschen, sie muss sofort in die Arbeit. Hoffentlich werden sie auf sie warten. Sie läuft in ihr Zimmer zurück und zieht sich Skinny Jeans und einen BH an. Eilig rennt sie ins Badezimmer zurück, um ihr Handy zu holen.

Sie wählt die Nummer von Cathy, der Blumenhändlerin-Schrägstrich-Taxifahrerin.

»Cathy, hier spricht Pip Sheridan.«

»Philippa, hi!«

Hört sie denn keiner, ganz gleich, wie viel Mühe sie sich gibt? MEIN NAME IST PIP, hätte sie am liebsten geschrien. »Ich brauche dringend ein Taxi in die Arbeit.«

»Leider ist Dan mit dem Taxi unterwegs. Er nimmt den Minivan als Schulbus.« Dan, ihr Ehemann, fährt Kinder mit Behinderungen im Minivan zur Schule, da der Wagen rollstuhlgerecht ist. »Um zehn Uhr ist er fertig.«

»Nein, das ist zu spät.«

»Es tut mir leid, Philippa.« Allerdings klingt sie gar nicht bedauernd, sondern vielmehr verschnupft über Pips schroffen Tonfall.

»Könnten Sie mich hinbringen? Bitte?«

»Das geht nicht, ich arbeite gerade im Laden.«

»Können Sie nicht kurz schließen?«

»Ich kann nicht einfach das Geschäft schließen, um Sie durch die Gegend zu chauffieren. Ich bin die Einzige, die hier arbeitet.«

»Aber es wird nur zehn Minuten dauern.«

»Ich werde ganz bestimmt mehr als zehn Minuten brauchen!«

»Sechs Minuten bis zu mir nach Hause und acht Minuten zur Crossroads Station. Das sind höchstens fünfzehn Minuten. Hängen Sie ein Schild in die Tür: In zehn Minuten zurück. Das habe ich Sie schon öfter machen sehen. Wie viel Kundschaft kommt um die Uhrzeit schon in den Laden? Ich werde Sie für jeden Strauß bezahlen, den Sie in der Zeit nicht verkaufen. Verlangen Sie den doppelten Fahrpreis von mir, das Dreifache. Ganz egal!«

»Philippa, ich kann nicht …«

»Bitte, bitte, bitte, Cathy. Bitte. Es ist mir wichtig – wirklich total wichtig.« Während des Redens wird ihr klar, wie sehr die Aussage zutrifft. Mit ihrem derzeitigen Job kommt sie nicht weiter. Sie kann es sich nicht leisten auszuziehen, sich allein um Bella zu kümmern und für ihre Zukunft vorzusorgen. Da hat ihre Mutter völlig recht. Sie braucht diese Beförderung. Sie muss endlich ihren Verstand einschalten. Io wird fortgehen, genau wie Jamie, und sie wird dann wieder allein sein.

Cathy seufzt. »Herrgott noch mal. Na gut. Ich bin in zehn Minuten da.« Wenig begeistert legt sie auf.

Pip wäscht sich grob und rasch die Achseln, spritzt sich Wasser überallhin. Sie sprüht sich mit Deo ein, und zwar ausgiebig.

Während sie sich fertig macht, hört Pip weiter ihre Sprachnachrichten über den Lautsprecher ab.

Sie läuft in ihr Zimmer zurück und zieht ihr Poloshirt für die Arbeit an, während die Nachrichten im Badezimmer widerhallen.

»Philippa, hier spricht Krish. Sie sind jetzt eingetroffen. Es ist neun Uhr. Hoffentlich ist alles in Ordnung?«

Und dann ein weniger verständnisvoller Tonfall zehn Minuten später. »Philippa? Philippa? Sie werden wieder fahren, wenn du nicht in den nächsten paar Minuten aufkreuzt.«

Sie läuft zurück ins Badezimmer und beginnt, sich noch einmal die Zähne zu putzen, diesmal gründlich.

Um Viertel nach neun klingt er sauer.

Der letzte Anruf erfolgt um 9:22 Uhr, ziemlich genau zu dem Zeitpunkt, als sie aufgewacht ist und hektisch versucht hat, ihr Handy einzuschalten. Krish klingt resigniert und redet jetzt mit schleppender Stimme. »Sie sind fort, Philippa. Sie sind losgefahren. Sie haben dich nur vor einem anderen Meeting reingeschoben, um mir einen Gefallen zu tun.« Er seufzt. »Das sieht dir so gar nicht ähnlich. Ich hoffe, dass alles in Ordnung ist.« Und dann, als hätte er einen Schalter umgelegt, kehrt er in seine Managerrolle zurück. »Fiona ist schon auf dem Weg hierher, um dich zu vertreten, also brauchst du gar nicht mehr herkommen. Ronnie hat mir erzählt, dass du für heute Kuchen besorgt hast, den werden wir also später essen. Danke.« Er hält kurz inne. »Ich weiß nicht, wann ich dich wiedersehen werde, wenn ich erst einmal die Stelle im Steinbruch angetreten habe. Mach's gut, Philippa.«

Pip lässt die Zahnbürste ins Waschbecken fallen.

Sie spuckt aus und wischt sich den Mund ab. Zwickt sich in den Nasenrücken, als alles über ihr zusammenbricht.

Dann ruft sie Cathy an, die im Auto auf dem Weg zu ihr ist.

»Cathy, es tut mir leid, aber ich muss das Taxi abbestellen. Ich bin zu spät dran. Entschuldigen Sie bitte.«

Die von Kraftausdrücken durchsetzte Schimpftirade übers Handy ist so wütend, dass ihr klar ist, sie wird dieses Taxiunternehmen nie wieder benutzen können. Sie beendet das Gespräch.

Dann zieht sie sich ihr Polohemd und den BH aus, schält sich aus der Skinny Jeans. Sie läuft zur Dusche, steigt hinein und setzt sich auf den Boden.

Es ist vorbei.

Origami-Mädchen
Ist ein dummes Mädchen
Sie hat geglaubt
Sie könnte
Sich entfalten
Sich strecken
Wachsen
Gestalt annehmen
Alles werden was sie will
Aber
Sie kann es nicht

41

Josephine, Bella und Philip werden noch stundenlang nicht aus der Arbeit zurückkommen. Pip befolgt Krishs Rat und bleibt zu Hause. Ihr fehlt die nötige Energie, um sich ihrer Zukunft zu stellen. Für einen Rückruf geniert sie sich zu sehr. Über Nacht ist sie von der höchst effizienten, ehrgeizigen Hoffnungsträgerin mit Träumen zu einem Nichts geworden.

Sie ruft wieder bei Io an, weil sie unbedingt herausfinden möchte, was auf dem Flugplatz vorgefallen ist und warum er Stella heute helfen muss, aber sein Handy ist ausgeschaltet. Sie hat ihm bereits zwei Nachrichten auf die Mailbox gesprochen. Hoffentlich hatte Sammy keinen Erfolg damit, ihnen den Laden dichtzumachen. Es wäre ihm durchaus zuzutrauen, dass er zusätzlich zu Freunden im Stadtrat auch noch einen Freund bei den Gardaí hat. Bei nüchternem Tageslicht betrachtet kommt sie zu dem Schluss, dass sie Josephine überschätzt hat und ihre Mutter unmöglich für die Aktion verantwortlich sein kann. Als Pip gerade auf dem Sofa liegt und *Homes Under the Hammer* anschaut, wird ein Schlüssel ins Haustürschloss gesteckt. Die schweren Stiefel und das noch schwerere Keuchen verraten ihr, dass es sich um Philip handelt.

Sie fühlt sich ertappt und setzt sich auf. »Dad?«

Genauso überrumpelt zögert er. »Philippa?«

Er späht ins Fernsehzimmer. Buschige Augenbrauen und

Schlupflider. Unter den Augen gewaltige Tränensäcke, in die all ihre Habseligkeiten passen würden.

»Warum bist du nicht auf der Arbeit?«, will Pip wissen.

»Warum bist du nicht arbeiten?«

»Ich habe dich zuerst gefragt«, entgegnet sie. »Und sag mir lieber die Wahrheit, sonst verpetz ich dich bei Mam.«

Seufzend betritt er das Zimmer. Er lässt sich auf der Armlehne des Sessels im Erkerfenster nieder. Müde reibt er sich die Augen, sodass die Tränensäcke schlaff hin- und herwackeln.

»Man hat mir meine Stunden gekürzt.«

»Was?« Ihr Gehirn kommt nicht mit. Dank ihres Katers denkt sie langsamer als sonst, außerdem ergibt der Satz einfach keinen Sinn. »Das kann nicht sein.«

Er zuckt die Schultern. Es ist kein Witz.

»Aber du arbeitest seit über vierzig Jahren dort, fünf Tage die Woche, und bist ihr dienstältester Mitarbeiter. Du hast kaum je einen Tag gefehlt.«

»Ich weiß.«

»Es ist meine Schuld.«

»Red keinen Unsinn.«

»Doch. Sammy hat mir letzte Woche gedroht. Ich hatte Angst, dass er dich bestrafen würde.«

»Was soll das heißen, er hat dir gedroht?«

»Weil ich nicht mit ihm zusammen sein wollte. Er hat gesagt: ›Jammerschade, dein Dad stand so kurz vor der Rente.‹«

Philip will davon nichts wissen und hört sich ihren Satz kaum zu Ende an. »Das hat nichts damit zu tun.«

»Ich sage dir doch, dass er ein Psychopath ist.«

»Mag sein«, erwidert er zu ihrer Überraschung, »aber du hast trotzdem nichts damit zu tun. Ich habe wegen der Steinblöcke nachgefragt, das ist der Grund. Denn ich glaube, es handelt sich um minderwertige Qualität. Es liegt nicht daran, wie ich verputzt habe. Etwas in dem Beton verursacht die Risse. Jamie hat einen Blick drauf geworfen, und er ist vom Fach.«

Sie kann es nicht fassen, dass er das über seinen geliebten Steinbruch sagt. Oder über Jamie. Sammy böse, Jamie gut. Eigentlich sollte es Anlass zum Frohlocken sein, aber nicht auf Kosten ihres Vaters und ihres Zuhauses. Er hat seinen Traum erbaut, und nun zerbröckelt er um sie herum. Asche zu Asche, Staub zu Staub.

»Die Blöcke habe ich vom Steinbruch gekauft. Ich habe mich mit Sammy hingesetzt und ihm gesagt, er muss die Blöcke kontrollieren, die für die neue Wohnsiedlung bestimmt sind, weil sie nichts taugen. Etwas stimmt nicht. Entweder ist es das, oder es liegt an den Detonationen. Ich habe ihm erzählt, was für Auswirkungen sie auf unser Haus haben. Schließlich habe ich es mit eigenen Augen gesehen.«

»Was hat er dazu gesagt?«

»Er war ganz der Gentleman.« Damit hätte sie nicht gerechnet. »Er sagte, dass er mein Feedback zu schätzen weiß und sich die Sache anschauen wird. Und dann hat man mir am nächsten Tag mitgeteilt, dass sie mich nur noch drei Tage die Woche brauchen. Sie wollen eine Firma für Sprengtechnik beauftragen, und mein Posten stehe auf dem Prüfstand.«

Ihm treten Tränen in die Augen. Er verschränkt die Arme, um sich zu fassen.

»Aber Dad, das verstehe ich nicht. Dürfen sie das denn machen, laut Gesetz?«

»Ich habe ihnen gesagt, dass sie zu viele Sprengungen durchführen. Dann habe ich erklärt, dass die Leute auf der anderen Straßenseite recht haben, dass Sammy auf sie hören, ihren Beschwerden zumindest nachgehen sollte. Ich habe ihn darauf hingewiesen, dass es nicht sicher ist, so viele Sprengungen durchzuführen, und dass man sich die Auswirkungen auf die Umgebung anschauen muss. Außerdem habe ich ihm von der mangelnden Schulung vor Ort erzählt, dass er unbedingt anfangen muss, die jungen Burschen richtig einzuweisen, weil es sonst zu weiteren Unfällen kommen wird. Ich habe ihm gesagt, dass ich nicht länger vor Gericht aussagen kann. Das war wohl Grund genug für ihn, würde ich meinen. Rausschmeißen kann er mich nicht, aber er wird mir das Leben so schwer machen, dass ich irgendwann von selbst gehen will. So läuft das bei ihm. Ich habe mitangesehen, wie er ein Dutzend anderer vor mir abserviert hat. Zu dem Zeitpunkt habe ich bloß geglaubt, sie hätten es verdient.«

»Was hat dich veranlasst, deine Meinung zu überdenken?«

»Du.«

Vor Entsetzen verschlägt es ihr die Sprache.

»Ich glaube nicht, dass du immer die beste Menschenkennerin warst, Liebes, aber ich finde es unverzeihlich, dass er dich spätabends im Regen auf dieser Straße nach Hause hat laufen lassen. Daraufhin habe ich ihn mir gründlich angesehen. Ich habe alles noch einmal einem genaueren Blick unterzogen.«

Wenn er nur wüsste, dass mehr dahintersteckt. Doch sie geht davon aus, dass er es auch spüren muss, ansonsten hätte er nicht genauer hingeschaut.

Er sieht sich im Zimmer um, sein Blick folgt den größer werdenden Rissen, seine Augen sind immer noch feucht. Und in dem Moment verliert er gänzlich die Fassung.

»Mein Haus«, sagt er, und seine Stimme versagt. Keuchend versucht er, die Wörter herauszubringen. »Mein Haus zerfällt.«

Schockiert sieht sie mit an, wie er in Tränen ausbricht. Pip hat ihn noch nie weinen gesehen. Sie steht auf und tröstet ihn verlegen. Als er sich ihr nicht entzieht, umarmt sie ihn fester, und er schluchzt.

»Ich habe es mit diesen Händen erbaut.« Er hebt sie in die Luft. Zwei Schaufeln, die die Welt tragen könnten.

»Ich weiß, Dad.«

»Ich habe jede Minute meines Tages der Planung und dem Hausbau gewidmet. Dabei habe ich nicht eine Abkürzung genommen. Ich habe jeden Penny zusammengespart.«

»Ja, ich weiß«, sagt sie sanft.

»Ich habe es für uns getan. Damit ihr alle in Sicherheit seid. Um euch eine Zukunft zu geben. Ein Zuhause für dich und Isabella. Und jetzt …« Die Gefühlsaufwallung lässt seine Stimme eine Oktave höher steigen.

Pip holt Taschentücher aus dem Bad, was sie nicht nur tut, um ihm zu helfen, sondern genauso, um sich selbst wieder zu sammeln. Er schnäuzt sich und trocknet sich die Augen.

»Was willst du tun?«

»Ich werde mich an Mr Wolverson senior wenden. Er ist ein guter Mann. Ein fairer Mann.«

Da ist Pip sich nicht so sicher. Sie sind alle gleich, irgendwoher muss Sammy es ja haben. Spielchen und miese Tricks, und die guten Menschen ziehen den Kürzeren. Es ist, als würden die Wolversons mit dem Leben anderer Menschen eine Partie Schach spielen.

»Begleitest du mich?«, fragt er. »Er hat dich immer gemocht.«

Etwas Schlimmeres kann sie sich nicht vorstellen, und es überrascht sie, dass er sie überhaupt fragt. Doch sie wird alles in ihrer Macht Stehende tun, um ihrem Vater zu helfen.

Als spürten sie die in der Luft liegende Gefahr, heulen die Sirenen im Steinbruch auf.

Jetzt heißt es, sich auf den Einschlag gefasst machen.

Philip und Pip fahren zur Villa der Wolversons am Stadtrand, einem Herrenhaus am Ende einer langen, von Eiben gesäumten Auffahrt. Es ist ein Landhaus aus dem 18. Jahrhundert mit einem Teich und Stallungen.

Ihr Besuch wird erwartet, und an der Tür begrüßt sie eine Haushälterin, die sie von der riesigen Eingangshalle durch die Flügeltür zu ihrer Linken führt. Im Haus riecht es nach Leder und Politur. Mr Wolverson, Sammys Vater, ist uralt. Er wirkt wie halb zu Staub verfallen und ist sehr blass und gebrechlich, aber ordentlich gekleidet.

Wenn Philip eine Schirmmütze getragen hätte, würde er sie jetzt mit beiden Händen umklammern. Er scheint sich gerade noch einen Kniefall verkneifen zu können. Sie befinden sich in der Bibliothek, deckenhohe Bücherregale, rutschige burgunderrote Ledersofas in der Raummitte. Gehemmt sitzen sie nebeneinander, ihnen gegenüber Mr Wolverson.

Während sie sich über die letzten Jahre unterhalten, kommt Pip sich wieder wie eine Zwölfjährige vor. Sie spricht, teilweise, weil er schlecht hört, laut und deutlich und erzählt, wo sie arbeitet und wie alt ihre Tochter Bella ist. Sie kommt sich kindisch vor, auf diese Art zu antworten, ganz im Bann des Patriarchen, aber sie verfällt so leicht in ihre Rolle. *Ja, Mr Wolverson, Sir, nein, Mr Wolverson, Sir.* Sie ist immer noch verkatert und voller Sorge, weil sie sich heute in der Arbeit diese einmalige Chance hat entgehen lassen. Außerdem hat sie pochende Kopfschmerzen, und auch ihr Herz klopft wild. Dieser Tag verläuft bisher ausgesprochen schrecklich.

»Braves Mädchen, braves Mädchen«, sagt Mr Wolverson und richtet seinen Blick dann wieder auf Philip. »Dann hören wir uns mal an, was los ist, Philip. Sie haben mir etwas zu sagen.«

»Ja, Sir.«

Mr Wolverson ist ganz Ohr. Er weist Philip an, sich Zeit zu nehmen und ihm alles zu erzählen, kein einziges Wort auszulassen. Gelegentlich unterbricht er ihn, um etwas besser zu verstehen, und geht erst zum nächsten Punkt über, wenn er sich vollständige Klarheit verschafft hat. Er lauscht interessiert, er runzelt die Stirn und nickt, als wäre er ein Priester, der jemandem die Beichte abnimmt. Und dann, als ihr Vater die Gesamtsituation ruhig, klar und deutlich, mit gerecktem Kinn bis ins kleinste Detail erläutert hat – die Explosionen, das Haus, den Beton, die Risse –, verstummt er schließlich und betrachtet Mr Wolverson gespannt. Hoffnungsvoll.

Mr Wolversons Ellbogen ruht auf dem burgunderroten Sofa, und er fährt immer wieder mit dem Finger über seine Lippen, während er sich die ganze Geschichte anhört.

Philips Tonfall ist nicht anklagend gewesen, und er hat keine Namen genannt. Er hat sich professionell und diplomatisch verhalten. Pip hätte Sammy liebend gern den Wölfen zum Fraß vorgeworfen, aber sie geht davon aus, dass die Wahrheit über die Zustände im Steinbruch allein schon ausreichen wird und es für Mr Wolverson schwer sein muss, durch den dienstältesten und angesehensten Firmenangestellten davon zu erfahren. Pip und Philip warten mit angehaltenem Atem auf seine Reaktion.

»Als ich aus der Firma ausgeschieden bin, habe ich meiner Familie erklärt, dass ich mich nach meiner Pensionierung nicht mehr in die Geschäfte einmischen würde. Dazu hatte ich guten Grund. Der scheidende Chef ist nicht immer mit den anstehenden Veränderungen einverstanden, so war es ganz bestimmt im Falle meines Vaters, der, wie Sie wissen, Philip, den Steinbruch mit eiserner Hand geführt hat.«

Sie tauschen einen Blick und lachen leise. Mr Wolverson beugt sich vor, die Arme nun auf seine spindeldürren Beine gestützt, seine knubbeligen Knie zeichnen sich unter dem Stoff der Cordhose ab. Er spiegelt Philips Sitzhaltung.

»Ich habe es immer als Staffelübergabe gesehen. Eine Generation gibt die Verantwortung an die nächste ab, mit dem Versprechen, dass der Nachfolger auf dem vom Vater geschaffenen Fundament aufbauen kann, mit der Freiheit, etwas Eigenes zu konzipieren und zu errichten.«

Vor ihrem geistigen Auge sieht Pip Sammy und Mr Wolverson auf einer Laufbahn. Mr Wolverson, gebrechlich, außer Atem und hinfällig, verwandelt sich in Staub, während er den Wechselraum erreicht und Sammy die Hand hinstreckt. Dieser fängt den fallenden Staffelstab auf und läuft weiter, ohne sich noch einmal umzusehen.

Philip nickt verständnisvoll. »Das ist ein Prinzip, das uns immer Vorteile gebracht hat.«

»Unter Sammy hat es im Steinbruch definitiv eine Weiterentwicklung gegeben. Das Geschäft floriert. Er ist ein kluger Junge.«

Er denkt eine Weile nach, und dann ist der Richter bereit, sein Urteil zu fällen.

»Ich kann mich nicht in Sammys Angelegenheiten mischen«, erklärt Mr Wolverson nach reiflicher Überlegung, und Pip dreht sich der Magen um, weil sie ahnt, worauf dies hinausläuft. »Der Steinbruch ist in Sammys Händen enorm erfolgreich, das Land schreit förmlich nach Sand und Schotter, wir können gar nicht genug Häuser haben, und Sammy hat den Wolverson-Steinbruch zu einem Hauptakteur beim Ausbau von Irlands sozialer Infrastruktur gemacht. Im Zuge der Produktivitätssteigerung erleben wir leider auch eine Zunahme an Vorfällen, das ist wohl wahr, aber Sammy setzt alles daran, die Schulungen zu intensivieren …«

»Er hat die Schulungen gekürzt, Mr Wolverson«, unterbricht Philip ihn, was ihm sichtlich unangenehm ist. »Das Ausbildungsniveau, das wir früher hatten, wird heutzutage nicht einmal annähernd erreicht.«

»Die Zeiten ändern sich. Mein Vater war eine echte Bulldogge.«

»Und unter ihm haben sich weniger Unfälle ereignet.«

»Was die Qualität des Steins betrifft«, sagt Mr Wolverson, der sich nun aufsetzt und nicht mehr Philips Haltung widerspiegelt, sondern wieder ganz den Boss gibt. »In unserem Splitt ist nie auch nur eine Spur von Glimmer oder Pyrit gewesen. Wir beliefern damit die gesamten Midlands.«

»Sie sollten das Material untersuchen lassen, Sir. Irgendetwas stimmt ganz sicher nicht damit.«

»Ich kann gut nachvollziehen, dass es schwierig ist, die eigene Arbeit im rechten Licht zu betrachten, besonders bei einem gelernten Profi wie Ihnen, aber …«

»Es geht nicht um die Qualität meiner Arbeit, Mr Wolverson.« Jetzt setzt sich auch Philip auf und überragt sein Gegenüber. Er ist ein Bär von einem Mann, der aussieht, als könnte er den älteren Herrn mit bloßen Händen zerquetschen. »Und wenn es nicht an den Baumaterialien liegt, können es nur die vielen Explosionen sein, die die Häuser in der Nurney Road in Mitleidenschaft ziehen.«

»Dann haben Sie sich jetzt also dem Komitee aus wütenden Anwohnern angeschlossen, ja? Die Nurney-Neun«, sagt er mit einem Grinsen. »Ich dachte, wenn wir Ihnen dieses Grundstück anbieten, gewinnen wir einen Verbündeten. Meiner Ansicht nach war klar, was wir von Ihnen wollen. Solche Beschwerden kann niemand ernst nehmen, wenn der Sprengmeister ebenfalls auf dem Land wohnt.«

»Das ist Ihre Idee gewesen?« Endlich findet Pip ihre Sprache wieder, doch die Abscheu darin lässt sich nicht verhehlen.

»Sie wollten meinen Dad benutzen, um die anderen abzuschrecken?«

»Philippa«, sagt Philip leise. Er klingt niedergeschlagen, am Boden zerstört.

»So dramatisch war es nun auch wieder nicht.« Mr Wolverson lacht. »Ihr Vater ist ein langjähriger, respektierter Mitarbeiter, wir haben gern alles in unserer Macht Stehende getan, um ihm unter die Arme zu greifen.«

»Ihm unter die Arme zu greifen? Sie haben ihm das Grundstück zum Kauf angeboten, und er hat Sie bezahlt. Sie sind mit einem sagenhaften Deal auf ihn zugekommen. Er hat Sie nicht um Ihre Hilfe gebeten. Er hätte sein Haus an jedem anderen Ort bauen können. Auf die Nurney Road ist seine Wahl aus Treue und Respekt dem Wolverson-Steinbruch gegenüber gefallen, gegenüber Ihnen und Ihrem Vater, der Familie, der er seiner Ansicht nach in den letzten dreiundvierzig Jahren pflichtbewusst gedient hat.«

Mit Tränen in den Augen betrachtet Philip sie. Bisher hat sie ihn nur bei den Beerdigungen seiner Eltern weinen gesehen, und nun schon zweimal an einem einzigen Tag.

Aus irgendeinem Grund findet Mr Wolverson ihre Worte komisch. Das Mädel hat den Schnabel aufgemacht.

»Bei allem Respekt … ähm … ähm …« Er kramt in seinem Gedächtnis nach ihrem Namen, und sie hat nicht vor, ihm auszuhelfen. Seine Wörter werden abgehackt und kommen im Stakkato. »Ihr Vater hat im Steinbruch *gearbeitet* und wurde dafür *bezahlt*. Er hat uns nicht *gedient*. Auch wenn wir die jahrelange … ähm … ähm … Tüchtigkeit immer zu schätzen wussten.«

»Loyalität«, widerspricht Pip, die jetzt keine Angst mehr vor Mr Wolverson hat. Mit großer Freude steht sie auf, um zu gehen, und erklärt: »Nein, Mr Wolverson. Nein.«

Philip neigt den Kopf.
Er ist groß wie ein Steinbruch.
Er könnte ein Felsstück in der Hand zerquetschen.
Schirmmütze in der Hand. Gebrochen.

»Was hast du am Wochenende gemacht?«, fragt Pip leise auf der Heimfahrt, nachdem sie eine Weile in lähmendem Schweigen nebeneinandergesessen haben. »Du hattest was vor, was war es?« Sie möchte hören, dass er einen Plan hat, dass er etwas unternehmen und nicht alles widerstandslos hinnehmen wird.

Es muss einen Plan C geben.

»Das hatte nichts mit dem Haus zu tun.«

Sie legt die Stirn in Falten. »Worum ging es denn dann?«

Sein Schweigen liegt schwer in der Luft, aber es ist nicht endgültig. Sie spürt, dass er in Gedanken eine Antwort erwägt.

Schließlich stößt er einen Seufzer aus. »Ich war bei einem Arzttermin.«

Er hustet, wie um das Geheimnis zu lüften, dann ärgert er sich darüber und versucht, es zu überspielen, indem er das Radio einschaltet. Sie schaltet es aus. Schluss mit den Geheimnissen.

»Weswegen?«

»Der Doktor will mich für ein paar Lungenuntersuchungen ins Krankenhaus überweisen.«

Sein Lebensunterhalt, seine Rente, seine Arbeit, sein Zuhause. Und jetzt auch noch seine Gesundheit. Sie schäumt vor Wut. Wenn er nichts unternimmt, wird sie es tun.

42

Sobald Caroline die Tür aufmacht, stürzt Pip praktisch ins Haus. Allerdings muss sie sich durch den schmalen Spalt quetschen, da Caroline möglichst wenig Staub ins Haus lassen will. Kim und Carolines Schwester Helen sitzen am Küchentisch, eine Runde aus Rächerinnen, die sich für Pips Dringlichkeitssitzung versammelt haben. Aleksy humpelt vor so viel Frauenpower davon.

»Setz dich, möchtest du eine …?«

»Nein«, erwidert Pip ohne Umschweife. Sie ist auf einer Mission.

»Oh.« Kim kichert nervös. »Okay.«

»Ich habe eine Idee, wie man Sammy drankriegen und diese Ungerechtigkeiten ein für alle Mal beenden könnte.«

»Ach, wie schön!«, ruft Caroline und klatscht in die Hände.

»Ja!«, pflichtet Helen ihr bei.

Kim sieht besorgt aus.

»Ich werde mich mit ihm verabreden. Zu dem Date ziehe ich das gewagteste Kleid an, das ich auftreiben kann.«

»Da wird sich bestimmt was in Helens Schrank finden lassen«, scherzt Caroline, woraufhin Helen eine Grimasse schneidet.

»Ich werde ihn zum Trinken nötigen, ihm das Blaue vom Himmel versprechen und ihn so zum Reden bringen. Über alles. Über seine Machenschaften im Steinbruch, über die

Unfälle, über die Kürzungen bei den Schulungen, über die Zunahme an Explosionen, über den Lärm und die Vibrationen und den Staub, über *alles.*«

»Helen, hol die Unterlagen«, sagt Caroline sehr geschäftsmäßig. »Wir unterweisen dich in sämtlichen Punkten, über die wir mit dem Anwalt im Gespräch sind, damit du ganz genau weißt, wonach du ihn fragen musst.«

Helen springt auf und holt einen dicken Ordner von der Kücheninsel, der für die Nurney-Neun so zentral zu sein scheint, dass er stets in greifbarer Nähe liegt.

»Wow, Moment mal!« Kim streckt Einhalt gebietend die Hände aus. »Was soll das werden?«

»Du hast es doch gehört: Sie wird Sammy verführen und ihn zum Reden bringen. Du wirst das Gespräch aufzeichnen müssen, Pip.«

»Wie?«

»Tonaufnahme mit deinem iPhone«, sagt Helen.

»Ich wusste gar nicht, dass mein Handy eine Aufnahmefunktion hat«, sagt Pip.

Sie stecken die Köpfe zusammen, um ihr die Bedienung der App zu erklären.

»Aufhören!«, mischt Kim sich wieder ein, und alle erstarren. »Das ist verrückt. Es ist gefährlich. Wir schicken sie nicht diesem durchgeknallten Typen in die Arme. Und wenn er rausfindet, dass sie das Gespräch mitschneidet?«

»Es funktioniert auch aus der Handtasche, ich habe es schon gemacht«, sagt Helen zur Überraschung der gesamten Runde. »Aber nicht in der Hosentasche, sonst ist nur Geraschel zu hören.«

Mit weit aufgerissenen Augen fährt Kim fort: »Es ist nicht sicher. Wir sollten das den Profis überlassen. Euer Anwalt kümmert sich darum.«

»Mit den Profis dauert es eine Ewigkeit«, sagt Caroline. »Der Anwalt scheint fünf Minuten in der Woche daran zu arbeiten, bevor er dem Anwalt der Wolversons ein Schreiben schickt, der dann erst einmal zwei Wochen lang tatenlos darauf herumsitzt. Nichts wird erledigt, sie ziehen es endlos in die Länge. In der Zwischenzeit kann Aleksy nicht arbeiten, und die Kinder leiden. Bis die Sache auch nur vor Gericht kommt, haben wir längst all unser Geld für Anwaltskosten ausgegeben. Die Wolversons hingegen werden noch reicher sein, und wer weiß, ob unsere Häuser bis dahin überhaupt noch stehen. So geht das nicht weiter.« Carolines Stimme bricht. Sie sackt auf dem Küchenstuhl zusammen und drückt sich eine Hand auf die Augen.

»Unser Haus hat Risse«, sagt Pip. Das lässt Caroline in ihrem Weinen innehalten. Pip hat jetzt die ganze Aufmerksamkeit der drei Frauen. »Dad glaubt, dass es entweder an den Explosionen liegt oder dass die Baumaterialien mangelhaft sind.«

Dies sind neue Informationen, denn bisher hat noch niemand die Produkte des Steinbruchs infrage gestellt.

»Er hat das Thema bei Sammy angesprochen, und auf einmal arbeitet er nur noch eine Dreitagewoche. Er ist nicht mehr der Sprengmeister, sondern bekommt einen neuen Posten zugewiesen.«

Die anderen ziehen hörbar die Luft ein.

»Gerade eben sind mein Dad und ich vom Haus der Wolversons zurückgekommen, wo Mr Wolverson senior gesagt hat, er könne absolut nichts tun. Er steht voll und ganz hinter Sammy.«

»Oh, das ist furchtbar«, sagt Kim. »Ich kann gut nachvollziehen, warum du Sammy in die Enge treiben willst, aber gehen wir die Sache lieber rational an. Dieser Sammy, ich kenne ihn ja nur vom Sehen, aber er hört sich nach einem Arschloch an, und zwar nach einem gefährlichen Arschloch. Du kannst nicht einfach versuchen, ihn auffliegen zu lassen.«

»Doch, das kann ich«, sagt Pip, deren Gedanken nur noch auf ein Ziel gerichtet sind. Sie wird Sammy Wolverson drankriegen.

Kim seufzt. »Na schön, wenn du dich unbedingt mit ihm treffen musst, dann tu es in aller Öffentlichkeit, damit wir auch dort sein können. Wir werden an einem anderen Tisch sitzen und so tun, als würden wir meinen Geburtstag feiern, auf diese Weise können wir dich im Blick behalten. Ihr müsst mir natürlich echte Geschenke mitbringen, damit es überzeugend wirkt«, fügt sie hinzu, um die angespannte Atmosphäre im Raum aufzulockern.

»Kim hat recht«, sagt Helen. »Er hat eine gewalttätige Ader. Laura, die seine Sprühbräune macht, hat gesagt, dass sie einen Monat mit ihm zusammen war. Sie hat keine Einzelheiten ausgeplaudert, aber er hat ihr Angst eingejagt. Er kommt immer noch für die Spray-Tans bei ihr vorbei, und sie hat total Schiss vor ihm.«

»Macht sie ihn deshalb absichtlich orange?«, fragt Kim, und die Frauen grinsen nervös.

»Ein Treffen in aller Öffentlichkeit ist eine großartige Idee, Kim«, stimmt Caroline zu. »Im *Turfcutter's Inn*. Da kennen wir jeden. Dort wird es sicher sein.«

»Ich hatte eher an was Intimeres gedacht«, sagt Pip, der dieser Vorschlag nicht gefällt.

»Das ist keine gute Idee«, widerspricht Kim.

»Was stört dich denn am *Turfcutter's?*«

»Jeder wird mich mit ihm sehen.« Pip nagt an ihrer Lippe. »Ich will nicht, dass Finbar Jamie davon erzählt.«

Da singen die drei Frauen einstimmig ein neckendes

»*Ooooh!*«, als wären sie wieder zwölf Jahre alt, bis alle in Gelächter ausbrechen und Pips Gesicht dunkelrot angelaufen ist.

»O mein Gott, nicht zu fassen, Philippa Sheridan ist in Jamie Murphy verliebt«, sagt Kim sanft, »wieder.«

»Nicht wieder«, entgegnet Pip mit einem Lächeln, und der Klang dieser Worte, die sie laut ausspricht und anderen mitteilt, Freundinnen, neuen Freundinnen, überwältigt sie beinahe. »Immer noch.«

Pip verlässt Carolines Haus beseelt von feurigem Kampfgeist, doch in der Zeit, die sie von Carolines Eingangstür bis zu ihrer eigenen braucht, hat ihr Selbstvertrauen schon wieder nachgelassen. Allerdings muss sie nur ihr eigenes Zimmer betreten und den Riss in der Decke sehen, um neue Motivation zu schöpfen.

Es ist Zeit zu handeln.

Sie ruft Sammy an.

Es klingelt lange, und als sie schon erleichtert auflegen will, geht er ans Handy.

»Hi.« Er klingt außer Atem.

»Hey, Sammy, hier spricht Philippa.«

»Philippa«, säuselt er ihren Namen. »Das ist ja mal eine Überraschung. Was kann ich für dich tun, Philippa? Rufst du mich an, um mir gehörig die Meinung zu geigen?«

»Warum sollte ich das tun?«

»Hast du mit deinem Dad gesprochen?«

»Hast du?«, fragt sie kokett, und er lacht, denn es gefällt ihm.

»Allerdings.«

»Dann weißt du also Bescheid, und ich auch. Schwamm drüber.«

»Oh?«

»Ich wollte mich mit dir verabreden. Zu einem Date. Wie du schon sagtest, schulde ich dir eins.«

Überraschenderweise fällt ihr das Flirten leicht. Sie verabscheut Sammy so sehr, dass es ihr keine Probleme bereitet, ihn anzulügen.

»Du willst mit mir ausgehen, weil dein Dad sauer auf mich ist?«

»Das habe ich nicht gesagt.«

»Ich lese zwischen den Zeilen.« Er spricht, als wäre er ein Meisterdetektiv.

Selbstverständlich erwartet sie nichts anderes von ihm.

»Nun, interpretiere es, wie du möchtest. Du hast mich auf zwei Dates eingeladen, und jetzt bin ich an der Reihe.« Sie sagt das mit einem Lächeln im Gesicht, weil das ihrem Tonfall eine freundliche Note verleiht.

Er schweigt einen Moment, und Nervosität steigt in ihr auf. Sie hätte im Traum nicht damit gerechnet, dass er Nein sagen könnte. Bisher ist er immer so erpicht gewesen, aber vielleicht will Sammy Wolverson von jeher nur das, was er nicht haben kann.

»Wo?«

»Im *Turfcutter's.*« Obwohl sie ihn dort eigentlich nicht treffen möchte, hat sie dem Drängen ihrer Freundinnen nachgegeben, die es vernünftiger fanden, das Date in einem geschützten Raum abzuhalten. Sollte es Jamie zu Ohren kommen, was dank seines Bruders Finbar bestimmt der Fall sein wird, wird sie es ihm erklären müssen.

Sammy hält kurz inne. »Okay. Wann?«

»Morgen Abend?«

»Wie wäre es mit heute Abend?«

»Heute kann ich nicht, es tut mir leid, aber ich gehe mit

Jamie und Bella zum Bowling. Es ist irgendwie wichtig.« Es *ist* wichtig.

»Ich kann aber nur heute Abend.«

Dieser Mistkerl. Sie ist sich ziemlich sicher, dass es nicht stimmt, aber er spielt gerne Spielchen und will das Sagen haben. Das bestärkt sie in ihrem Vorhaben, ihr eigenes Spielchen mit ihm zu treiben.

Sie überlegt fieberhaft. Den Abend mit Jamie und Bella kann sie nicht absagen, sie will die beiden auf keinen Fall hängen lassen, denn sie brauchen bei dem Treffen ihre Hilfe, um ihre Beziehung voranzubringen. Aber vielleicht kann sie das Bowling verschieben. Bella wird es bestimmt nichts ausmachen, und Jamie wünscht sich so sehr eine bessere Beziehung zu ihr, dass er sich mit jeglichem Termin zufriedengeben wird. Sie verdrängt den Gedanken, dass ihnen die Zeit davonläuft, dass Jamie bald abreist, zurück zu Tala, und sie Sammy Wolverson an jedem anderen Tag treffen könnte.

»Und?« Ist da ein Glucksen in seiner Stimme zu hören?

»Okay. Dann eben heute Abend.«

»Um acht Uhr. *Im Turfcutter's.*«

»Bis dann«, säuselt sie und versucht, fröhlich zu klingen. »Ich reserviere uns einen Tisch, und wir sehen uns dort.«

Sie beendet das Telefonat, lässt das Handy fallen und wäscht sich die Hände, weil sie sich von dem Gespräch mit ihm besudelt fühlt. Und dann schreibt sie den Mädels eine Nachricht. Heute um acht Uhr. Ihr wird klar, dass ihr sehr wenig Zeit bleibt, um sich vorzubereiten. Eigentlich ist sie davon ausgegangen, dass sie Gelegenheit haben würde, den Aktenordner mit den Dokumenten gründlich durchzuarbeiten, aber nun wird sie einfach auf Aufnahme drücken und ihn zum Reden bringen müssen.

Niedergeschlagen wählt sie Jamies Nummer und macht sich gefasst, ihn zum zweiten Mal in Folge zu enttäuschen. Hoffentlich interpretiert er ihre Absage nicht falsch, denn sie müssen weiterhin als Team agieren. Sie hat ihn in der Vergangenheit im Stich gelassen, noch einmal darf das nicht geschehen.

43

Als Bella und Josephine von der Arbeit nach Hause kommen, läuft Bella sofort die Treppe hoch und klopft gegen die Tür, die sie im selben Moment auch schon aufstößt, um ins Zimmer zu stürzen.

»Boah, das ist ein bisschen übertrieben fürs Bowling, oder?«

Sie bezieht sich auf Pips Make-up, das zweifellos etwas übertrieben ist. Bei den letzten beiden Dates mit Sammy war Pip sich unsicher, diesmal setzt sie alles daran, ihm ihre Bereitschaft zu signalisieren, damit er den Mund aufmacht und redet. Ihre Lippen sind blutrot, sie trägt falsche Wimpern, ihre Augenbrauen sind makellos gezupft. Das Haar trägt sie offen und zu sanften Wellen geföhnt. Sie weiß, dass er solche Dinge zu schätzen weiß.

»Also, Folgendes. Wir gehen heute Abend doch nicht zum Bowling.«

Es stimmt Pip traurig, dass Bella triumphierend in die Luft boxt. Viel schöner wäre es, wenn sich ihre Tochter darauf freuen würde, mit ihrem Vater auszugehen. Und auch mit ihr, doch an diesen Zustand ist sie gewöhnt.

»Aber Josephine und Philip gegenüber müssen wir trotzdem bei der Geschichte bleiben, dass wir zum Bowling gehen.«

Bella grinst, denn das betrügerische Ränkeschmieden macht ihr Spaß. »Wohin gehen wir?«, flüstert sie.

»Du gehst mit Mark auf diese Party, von der du ständig geredet hast.«

Sie kreischt vor Freude, macht einen Luftsprung und umarmt Pip so fest, dass diese unter anderen Vorzeichen selig über die körperliche Nähe gewesen wäre.

»Und wohin gehst du?«

»Woandershin.«

»In letzter Zeit bist du so geheimniskrämerisch. Geht es um Io?«

»Nein.« Er hat sie noch immer nicht zurückgerufen, und sie macht sich Sorgen.

»Dad?« Bella verzieht angewidert das Gesicht, als würde ihr übel bei der Vorstellung, dass sie tatsächlich Zeit miteinander verbringen könnten. Die sechzehn Jahre, die Josephine Pip und Jamie voneinander getrennt gehalten hat, sind nicht spurlos an ihr vorübergegangen.

»Nein.«

»Bitte sag mir, dass es nichts mit Spray-Tan-Sammy zu tun hat.«

Sie bleibt ihr eine Antwort schuldig.

»Igitt, Pip, nein! Er ist widerlich. Mir wird ganz schlecht, wenn ich nur an ihn denke.«

»Mir auch«, flüstert Pip. »Aber es ist kein Date. Es ist … was Geschäftliches.«

Bella reißt die Augen auf. »Bist du jetzt Prostituierte?«

Pip ist natürlich gekränkt, bis Bella in Gelächter ausbricht. »Okay, wie auch immer. Ich werde keine Fragen mehr stellen, schließlich freue ich mich riesig, dass ich auf meine Party gehen darf. Mark wird total happy sein.«

»Er soll gefälligst auf dich aufpassen. Kein Alkohol.«

»Gar keiner?«

»Ein Drink, mehr nicht. Keine Drogen, kein Sex.«

»Oh, widerlich, halt bloß die Klappe«, sagt Bella, die es nicht gewöhnt ist, solche Vorschriften von Pip zu bekommen.

»Sag mir nicht, dass ich die Klappe halten soll«, fordert Pip bestimmt, was Bella schockiert. Sich selbst hat Pip auch einen Schreck eingejagt. Sie hört sich wie eine Mutter an. Bellas Mutter.

Pip versucht, ihre Bedenken wegen der Party abzuschütteln. Ihr Bauchgefühl sagt ihr zwar Nein, aber sie hört nicht darauf. Ganz bestimmt wird sie nicht mitansehen, wie ihr Haus um sie herum zerfällt oder wie ihr Vater, der sein ganzes Leben lang hart gearbeitet hat, alles verliert. Und was Josephine betrifft: Vielleicht tut Pip es, um zu beweisen, dass sie nicht nutzlos ist, dass sie nicht auf ihre Familie angewiesen ist, sondern dass die anderen sich tatsächlich auf sie verlassen können.

»Was ist mit Dad?«

Es ist nicht Jamies Schuld, und trotzdem ist es komisch, dass ihm die Ehre zuteilwird, von Bella »Dad« genannt zu werden, obwohl er den Großteil ihres Lebens nicht anwesend war, aber dass Pip noch kein einziges Mal »Mam« genannt worden ist.

»Jamie ist natürlich sehr enttäuscht. Wir gehen stattdessen morgen Abend zum Bowling. Zieh keine solche Schnute. Er hat angeboten, dich zu der Party zu fahren. Zieh bitte nicht schon wieder eine Schnute. Das Fake-Bowling heute Abend wird uns so viel Spaß machen, dass wir morgen alle noch einmal gehen werden«, sagt sie und anlässlich dieses Lügengespinsts bricht ihr der kalte Schweiß aus. »Ich werde auch im Auto sein. Wir fahren in einer Stunde los.«

Die Enttäuschung in Jamies Stimme, als sie die Bowling-Pläne abgesagt hat, war herzzerreißend. Sie will ihm unbedingt zeigen, dass es nicht heißt, sie würden ihn ausschließen, sondern ganz im Gegenteil. Dass er Bella zu der Party bringt, weiß sie zu schätzen, denn es ist ihr nur recht, wenn noch jemand ein Auge auf das Mädchen hat.

Bella beobachtet, wie Pip ein Kleid in einen Rucksack stopft.

»Was ist das?«

»Nichts.«

»Was trägst du heute Abend zu deinem *Geschäftstreffen?*« Mit den Fingern deutet sie Anführungszeichen an. »Warum hast du es nicht jetzt schon an?«

»Weil.«

Bella verschränkt die Arme. »Was ist los?«

»Das verrate ich dir, wenn die Sache über die Bühne gebracht ist. Jetzt zieh dich um, und zwar so, als würdest du zum Bowling gehen.«

»Das mache ich. Ich ziehe mir mein Kleid später an, genau wie du.« Sie zwinkert. »Oh!« Sie bleibt an der Tür stehen. »Mir ist gerade wieder eingefallen, wieso ich in dein Zimmer gekommen bin. Warum warst du nicht in der Arbeit? Wir haben in der Crossroads Station vorbeigeschaut, und Krish hat gesagt, du seist nicht aufgetaucht und er habe den ganzen Tag nichts von dir gehört. Nan ist total sauer. Sie will unten mit dir reden.«

In Jeans und T-Shirt und gestylt steigt Pip langsam die Treppe hinunter. Sie ist viel zu sehr mit Sammy und ihrem Vorhaben heute Abend beschäftigt, um sich von einer Strafpredigt ablenken zu lassen. Im Haus ist es still, Bella ist in ihrem Zimmer, bei geschlossener Tür, wahrscheinlich hat sie ihre Kopfhörer auf, um jegliche Streitereien nicht mitanhören zu müssen. Philip ist draußen und bastelt in seiner Garage herum, nach seinem Treffen mit Mr Wolverson geht ihm einiges durch den Kopf. Bis auf die Geräusche des Geschirrspülers ist nichts zu hören. Josephine sitzt allein am Küchentisch. Vor ihr steht eine Tasse Tee und auf dem gegenüberliegenden Platz ebenfalls.

»Ich habe Tee gekocht.«

»Danke.«

Der Tee ist wie ein blinkendes Neonröhrenschild, das ihr anzeigt, wohin sie sich setzen soll. Sie nimmt Platz. Braves Hündchen.

Josephine sieht erschöpft aus. Pip hat keine Ahnung, inwiefern sie über das Haus und Mr Wolverson im Bilde ist. Eigentlich ist es immer so, dass ihre Mutter alles weiß und Pip nichts.

Als Einleitung gibt Josephine ein gequältes Seufzen von sich. Sie ist müde.

»Damals, als diese ganze Sache …« Sie beendet den Satz mit einem wegwerfenden Winken. Diese Geste hat etwas zu bedeuten, die abschätzige Handbewegung, die ihre Mutter so häufig vollführt, ist eine eigene Sprache. Es ist das Zeichen für Pips Schwangerschaft. Der grauenvolle Fehltritt, der unausgesprochen bleibt.

»Damals, als ich schwanger wurde«, sagt Pip.

Josephine verharrt reglos.

»Reden wir doch nicht um den heißen Brei herum.«

»Als du mit gerade einmal sechzehn Jahren in anderen Umständen warst«, fährt Josephine sie an.

Pip konnte diesen Ausdruck noch nie ausstehen. Sie war nicht in anderen Umständen. Das klingt viel zu negativ. Zwar war die Schwangerschaft nicht geplant, aber es passierte auf eine wunderschöne, zärtliche Art und Weise, in einem der traumhaftesten Momente ihres Lebens. Sie war nicht in anderen, sondern in wunderbaren Umständen, hatte alles im Griff und war mit dem Mann zusammen, den sie liebte, selbst wenn damals niemand sonst sein wahres Wesen erkannte.

»Ich habe mir schreckliche Vorwürfe gemacht. Pater McDonagh hat deinem Dad und mir eine Geschichte aus der Bibel erzählt. Lukas 15,11–32. Das Gleichnis vom verlorenen Sohn, sagte er, handele von der Elternschaft. In jeder Eltern-Kind-Beziehung findet ein Kampf statt. Ein Kampf um Kontrolle.« Sie atmet tief ein und richtet sich auf. »Die überhebliche Art, wie du dich gestern Abend und heute verhalten hast, zeigt ganz klar, dass du rebellierst.«

Bevor sie weitersprechen kann, unterbricht Pip sie, denn bei dem Wort schäumt sie vor Wut. »Ich *rebelliere* nicht. Ich bin kein Kind mehr. Ich bin keine Teenagerin.« Pip spricht langsam und deutlich. Sie wiederholt ihre Aussage, damit ihre Mutter sie hört. »Ich bin kein Kind. Schau mich an.«

Josephine hebt den Blick von ihren verschränkten Fingern und sieht Pip in die Augen.

»Ich bin zweiunddreißig Jahre alt. Ich bin erwachsen. Ich bin eine Frau. Ich habe ein eigenes Kind. Du musst endlich loslassen.«

Josephine beginnt zu zittern.

»Du glaubst, ich hätte keine Ahnung«, fährt Pip mit fester Stimme fort. »Du willst der veränderten Situation begegnen, indem du dich mit mir hinsetzt und mir die Leviten liest, mich bei der Stange hältst, damit ich wieder meine Gefühle abstelle und weitere zehn Jahre im Koma vor mich hin vegetiere. Aber so läuft das nicht. Ich weiß, was du tust. Mir ist klar, was du getan hast und warum du es getan hast. Du hast das Gefühl, du hättest bei mir versagt, oder?«

»Nun, natürlich. Es ist ja wohl kein Geheimnis, Philippa. Bei dir habe ich versagt.«

Damit hat Pip gerechnet, aber es laut ausgesprochen zu hören, versetzt ihr trotzdem einen Stich.

»Für dich war es eine unschöne, peinliche Angelegenheit«,

sagt Pip. »Und es hat sich einzig und allein um dich gedreht und darum, wie du aufgrund meiner Handlungen von allen anderen gesehen wurdest. Also hast du mir das Baby weggenommen, hast mir meine Tochter aus den Armen gestohlen, hast ihr den Namen gegeben, den du wolltest, ein Leben, wie du es dir ausgemalt hast, und hast ein Kind nach deinen Vorstellungen geformt, das dir gegenüber völlig loyal war, damit du beim zweiten Versuch alles richtig machen konntest. Du hast dafür gesorgt, dass ihr Dad nichts mit ihr zu tun hatte. Denn sie sollte dir gehorchen. Alle sollten denken, was für eine großartige Mutter du doch bist.«

Josephines Finger zittern weiterhin. Unruhig rutscht sie auf ihrem Stuhl hin und her, körperlich nicht in der Lage, mit dieser Widerrede umzugehen.

»Weißt du, was eine bessere Methode gewesen wäre, dich als Mutter zu rehabilitieren? Du hättest *mir* weiterhin eine Mutter sein können. Du hättest mir beibringen können, wie man eine Mutter ist. Du hättest aus deinen eigenen Fehlern lernen und dieses Wissen an mich weitergeben können. Doch stattdessen hast du versucht, mir auch das noch wegzunehmen.«

Es reicht Josephine, sie will keine Silbe mehr hören und erhebt sich. Halt suchend streckt sie die Hand aus, um sich an der Stuhllehne abzustützen.

Pip fährt unbeirrt fort. »Ich bin Mutter. Bella ist meine Tochter. Nicht deine.«

Jetzt ist Pip fertig. Sie hat ihren Worten nichts hinzuzufügen und will auch nichts mehr hören. Forschen Schrittes verlässt sie die Küche und kommt im Flur an einer verblüfften Bella vorbei, die keine Kopfhörer trägt und diesmal jedes einzelne Wort mitbekommen hat.

44

»Es tut mir so leid, Jamie«, sagt Pip, als sie vor dem Haus in den Wagen steigt und neben ihm auf dem Beifahrersitz Platz nimmt.

»Das ist kein Problem. Ich möchte nicht, dass sie meinetwegen einen coolen Event verpasst. Ich will ja, dass sie mich mag«, antwortet er mit einem unsicheren Lächeln.

»Jamie, sie mag dich auf jeden Fall. Sie liebt dich, das … ist ganz automatisch so. Aber angeblich darf man nicht ›cool‹ sagen, da habe ich ganz strenge Vorgaben.«

»Himmel«, sagt er. »Gibt es da ein Regelwerk, das du mir leihen kannst?«

»Wenn ich eines hätte, würde ich mich selbst daran halten.«

»Wenn ich Bella zu einer Party fahren muss, damit sie mich lieb hat, tue ich das gern.«

In Pip meldet sich wieder einmal ihr schlechtes Gewissen. »Ehrlich gesagt habe ich gewisse Bedenken wegen dieser Party. Bella ist noch nie auf einer richtigen Hausparty gewesen. Mark ist älter, es gibt bestimmt Alkohol …« Sie beißt sich auf die Lippe. »Habe ich eine schlechte Entscheidung getroffen?«

Er lässt sich ihre Worte durch den Kopf gehen, ohne automatisch Partei für sie zu ergreifen, was sie verunsichert, selbst wenn sie es zu schätzen weiß. »Warum erlauben wir ihr nicht, bis elf Uhr hinzugehen, und wenn sie uns zeigt, dass man ihr vertrauen kann, darf sie beim nächsten Mal länger bleiben.«

Diese Vorgehensweise war ihr noch nicht einmal in den Sinn gekommen. »Das ist eine tolle Idee. Jedenfalls wäre sie das gewesen, wenn …«

»Du kannst die Erlaubnis jetzt nicht mehr einkassieren«, sagt er nachdenklich.

»Nein. Mist. Sieh nur an, wie viel besser du in Erziehungsdingen bist.«

»Sei nicht so streng mit dir.«

»Das mache ich, wenn du den Ratschlag selbst beherzigst.«

Er stöhnt auf.

Es ist, als würden sie als Eltern bei null anfangen, als hätten sie die Babyjahre übersprungen und würden jetzt alles von Grund auf mit einem Teenager erlernen. Gemeinsam keinen blassen Schimmer zu haben, hat etwas Tröstliches.

»Es tut mir leid, dass ich gestern Abend schon so früh aufgebrochen bin. Mein Freund hat mich gebraucht.«

»Ja«, sagt er und betrachtet sie mit einem Blick, der Bände spricht.

Sie lacht. »Er heißt Io. Wir sind befreundet. Er arbeitet im Observatorium, ist für ein paar Monate hier und kehrt dann nach Hause zurück. Io ist bloß ein guter Freund von mir. Er bringt mir das Autofahren bei.«

Als Jamie lächelt, hat er kleine Fältchen um die Augen, die früher nicht da waren. Am liebsten würde sie die Hand ausstrecken und sanft darüberfahren. Sie findet es schrecklich, dass sie nicht miterlebt hat, wie sie sich mit der Zeit gebildet haben.

»Worüber lachst du?«

»Ist er etwa bloß ein guter Freund?«, fragt er und unterdrückt ein Kichern.

»Ja. Er ist nur ...« Moment mal. Er zieht sie auf.

»Es ist bloß so, dass du es nun schon ein paarmal erwähnt hast.«

»Ich wollte, dass du Bescheid weißt.«

»Okay, jetzt weiß ich also Bescheid.«

»Gut«, sagt sie grinsend und dreht sich zum Haus um.

Bella erscheint mit einer besorgten Josephine an der Tür.

»Sie sieht nett aus«, sagt Jamie überrascht.

»Ihr Kleid hat sie in der Tasche. Das wirst du nicht ganz so nett finden. Es hat ungefähr so viel Stoff wie die Taschentücher deines Dads.«

Er lacht.

»Sie wird sich auf der Party umziehen. Josephine und Philip glauben, dass wir bowlen gehen.«

»Alles klar.«

Bella springt in den Wagen.

»Viel Spaß beim Bowling!«, ruft Josephine Bella unsicher nach.

»Danke!«, antworten sie alle und geben sich Mühe, möglichst aufrichtig zu klingen.

Bella winkt ihrer Großmutter, bis diese nicht mehr zu sehen ist. »Alles klar, Bitches, auf zur Party!«

»Bella!«, rügt Pip sie. Jamie muss lachen.

Als sie sich dem Haus nähern, in dem die Party offenkundig stattfindet, fahren sie im Schneckentempo die Straße entlang. Leute strömen in den Garten, und die Musik ist schon von Weitem zu hören. Vor dem Haus stecken kleine französische Fähnchen im Rasen und flattern in der Brise.

»Warum die französischen Fahnen?«

»Marks Freund ist Franzose. Heute ist der 14. Juli.«

»Aha«, sagt Jamie und betrachtet mit kritischem Blick ein

paar Leute, die die Straße überqueren und das Haus betreten. »Werden sie Kanonen abfeuern?«

Pip beißt sich auf die Unterlippe, um nicht loszuprusten.

»Sind seine Eltern hier?«, fragt er.

»Sie leben in Frankreich.«

Pip macht Anstalten, sich nach hinten zu drehen.

»Nicht gucken«, kreischt Bella, »ich ziehe mich gerade um.«

»Wenn seine Eltern sich in Frankreich aufhalten, wer trägt dann heute Abend die Verantwortung?«, will Jamie wissen, und Pip zuckt zusammen, weil jede seiner Fragen ein schlechtes Licht auf ihre Entscheidung wirft. In die Party eingewilligt hat sie nur aufgrund ihres Plans, Sammy hereinzulegen, aber dadurch hat sie ihre Tochter in eine heikle Lage gebracht.

»Er trägt die Verantwortung. Er ist fünfundzwanzig oder so. Das Haus gehört ihm.«

Jamie und Pip sehen sich unsicher an. Keiner von ihnen will sich Bellas Unwillen zuziehen. Beide wollen ihre Freunde sein. Dabei sollten sie sich beide wie Eltern benehmen.

»Bella«, sagt Pip und dreht sich um, ohne auf Bellas Protestgeschrei zu achten. Ihre Tochter hat einen Fuß auf der Rückbank, während sie sich mit der Schnalle eines aberwitzig hochhackigen Schuhs abmüht. Ihre Beine haben einen unnatürlichen Bronzeton von der Bräunungscreme, und ihr Kleid ist sehr kurz und knalleng. Pip hat gar kein gutes Gefühl bei der Sache.

Sie atmet tief durch, um Mut zu fassen. »Okay, Bella, hör mal.«

Bella hebt das andere Bein, um sich den zweiten Schuh anzuziehen, sodass Pip einen tiefen Einblick erhält, was sie unter dem Kleid anhat. Zumindest trägt sie Unterwäsche.

Pip sieht weg. »Du weißt ja, dass ich nervös bin, was diese Party betrifft …«

»Ich habe dir doch gesagt, dass das nicht nötig ist.«

»Jetzt hör mir bitte zu.«

Bella schließt den Mund.

»Und du weißt, dass ich jedes Mal, wenn du mich gefragt hast, ob du auf die Party gehen könntest, Nein gesagt habe. Begeistert bin ich immer noch nicht. Die Leute sehen einen Ticken älter aus als du.« In der Menge vor dem Haus entdeckt Pip zumindest ein paar Mädchen, die in Bellas Alter zu sein scheinen und ähnlich kurze Kleider und absurd hohe Schuhe tragen. »Und ein bisschen seltsam. Lass dein Getränk nicht unbeobachtet rumstehen. Jemand könnte dir was reinschütten. Verdreh nicht die Augen, so etwas denke ich mir nicht aus, es kommt tatsächlich vor. Bleib bei Mark. Weiche nicht von seiner Seite. Ruf mich an, wenn du mich brauchst, dann bin ich sofort zur Stelle.«

»Oder ruf mich an«, wirft Jamie ein. »Ich habe heute Abend nichts vor und kann dich jederzeit abholen.«

»Danke«, sagt Bella leise. »Aber ihr müsst euch wirklich nicht solche Sorgen machen. Es ist bloß eine Party.«

»Und du bist unsere sechzehnjährige Tochter. Wir lieben dich, und wir machen uns eben Sorgen um dich.«

Da scheint Bella sie beide anders anzusehen. Zum ersten Mal sind sie ihre Eltern. Nicht durch andere im Raum in der Unterzahl oder zur Seite gedrängt. Nur sie drei sitzen in einem kleinen Auto, und Pip beschleicht das Gefühl, dass Bella ihre Gegenwart zum ersten Mal wirklich ernst nimmt. Pip und Jamie jagt diese neue Situation Angst ein. Wenn etwas schiefläuft, können sie niemandem sonst die Schuld geben.

»Okay«, sagt Bella leise.

»Ich erlaube dir ein alkoholisches Getränk. Ein Drink, mehr nicht. Teil ihn dir gut ein. Betrink dich nicht. Kein Sex.«

»Pip«, sagt Bella, die sich in Jamies Gegenwart geniert. Er

dreht sich nach vorn, als hätte er nichts mit dem Gespräch am Hut.

»Aber falls doch, dann vergewissere dich, dass er ein Kondom benutzt«, fügt Jamie hinzu.

»Aber tu's nicht …«, sagt Pip und sieht Jamie mit aufgerissenen Augen an.

»Genau, tu's nicht. Aber falls doch …«, fährt er fort.

»Himmel«, sagt Bella, der die Situation entsetzlich peinlich ist.

»Drogen«, sagt Jamie leise.

»Nimm keine Drogen. Keine Pillen, kein Kokain, zieh dir keinen Scheiß in die Nase. Das kann dich umbringen. Und außerdem kann es auch zu einer Nasenscheidewandverkrümmung führen, und keiner will eine schiefe Nase haben. Sei das unglaubliche Mädchen, das auf eine Party gehen kann und souverän genug ist, ganz sie selbst zu sein.«

Bella verdreht die Augen. »Von dem Mist lass ich sowieso die Finger.«

»Gut. Okay.« Pip atmet langsam aus. »Viel Spaß.«

Bella öffnet die Wagentür und steigt aus. Bei den ersten Schritten gerät sie in ihren Schuhen ins Wanken. Sie dreht sich um und winkt, bedeutet ihnen loszufahren.

Mark kommt ihr aus dem Haus entgegengelaufen.

»Das ist also Mark«, sagt Jamie, der sich vorbeugt und das Lenkrad umklammert. Während er ihn betrachtet, spielen seine Schultermuskeln.

Mark erkennt Pip und winkt ihr mit einem Grinsen zu, dann fällt sein Blick auf Jamie, und sein Lächeln verblasst rasch. Unsicher greift er nach Bellas Hand, und sie stürzen sich ins Partygetümmel.

Pip prustet los.

»Worüber lachst du?«

»Dein Gesicht.« Sie kann nicht aufhören. »Du siehst aus, als wolltest du ihn umbringen.«

»Vielleicht trifft das ja auch zu. Dieser anmaßende kleine Scheißer. Er soll ruhig Bescheid wissen.«

»Was, dass ein Freund ihrer Schwester ihn drankriegen wird?«

Er seufzt. »Das solltest du dir nicht bieten lassen.«

»Ich wollte, dass sie mich mag.«

»Ich weiß.« Er reibt sich über seine Wange. Sie hört das Kratzen seiner Finger auf der unrasierten Haut. Am liebsten würde sie ihm einen Kuss auf die Stelle geben. Sie möchte seine Bartstoppeln spüren. »Wir kriegen das mit der Zeit schon hin.« Dann lacht er. »Nasenscheidewandverkrümmung? Keiner will eine schiefe Nase?«

Pip fällt in sein Gelächter ein. »Ehrlich, wie ihr Gesicht aussieht, ist ihr wichtiger, als dass sie wegen etwas sterben könnte.«

Als ihr Gelächter verklungen ist, dreht er sich zu ihr. »Warum nennt sie dich Pip?«

Sie stößt einen Seufzer aus. »Josephine wollte nicht, dass ein Kleinkind ihre Teenagertochter Mam nennt.«

Seine Kieferpartie verspannt sich. Er beobachtet ein paar weitere Grüppchen, die das Haus betreten.

»Möchtest du was trinken gehen, während wir warten? Oder wir könnten auch den ganzen Abend hier vor dem Haus rumhocken und ihr so richtig den Spaß verderben.«

Ihr wird das Herz schwer. Sie kann sich nichts Schöneres vorstellen, als hier mit ihm zu sitzen, aber sie hat ein Date mit einem Dämon.

»Es tut mir so leid, Jamie, aber heute Abend kann ich nicht. Als wir das Bowling abgesagt haben, habe ich Pläne gemacht, und jetzt ist es zu spät, die zu ändern. Aber wenn es nicht so wichtig wäre, würde ich es nicht tun. Es ist eine Angelegenheit für Dad. Wegen des Hauses.«

»Was ist los?«

»Ich erzähl es dir, wenn es vorbei ist, das verspreche ich.«

»Es ist nicht Io.«

»Es ist *nicht* Io.«

Er wirkt enttäuscht über die Abfuhr, aber sie unterhalten sich auf dem Weg ins Zentrum. Trotz der Jahre, in denen sie sich nicht gesehen haben, sind sie sich so vertraut. Pip fühlt sich in seiner Gegenwart geborgen.

»Und ich kann dich ganz bestimmt nicht umstimmen?«, versucht er es noch einmal, ganz leichthin, während er am Bordstein hält und sie an der Hauptstraße aussteigen lässt.

»Ich würde viel lieber Zeit mit dir verbringen, das kannst du mir glauben, aber es geht nicht.«

»Okay«, sagt er mit einem Blick, der ihr das Herz bricht. »Wo sollen wir uns in drei Stunden treffen, damit wir unsere Tochter abholen können?«

Pip lächelt. »Treffen wir uns in drei Stunden hier.«

Sie wirft sich den Rucksack über die Schulter und geht, sobald sein Auto verschwunden ist, auf *The Turfcutter's* zu, bereit für ihren Showdown mit Sammy.

45

Sie hat ihrer Mutter zwar erklärt, dass sie kein rebellischer Teenager mehr ist, aber diese Aussage wird unglaubwürdig, wenn sie sich mit zweiunddreißig Jahren auf der Toilette des *Turfcutter's Inn* ein Kleid und High Heels anzieht. Sie hat sich ein sehr kleines Schwarzes von Helen ausgeliehen, die nicht so groß wie sie ist, sodass das Kleid an Pip winzig kurz ist. Sich hinzusetzen, wird eine heikle Angelegenheit sein.

Als sie die Toilette verlässt, erblickt sie Caroline, Kim und Helen auf ihrem Posten an einem Tisch an der Wand. Sie sind sogar so weit gegangen, sich Partyhüte für den angeblichen Geburtstag aufzusetzen. Kim sieht mit großen Augen und einem tonlosen *Wow* zu ihr herüber, und Pip versucht, sich ein Lachen zu verkneifen, weil sie so tun, als wären sie nichts weiter als entfernte Bekannte. Pip sucht sich einen Tisch ein Stück weit weg von den Mädels, aber immer noch so nahe, dass die anderen sie gut im Blick haben. Er befindet sich etwas abseits in einer Ecke, und sie lässt sich mit dem Rücken zum Raum nieder, damit niemand sie zusammen mit ihm sehen kann. Sammy ist noch nicht eingetroffen, aber sie hat bereits die Drinks geholt und auf den Tisch gestellt. Sie hat sich davon inspirieren lassen, wie ihre Mutter vorhin die Teetassen platziert hat, und sein Bierglas steht vor dem Stuhl, den sie für ihn auserkoren hat. Auf jeden Fall wollte sie genug Zeit haben, um ihr Handy vorzubereiten. Sie sucht in ihren Apps nach der Aufnahmefunktion.

»Buh!«

Pip fährt zusammen und lässt das Handy fallen.

Sammy hat sich von hinten an sie herangeschlichen. Sein Atem in ihrem Nacken jagt ihr einen Schauder über den Rücken.

Er lacht.

»Wegen dir hätte ich beinahe einen Herzinfarkt gekriegt.« Es gelingt ihr, ihr Handy aufzuheben, ohne dass er sieht, was auf dem Display ist. Sie steht auf, deutet eine Umarmung an und gibt ihm ein Küsschen auf die Wange.

»Wow«, sagt er mit Blick auf ihr Kleid, und seine Augen verweilen ekelhaft lange auf jedem Zentimeter ihres Körpers. »Ja. Schon viel besser.« Er bewegt ihre Hüften, sodass sie sich für ihn dreht.

»Schon viel besser?« Sie gibt sich gekränkt. Eigentlich ist es ihr herzlich egal, was er von ihr hält.

»Bei den letzten beiden Dates hab ich mich gefragt, du weißt schon: ›Ist sie vielleicht eine Nonne oder so was?‹« Er lacht.

Sie stimmt in sein Gelächter ein. *Ja, Mr Wolverson, Sir, nein, Mr Wolverson, Sir.*

Ihre Finger zittern, während sie versucht, sich auf ihn zu konzentrieren, aber auch auf ihr Handy zu schauen, um endlich die Sprachaufnahme anzuklicken. Doch selbstverständlich fällt es ihm auf, er merkt es gleich, wenn sie auch nur kurz von ihm wegschaut, während er ihr etwas erzählt.

»Alles okay da unten?«

»Es tut mir leid«, sagt sie und überlegt hektisch. »Es geht nur um meine Tochter Bella. Sie ist heute Abend auf einer Party und …« Sie sieht nach unten und drückt auf Aufnahme, legt das Handy neben ihre Hüfte und beugt sich zu ihm vor, sodass er freie Sicht auf ihren tiefen Ausschnitt hat. »Ich mache mir solche Sorgen um sie. Sie ist mit einem älteren Typen zusammen. Achtzehn. Und das ist ihre erste richtige Party. Es gibt bestimmt Alkohol und weiß Gott, was sonst noch alles.«

»Hört sich klasse an, wie lautet die Adresse?«, scherzt er, und sie kichert.

»Aber im Ernst, ich mache mir Sorgen um sie, deshalb muss ich ab und zu einen Blick aufs Handy werfen. Sei mir also nicht böse«, sagt sie herzlich, streckt den Arm aus und berührt seine Hand. »Du hast meine volle Aufmerksamkeit, aber ich muss mich vergewissern, dass ich keinen Anruf von ihr verpasse.«

Das scheint er zu schlucken. »Deshalb ist es immer ein Problem, mit einer Mutter auszugehen. Ich bekomme nicht die ungeteilte Aufmerksamkeit.« Er sagt es in scherzhaftem Ton, meint aber jedes einzelne Wort ernst.

Sie lächelt. »Oh, du wirst meine ungeteilte Aufmerksamkeit kriegen, mach dir da mal keine Sorgen.«

»Warum kann ihr Dad nicht die Aufsicht haben?«

Er nickt über ihre Schulter hinweg, woraufhin sie sich verwirrt umdreht und Jamie an der Bar sitzen und mit Finbar reden sieht. Genau in dem Moment schaut er in ihre Richtung. Erst lächelt er, doch als er Sammy bemerkt, wird er rasch wieder ernst.

Am liebsten würde sie aufspringen und ihm sagen, dass es sich nicht um ein Date handelt, dass es nicht das ist, was er glaubt, doch stattdessen schluckt sie die Emotionen hinunter, den Frust und Ärger, und wendet sich wieder Sammy zu. Wenn sie dank dieser Aktion schon Jamies Respekt verlieren wird, muss sie wenigstens dafür sorgen, dass es die Sache wert ist. Offensichtlich hat der Blickkontakt Sammy aus dem Konzept gebracht, und sie muss ihn schleunigst wieder an Bord holen.

»Sammy, unsere letzten beiden Verabredungen sind nun schon ein Weilchen her, und ich erinnere mich noch genau daran, dass es dabei hauptsächlich um mich gegangen ist.« Das stimmt überhaupt nicht. Bei beiden Dates haben sich die Gespräche fast ausschließlich um ihn gedreht. »Lass uns zur Abwechslung einmal von dir reden.«

Eigentlich ist sie davon ausgegangen, dass er gleich anbeißen würde, aber stattdessen mustert er sie aus schmalen Augen.

»Hmm.«

»Inwiefern hmm?««

»Du wirkst so anders.«

»Ich trage mehr Make-up.« Sie klimpert mit den Wimpern.

»Auf andere Weise anders.« Sein Blick schweift durch den Raum. Er betrachtet Caroline, Kim und Helen in der Ecke und Jamie an der Bar. Pip befürchtet, er könnte Argwohn schöpfen und die Flucht ergreifen.

»Okay, du hast recht. Ich bin anders. Du hast es schon am Handy erraten, ich will nicht länger so weiterleben, bei meinen Eltern zu Hause. Es ist an der Zeit, dass ich mich von ihnen abnable. Ich will mein eigenes Ding machen. Ich will mehr ich selbst sein. Deshalb das Make-up, die Haare, das Kleid.«

Beinahe entsprechen ihre Worte der Wahrheit.

»Es wundert mich, dass du mich nach den Vorwürfen, die du mir im Park an den Kopf geworfen hast, angerufen hast.« Er stülpt die Unterlippe vor.

»Armes Baby.« Scheinbar amüsiert legt sie ihm kurz den Daumen auf die Lippe.

Rasch greift er danach und saugt daran. Sie gibt sich Mühe, nicht zusammenzuzucken. Ihr Lächeln ist ihr ins Gesicht gekleistert. Falls Jamie die Szene beobachtet, hat sie gerade eben ihr eigenes Grab geschaufelt.

»Und dann sind da noch die Dinge, die deinem Dad passiert sind«, sagt er und lässt ihren Daumen wieder los.

Damit meint er wohl, dass sie Philip die Arbeit genommen, ihm minderwertiges Baumaterial verkauft, das Haus seiner Familie ruiniert, ihn um seine Ersparnisse und seine zukünftige Rente gebracht und ihn womöglich auch seine Gesundheit gekostet haben.

Sie strahlt, als ginge sie das alles nichts an. »Wie schon gesagt, ich bin zu dem Schluss gekommen, dass die Probleme meiner Eltern nichts mit mir zu tun haben. Geht es dir mit deiner Familie nie so? Wolltest du je was anderes machen, als in eurem Familienunternehmen zu arbeiten?«

»Etwas anderes stand nie zur Debatte. Uns allen wurde von Kindesbeinen an eingetrichtert, dass wir in der Firma arbeiten würden, und das machen wir auch.«

»Dein Großvater und dein Dad sind so wahnsinnig erfolgreich gewesen, lastet da nicht ein Riesendruck auf dir?«

Er beugt sich vor und betrachtet anzüglich ihre Brüste, genießt es offensichtlich, derart im Rampenlicht zu stehen. »Man hofft eben, dass man der Firma neue Impulse geben kann, weißt du? Ich habe viele Ideen, auf die mein Dad und mein Großvater nicht gekommen sind. Bloß weil man weiß, was man für den Rest des Lebens arbeiten wird, heißt das nicht, dass man seinen Job nicht kreativ angehen kann.«

»Inwiefern?« Sie trinkt mit ihrem Strohhalm und hinterlässt reichlich Rot.

Er betrachtet die Lippenstiftspuren. Dann sie. »Ich habe viele Neuerungen eingeführt. Der Firma zu Wachstum verholfen. Wir haben Fahrzeuge und Ausrüstung und erledigen bereits die Grundstücksräumung, und so habe ich mir überlegt, wir könnten uns auch noch um andere Dienstleistungen kümmern wie Abholzung, die Entfernung von Gebüsch, Baumstumpfbohren …«

»Baumstumpfbohren.« Sie lacht. »Das hört sich sexy an.«

Erst grinst er, doch dann verschwindet sein Lächeln so schnell, wie es erschienen ist. Seine raschen Stimmungsschwankungen, die er noch nicht einmal zu verbergen sucht, sind beunruhigend.

»Hier ist doch was im Busch.«

Ihr Herz klopft heftig.

Er sieht zu den Frauen drüben am Tisch in der Ecke, die laut lachend in ein Gespräch vertieft sind, mit überall verstreutem Geschenkpapier, und keinerlei Anteil an Sammy und Pip zu nehmen scheinen. Dann wandert sein Blick in Jamies Richtung, doch sie will sich nicht umdrehen, um nachzusehen, ob er noch dort ist. Ihr Herz pocht heftig. Falls Sammy gemerkt hat, was hier gespielt wird, wird sie sich einfach zu ihren Freundinnen setzen, oder sie kann zu Jamie hinübergehen, sie ist in Sicherheit. Wenn er nicht dahintergekommen ist, kann sie ihrem Vater helfen und die Klage der Nachbarschaft unterstützen.

Eine Weile schweigt Sammy und scheint sich alles durch den Kopf gehen zu lassen. Nachdenklich reibt er die Fingerkuppen aneinander.

Er taxiert noch einmal Kim, Caroline und Helen.

Pip beugt sich vor und senkt verschwörerisch die Stimme. »Was ist mit denen bloß los? Keine von ihnen will mit mir reden, sie ignorieren mich jedes Mal, wenn ich sie grüße. Dad sagt, es läge daran, dass sie mich für deine Freundin halten.«

»Ach ja?«

»Ich lasse sie gern in dem Glauben.«

»Die Nurney-Nieten.«

»Hey, das lasse ich nicht auf mir sitzen. Ich wohne auch in der Nurney Road.«

»Nicht du«, sagt er und schnippt mit dem Finger nach ihrem Arm. Die Geste ist spielerisch gemeint, bereitet ihr aber Schmerzen.

»Sie schwafeln ständig von Staub und Vibrationen, dabei ist mir noch gar nichts ausgefallen. Was soll der Aufstand?« Sie wirft einen Blick aufs Handy, um sich zu vergewissern, dass die Aufnahme immer noch läuft. Wenn das so weitergeht, hat sie bald keinen Speicherplatz mehr. Sie muss schnell etwas aus ihm herauskitzeln.

»Ach.« Er wendet den Blick ab. »Unter uns, an der Sache ist schon was dran. Die Untersuchungen, die die Gemeinde hat durchführen lassen, sind nicht gerade zu unseren Gunsten ausgefallen. Aber das sollte ich dir wahrscheinlich gar nicht erzählen, wo doch dein Haus ganz in der Nähe steht.«

»Es ist nicht mein Haus.« Sie zuckt mit den Schultern. »Und ich habe sowieso vor, bald auszuziehen.«

»Wohin denn?«

»Mal sehen, wer der Glückspilz ist«, sagt sie kokett. »Was wollt ihr also deswegen unternehmen? Kommt die Sache vor Gericht?«

»Keine Chance. Ich habe einen Freund im Stadtrat. Er wird sämtliche Vorwürfe unter den Teppich kehren.«

»Das geht?«

»Mit Geld erreicht man so gut wie alles.« Er stützt sein Kinn auf die Faust. »Mir ist langweilig.«

»Oh.« Gekränkt setzt sie sich auf.

»Verschwinden wir von hier.«

»Und wohin sollen wir gehen?« Der Plan lautet eigentlich, dass sie im Pub bleibt und nicht ohne ihre Schutztruppe mit ihm mitgeht.

»Du hast viele Fragen zum Steinbruch gestellt, warum bringe ich dich also nicht dorthin? Abends hat man dort viel Spaß. Ich kann dich rumführen.«

»Vielleicht bleiben wir lieber hier. Ich glaube nicht, dass dieses Kleid und die Schuhe dafür gemacht sind, in einem Steinbruch rumzulaufen«, entgegnet sie lächelnd.

»Ich dachte, du möchtest mehr von mir erfahren. Hier will ich nicht weiter über mich reden.« Er schaut sich um. »Außerdem fängt heute ein neuer Nachtwächter an, und ich will nach ihm sehen.«

Wieder einmal ist in seinem Gesicht dieses Schauspiel zu beobachten, bei dem das Lächeln plötzlich verschwindet und eine stürmische Version von ihm die Oberhand gewinnt. Er wirkt schlagartig düsterer, als würde ein Schatten über sein Gesicht huschen. Hat sie bereits genug von ihm auf der Aufnahme? Sie hat die Tatsache, dass er einen Stadtrat mit Geld besticht – aber reicht das schon? Es gibt noch zahlreiche andere Themen, über die sie sprechen könnten. Sie hat kein gutes Gefühl dabei, diesen geschützten Raum zu verlassen und allein mit ihm zu sein, andererseits kann sie ihm im Steinbruch vielleicht weitere Informationen entlocken.

»Gehen wir«, sagt er, steht auf und schnappt sich seinen Mantel.

Die Mädels schauen herüber, als er Pip aus dem Pub führt. Kim reißt entsetzt die Augen auf, aber Pip versucht, nicht die Nerven zu verlieren. Jamie sitzt an der Bar und trinkt einen Kaffee. Im Spiegel hinter dem Tresen treffen sich ihre Blicke, und während sie auf ihn zugeht, schaut er sie unverwandt an.

Sie spürt nichts außer seiner Missbilligung, ihrem Verrat. Die Situation sieht von außen betrachtet schrecklich aus, und Pip weiß nicht, ob er jemals begreifen wird, was sie hier gerade tut.

»Ist der Steinbruch um diese Uhrzeit überhaupt offen?«, fragt sie laut im Vorübergehen.

Sammy achtet überhaupt nicht auf Jamie. Mit einer Hand in ihrem Rücken dirigiert er Pip nach draußen in die frische Nachtluft, während ihre Beschützerinnen im Pub zurückbleiben.

46

Sammy steht hinter ihr und beobachtet genüsslich, wie sie in den Range Rover hinaufklettert, was in ihrem kurzen Kleid gar nicht so einfach ist. Er ist ihr nicht geheuer, und am liebsten würde sie die ganze Sache abblasen und zurück zu ihren Freundinnen und Jamie in den Pub laufen.

Unter der Fahrt gleitet seine linke Hand über ihr Bein. Er streicht mit den Fingern an ihrem Oberschenkel entlang, was ihr eine Gänsehaut verursacht, allerdings nicht vor Vergnügen. Eine Hand am Lenkrad, die andere auf ihr, sich immer weiter vorantastend.

»Also wirklich«, sagt sie und versucht, locker zu bleiben, während sie die Beine überschlägt. Das Kleid ist so kurz, dass es nur noch weiter hochrutscht, sodass er jetzt Zugriff auf ihren gesamten Oberschenkel hat.

»Was lässt sich denn abends Lustiges im Steinbruch machen?«, will sie wissen, um ihn von ihren Beinen abzulenken. Doch ihr wird klar, dass die Frage anzüglicher klingt als beabsichtigt.

Er schaut zu ihr und grinst.

»Ach so. Bringst du deine Dates immer dorthin?«

»Manchmal schon, sicher. Wer wird denn nicht von einem Bagger angeturnt?«

Sie ist sich nicht sicher, ob er einen Witz macht – bei ihm ist das schwer zu sagen, denn er besitzt nicht gerade einen sprühenden Sinn für Humor –, aber zumindest hofft sie es.

Sie kommen am doppelflügeligen Eingangstor zum Steinbruch an, das zugesperrt ist, und Pip könnte bei diesem wunderbaren Anblick vor Freude Luftsprünge machen. Krish tritt mit einem Klemmbrett in der Hand aus dem Wachhäuschen. Erst fällt sein Blick auf Pip, und er nickt ihr verwirrt zu, doch dann sieht er Sammy, und es ist, als wäre der König auf Staatsvisite.

»Mr Wolverson, hallo! Es ist schön, Sie heute Abend zu sehen. Lassen Sie mich das Tor für Sie aufmachen.«

Sie fahren nach unten in den Steinbruch, und obwohl Pip noch nie im Grand Canyon gewesen ist, stellt sie ihn sich ungefähr so vor. Selbst um zehn Uhr ist es noch nicht ganz dunkel an diesem Juliabend.

Sie sieht sich um, die Fahrzeuge haben die Arbeit eingestellt, als wären sie schlafende Pferde. Ohne Menschen herrscht hier eine unheimliche Atmosphäre, nur Fels, der bis zum Himmel zu reichen scheint, und riesige Roboterwesen. Sie fahren zu einem mobilen Baucontainer im Herzen des Steinbruchs. Sammy hält den Wagen an und steigt aus.

»Hier?«

»Willst du sehen, wo dein Dad arbeitet? Beziehungsweise sollte ich wohl sagen, gearbeitet hat?«

Diese Bemerkung ärgert sie und gibt ihr den nötigen Antrieb, um weiterzumachen. »Klar.«

Sie klettert aus dem Wagen, wobei sie die Beine zur Seite gleiten lässt, um auf möglichst damenhafte Weise nach unten zu gelangen, ohne übermäßig viel Haut zu zeigen, doch Sammy steht glotzend da und genießt den Anblick. Als sie auf dem Beton landet, fühlen sich das Kleid und die High Heels in dieser Umgebung ausgesprochen lächerlich an.

»Schult ihr all eure Arbeiter hier vor Ort?«

Ihr Handy liegt in ihrer Handtasche, und da sie sich nicht sicher ist, wie deutlich die Aufnahme sein wird, spricht sie lauter.

»Ja, genau. Früher haben wir sie woanders hingeschickt, mein Granddad war da ein ziemlicher Prinzipienreiter, aber ich habe Änderungen vorgenommen. Es hat ein Vermögen gekostet, unsere Leute überall im Land schulen zu lassen, also erledigen wir die Ausbildung jetzt intern. Sie müssen auch weniger Stunden bei den Schulungen verbringen. Sämtliche Kurse finden hier statt.«

»Dann nehmen die Leute also an weniger Schulungen teil als früher? Ich kann mich noch erinnern, dass mein Dad im Lauf der Jahre immer wieder verreisen musste, um dies oder das neu bescheinigt zu bekommen.«

»Ja, er war noch oldschool. So machen wir es nicht mehr. Ich beschäftige viele Männer sporadisch, bloß hier und da für ein paar Tage, und da sie nicht in Vollzeit für uns arbeiten, müssen sie nicht das gleiche intensive Training durchlaufen. Es gibt immer Möglichkeiten, Bestimmungen zu umgehen.«

Sie sieht in Richtung ihres Hauses, wohl wissend, dass es nicht weit weg ist.

»Was passiert, wenn das Gesteinsvorkommen erschöpft ist, werdet ihr expandieren?«

»Ich habe eine neue Idee«, erklärt er mit einem Zwinkern. »Ich habe eine Genehmigung für eine Deponie beantragt.«

»Wie bitte?«

Er geht weiter, aber sie bleibt wie erstarrt stehen. Als er sich nach ihr umdreht, läuft sie los, um ihn einzuholen.

»Wenn der Antrag bewilligt wird, könnten wir diesen Ort als Mülldeponie verwenden. Der Steinbruch ist die ideale Vorlage. Siehst du? Ich überlege mir ständig neue Wege, um zu expandieren. Deshalb ist es ganz egal, welche Beschwerden eure Nachbarn gegen diesen Steinbruch erheben. Ich mache trotzdem weiter.«

Sie stellt sich vor, wie es wäre, neben einer Mülldeponie zu leben, wie bestürzt ihre Eltern wären, und fragt sich, was schlimmer ist, Detonationen oder Müll. Droht er ihr? Kurzzeitig steigt Angst in ihr hoch – spielt er mit ihr?

Er deutet auf den Container. »Dort macht dein Dad seine Pausen. Da drinnen finden die morgendlichen Besprechungen statt.«

Er steigt die paar Stufen hoch und sperrt den Container auf. Es ist ein kleiner, quadratischer Container von *Portakabin*, und sie verspürt nicht die geringste Lust hineinzugehen. Sie ist lieber draußen im Freien, wo sie den Himmel sehen kann und sich nicht in einem winzigen Raum mit Sammy befindet. Ihr ist völlig klar, was er vorhat, und da macht sie ganz bestimmt nicht mit, ganz besonders nicht in einem staubigen Container, in dem ihr Vater seinen Tee trinkt. Vielleicht turnt Sammy auch die Vorstellung an, mit der Tochter seines Angestellten Sex auf dessen Schreibtisch zu haben.

Ihr Handy klingelt, was ihre Aufnahme unterbricht. Sie greift in die Handtasche und wirft einen Blick aufs Display. »Es ist Bella.« Sie geht sofort ran. »Hallo?«

»Pip.« Bella schluchzt in ihr Handy. »Kannst du mich abholen kommen? Ich will nach Hause. Und zwar gleich. Ich muss hier weg.«

»Schatz, was ist denn los? Was ist passiert?« Sie ist so abgelenkt von Bella, dass sie in den Container tritt. Sammy beobachtet sie.

»Ich hasse ihn.« Mit tränenerstickter Stimme stößt sie mühsam die Wörter aus. »Ich … ich … ich hasse ihn.«

»Wen? Mark?«

»Ja.«

Bella hört sich betrunken an. Genau davor hatte Pip Angst. »Okay, ich hole dich sofort ab, mach dir keine Sorgen, ich bin gleich da, okay?«

»Okay«, schluchzt sie.

»Bist du in Sicherheit? Hast du jemanden bei dir?«

»Ich habe mich im Bad eingesperrt. Er versucht, mich rauszuholen.«

Pip hört lautes Klopfen an der Tür.

»Okay, bleib, wo du bist, ich hole dich ab. In einer Viertelstunde bin ich da. Mach dir keine Sorgen, Schatz. Bleib da drinnen, bis ich komme.«

Mit pochendem Herzen und zitternden Händen beendet sie das Gespräch. Sie kann kaum einen klaren Gedanken fassen. Jamie. Sie muss Jamie anrufen. Als sie nach seinem Namen sucht und auf Anrufen tippt, wird ihr das Handy entrissen.

Sammy hat es ihr weggenommen.

»Was soll das?«

Er beendet den Anruf.

»Was zur Hölle tust du da?«, will sie wütend wissen.

»Was zur Hölle ich tue?«

Er tritt auf sie zu, hebt eine Hand an ihr Gesicht und fährt mit dem Finger ihre Wange hinab.

»Sammy«, sagt sie mit Nachdruck, »jetzt ist nicht der richtige Zeitpunkt für so was. Meine Tochter steckt auf der Party in Schwierigkeiten, ich muss sie abholen. Wir können das hier wann anders fortsetzen. Bitte. Kannst du mich zu ihr fahren? Oder zurück zum *Turfcutter's?* Jamie kann mich zu ihr bringen.«

Auf einmal packen seine Finger ihr Gesicht so fest, dass es wehtut.

»Aua, hör auf!« Sie bekommt kaum die Kiefer zum Sprechen auseinander.

»Meinst du, ich wüsste nicht, was du im Schilde führst? Hältst du mich für blöd?«

Während er sie mit einer Hand festhält, scrollt er mit der anderen auf ihrem Handy. Im nächsten Moment wird seine Stimme von der Aufnahme abgespielt. Er quetscht Pips Gesicht sogar noch fester.

Mit hochgehaltenem Handy, damit sie sehen kann, was er tut, drückt er auf Löschen.

Sie beginnt zu weinen. »Aua. Sammy. Hör bitte auf. Hilfe! Krish, Hilfe!«, schreit sie aus der offenen Tür. Sammy hält ihr den Mund mit der Hand zu.

»Halt's Maul«, zischt er wütend. »Wem hast du das hier geschickt?«

Er sieht auf ihrem Handy nach, und nachdem er sich anscheinend vergewissert hat, dass sie die Aufnahme nicht weitergeleitet hat, gilt seine Aufmerksamkeit wieder Pip.

»Glaubst du etwa, ich hätte dein Agentenspielchen nicht von Anfang an durchschaut? Dein Aufzug in diesem Kleid. Du glaubst offensichtlich, ich würde Interesse an dir haben, du Flittchen. Und deine ganzen kleinen Freundinnen zur Verstärkung um dich rum. Tja, hier ist weit und breit keine Spur von ihnen, was?«

Sie kann kaum atmen, so fest liegt seine Hand auf ihrem Mund.

Auf einmal lässt er los.

»Autsch«, ruft sie. »Na gut, dann behalt doch das Handy, fahren wir, und ich lasse dich ein für alle Mal in Ruhe. Du wirst mich nie wiedersehen. Ich muss unbedingt zu Bella.« Sie hält auf die Tür zu. Doch er ist schneller, geht hindurch und knallt sie ihr vor der Nase zu. Dann sperrt er ab. Erst hämmert sie gegen die Tür, dann sieht sie sich nach ihrem Handy um. Sammy kommt ans Fenster, das staubig und verschmutzt ist, und winkt ihr mit dem Handy. Es klingelt wieder, und auf dem Display erscheint Bellas Name. Pip bricht in Tränen aus.

»Lass mich raus!«

Sie hämmert gegen das Fenster.

Er legt das Handy auf das schmale Fensterbrett draußen, sodass sie das Display sehen kann. Der Anruf wird beendet, und im nächsten Moment klingelt es erneut. Es hört auf und dann fängt es wieder an. Sie beobachtet es, während ihr Tränen über die Wangen strömen und sich Panik in ihrer Brust regt, ein Gefühl von Klaustrophobie. Ihre Tochter ist allein, in ein Badezimmer eingesperrt auf einer Party, betrunken und verängstigt, sie ruft an, weil sie Hilfe braucht, aber Pip kann nichts tun. Es ist eine schreckliche Folter, und daran ist sie ganz allein schuld. Sie wollte unbedingt Bellas Mutter sein und hat eine grundverkehrte Entscheidung getroffen, womit bewiesen ist, dass Josephine recht hat: Man kann ihr kein Kind anvertrauen. Wütend hämmert sie gegen die Fensterscheibe. Die Erschütterungen lassen das Handy zu Boden fallen.

Sie wartet darauf, dass Sammys Spielchen vorüber ist. Wie lange wird er das hier durchziehen? Er hat sie doch längst so weit, wie er wollte. Sie ist panisch, in Tränen aufgelöst und völlig verängstigt. Er hat gewonnen.

Triumphierend geht er auf den Range Rover zu.

»Nein, nein, nein«, sagt sie und blickt ihm nach. »Nein.«

Er steigt ein und fährt los.

»Nein!«, brüllt sie und hämmert gegen das Fenster. Sie probiert es noch einmal an der Tür, aber es ist abgeschlossen. Fieberhaft sieht sie sich in dem Container nach einem Telefon um, durchsucht Schubladen und Regale, doch da ist nichts. Dann hebt sie einen Stuhl hoch und wirft ihn gegen das Fenster, aber er prallt einfach ab. Es handelt sich um Sicherheitsglas zum Schutz vor den Detonationen. Ohne jede Hoffnung und mit einem Gefühl tiefster Nutzlosigkeit setzt sie sich schluchzend hin.

Für ihre Familie hat sie rein gar nichts erreicht, wenn überhaupt, hat sie die Situation noch verschlimmert. Wie kann ihr Vater hiernach je wieder an seinen Arbeitsplatz zurückkehren? Was hat sie ihrer Tochter angetan?

Sie sitzt und wartet.

Die Wanduhr zeigt 22:45 Uhr an. Sie ist schon seit vierzig Minuten in dem Container. In der Hoffnung, Krish würde einen Rundgang machen, hat sie nach ihm Ausschau gehalten, aber es hat sich nichts und niemand geregt. Inzwischen ist es dunkel, und sie kann draußen vor dem Fenster nichts mehr erkennen. Sie kämpft nicht nur gegen die Klaustrophobie an, die sie in Wellen überkommt, sondern auch gegen den verzweifelten Drang, aufs Klo zu gehen. Sie muss sich zusammenreißen, mit Panik wird sie diese Situation nicht durchstehen. Pip atmet mehrmals tief durch und versucht, einen klaren Gedanken zu fassen.

Immer wieder schaltet sie das Licht ein und aus. Das muss Krish doch bestimmt von seinem Wachhäuschen aus sehen. Der kleine Container ist die einzige Lichtquelle in dem dunklen Steinbruch. Ein-aus, ein-aus, sie macht lange Zeit weiter und wartet, sucht in der Ferne nach Scheinwerfern oder einer Taschenlampe. Doch ihr starrt nichts als Schwärze entgegen.

Dank der tiefen Atemzüge beruhigt sie sich langsam, aber sicher. Ihr Blick wandert durch den Container. Nun zieht sie abermals Schubladen auf und findet bei ihrer systematischen

Suche Unterlagen, Arbeitspläne und Karten des Steinbruchs, dies und das, aber nichts, was ihr dabei helfen könnte, aus ihrem Gefängnis auszubrechen.

In einem Schrank stößt sie auf Tassen, Kaffee, Teebeutel, Zucker und Kekse. Den Becher ihres Vaters erkennt sie auf Anhieb. Den hat Bella ihm vor ein paar Jahren zu Weihnachten geschenkt, er ist schwarz und hat die Aufschrift: »Granddad kriegt alles repariert«. Der Henkel ist wie ein Schraubenschlüssel geformt. Lächelnd nimmt Pip den Becher aus dem Schrank und hält ihn, denn der Gedanke an Bella und Philip verleiht ihr Kraft.

Da sieht sie ihren Vater vor ihrem geistigen Auge. Der Ort, an dem er alles repariert, ist seine Garage. Sie hat sein fröhliches Pfeifen im Ohr, während er einen Schlüssel aus der Blumenampel neben der Garagentür holt, den er dort versteckt hat. Er verwahrt immer irgendwo einen extra Hausschlüssel, beim neuen Haus genauso wie früher beim alten. Mit vier Leuten, die im Haus ein und aus gehen, wurden mehr als einmal Schlüssel verlegt, oder jemand sperrte sich aus. Er ließ sich immer neue und kreative Verstecke einfallen. Dies ist sein Arbeitsplatz. Er hat zweiundvierzig Jahre lang im Steinbruch gearbeitet, bestimmt haben seine Dienstgewohnheiten auf sein häusliches Leben abgefärbt und umgekehrt. Und wenn dies sein Container ist, ist Pip sich ziemlich sicher, dass sich hier irgendwo ein Schlüssel befinden muss.

Sie sieht unter dem Schreibtisch nach, fährt mit der Hand über das Holz, sucht in dem kleinen Kühlschrank und sieht sogar in Essensverpackungen nach.

In den letzten Wochen hat sie so viel erlebt, welches neu erworbene Wissen könnte ihr möglicherweise dabei helfen, einen Ausweg zu finden? Jamie hat ihr beigebracht, mit beiden Beinen fest auf der Erde zu stehen und sich nicht unterkriegen zu lassen. Sie sucht auf dem Boden, unter sämtlichen Gegenständen, den Stühlen, dem Mülleimer, dem Feuerlöscher.

Io hat ihr beigebracht, den Blick nach oben zu richten.

Pip schaut hoch. An der Decke befinden sich Leuchten, runde LED-Spots. Die Leuchten liegen nicht bündig an, sondern es gibt einen Spalt zwischen der Außenkante und der Containerdecke. Sie zieht einen Stuhl unter dem Tisch hervor zur Tür, schlüpft aus ihren High Heels und steigt hinauf. Mit ausgestreckten Händen tastet sie um den Rand der Leuchte. Erst spürt sie nur Staub und Spinnweben, aber dann stößt sie an einen Gegenstand. Sie schiebt einen Metallschlüssel von der Kante, sodass er zu Boden fällt. Rasch springt sie vom Stuhl und schnappt sich eilig den Schlüssel. Mit zitternden Fingern steckt sie ihn ins Schloss und kann es kaum glauben, als er perfekt hineingleitet und sich drehen lässt. Sie drückt die Tür auf, und die kühle Luft des Juliabends strömt in ihre Lunge.

Zwar hat sie es nun endlich ins Freie geschafft, doch sie hat schreckliche Angst, dass Sammy zurückkehren könnte. Sie hält nach seinem Range Rover Ausschau und rechnet jeden Moment damit, dass die Scheinwerfer plötzlich in der Dunkelheit aufblitzen.

Sie läuft zu ihrem Handy, das mit kaputtem Display auf dem Boden liegt. Beim Anblick der elf verpassten Anrufe von Bella entfährt ihr ein besorgter Aufschrei.

Sie wählt Krishs Nummer, behutsam darauf bedacht, sich nicht die Finger an dem zersplitterten Display aufzuschneiden. Sie benötigt seine Unterstützung, um aus dem Steinbruch zu kommen, aber das Handy ist zu ramponiert für einen Anruf.

Immer noch voller Angst vor Sammys Rückkehr schluchzt sie und sieht sich suchend nach einer neuen Idee um. Ihre einzige Hoffnung besteht darin, ohne Hilfe hier rauszukommen und sich bis nach Hause durchzuschlagen. Weit ist es nicht, aber kann sie sich überwinden, ihren Eltern zu erzählen, was sie getan hat?

Auf einmal ertönt ein lautes Grollen, wie Donner. Sie hat Angst, dass Sammy Explosionen vornimmt, ihre Fantasie geht mit ihr durch, und jetzt fürchtet sie wirklich um ihre Sicherheit. Sie hatte nicht geglaubt, dass die Situation noch schlimmer werden könnte, aber es ist so. Der ganze Steinbruch wird von grellem Licht geflutet. Der Lärm stammt von einem Hubschrauber. Sie schaut hoch und sieht ihn, wie er über dem Steinbruch schwebt.

Pip erkennt ihn als den Helikopter aus dem Hangar auf dem Flugfeld wieder. Er gehört Io!

Sie beginnt auf und ab zu hüpfen und winkt mit den Armen. Und dann läuft sie zurück in den Container und schaltet das Licht ein und aus, um auf sich aufmerksam zu machen.

Langsam beginnt der Hubschrauber, in den Steinbruch hinabzusinken. Überall stehen ausgeschaltete Fahrzeuge herum, aber für die Landung ist dennoch genug Platz. Staub wirbelt in sämtlichen Richtungen durch die Luft und spritzt auf den Container. Pip steht im Innern, wo sie geschützt ist, und hört, wie Steine die Metallwände treffen. Es ist, als wäre sie unter Beschuss geraten. Der Hubschrauber landet, und die Tür geht auf.

Jamie!

Jamie steigt aus, duckt sich, um dem Wind der Rotorblätter auszuweichen, und rennt auf Pip zu. Io bleibt im Hubschrauber, die Blätter drehen sich immer weiter.

Sie läuft zu Jamie und schlingt die Arme um ihn. So fest hat sie noch nie im Leben jemanden umarmt.

»Alles in Ordnung?«, ruft er über den Hubschrauberlärm.

Er will sich von ihr lösen, um sie genauer in Augenschein nehmen zu können, aber sie lässt ihn nicht los.

»Mir geht's gut«, sagt sie an seiner Schulter, während sie sich an ihm festklammert. »Mir geht's gut.« Doch sie steht unter Schock.

»Hat er dir was angetan?«

Sie drückt ihn sogar noch fester, und er gibt nach und wiegt sie sanft.

Auf einmal kommt Krish mit einer Taschenlampe in der Hand und völlig außer Atem auf sie zugelaufen.

»Pip! Was in aller Welt geht hier vor sich? Man wird mich rauswerfen, dabei ist heute meine erste Nachtschicht.«

Endlich lässt Pip Jamie los.

»Krish, es tut mir wahnsinnig leid. Ein bescheuerter Plan von mir ist katastrophal gescheitert. Wo ist Sammy?«

»Vor zehn oder fünfzehn Minuten hat er mir gesagt, dass ich nach Hause fahren soll, dabei ist meine Schicht erst um sechs Uhr früh zu Ende. Ich habe dich nicht im Wagen gesehen und habe mir Sorgen gemacht. Irgendetwas ging da nicht mit rechten Dingen zu. Dann ist mir Sergeant Al Powell aus *Stirb langsam* eingefallen, wunderbar gespielt von Reginald VelJohnson. Er verlässt das Nakatomi Plaza in dem Glauben, alles sei in bester Ordnung, merkt aber, dass es sich tatsächlich um einen Notfall handelt, als die Leiche eines Terroristen auf seinem Auto landet, weil John McClane sie schlauerweise dorthin geworfen hat. Also habe ich so getan, als würde ich nach Hause fahren, habe dann aber kehrtgemacht.«

»Oh, Krish, vielen lieben Dank!« Es ist eine gewaltige Erleichterung, dass sie von allen Seiten unterstützt wird. Eigentlich muss es diese Hilfsbereitschaft schon die ganze Zeit gegeben haben, bloß hat Pip sie nicht bemerkt. Da reißt Pip die Augen auf. »Sammy hat den Steinbruch also gar nicht verlassen?«

»Er ist zu dem Wachhäuschen gekommen, um mich nach

Hause zu schicken, dann ist er wieder umgekehrt. Ich habe ihn nicht wegfahren sehen.«

Sie ergreift seinen Arm. »Er ist immer noch hier.«

»Ich gehe ihn suchen«, sagt Jamie kampflustig

»Nein!« Sie hält ihn fest, um ihn zurückzuhalten. »Wir müssen Bella abholen. Krish, kommst du mit?«

»Nein.« Er richtet sich zu seiner vollen Größe auf. »Ich bleibe auf meinem Posten und kümmere mich um Mr Wolverson.«

Sie fällt ihm um den Hals, womit er offensichtlich nicht gerechnet hat. »Danke.«

Pip und Jamie ducken sich und rennen zum Hubschrauber. Io greift nach ihrer Hand und hilft ihr beim Einsteigen.

»Alles okay?«, will er besorgt wissen und sieht ihr forschend in die Augen.

»Danke.« Sie küsst ihn auf die Wange.

Als der Hubschrauber abhebt, sieht Pip einen Range Rover durch den Steinbruch brettern. Jamie betrachtet ihn zornig, die Kiefer fest aufeinandergepresst. Sammy steigt aus dem Range Rover und schaut schockiert und wütend zum Hubschrauber, während die Rotorblätter Staub und Steine auf ihn niederregnen lassen. Schutz suchend rennt er in Richtung Container, doch Krish knallt ihm die Tür vor der Nase zu, er ist in Sicherheit. Sammy muss zu seinem Wagen zurücklaufen, der von herumfliegenden Steinen getroffen wird, die Dellen im Lack hinterlassen.

Io fliegt in Richtung Flugfeld, Jamie schlingt den Arm um Pip, und sie fühlt sich kurzzeitig völlig geborgen.

»Vielen Dank, Io. Ich habe mir Sorgen um dich gemacht, ich habe den ganzen Tag versucht, dich zu erreichen. Was ist los?«

»Ein Freund von Sammy bei der Polizei wollte den Flugplatz durchsuchen. Er hatte keinen Durchsuchungsbefehl, aber den wird er sich schon noch besorgen. Stella und ich haben uns entschieden, den Laden dichtzumachen und alles auszuräumen. Wir waren die ganze Nacht und den Tag über beschäftigt.«

Jamie wirft Pip rasch einen Blick zu, sieht dann aber gleich wieder weg. Sie kann seine Miene nicht deuten.

»Und jetzt das hier«, sagt sie. »Es tut mir so leid. Alles ist meine Schuld. Ohne mich hätte Sammy es nicht auf euch abgesehen.«

Jamie nimmt sie noch fester in den Arm.

»Es ist nicht deine Schuld. Unsere Papiere sind alle in Ordnung, es wird diesem Garda zwar nicht ganz leichtfallen, einen Durchsuchungsbefehl zu bekommen, aber ich traue ihm nicht über den Weg. Er wird uns bestimmt beobachten.«

Allerdings ist Io illegalerweise im Steinbruch gelandet, und Sammy wird das nicht einfach auf sich beruhen lassen.

»Du kannst noch nicht fort«, sagt sie. »Du musst doch auf dein Signal warten.«

»Signale erfolgen auf unterschiedliche Weise«, antwortet er düster. »Vielleicht ist das hier meines. Wir können uns einen anderen Standort suchen.«

Sie landen auf dem Flugfeld, wo Stella wartet und ihnen entgegenblickt. Der Hangar ist leer, genau wie ihr Büro. An den Wänden hängen keine Landkarten mehr, die Bücher sind von ihrem Schreibtisch verschwunden. Die Tür mit dem Sicherheitscode ist geschlossen. Stella hebt eine Hand und winkt Pip zu, was sich sehr nach einem endgültigen Abschied anfühlt.

Pips Erleichterung über ihre eigene Rettung währt nicht lange, denn nun steigen Jamie und sie in sein Auto, um so schnell wie möglich zu Bella zu fahren. Ihr Anruf ist inzwischen eine Stunde her. In einer Stunde kann zu viel passieren.

»Es tut mir alles so unendlich leid«, sagt Pip mit klappernden Zähnen, während sie durch die Nacht rasen.

»Darüber sprechen wir später, jetzt holen wir am besten einfach Bella«, sagt er voller Sorge.

»Jamie, wenn ihr etwas zugestoßen ist, kann ich mir das nie verzeihen.« Sie bricht wieder in Tränen aus.

Er fährt viel zu schnell und hält schließlich vor dem Haus. Die Musik schallt laut und dröhnt die ganze Straße hinunter, im Vorgarten wimmelt es von Partyvolk. Pip und Jamie steigen aus dem Wagen und bahnen sich einen Weg durch die Menge zum Eingang. Selbstverständlich werden sie von allen Seiten angestarrt.

»Wo ist Bella?«, will Jamie von einer Teenagerin wissen, die eine knallbunte Dose in der Hand hält. »Isabella?«

Ein Blick in die Runde verrät Pip, dass die ganze Gang diese Dosen hält und sie auch im Garten verstreut liegen. Kanister, keine Dosen. Distickstoffmonoxid, allgemein bekannt unter der Bezeichnung »Lachgas«.

Das Mädchen zuckt mit den Schultern und weicht zu ihrem Freundeskreis zurück.

»Versuch's in der Toilette«, sagt Pip. »Ich habe ihr gesagt, sie soll dort warten.«

Sie wissen sofort, wo sich das Badezimmer befindet, weil lautes Hämmern zu hören ist.

»Isabella, komm jetzt raus, nun mach schon!«

»Aus dem Weg!« Jamie schubst Mark kurzerhand beiseite. Er packt ihn am Kragen und schleudert ihn dann fort.

»Bella, ich bin hier«, sagt Pip. »Mach die Tür auf, lass uns gehen.«

Die Tür wird aufgesperrt, und Bella erscheint. Sie sieht herzzerreißend jung aus. Ihr Make-up ist vom Weinen völlig verwischt. Ihr Blick ist unstet, sie ist betrunken.

Pip umarmt sie. »Alles in Ordnung?«, flüstert sie ihr ins Ohr. »Hat er dir was getan? Hat er dich angefasst? Oder sonst wer?«

»Nein, nichts dergleichen«, sagt sie, jetzt verlegen, da sie hier sind und die Leute sie anstarren. »Ich will bloß weg hier.«

Ohne Mark eines Blickes zu würdigen, verlässt Bella das Haus, während die Partygäste glotzen und lachen, weil sie von ihren Eltern zum Auto geführt wird. Sie kann kaum geradeaus laufen, muss von zwei Seiten gestützt werden. Mit letzter Kraft lässt sie sich auf die Rückbank plumpsen und knallt die Tür zu.

Pip sieht Jamie an.

»Schau mich nicht an, das ist Neuland für mich.«

»Sie behauptet, keiner hätte sie angefasst. Glauben wir das?«

»Warum fahren wir nicht zu mir ins Hotelzimmer und reden mit ihr? Wenn wir dann der Meinung sind, dass wir was unternehmen müssen, ins Krankenhaus fahren oder die Gardaí rufen, erledigen wir es von dort aus.«

»Okay, gute Idee«, willigt sie ein. »Warum bist du im Hotel abgestiegen?«

»Es ist besser, als zu Hause zu wohnen.«

Das versteht sie. »Ich setze mich zu ihr nach hinten.«

Als Pip den Arm um Bella legt, lehnt Bella den Kopf auf Pips Schulter. Pip gibt ihr einen Kuss auf den Scheitel und schlingt die Arme fest um sie. Ihre Tochter riecht wie eine Brauerei.

»Warum hast du so lange gebraucht?«, murmelt Bella.

»Es tut mir leid«, flüstert Pip. »Ich habe versucht, was Gutes zu tun, aber ich habe einen dummen Fehler gemacht.«

Da die Anspannung langsam nachlässt, beginnt Pips Kieferpartie wehzutun. Ihr fällt wieder ein, wie Sammy sie fest gepackt und den Daumen so gewaltsam in ihre Wange gebohrt hat, dass sie schon dachte, er würde ihr den Kiefer brechen.

Als sie nach vorn schaut, merkt sie, dass Jamie sie beide im Rückspiegel beobachtet.

Sein Blick ist zärtlich.

»Mir ist schlecht«, sagt Bella auf einmal und setzt dem Moment ein jähes Ende. Sie richtet sich ruckartig auf und rutscht zur Tür.

»Warte kurz. Warte«, sagt Pip. Jamie fährt schnell an den Straßenrand, und Pip steigt aus und rennt um den Wagen herum zu Bellas Seite. Sie hält ihrer Tochter die Haare nach hinten, während diese sich in den Morast am Straßenrand übergibt.

47

Im Hotelzimmer sitzen Jamie und Pip auf dem Badezimmerboden. Bella hat sich so oft übergeben, dass sie die letzten Male nur noch trocken würgen musste, da ihr Magen völlig leer war. Erschöpft ist sie auf den kühlen Fliesen liegend eingeschlafen, den Kopf in Jamies Schoß. Er lehnt an der Badewanne, die langen Beine vor sich ausgestreckt und die Füße übereinandergelegt. Unglaublich lässig. Mit den Händen fährt er durch Bellas Haar und streicht es immer wieder glatt. Der Anblick ist entspannend.

Pip hat sich die High Heels ausgezogen und sitzt in dem lächerlichen Minikleid, in dem sie sich ziemlich nuttig vorkommt, auf einem Handtuch.

Durch den Raum hindurch lächeln Pip und Jamie sich müde an.

Mit verschränkten Fingern, den Kopf in Jamies Schoß, schaut Pip zu ihm hoch. Sie findet ihn von jedem Winkel aus schön. Er riecht nach Wiese und Schweiß und Fußball.

»Schöne Wimpern.

Süße Achseln.

Donnerschenkel.

Lippen.«

Jamie lacht. Gelegentlich listet sie völlig willkürlich Merk-

male von ihm auf, die sie toll findet. Immer in diesem Rhythmus, wie eine Trommel. Über andere Menschen dichtet sie auch, weil sie viel Zeit zu zweit an öffentlichen Plätzen verbringen und Passanten beobachten.

»Süße Achseln?« Er lacht.

»Dein Deo riecht nach Aprikosen.«

»Wann hast du denn das letzte Mal an einer Aprikose gerochen?«

»Letzte Woche hab ich einen Pfirsich gegessen.«

»Du bist ein Pfirsich.« Er beugt sich vor, und seine Lippen streifen ihre. »Wenn wir ein Mädchen hätten, wie würden wir sie nennen?«

Jamie hat nie Hemmungen, so zu reden, und es ist ihm nicht peinlich, was andere denken. Sie kennt sonst keine Pärchen, die mit sechzehn über Heirat und Babys sprechen, und trotzdem ist Jamie sich sicher, dass ihre gemeinsame Zukunft so aussieht. Die beiden sind völlig aufeinander fixiert.

»Bella«, antwortet sie, ohne auch nur einen Moment Bedenkzeit zu brauchen.

Er lacht über ihre Bestimmtheit. »Du hast dir schon Gedanken gemacht.«

»Natürlich habe ich das.«

»Bella«, sagt er sanft und träge. Der Name entströmt seinen vollen Lippen wie ein Atemhauch.

Pip küsst Jamie.

Es fängt zärtlich an, aber wie immer werden die Küsse zunehmend leidenschaftlich und fordernd, voller Gier nacheinander. Sie sehnen sich so sehr nach mehr, es ist aufregend, aber gleichzeitig auch Furcht einflößend.

Er stößt ein Ächzen aus, frustriert, weil sie aufhören müssen. Sie befinden sich in einem Park, auf der Wiese, in aller Öffentlichkeit.

»Bella«, sagt er und richtet seine Hose. »Ich liebe den Namen.«

»Ich liebe dich«, sagt sie leichthin.

Er sieht sie an, schaut ihr tief in die Augen. »Ich liebe dich auch.«

Er sieht auf Bella hinunter und fährt noch einmal mit den Händen durch ihr Haar. »Wie ist sie nur so groß geworden? Unser Baby.«

Pips Augen werden feucht. »Unser Baby.«

»Hey, alles gut.«

»Nichts ist gut, Jamie. Ich habe zugelassen, dass sie die Kontrolle an sich gerissen haben.«

»Wir haben es beide zugelassen, es ist nicht deine Schuld. Wir waren so jung.« Auch er ist jetzt den Tränen nahe. »Wenn ich das Rad zurückdrehen könnte, schwöre ich, dass ich auch diesmal wieder die Fähre besteigen würde.«

Damit hat sie nicht gerechnet. Sie ist enttäuscht.

»Aber mit dir. Und mit Bella. Sobald wir herausgefunden hatten, dass du schwanger bist, hätten wir einfach weggehen und sie selbst großziehen sollen. Gemeinsam.«

Sie lächelt. »Hätten wir das denn hinbekommen?«

»Einen Versuch wäre es wert gewesen. Ich weiß es doch auch nicht.«

Er streicht wieder Bellas Haare glatt.

»Wir werden es nie erfahren«, sagt Pip traurig.

»Das stimmt nicht unbedingt«, widerspricht er. »Wir könnten es doch jetzt probieren.«

»Alle nach Liverpool ziehen?«

Der Vorschlag ist ihm sichtlich unangenehm.

»Das würde ich gern tun«, sagt sie hastig, ehe der Moment verstreicht. »Liebend gern sogar.«

Jetzt strahlt er.

»Aber mein Leben ist hier. Ich werde in der Crossroads Station gebraucht. Wer soll sonst die Sandwiches belegen? Werde ich jemals wieder so eine Stelle finden?«

Verdutzt sieht er sie an, bis ihm klar wird, dass sie scherzt. Da wirft er den Kopf in den Nacken und lacht. Sein schallendes Gelächter weckt Bella.

Sie setzt sich auf.

»Entschuldige bitte«, sagt Jamie.

Sie sieht sich in der fremden Umgebung um und begreift, dass sie auf ihrem Vater gelegen hat und sie sich in einem Badezimmer befinden. Inzwischen wirkt sie nüchterner als während der letzten Kotzattacke, der wie allen zuvor das weinerliche Mantra folgte: »Ich trinke nie wieder Alkohol.«

»Wo zum Teufel sind wir?«

»Im Hotelzimmer deines Dads. Bella, Schatz, ich muss wissen, was heute Abend vorgefallen ist. Wenn Mark dir wehgetan oder dich belästigt hat, müssen wir es jetzt erfahren, damit wir rasch handeln können.«

»Nichts in der Richtung«, sagt sie. »Wir haben uns bloß gestritten. Er hat sich wie der letzte Arsch aufgeführt. Ich habe ihm gesagt, dass ich Schluss mache und ihn nie mehr wiedersehen will.«

»Was ist passiert?«, fragt Pip.

»Er war ganz anders, als ich ihn eingeschätzt habe. Er hat mich als Lügnerin beschimpft. Es ging um dich.« Sie sieht Pip an. »Ich habe ihm gesagt, dass du meine Mam bist, denn es hat sich falsch angefühlt, deswegen zu flunkern, und er ist total ausgeflippt. Ich habe ihm gesagt, wenn das ein Problem ist, dann ist es aus zwischen uns.«

»Oh«, haucht Pip erleichtert, hat gleichzeitig aber auch ein schlechtes Gewissen, weil sie sich so freut. Sie verkneift sich ein Lächeln. Jamie grinst sie an.

»Was trägst du da eigentlich? Du siehst aus wie eine Prostituierte«, sagt ihre Tochter, wieder ganz die Bella, die sie kennt.

»Du hast recht. So sehe ich tatsächlich aus. Hast du was für mich zum Anziehen?«, fragt sie Jamie. »Ein T-Shirt?«

»Ich hol dir eins.« Doch er rührt sich nicht von der Stelle. Pip glaubt, dass er es schön findet, Bella so nahe zu sein.

»Bleiben wir hier?«, erkundigt sich Bella.

»In diesem Zustand bringe ich dich jedenfalls nicht nach Hause«, sagt Pip.

»Nan kriegt 'nen Anfall, wenn wir nicht heimkommen.«

»Ich habe ihr eine Nachricht geschickt, damit sie Bescheid weiß, dass wir heute Abend nicht mehr kommen. Von deinem Handy aus«, sagt sie und betrachtet bedauernd ihr eigenes geborstenes Display.

Auf die Nachricht hin waren neun Anrufe eingegangen, die sie alle ignoriert hat. Allerdings hatte sie ihrem Dad geschrieben, dass es ihnen gut ginge, und Josephines Anrufe hatten aufgehört.

»Ich bin total fertig. Kann ich mich ins Bett legen?« Bella wartet die Antwort nicht ab, sondern taumelt davon, bricht auf dem Bett zusammen und schläft auf der Stelle ein.

»Macht es dir was aus, wenn wir bleiben?«

»Ganz und gar nicht. Ich hatte mir ja schon die ganze Zeit einen Familienabend gewünscht. Für mich ist quasi ein Traum in Erfüllung gegangen.«

Erschöpft von den dramatischen Ereignissen fangen beide an, hysterisch zu lachen.

Jamie steht auf, streckt die Hand aus und zieht Pip auf die Beine. Er geht ins Zimmer und durchwühlt seinen Koffer nach einem T-Shirt, das er ihr reicht. Sie zieht sich im Bad um.

Als sie kurz darauf zurückkommt, sitzt er auf einem Stuhl beim Fernseher.

Versonnen betrachtet er sie in seinem T-Shirt. Sie geht zu ihm und setzt sich auf den Boden, lehnt sich ans Bett, die Beine angezogen. Sie lässt sich gern von ihm anschauen, es ist kein verschlingendes Starren wie bei Sammy, sondern sein Blick ist sanft, er ist sehnsüchtig. Sie hat Schmetterlinge im Bauch.

»Das mit Sammy war kein Date.«

»Ich weiß. Das wusste ich auch da schon.«

»Wie du mich angesehen hast.«

»Ich wollte dahinterkommen, was du im Schilde führst. Warum du es getan hast. Ich dachte, es wäre eine gefährliche Aktion. Wie sich herausgestellt hat, lag ich richtig. Kim hat mir alles erzählt, sobald ihr gegangen wart, die Mädels kamen voller Panik zu mir und haben mich eingeweiht. Sie haben sich Sorgen gemacht, weil sie nicht wussten, wohin ihr fahrt, aber ich habe dich sagen hören, dass ihr auf dem Weg zum Steinbruch seid. Das war schlau von dir.«

Sie lächelt. »Wie bist du an Io geraten?«

»Er hat vor dem *Turfcutter's* in seinem Wagen gesessen. Er hat gesagt, du hättest ihm auf die Mailbox gesprochen und von deinem Vorhaben erzählt.«

»Er ist immer ein guter Gesprächspartner. Selbst wenn er nicht rangegangen ist.«

»Nun, er hielt es für keine gute Idee. Deshalb hat er für den Fall aller Fälle draußen gewartet. Ich bin ihm im Wagen zum Steinbruch gefolgt, aber wir sind nicht reingekommen. Ich habe versucht, über den Zaun zu klettern. Oben ist Stacheldraht.« Er hebt sein T-Shirt und zeigt ihr seine aufgeschrammte Brust.

Angesichts der Verletzungen zieht Pip scharf die Luft ein. Auch sein muskulöser Oberkörper macht Eindruck auf sie.

»Io hatte den Einfall, dass wir mit dem Hubschrauber im

Steinbruch landen könnten.« Er schüttelt den Kopf. »Ein verrückter Abend.«

Io, Krish, Jamie, die Mädels, sie ist von Fürsorge und Liebe umgeben. Sie ist nicht allein.

Bei den folgenden Worten mustert er sie. »Du hast recht, Io ist ein ganz besonderer Freund.«

»Ich habe dir doch gesagt, dass nichts zwischen uns läuft.« Sie lächelt. »Er ist wie meine gute Fee, die zu meiner Rettung angeflogen kommt.«

»Hey, ich bin derjenige, der aus dem Helikopter gesprungen ist, da war ich ziemlich stolz drauf.«

»Du warst grandios.« Sie lacht und wird dann wieder ernst, weil Schmerzen sie durchzucken. »Sammy hat mir beinahe den Kiefer gebrochen.« Sie bewegt ihn prüfend hin und her.

»Er hat dich geschlagen?« Jamie setzt sich auf, wieder ganz Action Man.

»Er hat mich gepackt, auf brutale Weise. Ich habe mich entschlossen, ihn morgen anzuzeigen. Ich möchte mit gutem Beispiel vorangehen, verstehst du?« Sie betrachtet die schlafende Bella.

»Gut. Ich kann dich begleiten. Eigentlich wollte ich Finbar bitten, ihn von jemandem verprügeln zu lassen.«

»Nein. Wir brauchen ihn in einem Stück. Wir werden ihn auf andere Weise zu Fall bringen.«

Sie erzählt ihm, was ihrem Vater widerfahren ist, seit Jamie sich das Haus angesehen hat, und auch von den Fotos der Dieselgeneratoren, die Io gemacht hat.

»Was hat Io am Laufen?«, will Jamie wissen. »Glaubst du, es geht um Drogen?«

»Was?!« Das Wort platzt explosionsartig aus ihr heraus. Das sollte also der Blick bedeuten, den Jamie ihr im Hubschrauber zugeworfen hat. »Auf keinen Fall! Wie kommst du darauf?«

»Warum sollte Sammy die Gardaí sonst dorthin schicken?«

»Weil er ein tyrannischer Mistkerl ist und Io verschrecken wollte«, sagt sie erbost, denn sie verabscheut Sammy Wolverson abgrundtief. »Er hat mir gesagt, er mag es nicht, wenn seine Freundinnen mit Männern befreundet sind.«

Fluchend schüttelt Jamie den Kopf. Er macht Anstalten, etwas zu sagen, überlegt es sich dann aber doch anders.

»Sag schon«, drängt sie ihn, weil sie unbedingt hören will, was ihm auf dem Herzen liegt.

»Warum wollen Io und Stella umziehen, damit die Gardaí den Flugplatz nicht durchsuchen? Was haben sie zu verbergen? Es ist ein abgelegener Flugplatz, ein riesiges Gebäude, vielleicht gibt es dort drinnen einen Anbauraum, außerdem können sie im Grunde nach Lust und Laune an jeden beliebigen Ort fliegen.« Bevor sie wieder explodiert, fügt er hastig hinzu: »Der Laden ist verdächtig. Als ich Finbar danach gefragt habe, hatte er noch nie davon gehört. Ich weiß nicht, ob sie dort mit irgendjemandem außer dir in die Lüfte steigen.«

Darüber hat sie auch schon nachgedacht. Ihr fällt die Tür in Stellas Büro mit dem Sicherheitsschloss ein. »Ich glaube, es ist was Größeres.«

»Größer als illegaler Drogenhandel?«

»Nein.« Sie findet die Idee einfach abstrus. »Ich meine, dass es in seiner Größenordnung unsere Vorstellungskraft übersteigt. Ich habe so eine Ahnung, dass es was richtig Krasses ist. Regierungskram. Eine geheime Mission in Sachen Weltraum oder so.«

Jamie lacht. »Du hast immer noch eine ausgesprochen lebhafte Fantasie, aber was weiß ich schon, was heutzutage hier in der Gegend vor sich geht?« Er scheint das Thema leid zu sein und verstummt.

Doch Pip ist sich mit Jamie einig, dass die Sache mit dem

Flugplatz Fragen aufwirft. Für eine Flugschule scheinen sie nicht viele Kurse zu geben. In all der Zeit, die Pip dort gewesen ist, hat sie keinen anderen Menschen und auch kein anderes Flugzeug zu Gesicht bekommen, und Stella schien nachts mehr zu tun zu haben als tagsüber. Io hat Pip ein Stück weit in seine Welt hineingelassen, er hat ihr einen winzigen Einblick gewährt, denkt sie, und nun ist es ihre Schuld, dass er in Schwierigkeiten steckt.

Sie gähnt und zuckt schmerzhaft zusammen. »Wie spät ist es?«

Er wirft einen Blick auf seine Armbanduhr. »Vier Uhr früh.«

»Wir haben die ganze Nacht geredet.«

»Genau wie früher.«

»Zum Glück muss ich morgen nicht in die Arbeit.«

»Du musst nie wieder zu der Tankstelle zurück. Du wirst eine neue Arbeit finden. Und zwar in Liverpool.«

»Jamie«, setzt sie zu einer Frage an, die ihr schrecklich peinlich ist. »Diese Idee, zusammen in Liverpool zu leben. Meinst du wirklich *zusammen?* Oder bloß in einer Stadt? Denn du hast ja schließlich Tala und …«

»Tala und ich haben uns getrennt.«

»Oh.«

»Sie hatte das Gefühl, dass mein Leben zu kompliziert für sie ist, was ich gut nachvollziehen kann. Und ehrlich gesagt war ich nie wirklich mit dem Herzen dabei, und das hat sie gemerkt. Denn mein Herz ist woanders, es gehört einem anderen Menschen.« In einer gewandten, fließenden Bewegung gleitet er von dem Stuhl zu Boden und sitzt nun neben ihr. Er streicht mit dem Daumen über ihren Kiefer. »Tut das weh?«

Sie schüttelt kaum merklich den Kopf, weil sie Angst hat, dass ihre Stimme versagt.

Zärtlich küsst er ihre Wange, ein Schmetterlingskuss. Dann um ihr Kinn und die andere Seite entlang. Er küsst den Schmerz weg. Schließlich finden seine Lippen ihre. Ganz sanft berühren sie sich. Es ist so lange her. Der Kuss ist vertraut, gleichzeitig aber ganz anders und so viel schöner mit all der Zeit, der Reife, der Erfahrung, dem Schmerz, der Heilung, die in ihm steckt, und der Liebe, die nie erloschen ist.

Auf dem Bett hinter ihnen fängt Bella an zu schnarchen. Und die beiden lachen.

Das Origami-Mädchen beginnt sich zu entfalten, in Sicherheit bei ihrem Origami-Jungen.

Origami-Mädchen
Purzelt
Runter
Runter
Runter
Sie macht plumps
Kopfüber und
Zerknittert
»Hallo«, sagt Origami-Junge.
»Ich bin auch hierhergefallen.«
Sie wusste die ganze Zeit
Dass er da war
Und mit ihr
Nach unten purzelte
Sehen konnte sie ihn nicht
Aber sie konnte ihn spüren
»Und jetzt?«, fragt sie
Origami-Junge
Steht auf und schüttelt seine Knitterfalten
Er streckt die spitze Hand

Nach ihr aus
Sie greift nach seiner Hand
Und sie treten an die Kante
Zusammen
Und
Springen

48

Jamie und Pip setzen sich zu Josephine und Philip bei ihnen zu Hause an den Küchentisch, den beiden gegenüber.

Josephine ist unruhig, ihre Augen sind rot verweint, und sie ist nervös. Philip greift nach ihrer Hand auf dem Tisch.

Auch Pip und Jamie halten sich an den Händen, sie sitzen beide gerade da, an Pip ist keine Spur von Nervosität, Reue oder Angst wahrzunehmen. Sie hat mehr Selbstvertrauen denn je und ist zuversichtlicher, dass sie ihren Platz gefunden hat. Die Atmosphäre ist eine völlig andere als bei den Treffen, die sie früher mit ihren Eltern hatten, mit tief gesenkten Köpfen und hängenden Schultern, als sie kaum die Worte fanden, um sich zu verteidigen.

»Ich gehe nach Liverpool«, sagt Pip, »um mit Jamie zusammenzuziehen. Meinen Job habe ich gekündigt. Nächste Woche ziehe ich aus.«

Entsetzt schnappt Josephine nach Luft. Sie braucht einen Moment, bevor sie weiß, was sie als Nächstes sagen soll. »Isabella kannst du nicht mitnehmen.« Ihre Stimme ist ein bebendes Flüstern.

»Tatsächlich kann ich das sehr wohl, denn Bella ist meine Tochter. Sie ist unsere Tochter.«

Jamie reibt mit dem Daumen über ihre Hand. Sein Griff

ist fest, aber die Berührung ist sanft. Er ist genau das, was sie braucht.

»Aber ich werde es nicht tun.«

Josephine seufzt erleichtert auf, und Pip begreift, dass sie Bella von Herzen liebt, vielleicht mehr, als sie je Pip geliebt hat.

»Ihr habt mir geholfen, Bella großzuziehen, und dafür bin ich euch dankbar. Auch wenn ich mit eurer Erziehung nicht immer einverstanden bin, sehe ich doch die Liebe, die ihr Bella entgegenbringt. Es ist sehr großzügig von euch, dass ihr uns ein Dach über dem Kopf gewährt und uns nicht auf die Straße gesetzt habt. Bella liebt euch sehr, und sie kann von Glück sagen, dass sie euch hat.« Pip atmet tief durch. »Mit Bella haben wir zuerst über die Situation gesprochen. Sie möchte hier bei euch bleiben, zumindest bis zum Ende des Sommers. Sie will von der Schule abgehen, aber das lasse ich nicht zu. Vielleicht ist ein Neuanfang in einer neuen Schule in Liverpool das Richtige für sie. Ihr gefällt zwar die Vorstellung, an der Liverpool University zu studieren, aber sie hat noch keine Entscheidung getroffen.«

Philip sieht Josephine an. »Es ergibt Sinn, Liebes. Es ist zu gefährlich, hier zu wohnen, solange das Haus in so schlechtem Zustand ist. Während der Renovierungsarbeiten müssen wir ausziehen und bei Helen unterkommen. Viel Platz wäre da nicht für Isabella.« Er verbessert sich selbst. »Bella. Natürlich ist sie uns willkommen, aber es wäre reichlich eng.«

»Ich habe eine Dreizimmerwohnung«, sagt Jamie. »Wir haben Platz für sie, und natürlich wollen wir sie bei uns haben. Aber es liegt nicht an mir oder an euch, sondern es ist Bellas Entscheidung. Es ist ihr Leben.«

»Aber sie ist zu jung, um die Konsequenzen abzusehen, sie ist erst …«, wirft Josephine ein.

»Sechzehn«, beendet Pip den Satz für sie. »Fast siebzehn. Ein Jahr bevor die Schule zu Ende geht. Vor ihr liegen große Entscheidungen über ihre Zukunft. Aber es liegt an ihr. Ich werde sie nicht ihrer Stimme berauben.«

Josephine schüttelt den Kopf. »Und was wirst du machen?« Mit zusammengekniffenen Augen mustert sie Pip.

»Ich werde Zeichenunterricht nehmen.« Pip hebt das Kinn und versucht, sich zu sammeln. Die Erwähnung ihrer eigenen Zukunft, die Vorstellung, ihren Weg in die Welt der Kunst zu beschreiten, treibt ihr die Tränen in die Augen. Mitten in der Entwicklung ihrer Persönlichkeit hatte sie auf Pause gedrückt und hat deshalb keine Ahnung, wer sie jetzt wäre, wenn sie nicht die Schule abgebrochen, sondern weitergelernt hätte. Gleichzeitig ist sie sich sehr bewusst, dass der Schmerz der vergangenen sechzehn Jahre sie dazu inspiriert hat, ihr künstlerisches Ich auf eine intensive und persönliche Weise auszudrücken, wenn auch in einem ganz intimen Rahmen. Origami-Mädchen und all ihre geheimen Wünsche und Ängste haben sie über Wasser gehalten.

»Mit einem Zeichenkurs lassen sich keine Rechnungen bezahlen«, versetzt Josephine barsch.

»Also«, sagt Philip sanft. »Wir unterstützen Pip in ihren Bestrebungen.«

»Ich werde Pip unterstützen«, sagt Jamie, und sie grinst.

Sie fürchtet sich nicht, hat keine Bedenken – dass alles problemlos und glattgehen wird, glaubt sie zwar nicht, aber sie ist bereit für das Abenteuer, für die Lektionen, die das Leben fortan für sie bereithält. Doch sie hat jetzt schon gelernt, dass sie sich auf niemand anderen verlassen will, damit alles nach ihren Vorstellungen läuft.

»Der Zeichenkurs findet abends statt, und ich habe auch vor, mir eine Arbeit zu suchen.«

Josephine rutscht unbehaglich auf ihrem Platz herum. »Du kritisierst mich für alles, was ich getan habe. Für jede Entscheidung, die ich getroffen habe. Aber wer hätte sie denn sonst treffen sollen?«, will sie wissen. »Ich habe nur mein Bestes getan«, erklärt Josephine mit fester Stimme. »Ich habe mein Bestes gegeben.«

»Für dich.« Pip gibt sich Mühe, ihre Stimme im Zaum zu halten. Jamie und sie haben sich vorgenommen, dass dieses Treffen erwachsen, verantwortungsvoll und ohne Streit verlaufen soll. Daran möchte sie unbedingt festhalten. »Du hast das Beste für dich getan. Du hast dir eingeredet, dass es für mich und für Bella geschah, aber es ging dir im Grunde nur um deinen Schmerz und deine Schamgefühle. Du hast alles für dich getan.«

Da klingelt es an der Tür.

Bella läuft die Treppe herunter und öffnet.

»Erwartest du jemanden?«, will Josephine von Philip wissen.

Er schüttelt den Kopf. »Später treffe ich die Nachbarn. Wir arbeiten an der Einrichtung eines Hilfsfonds für Leute wie uns, deren Häuser durch den Steinbruch beschädigt wurden und die nun Reparaturen durchführen müssen. Wir sollten das nicht ausschließlich aus eigener Tasche bezahlen.«

»Das ist super, Dad«, sagt Pip aufmunternd.

»Es ist Io!«, ruft Bella.

»Wer ist Io?«, fragt Philip.

»Der Wissenschaftler aus dem Observatorium«, antwortet Josephine. »Was will er hier?«

Sie gehen alle an die Haustür. Io ist ganz aus dem Häuschen und hat Tränen in den Augen.

»Es ist passiert. Pip, es ist passiert. Das Signal!«

Jauchzend läuft Pip zu ihm, um ihn zu umarmen. Sie tanzen beide im Kreis. Dann bleibt sie stehen.

»Das heißt, dass du fortmusst?«

Er nickt. »Es ist an der Zeit, dass ich nach Hause zurückkehre.«

Sie küsst ihn auf die Wange. »Vielen Dank für alles.«

»Ich danke dir, Pip.«

»Wann reist du ab?«, will Jamie wissen.

»So bald wie möglich. Medien aus aller Welt werden sich demnächst auf das Observatorium stürzen. Es sind große Neuigkeiten. Riesenneuigkeiten. Tja«, sagt er, und sein Tonfall wird nüchterner, »könnt ihr mich bitte am Flugplatz absetzen? Und Stella möchte sich auch verabschieden.«

Pip runzelt die Stirn. »Aber du bist mit dem Auto hergefahren. Es steht gleich dort drüben.«

»Es ist ein Mietwagen, und die nächsten drei Monate sind schon bezahlt. Wo ich hinreise, brauche ich das Auto nicht, also überlasse ich es dir. Du kannst es haben. Auf diese Weise kannst du noch ein bisschen üben.«

Ihr steht der Mund offen. »Das ist nicht dein Ernst!«

»Es ist nicht genug, nicht nach allem, was du mir gegeben hast – wahre Freundschaft. Ich habe dir doch gesagt, dass du auf der Welt überallhin reisen kannst. Nun mach schon, Pip.«

»Aber sie kann nicht Auto fahren«, sagt Josephine besserwisserisch und zerstört den Moment.

Das ist Pip Ansporn genug. Sie nimmt Io den Autoschlüssel aus der Hand, dann umarmt sie ihn abermals und läuft zum Wagen.

»Bella, Baby, willst du mitkommen?«

»Auf jeden Fall!«

»Setz dich nach hinten«, sagt sie mit einem Zwinkern.

Pip, das Mädchen von der Rückbank, nimmt auf dem Fahrersitz Platz und lässt den Motor an.

49

Du musst blinken«, sagt Jamie.

»Das hab ich gemacht.«

»Du hast die Heckscheibe mit Wasser bespritzt.«

»Dieses Auto fährt sich komisch.«

»Es tut mir leid, dass mein Auto nicht so schick wie Ios piekfeiner Mafiaschlitten ist«, sagt er lachend.

»Hör auf«, sagt sie. »So darfst du nicht über ihn sprechen.«

»Okay, ich meinte den Schlitten seiner geheimen Regierungsbehörde.«

»Das ist schon besser. Und du darfst gerne aufhören, mich auszulachen.«

»Du siehst niedlich aus, wenn du dich konzentrierst.« Er grinst.

Pip schmunzelt und entspannt sich.

Kurz darauf biegt sie zur Ballybeg Service Station ab. Sie sind auf dem Weg nach Dublin, wo sie die Autofähre nach Liverpool nehmen werden, um ihr neues gemeinsames Leben zu beginnen. Jamies Wagen ist bis oben hin mit sämtlichen Besitztümern vollgestopft, die Pip hineinquetschen konnte, einschließlich ihrer Erinnerungsschachteln und Origami-Mädchen. In absehbarer Zukunft wird Bella zu ihnen ziehen, und schon jetzt informiert sie sich über Studiengänge an der University of Liverpool.

»Wir brauchen Diesel«, ruft er Pip zu, bevor er in den Laden geht.

»Okay«, sagt sie, ohne recht zu wissen, was zu tun ist. Obwohl sie so lange in der Tankstelle gearbeitet hat, hat sie noch kein einziges Mal die Zapfsäulen bedient. Sie probiert es einfach aus und drückt auf die Taste, bis sie hört, wie die Maschine surrend anläuft und die Ziffern in die Höhe schnellen.

»Was zum Teufel machst du da?«, fragt Ronnie, der gerade aus dem Gebäude kommt. »Wer hat dich gebeten, an den Zapfsäulen zu arbeiten?«

»Niemand«, sagt sie. »Ich habe mir nur gedacht, ich probier's mal aus, wenn gerade keiner hinschaut. Ein bisschen ist es wie Sex, oder, wenn man das Ding so reinsteckt.« Sie lässt die Zapfpistole aufreizend im Tank herumklappern. Sein Gesichtsausdruck bringt sie zum Lachen.

Ratlos runzelt er die Stirn. »Wo hast du die ganze Woche gesteckt?«

»Hat es dir keiner gesagt? Ich habe gekündigt.« Sie grinst, weil sie die Freiheit genießt. »Ich verschwinde von hier. Von der Crossroads Station, aus Ballybeg.«

Sie beobachtet, wie die Zahlen auf fünfzig Euro steigen, und hört dann auf, zieht die Zapfpistole heraus, klopft die Tropfen am Tank ab und hängt den Schlauch zurück in die Halterung. Während sie den Tankdeckel zudreht, spürt sie Ronnies Blick, sein Mund vor Überraschung offen, und sie kommt sich völlig unabhängig vor. »Viel Glück bei allem, Ronnie.«

Da tritt Jamie von hinten heran, schlingt die Arme um sie und vergräbt das Gesicht in ihrem Nacken. Seine Küsse kitzeln. Sie lacht und dreht sich zu ihm, um ihn ebenfalls zu küssen.

»Ich habe fürs Tanken bezahlt. Und ich habe dir Kaffee und ein Croissant besorgt.«

Er beugt sich ins Auto, steckt den Kaffee in den Getränkehalter und legt die Tüte auf den Beifahrersitz.

»Gerade, als ich dachte, du könntest nicht noch perfekter sein.« Sie zieht ihn an sich und küsst ihn, lang und bedeutungsvoll, ohne sich darum zu scheren, wer ihnen zuschaut – nämlich Ronnie.

»Das war schön«, sagt er, zieht sie noch näher an sich, will mehr.

Ein Laster hupt, um sie zur Weiterfahrt zu drängen, und sie zucken beide erschrocken zusammen.

»Okay, wir sollten besser los, schließlich wollen wir nicht in den Berufsverkehr geraten.«

»Vielleicht will ich das aber, denn dann wird nicht so schnell gefahren«, sagt sie, nervös angesichts ihrer ersten langen Autofahrt.

»Wir gehen die Sache ruhig an, keine Angeberei. Langsam und stetig kommt man ans Ziel.«

»Ganz offensichtlich«, sagt sie und küsst ihn abermals.

Die Hupe des Lasters ertönt.

»Okay, okay«, sagt sie und winkt dem Fahrer.

»Schau dir mal die Nachrichten an.« Jamie reicht ihr die Zeitung, bevor er zur Beifahrerseite geht.

»Es kann doch wohl nicht schon Rachel Buckleys Story sein?«, fragt sie verblüfft.

Pip war auf der Wache gewesen und hatte den Vorfall mit Sammy am 14. Juli bei den Gardaí angezeigt, als er ihr gegenüber gewalttätig geworden war und sie in dem Container eingesperrt hatte. Dann hatte sie Rachel Buckley Kopien der Nurney-Road-Unterlagen geschickt, den gesamten Ordner, den ihre Nachbarinnen in den vergangenen Jahren über den Steinbruch der Wolversons zusammengetragen hatten, außerdem Informationen ihres Vaters über die minderwertigen Baumaterialien. Sie hatte eine handschriftliche Notiz beigefügt: »Hier ist der exklusive Knüller, nach dem Sie gesucht haben.«

»Nein, es sind gute Nachrichten«, sagt er mit einem Grinsen, das ihr verrät, dass er sie neckt. »Vielleicht untermauert es deine Theorie mit der geheimen Regierungsmission. Seite vier.«

Pip schlägt die Zeitung auf der entsprechenden Seite auf und liest.

UFO-Untersuchung in Irland nach mehrfachen Sichtungen aus Flugzeugen

Die Irish Aviation Authority bestätigt die Aufnahme von Ermittlungen, nachdem bei Shannon Air Traffic Control mehrere Meldungen über unidentifizierte Flugobjekte vor der Küste Irlands eingingen.

In einer Stellungnahme sagte ein Sprecher der IAA: »Nach Beobachtungseingängen vereinzelter Flugzeuge über ungewöhnliche Flugbewegungen am 16. Juli hat die IAA eine Fallakte angelegt. Dieser Fall wird im Rahmen des üblichen vertraulichen Abklärungsverfahrens untersucht.«

»Io«, flüstert Pip.

Er ist nach Hause zurückgekehrt.

Sie blickt zum Himmel hoch, zu den Sternen, zu den endlosen Möglichkeiten.

Dann lässt sie den Motor an, setzt den Blinker, wartet, bis sie freie Fahrt hat, und statt nach links abzubiegen und nach Hause zurückzufahren, biegt sie nach rechts ab in eine Welt voller Möglichkeiten.

Epilog

Machen Sie sich gefasst«, sagt die Ärztin. »Gleich wird es kalt.«

Sie spritzt das Ultraschallgel auf Pips Bauch und verschmiert es mit einer Sonde auf ihrer Haut. Auf dem Bauch bildet sich eine Gänsehaut, und der Monitor zeigt ein Bild in Schwarz-Weiß an.

»Da bist du ja«, sagt die Ärztin. »Hallo, Baby.«

Jamie, der auf einem Hocker an Pips Seite sitzt, greift nach ihrer Hand.

»Oh.« Pips Stimme bebt, weil sie sofort von Emotionen überwältigt wird. »Hallo«, flüstert sie dem Bild auf dem Monitor zu.

Jamie drückt ihre Hand noch fester.

Sie hebt den Blick und sieht gerade noch, wie er sich eine Träne wegwischt.

»Da drinnen ist ein einziges Baby«, sagt die Ärztin, »und hier ist sein Herzschlag zu erkennen.« Sie tippt auf der Tastatur, greift einen Bereich heraus und zoomt heran. »Sehen Sie das da? Das ist das Herz.«

Es flackert wie ein Leuchtfeuer. Es signalisiert: *Hier bin ich.*

Wir sehen dich, würde Pip am liebsten laut sagen.

»Wie viele Wochen sind Sie denn Ihrer Meinung nach schwanger?«

»Elf«, antwortet sie.

Die Ärztin führt Messungen durch, um das Gestationsalter zu bestimmen.

»Das scheint hinzukommen.«

»Aber ich kenne dich doch erst seit acht Wochen«, sagt Jamie und lässt ihre Hand los. Die Ärztin hebt rasch den Blick.

»Hören Sie nicht auf ihn«, sagt Pip mit einem Schmunzeln, »das ist bloß sein Humor.«

Die Ärztin lacht nicht, sondern richtet ihre Aufmerksamkeit wieder auf den Monitor, während Pip und Jamie einen Blick tauschen und versuchen, sich nicht völlig von diesem Schwindelgefühl mitreißen zu lassen. Jamie nimmt wieder ihre Hand.

»Ist es Ihr erstes Kind?«, fragt die Ärztin.

»Nein, unser zweites«, sagt Pip, ohne es fassen zu können. Gebannt hängt sie mit den Augen am Monitor, an der kleinen Bohne mit dem blinkenden Herz.

»Junge oder Mädchen?«

»Ein Mädchen«, sagt Jamie. »Bella.«

»Das ist ein schöner Name. Große Schwestern können enorm hilfreich sein.«

»Diese Schwester wird wohl keine allzu große Hilfe sein, sie ist sehr mit ihrem eigenen Leben beschäftigt«, sagt Pip, die ganz gerührt ist bei der Vorstellung von Bellas neuer Rolle.

Die Ärztin lächelt. »Ich habe eine Zweijährige, die auch ständig hochwichtig beschäftigt ist. Inzwischen hat sie ein Faible für Handtaschen entwickelt, sie stibitzt ständig meine und füllt sie mit allem möglichen Krimskrams. Aber sie kann schon kleine Aufgaben erledigen und Windeln und Feuchttücher für mein Baby holen. Kleine Kinder helfen gerne. Wie alt ist Ihre Tochter?«

»Achtzehn«, antwortet Jamie.

»Achtzehn Monate?«

»Achtzehn Jahre. Sie geht zur Uni.«

Die Ärztin wirbelt auf ihrem Stuhl herum und mustert die beiden. »Und da habe ich gedacht, das wäre alles neu für Sie.«

»In gewisser Weise ist es das auch«, sagt Pip leise.

»Ich habe schon von allen möglichen Altersabständen bei Geschwistern gehört, aber das ist der größte«, erklärt die Ärztin mit einem Grinsen und widmet sich dann wieder dem Monitor.

»Wir wollten sichergehen, dass wir einander wirklich gernhaben«, scherzt Jamie.

Diesmal lacht die Ärztin. »Babysachen von vor achtzehn Jahren haben Sie wohl nicht aufgehoben, was?«

Abgesehen von wenigen Stramplern und einem Paar Schühchen in einer Erinnerungsbox haben sie nichts. Josephine hat Bellas Gitterbett in der Garage eingelagert, aber Pip möchte nichts aus der Vergangenheit. »Nein«, sagt sie. »Wir müssen alles neu kaufen.«

»Dann fangen Sie also wirklich noch mal von vorne an«, sagt die Ärztin.

»Ja.« Pip sieht Jamie an. »Das tun wir.«

»Ich drucke Ihnen ein paar Bilder aus, damit Sie sie der großen Schwester zeigen können.« Sie drückt auf eine Taste, und ein Streifen mit etlichen Ultraschallaufnahmen kommt aus dem Gerät.

»Ich kann es kaum erwarten, Bellas Gesichtsausdruck zu sehen, wenn wir es ihr erzählen«, sagt Jamie.

»Sie wird es ekelhaft finden«, entgegnet Pip, und beide brechen in Gelächter aus.

»Aber sie wird sich auch so freuen«, sagt er, und Pip stimmt ihm zu.

Pip nimmt die Bilder von der Ärztin entgegen und erinnert sich daran, wie sie dies vor achtzehn Jahren zum ersten Mal getan hat. Während ihre Mutter neben ihr das Reden übernahm, hatte sie heftigen Liebeskummer, denn Jamie war nicht da, sie besaß keine eigene Stimme, und die körperlichen Veränderungen bereiteten ihr Unbehagen. Das Leben hat eine Korrektur vorgenommen. Nein, sie selbst hat ihr Leben verbessert.

Jamie lehnt den Kopf an ihren, während sie die Fotos betrachten. »Herzlichen Glückwunsch, Mama«, flüstert er und gibt ihr dann einen Kuss.

Sie schaut ein letztes Mal zu dem Monitor hoch, zum flackernden Licht des Herzschlags, wie ein blinkender Stern, der neu am Nachthimmel erscheint, nachdem sein Licht eine jahrelange Reise hinter sich hat. Ein Signal von ihrem fernen Stern.

Danksagung

Meine Motivation für diesen Roman entsprang dem Wunsch, darüber zu schreiben, wie unsere neugierigen Forscherseelen immerzu auf unterschiedliche Weise graben und Geheimnisse ans Licht bringen – es hat mich inspiriert, dass wir als Bauern Torf in der Erde stechen, als Astronomen den Himmel erforschen und uns die Sterne auch spirituell einen Weg weisen. Dabei fördern wir tief in unserem Herzen verborgene Emotionen zutage. Moor, Himmel und Herz. Die Moore in Offaly, das dortige Radioteleskop und Pips heimliche Leidenschaft für Origami halfen mir darzustellen, wie wir – in unserem Innern und überall um uns herum – graben und eine Schicht nach der anderen freilegen. Wir sind ständig dabei, uns und die Welt um uns herum zu falten und zu entfalten.

Mein großer Dank gilt HarperCollins UK; meinen Lektor:innen Lynne Drew und Laura Palmer, Charlie Redmayne, Kate Elton, Frankie Gray, Anna Derkacz, Liz Dawson, Susanna Peden, Olivia Robertshaw, Jo Kite, Indigo Griffiths, Vicki Watson, Fleur Clarke, Tony Purdue und Patricia McVeigh.

Vielen Dank auch meiner Literaturagentin Abby Koons bei der Park Fine & Brower Literary Agency in New York.

In Birr Castle in County Offaly, Irland, gibt es das I-LOFAR-Radioteleskop, außerdem beherbergt das Schloss den Leviathan, einst siebzig Jahre lang das größte Teleskop der Welt, und so schien mir dieses Setting angemessen für die Geschichte von Io, der auf sein Signal von einem fernen Stern wartet. Doch da enden auch schon die Ähnlichkeiten – alles in diesem Roman, einschließlich des Städtchens Ballybeg, ist rein fiktiv. Ein paar wenige Zutaten aus dem echten Leben, die verdünnt und vermischt in meinen erzählerischen Kessel gerührt wurden, haben Eingang in den Roman gefunden, und deshalb möchte ich sie im Folgenden erwähnen. Das erdachte Gespräch zwischen meinem fiktiven Professor und ehemaligen NASA-Mitarbeitern wurde inspiriert von einer echten Unterhaltung zwischen dem ehemaligen Leiter eines NASA-Forschungszentrums Professor Worden mit Professor Peter Gallagher, dem Direktor des Radioteleskops in Birr. Der einleitende Absatz des Zeitungsberichts über die Sichtung eines unidentifizierten Flugobjekts in der Region stammt aus einem echten Sky-News-Artikel von Lucy Binding im November 2018.

Von ganzem Herzen bedanke ich mich bei den tatkräftigen Buchhändler:innen für ihre leidenschaftliche Begeisterung für meine Bücher. Es muss so viel geschehen, damit die Bücher ihren Weg von den Druckereien in die Lagerhäuser, dann in die Regale und schließlich in die Hände der Leser:innen finden, und ich bin dankbar für all die Mühen. Danke auch an die Büchereien und Literaturfeste, die mich einladen und meine Romane unterstützen. Bei meinen Leser:innen bedanke ich mich für das Lesen und Zuhören. Danke, dass ihr meine Lesungen besucht, ich finde es wunderbar, mit euch ins Gespräch zu kommen und eure Geschichten zu hören. Euer Feedback und euer Zuspruch leuchten mir während des Schreibprozesses als heller Stern. Vielen Dank auch meinen Schriftstellerkolleg:innen, die mir Inspiration und Unterstützung sind.

Ich danke meiner Familie und meinem Freundeskreis für ihre Liebe und ihren Beistand.

David, Robin, Sonny, Blossom – ich liebe euch.